MOEWIG
MEMOIREN

Isadora Duncan

Mein Leben, meine Zeit

MOEWIG

Genehmigte Taschenbuchausgabe
Umschlagfoto: Karkosch
Umschlagentwurf und -gestaltung: Franz Wöllzenmüller, München
Verkaufspreis inkl. gesetzl. Mehrwertsteuer
Auslieferung in Österreich:
Pressegroßvertrieb Salzburg, Niederalm 300, A-5081 Anif
Printed in Germany 1981
Druck und Bindung: Mohndruck Graphische Betriebe GmbH, Gütersloh
ISBN 3-8118-4110-6

Inhalt

Vorwort

Ich gestehe offen, daß mich ein heftiger Schrecken erfaßte, als man mir vorschlug, dieses Buch zu schreiben. Mein Leben war gewiß interessanter als jeder Roman, aufregender als viele Kinodramen, reich an epochemachenden Begebenheiten – aber besaß ich denn auch die Fähigkeiten, dies alles wahrheitsgetreu zu schildern und packend zu erzählen?

Hatte es mich doch Jahre innerer Kämpfe, harter Arbeit und umfassender Studien gekostet, ehe es mir gelang, auch nur eine einzige einfache Gebärde zu gestalten! Und die Kunst des Schriftstellers, das wußte ich, lernt sich nicht an einem Tage: Auch hier bedarf es schwerer Gedankenarbeit, Jahre unermüdlichen Fleißes, bevor es gelingt, einen einfachen, aber formvollendeten Satz niederzuschreiben.

Die Autobiographien der berühmten Frauen sind nichts anderes als Schilderungen ihrer äußerlichen Existenz, kleinlicher Einzelheiten und Anekdoten, die keinen Aufschluß über ihr Innenleben gewähren. Denn die großen Momente der Lust und des Schmerzes hüllen sie in nachsichtiges Schweigen.

Meine Kunst besteht bekanntlich in dem Bestreben, meine innersten Empfindungen in Gebärden und Bewegungen auszudrücken; ich zögerte nicht, vor dem Publikum, das sich zu meinen Darbietungen drängte, die geheimsten Regungen meiner Seele bloßzustellen. Von allem Anfang an offenbarte ich im Tanze nichts anderes als mein eigenes Leben. Als Kind tanzte ich die naive Freude des ersten Wachstums, als kaum entwickelte Jungfrau die ersten tragischen Konflikte der Mädchenseele. Mit sechzehn Jahren zeigte ich einmal diese Gefühle im Tanze vor Zuschauern, ohne Musik. Als ich geendet hatte, rief jemand aus dem Publikum: „Das ist der Tod und das Mädchen!“ und dieser Tanz wurde auch später immer so genannt. Dies hatte ich aber gar nicht zum Ausdruck bringen wollen; ich war lediglich bestrebt, die keimende Erkenntnis jungfräulicher Scheu vor den Äußerungen der Lust auszudrücken, und meine Tanzschöpfung hätte besser „Das Leben und die Jungfrau“ heißen sollen. Erst viel später tanzte ich dann meinen Kampf mit diesem Leben, welches das Publikum „Tod“ nannte – und zeigte, wie ich ihm die himmlischsten Freuden entwand . . .

Nun liege ich hier in Nizza in meinem Bett und versuche, das zu zergliedern, was man Erinnerung nennt – Erinnerungen? – was ist Erinnerung? Ein zerbrochener Krug, dem aller Wein entflossen ist.

Wenn ich mich an Begebenheiten erinnere, die so lebenssprühend, so wundervoll waren wie die blühenden Apfelbäume eines Obstgartens im Frühling, und nun versuche, dies alles in Worte zu kleiden, so scheinen mir die Worte wie dürre Blätter, welk und vertrocknet, ohne Süße, ohne Duft . . . aber ich bin eben keine Schriftstellerin. Ja, wenn ich diese Erinnerungen tanzen könnte, das wäre ganz etwas anderes!

1

Der Charakter eines Kindes erhält seine Grundzüge bereits im Mutterleibe. Vor meiner Geburt befand sich meine Mutter in einer verzweifelten Lage und hatte schwere Seelenkämpfe zu bestehen. Sie war leidend und konnte nichts zu sich nehmen als eisgekühlte Austern und Champagner. Wenn man mich daher fragt, wann ich zu tanzen begonnen habe, so antworte ich stets: „Wahrscheinlich schon im Mutterleibe – Champagner und Austern, die Speisen Aphrodites, scheinen mich dazu angeregt zu haben."

Meine Mutter machte zu dieser Zeit so viel Trauriges durch, daß sie befürchtete, das Kind, das sie zur Welt bringen sollte, würde nicht normal veranlagt sein, sie erwartete ein Monstrum. Und vom Augenblick meiner Geburt an begann ich tatsächlich mit Armen und Beinen so fürchterlich wild umherzustrampeln, daß meine Mutter entsetzt ausrief: „Seht nur, wie recht ich hatte; das Kind ist wahnsinnig!" Sobald man mich jedoch später im Babykleidchen auf den Tisch stellte, begann ich zur größten Überraschung aller Anwesenden nach jeder Musik zu tanzen.

Meine erste Erinnerung ist mit einer Feuersbrunst verbunden. Ich weiß noch, daß man mich aus einem höher gelegenen Fenster in die Arme eines Schutzmannes warf. Damals dürfte ich zwei oder drei Jahre alt gewesen sein, und ich weiß mich deutlich des Gefühls der Geborgenheit zu entsinnen, das ich inmitten all dieser Aufregungen empfand, als ich mit meinen kleinen Ärmchen den Hals des Polizisten umklammert hielt.

Ich wurde am Meeresstrande geboren, und wundersamerweise haben sich fast alle wichtigen Ereignisse meines Lebens am Meere abgespielt. Dem Rhythmus der Wellen, der Harmonie des Meeres habe ich wohl auch den ersten Impuls zu meinen Tanzbewegungen zu verdanken. Im Zeichen Aphrodites, der Schaumgeborenen, erblickte ich das Licht der Welt, und wenn sich ihr Stern, die Venus, im Aufstieg befindet, dann gestalten sich auch die Ereignisse für mich günstig. Während dieser Epochen gleitet mein Leben in ruhigen Bahnen dahin, und ich kann mich schöpferisch betätigen. Dagegen war das Verschwinden dieses Planeten für mich erfahrungsgemäß fast immer mit Unglück verbunden.

Wie dankbar bin ich dem Schicksal, daß meine Mutter während meiner Kindheit fast ganz mittellos war: Weder Dienstboten noch Gouvernanten vermochte sie ihren Kindern zu halten, und diesem Umstand verdanke ich meine impulsive, ungebundene Lebensauffassung, die sich bei mir schon als Kind entwickelte und von der ich nie wieder abließ. Meine Mutter war Pianistin und erteilte zur Bestreitung unseres Lebensunterhaltes Unterricht; oft war sie den ganzen Tag bis zu den späten Abendstunden außer Hause. Konnte ich aus dem Kerker der Schule entweichen, dann fühlte ich mich frei, dann wanderte ich stundenlang allein am Meeresstrand umher und ließ meiner Phantasie die Zügel schießen.

Meine Mutter war zu sehr beschäftigt, um an die Gefahren, denen Kinder ausgesetzt sind, auch nur zu denken, und so konnten meine zwei Brüder und ich unseren vagabundierenden Trieben ungehindert folgen. Nicht selten erlebten wir Abenteuer, die meine gute Mutter in helle Verzweiflung versetzt hätten, aber glücklicherweise verharrte sie in seliger Ahnungslosigkeit. Ich sage „glücklicherweise", denn nur diesem wilden, ungezügelten Leben meiner Kindheit verdanke ich die Inspiration für die Tanzkunst, die ich schuf und die nichts anderes als meinen ungebundenen Freiheitsdrang zum Ausdruck brachte.

Im Alter von fünf Jahren besuchte ich schon die öffentliche Schule; ich glaube, meine Mutter hatte bei der Angabe meines Alters nicht die volle Wahrheit gesprochen, aber es war notwendig, für mich einen Ort ausfindig zu machen, wo ich wenigstens einen Teil des Tages untergebracht war. Alles, was man im späteren Leben vollführen wird, drückt sich, meiner Ansicht nach, bereits im Kindesalter klar aus: Schon damals war ich Tänzerin und Revolutionärin. Meine Mutter, aus einer irischen Puritanerfamilie stammend und streng katholisch erzogen, blieb fromme Katholikin, bis sie entdeckte, daß mein Vater keineswegs jenes Muster makelloser Vollkommenheit darstellte, für das sie ihn stets gehalten hatte. Sie trennte sich von ihm, verließ sein Haus und nahm mit ihren vier Kindern den Kampf ums Dasein auf. Von diesem Zeitpunkt an schwor sie dem katholischen Glauben ab und wurde Atheistin.

Unter anderem hielt sie jede Sentimentalität für Unsinn, und als ich fast noch ein Baby war, klärte sie uns über das Geheimnis des Weihnachtsmannes auf. Das Ergebnis war, daß ich bei einer Weihnachtsfeier in der Schule, als die Lehrerin Süßigkeiten und Kuchen mit den Worten verteilte: „Seht, Kinder, was der heilige Weihnachtsmann euch gebracht hat!", aufstand und feierlich erklärte, „Das glaube ich Ihnen nicht – es gibt keinen Weihnachtsmann!" Die Lehrerin geriet sichtlich in Verwirrung und sagte schließlich: „Weihnachtsbäckereien sind nur für die kleinen Mädchen da, die an Santa Claus glauben." „Dann brauch ich gar nichts!" antwortete ich. Nun geriet aber die Lehrerin ungeschickterweise in Zorn, rief mich aus der Bank und befahl mir, um ein Exempel zu statuieren, mich auf den Boden zu setzen. Ich kam tatsächlich zur Tafel heraus, wendete mich aber gegen die Klasse und hielt eine meiner berühmten Ansprachen. „Ich glaube nicht an Lügen", rief ich, „meine Mutter hat mir gesagt, daß es für Arme keinen Weihnachtsmann gibt: Nur reiche Mütter können ihren Kindern das Märchen von Santa Claus weismachen, der ihnen Geschenke bringt."

Kaum hatte ich dies gesagt, als mich die Lehrerin ergriff und mich auf den Boden niederdrücken wollte; ich klammerte mich aber so fest an sie und machte mich so steif, daß nur meine Absätze heftig auf den Boden aufschlugen. Da auf diese Weise mit mir nichts anzufangen war, wurde ich in die Ecke gestellt, aber auch das war offenbar nicht das Richtige, denn ich wendete meinen Kopf über die Schulter und rief in die Klasse hinein: „Es gibt keinen Weihnachtsmann, es gibt keinen Santa Claus!" Schließlich blieb der Lehrerin nichts anderes übrig, als mich nach Hause zu schicken. Noch auf der Straße rief ich unausgesetzt: „Es gibt keinen Santa Claus!" Denn ich war tief empört über die ungerechte Behandlung: man hatte mich bestraft und mir Süßigkeiten vorenthalten, nur weil ich die Wahrheit gesprochen hatte. Als ich meiner Mutter den ganzen Vorfall erzählte und fragte: „Hatte ich nicht recht? Nicht wahr, es gibt keinen Weihnachtsmann?“ erwiderte sie: „Es gibt keinen Weihnachtsmann, es gibt keinen Gott – nur dein eigener Verstand kann dir helfen!“

Bei einer anderen Gelegenheit verlangte die Lehrerin, daß jeder Schüler seine eigene Lebensgeschichte niederschreiben solle; meine Erzählung sah etwa folgendermaßen aus: „Als ich fünf Jahre alt war, bewohnten wir eine Hütte in der 23sten Straße. Wir konnten aber den Zins nicht bezahlen und übersiedelten in die 17te Straße. Nach kurzer Zeit hatten wir auch dort kein Geld mehr, was dem Hausherrn nicht paßte, und wir übersiedelten in die 22ste Straße. Auch dort ließ man uns nicht in Frieden leben, und wir übersiedelten in die 10te Straße.“

In dieser Art zählte ich noch mehrere Siedlungen auf, und als ich dann den Aufsatz vorlesen mußte, war die Lehrerin überaus ungehalten, denn sie glaubte, ich hätte mir einen schlechten Scherz erlaubt. Der Schuldirektor ließ meine Mutter kommen, und als diese den Aufsatz gelesen hatte, brach sie in Tränen aus und mußte dem Direktor bestätigen, daß sich alles tatsächlich so abgespielt hatte.

In meiner Klasse galt ich bald als überraschend intelligent und war die beste Schülerin, bald zählte man mich als hoffnungslosen Fall zu den Dümmsten. Alles hing nur davon ab, ob ich die Lektionen herunterplappern konnte, und bei den meisten Gegenständen wußte ich nicht einmal, was man von mir verlangte. Meine wirkliche Erziehung erfolgte am Abend, wenn meine Mutter Beethoven, Schumann, Schubert, Mozart und Chopin spielte oder Shakespeare, Shelley, Keats und Burnes vorlas. Es waren zauberhafte Stunden. Mutter rezitierte die meisten dieser Gedichte auswendig, und eines Tages – ich war damals sechs Jahre alt – setzte ich bei einer Schulfestlichkeit die ganze Gesellschaft in höchstes Erstaunen, als ich Shelleys „Cleopatra“ deklamierte.

Nicht viel später fand meine Mutter einmal, als sie von ihren Lektionen nach Hause kam, bei mir ein halbes Dutzend Kinder aus der Nachbarschaft auf dem Boden sitzen, während ich sie lehrte, ihre Ärmchen rhythmisch zu bewegen. Sofort erklärte ich meiner Mutter geschäftig, dies sei meine Tanzschule; sie lachte herzlich, setzte sich ans Klavier und begann uns vorzuspielen. Diese erste Tanzlektion fand tatsächlich ihre Fortsetzung und erfreute sich regen Zuspruchs. Bald kamen viele kleine Mädchen aus der Nachbarschaft zu mir, und ihre Eltern zahlten mir einen bescheidenen Betrag für den Unterricht – so sah der Anfang meiner Schule aus, die sich später als überaus einträgliche Beschäftigung erweisen sollte.

Mittlerweile war ich zehn Jahre alt geworden und meine Schulklasse so sehr angewachsen, daß man dort überhaupt nichts mehr lernen konnte. Ich erklärte mithin meiner Mutter, es sei für mich völlig zwecklos, weiter die Schule zu besuchen, um so mehr, als ich während der Schulzeit Geld verdienen könnte, was viel wichtiger wäre. Ich steckte daher mein Haar auf, trug längere Kleider und sagte, ich sei sechzehn Jahre alt, was mir jedermann glaubte, da ich für mein Alter überaus entwickelt war.

2

Da meine Mutter von meinem Vater getrennt lebte, seit ich ein Wickelkind war, hatte ich diesen noch nie gesehen. Einmal fragte ich eine meiner Tanten, ob ich denn überhaupt einen Vater hätte und erhielt zur Antwort: „Dein Vater war ein Teufel, der das Leben deiner Mutter vernichtet hat." Natürlich stellte ich mir ihn jetzt immer so vor, wie in den Bilderbüchern ein Teufel dargestellt ist, mit Hörnern und einem langen Schweif, und wenn die Kinder in der Schule über ihre Väter sprachen, verhielt ich mich ganz ruhig.

Ich war etwa acht Jahre alt, wir wohnten damals in zwei recht armseligen Zimmern im dritten Stock; eines Tages hörte ich die Glocke läuten, ging ins Vorzimmer und machte auf. Vor der Tür stand ein sehr hübscher, eleganter Herr mit Zylinder und sagte: „Können Sie mir sagen, wo Mrs. Duncan wohnt?"

„Ich bin die Tochter von Mrs. Duncan“, erwiderte ich.

„Dann bist du ja mein Prinzeßchen Kobold!“ sagte der fremde Herr (Prinzeßchen Kobold hatte er mich immer genannt, als ich noch ein Baby war), nahm mich plötzlich in seine Arme und bedeckte mich mit Tränen und Küssen. Ich war durch sein Verhalten sehr überrascht, fragte ihn, wer er wäre, und erhielt zur Antwort: „Ich bin dein Vater!“

Über diese unerwartete Neuigkeit hoch entzückt, lief ich in die Wohnung und rief den anderen atemlos zu: „Draußen steht ein Mann und sagt, er sei mein Vater!“ Meine Mutter wurde leichenblaß, stand auf, ging ins andere Zimmer und sperrte sich ein; einer meiner Brüder kroch unters Bett, ein anderer stieg in einen Kasten, meine Schwester schrie: „Sag ihm, er soll fortgehen, er soll augenblicklich fortgehen!“

Ich fühlte mich zwar einigermaßen bestürzt über den Effekt meiner Mitteilung, da ich aber ein überaus höfliches kleines Mädchen war, ging ich ins Vorzimmer und sagte: „Die Familie ist nicht wohl und kann heute nicht empfangen“, worauf der Fremde mich bei der Hand faßte und mich einlud, mit ihm spazierenzugehen. Dagegen hatte ich nichts einzuwenden, wir stiegen die Treppe hinab auf die Straße, ich trabte an seiner Seite, verwirrt und entzückt bei dem Gedanken, daß dieser hübsche Herr mein Vater sei und daß er weder Hörner noch einen langen Schweif trug, wie ich es mir immer vorgestellt hatte. Er brachte mich in eine Konditorei und fütterte mich mit Gefrorenem und Kuchen; dann führte er mich wieder nach Hause, und ich stürzte in höchster Aufregung in die Wohnung zurück, fand aber alle in sehr niedergeschlagener Stimmung.

„Er ist ganz reizend“, sagte ich, „und morgen kommt er wieder und wird mir wieder Gefrorenes geben!“ Aber meine Mutter weigerte sich, ihn zu sehen, und nach einiger Zeit kehrte er zu seiner anderen Familie nach Los Angeles zurück.

Nach einigen Jahren erschien mein Vater plötzlich wieder. Diesmal willigte meine Mutter ein, ihn zu sehen, und er schenkte ihr ein prachtvolles Haus mit großem Garten und allem, was dazu gehört: Es gab dort einen großen Tennisplatz, einen Tanzsaal, eine geräumige Scheune und sogar eine Windmühle. Mein Vater war zum vierten Male reich geworden, nachdem er in seinem Leben schon dreimal ein Vermögen erworben und wieder verloren hatte. Auch das vierte Vermögen verschwand, und mit ihm natürlich auch das Haus und das sorglose Leben. Aber während der wenigen Jahre, da wir es bewohnten, hatte es für uns einen Rettungshafen zwischen zwei stürmischen Seereisen bedeutet.

Vor dem Bankrott sah ich meinen Vater von Zeit zu Zeit. Ich erfuhr, daß er ein Dichter sei, und lernte ihn bewundern; unter seinen Gedichten befand sich eines, das seltsamerweise eine Prophezeiung meiner ganzen Karriere enthielt.

Diese Eindrücke aus der Kindheit beeinflußten mein späteres Leben außerordentlich. Einerseits war mein ganzes Denken von der Lektüre sentimentaler Romane erfüllt, und andererseits hatte ich da vor mir ein sehr praktisches Beispiel von der Wertlosigkeit der Ehe, denn dieser rätselhafte Vater hatte auf meine ganze Kindheit einen düsteren Schatten geworfen. Niemand wollte über ihn sprechen, aber das schreckliche Wort „Ehescheidung“ hatte sich in meiner empfänglichen Kinderseele bereits festgesetzt, und so trachtete ich, mir selbst eine Auslegung zusammenzureimen. Die meisten Romane, die ich gelesen hatte, schlossen mit einer Heirat und einer wonnevollen, seligen Vereinigung der Liebenden, über deren weitere Erlebnisse kein Wort mehr zu verlieren war. In einigen Büchern kamen jedoch Mädchen vor, die nicht heirateten, dennoch Kinder bekamen und dann als ledige Mütter in großes Elend gerieten. Diese Benachteiligung der Frauen machte tiefen Eindruck auf mich; das Schicksal meiner Mutter vor Augen, beschloß ich damals schon, mein ganzes Leben im Kampfe gegen die Ehe zu verbringen: Ich wollte für die Frauenemanzipation, für das Recht jeder Frau eintreten, Kinder zu gebären, wann es ihr beliebte; jede Frau müsse dieses Recht ebenso heilig halten wie ihre Tugend. Für ein zwölfjähriges Mädchen waren dies gewiß sonderbare Gedanken, aber die Umstände, unter denen ich aufwuchs, hatten mich frühreif gemacht.

Unserer Mutter verdankten wir unsere musikalische und poetische Erziehung. Die Abende verbrachte sie am Klavier und spielte stundenlang; unser Leben verlief völlig ungeregelt, es gab keine festgesetzten Stunden für das Schlafengehen oder für das

Aufstehen; im Gegenteil, meine Mutter vergaß uns vollständig, ganz versunken in ihre Musik oder in ihre Gedichte. Auch eine ihrer Schwestern, unsere Tante Augusta, war außerordentlich talentiert; sie besuchte uns oft und veranstaltete dann mit uns kleine Theatervorstellungen. Sie war von hervorragender Schönheit, mit schwarzen Augen und kohlschwarzem Haar, besaß eine herrliche Stimme und hätte möglicherweise eine große Bühnenkarriere vor sich gehabt, wenn nicht alles, was mit dem Theater in Verbindung stand, von ihren Eltern als Teufelswerk betrachtet worden wäre.

Schon von ihrer frühesten Kindheit an war meine Tante Augusta von diesem puritanischen Geist geknebelt worden; ihre Schönheit, ihre Ursprünglichkeit, ihre herrliche Stimme, alles ging zugrunde. Damals hörte man oft die Väter sagen: „Lieber sehe ich meine Tochter tot als auf der Bühne." Man kann sich heutzutage diese Abneigung gar nicht mehr vorstellen, da doch berühmte Schauspielerinnen auch in den exklusivsten Kreisen eine Rolle spielen.

Ich glaube, es ist eine Folge unserer irischen Abstammung, daß wir Kinder uns von allem Anfang an gegen die puritanische Tyrannei auflehnten. Eine der ersten Folgen unserer Übersiedlung in das neue Haus, das uns der Vater geschenkt hatte, war, daß mein Bruder Augustin in der Scheune ein Theater improvisierte. Einmal schnitt er aus einer Pelzdecke, die vor dem Kamin lag, ein Stück heraus und hing es sich als Bart um, als er die Rolle Rip van Winkles spielte; er verkörperte diese Gestalt in so realistischer Weise, daß ich in Tränen ausbrach, als ich ihn von einer alter Kiste aus, die er als Loge eingerichtet hatte, bewunderte. Das kleine Theater machte Fortschritte und erfreute sich lebhaften Zuspruchs in der Nachbarschaft. Später kamen wir dadurch auf den Einfall, eine Tournee längs der Küste zu unternehmen: Ich tanzte, Augustin rezitierte Gedichte, und später spielten wir auch kleine Komödien, wobei Elizabeth und Raymond gleichfalls Rollen übernahmen. Ich war damals erst zwölf Jahre alt und von meinen Geschwistern keines über zwanzig, dennoch gestalteten sich diese Tourneen längs der Küste in Santa Clara, Santa Rosa, Santa Barbara usw. überaus erfolgreich.

Die dominierende Note meiner Kindheit bestand in fortwährender Empörung gegen die Engherzigkeit der Gesellschaft, in der wir lebten, gegen die Einschränkungen des Lebens sowie in dem immer stärker werdenden Wunsch, nach Osten zu entfliehen, wo ich mir ein Leben auf einer freieren und breiteren Grundlage dachte. Immer und immer wieder beschwor ich meine Verwandten, wegzuziehen, und schloß gewöhnlich mit dem Satz: „Wir *müssen* diesen Ort verlassen, denn hier werden wir nie etwas erreichen!"

Von meinen Geschwistern war ich die Tapferste; hatten wir einmal absolut nichts mehr zu essen, dann nahm ich es meistens auf mich, zum Fleischer zu gehen, wo ich es durch meine Kniffe immer wieder zu erreichen wußte, etwas Fleisch ohne Bezahlung zu erhalten. Auch der Bäcker gab mir Brot auf Kredit. Diese Abenteuer bereiteten mir großes Vergnügen, und wenn ich, wie es meistens der Fall war, Erfolg hatte, dann trug ich meine Beute hüpfend und singend nach Hause und fühlte mich so befriedigt wie ein Wegelagerer nach einem gelungenen Überfall. Für mein künftiges Leben waren diese Erlebnisse gewiß von erzieherischem Wert; denn da ich gelernt hatte, übelwollende Fleischhauer und Bäcker herumzukriegen, eignete ich mir auch die nötige Routine an, mit unbequemen Impresarios fertig zu werden.

Einmal, noch als ganz kleines Kind, traf ich meine Mutter weinend zu Hause an und erfuhr, daß man einige von ihr gestrickte Wollsachen im Laden nicht angenommen hatte. Ich stülpte sofort die gestrickte Haube auf meinen Kopf, zog ein Paar wollene Fäustlinge an, ergriff den Korb und ging nun von Haus zu Haus damit hausieren; in kurzer Zeit hatte ich alles verkauft und brachte doppelt soviel Geld nach Hause, wie meine Mutter im Laden dafür erhalten hätte.

Wenn ich von Familienvätern höre, daß sie arbeiten, um ihren Kindern etwas hinterlassen zu können, dann drängt sich mir immer die Frage auf, ob sie sich klargemacht haben, daß ihre Ersparnisse aus dem Leben der Kinder jeden abenteuerlichen Zug ausschalten. Denn mit jedem Dollar, den sie zurücklassen, werden die Kinder ungeeigneter für den Lebenskampf. Die schönste Erbschaft, die man einem Kinde vermachen kann, ist, ihm die Gestaltung seines eigenen Lebensweges selbst zu überlassen, damit es einmal ganz auf eigenen Füßen stehen kann.

Meine Schwester Elizabeth und ich begannen damals schon Tanzunterricht zu erteilen, wodurch wir zu den reichsten Häusern San Franciscos Zutritt erlangten. Niemals habe ich dort die reichen Kinder beneidet, im Gegenteil, ich bemitleidete sie, ich war überrascht über die kleinliche Albernheit ihres Lebens, und im Vergleich zu diesen Millionärskindern dünkte ich mich tausendmal reicher an jenen Dingen, die den Wert des Lebens ausmachen.

Unser Unterricht war erfolgreich, und wir hatten bald einen guten Namen als Lehrerinnen. Unsere neuen Tanzweisen verfolgten kein starres System; ich gehorchte lediglich den Eingebungen meiner Phantasie und improvisierte kleine Tanzschöpfungen, wie sie mir eben einfielen. Einer meiner ersten Tänze bestand in einer Wiedergabe von Longfellows Gedicht „Ich schoß einen Pfeil in die Luft". Beim Unterricht deklamierte ich zuerst das Gedicht und lehrte dann die Kinder, den Inhalt in Gebärden und Bewegungen auszudrücken. Am Abend spielte die Mutter stundenlang Klavier, und ich entwarf dazu neue Tänze.

Damals verbrachte eine befreundete Dame öfters den Abend in unserer Gesellschaft. Sie hatte ihre Jugend in Wien verlebt und versicherte mir wiederholt, ich erinnere sie an die Fanny Elßler: „Isadora wird eine zweite Elßler werden", sagte sie oft, und natürlich bestärkte mich diese Anerkennung in meinen ehrgeizigen Träumen. Sie gab meiner Mutter einmal den Rat, mich zu einem damals in San Francisco berühmten Ballettmeister zu bringen, aber seine Lektionen befriedigten mich gar nicht. Schon in der ersten Stunde verlangte er von mir, ich solle mich auf die Zehenspitzen stellen, und auf meine Frage, warum ich dies tun müsse, antwortete er, weil es schön sei. Ich erklärte ihm, ich fände es scheußlich, es widerspreche jeder Natürlichkeit, und nach der dritten Stunde hatte ich genug und kehrte nie wieder zurück. Die steife und banale Gymnastik, die er tanzen nannte, sagte mir gar nicht zu und störte meine kunstbewußten Träume. Ich hätte nicht zu sagen gewußt, wie mein Tanz eigentlich beschaffen sein würde, aber es zog mich mit magischer

Gewalt in eine unbekannte Welt, von der ich ahnte, daß ich sie betreten könnte, wenn es mir gelänge, dazu den Schlüssel zu finden.

Meine Mutter hatte vier Kinder, und durch ein System des Zwanges und der Erziehung hätte sie uns vielleicht zu praktischen und erfolgreichen Staatsbürgern heranbilden können; manchmal klagte sie auch: „Warum müssen denn alle vier Künstler sein; keiner hat einen praktischen Beruf ergriffen!“ Aber es war wohl ihr eigener prächtiger und ruheloser Charakter, dessen künstlerisches Erbe wir angetreten hatten. Meine Mutter hing nicht an materiellen Dingen, und sie lehrte uns eine vornehme Geringschätzung und Verachtung für jede Art von Besitz. Ihrem Beispiel folgend, habe ich auch niemals Schmuck getragen; jeder Besitz ist ein Ballast, pflegte sie zu sagen.

Nachdem ich die Schule verlassen hatte, fing ich eifrigst zu lesen an. In Oakland, wo wir damals wohnten, war eine öffentliche Bibliothek, deren Besitzerin eine seltsame und wunderschöne Frau war. Durch sie wurde ich zum Lesen angespornt, und später hörte ich, daß auch mein Vater in sie sehr verliebt gewesen war; offenbar war sie die große Leidenschaft seines Lebens gewesen, und vielleicht fühlten wir zwei uns durch unsichtbare Bande zueinander hingezogen.

Damals las ich alle Werke von Dickens, Thackeray, Shakespeare und Tausende von Romanen, gute und schlechte, geistreiche Bücher und Schund – alles verschlang ich mit dem gleichen Eifer. Ich saß Nächte hindurch bis zum Morgengrauen und las beim Licht von Kerzen, die ich während des Tages zusammengebettelt hatte. Natürlich begann ich auch einen Roman zu entwerfen, gab sogar eine Zeitung heraus, die ich ganz allein schrieb: Leitartikel, Lokalbericht und kurze Erzählungen. Schließlich führte ich auch ein Tagebuch, für das ich eine Rätselsprache erfunden hatte; denn damals hütete ich ein großes Geheimnis – ich war verliebt!

Elizabeth und ich hatten neben der Tanzschule für Kinder auch einen Kurs für ältere Zöglinge, denen wir die sogenannten Gesellschaftstänze, Walzer, Mazurka, Polka usw. beibrachten. Unter diesen Zöglingen befanden sich zwei junge Leute, ein Doktor und ein Apotheker. Der Apotheker war auffallend schön und hatte einen reizenden Namen – Vernon. Ich war elf Jahre alt, sah aber älter aus, steckte mir eine hohe Frisur und trug lange Röcke. Mein Tagebuch erfuhr meine ganze Leidenschaft für Vernon; ob er selbst von ihr gewußt hat, vermag ich nicht zu sagen; ich war damals noch zu schüchtern, ihm meine Liebe zu zeigen. Wir besuchten Bälle und Kränzchen, und er tanzte häufig mit mir; während des Tages arbeitete er in seiner Apotheke in der Hauptstraße, und ich machte jeden Tag meilenweite Spaziergänge, nur um einmal dort vorbeigehen zu dürfen. Manchmal nahm ich meinen ganzen Mut zusammen, trat in den Laden und fragte ihn tapfer: „Wie geht es Ihnen?“ Dann erfuhr ich auch, wo er wohnte, und lief in der Nacht zu seiner Wohnung, um seine beleuchteten Fenster anzuschmachten. Diese Leidenschaft währte zwei Jahre, und ich glaube, ich habe damals recht tief gelitten. Er heiratete dann, und ich war verzweifelt; am Tage seiner Hochzeit sah ich ihn in der Kirche mit einem eher häßlichen Mädchen in weißem Schleier.

Als ich nach vielen, vielen Jahren wieder nach San Francisco kam und dort auftrat, besuchte mich ein Herr mit schneeweißen Haaren in meiner Garderobe; er sah sonst ganz jugendlich aus und war von außerordentlicher Schönheit. Ich erkannte sofort Vernon und verriet ihm das Geheimnis meiner Jugendliebe. Er schien jedoch darüber gar nicht entzückt, vielmehr geriet er in Schrecken und begann von seiner Frau zu sprechen, dem häßlichen Mädchen, das offenbar noch seine ganze Neigung besaß. Wie einfach doch das Leben mancher Menschen verläuft.

Dies ist die Geschichte meiner ersten Liebe. Ich war wahnsinnig verliebt und habe seither kaum aufgehört, wahnsinnig verliebt zu sein. Gegenwärtig erhole ich mich von der letzten Liebesattacke, die besonders heftig und verhängnisvoll war. Ich befinde mich sozusagen im Zustand der Rekonvaleszenz und warte auf den nächsten Akt. Oder ist das Stück etwa schon zu Ende?

3

Die wahllos betriebene Lektüre hatte meine Phantasie erhitzt und eine unstillbare Sehnsucht nach westlicher Kultur in mir geweckt. Meine Absicht war, mich einer größeren Theatergruppe anzuschließen und auf diese Weise San Francisco zu verlassen. Eines Tages besuchte ich also den Direktor eines Wanderensembles und bat, vor ihm tanzen zu dürfen. Die Probe fand in den Morgenstunden auf der riesigen, kahlen, dunklen Bühne statt; meine Mutter spielte Klavier, und ich tanzte zu einigen „Liedern ohne Worte" von Mendelssohn. Als wir geendet hatten, schwieg der Direktor längere Zeit, wandte sich schließlich meiner Mutter zu und sprach:

„Diese Art Darbietung taugt nicht für ein Theater. Sie paßt eher in eine Kirche. Nehmen Sie das Kind nur ruhig wieder nach Hause!"

Enttäuscht, aber keineswegs entmutigt hielt ich vor dem Familienrat eine flammende Ansprache, worin ich die Notwendigkeit hervorhob, San Francisco zu verlassen. Meine Mutter zeigte sich wohl einigermaßen bestürzt über meine gewagten Pläne, war jedoch bereit, mir überallhin zu folgen, und so wurde beschlossen, daß wir zwei zunächst nach Chicago fahren würden; die Geschwister sollten folgen, sobald unser Glück gemacht war.

Unser ganzes Vermögen bestand aus einem Reisekoffer, einigen altmodischen Schmuckgegenständen von unserer Großmutter und fünfundzwanzig Dollar. Meiner Überzeugung nach mußte sich alles ganz glatt und einfach abspielen, doch sollte dies keineswegs der Fall sein. Mit meiner griechischen Tunika in der Hand wanderte ich in der Glut des Chicagoer Sommers von einem Theaterdirektor zum anderen, doch bekam ich immer die gleiche Auskunft zu hören: „Sehr hübsch – aber nichts fürs Theater!"

Die Wochen vergingen, unser Geld war alle, das Versetzen des großmütterlichen Schmuckes brachte kaum etwas ein, schließlich geschah das Unvermeidliche: Wir konnten unsere Wohnung nicht mehr bezahlen und wurden auf die Straße gesetzt. Der einzige Wertgegenstand, den wir noch besaßen, war ein alter Kragen aus echten irischen Spitzen, den ich meist um den Hals trug. Endlich gelang es mir, auch diesen um zehn Dollar zu verkaufen, wir mieteten wieder ein Zimmer, kauften eine große Büchse Tomatenmarmelade und lebten davon ohne Salz und Brot acht Tage lang. Unterdessen setzte ich meine Besuche bei den Theaterdirektoren fort; da ich aber überall abgewiesen wurde, sah ich mich nach anderer Arbeit um und ging in ein Stellenvermittlungsbüro.

„Was können Sie?" fragte die Frau bei der Kasse.

„Alles!" erwiderte ich.

„Nun, Sie sehen eher aus, als ob Sie gar nichts könnten", war die Antwort, und ich befand mich wieder auf der Straße.

In meiner Verzweiflung wandte ich mich nun an den Manager eines Dachgartenrestaurants. Mit einer großen Zigarre im Mundwinkel, den Hut schief über ein Auge gesetzt, verfolgte er meine Tanzschöpfung von Mendelssohns „Frühlingslied" mit überlegenen Blicken.

„Sie sind ganz hübsch und graziös", gestand er schließlich, „und wenn Sie das alles aufgeben und Ihren Tanz mit etwas mehr Pfeffer würzen wollten, könnte ich Sie engagieren."

Ich dachte an meine gute Mutter, die zu Hause bei ihrer letzten Tomatenmarmelade verhungerte, und erkundigte mich, was denn, seiner Meinung nach, beim Tanz den Pfeffer ausmache.

„Ja", erwiderte er, „keinesfalls das, was Sie mir da gezeigt haben; etwas mit Rüschen, Spitzen und Beinewerfen. Vielleicht tanzen Sie zuerst mal diese griechische Sache und ziehen sich dann rasch in Röckchen und Spitzen um – das wäre ein sehr amüsanter Kontrast!"

Wo sollte ich aber Rüschen hernehmen? Da eine Bitte um Vorschuß mir nicht angebracht schien, versprach ich, am nächsten Morgen mit Rüschen, Beinewerfen und Pfeffer wiederzukommen. Nun zog ich müde und halb verhungert während des glühendheißen Sommernachmittags durch die Straßen und befand mich plötzlich vor einem großen Warenhaus. Dort verlangte ich, vor den Direktor geführt zu werden, und erklärte einem freundlichen jungen Mann, der sich als solcher vorstellte, ich müsse unbedingt bis zum nächsten Morgen einen Rock mit Rüschen und Spitzen haben – ich würde die Ware sofort von meiner Gage bezahlen. Was diesen Herrn bewogen haben mag, meine Bitte zu erfüllen, weiß ich nicht.

Ich wählte weißen und roten Stoff für Unterröcke und Rüschen und eilte nach Hause, wo ich meine Mutter schon am Ende ihrer Kräfte fand. Dennoch arbeitete die Gute tapfer die ganze Nacht hindurch, und beim Morgengrauen war die letzte Rüsche angenäht.

Ich betrat den Dachgarten. Das Orchester war bereit.

„Zu welcher Musik tanzen Sie?"

Daran hatte ich noch gar nicht gedacht. „The Washington Post", – damals der populärste Schlager – erwiderte ich, die Musik begann, und ich improvisierte einen möglichst gepfefferten Tanz. Der Direktor war so begeistert, daß er sogar die Zigarre aus dem Mund nahm und erklärte: „Fein, fein! Sie können morgen abend auftreten, und ich werde Sie sogar besonders annoncieren!" Womit er mir freundlichst meine Wochengage von fünfzig Dollar im voraus bezahlte.

Mein Auftreten im Dachgartenrestaurant unter falschem Namen war von bedeutendem Erfolg begleitet, aber die ganze Sache widerte mich an, und als man mir am Ende der Woche eine Verlängerung des Engagements, ja sogar eine Tournee anbot, lehnte ich ab. Wir waren vor dem Verhungern gerettet, und es widerstrebte mir, das Publikum mit einer Darbietung zu amüsieren, die mit meinen Idealen so gar nicht in Einklang stand. Es war das erste und das letzte Mal, daß ich es überhaupt getan habe.

Dieser Sommer gehört zu den qualvollsten Erinnerungen meines Lebens, und sooft ich seither nach Chicago gekommen bin, verursachte mit der Anblick der Straßen ein beklemmendes Hungergefühl.

Einige angenehme Abende verbrachten wir in einem Klub „Bohemia", wo sich Künstler und Literaten der Stadt in mehreren kahlen Zimmern unter der Führung einer wohlhabenden Zeitungsherausgeberin, Mrs. Amber, zu treffen pflegten. Mrs. Amber hatte mich eingeladen dort zu tanzen, und bei unserem Erscheinen rief sie: „Alle guten Bohemiens! Schart Euch um mich!“ worauf die guten Bohemiens ihre Bierkrüge erhoben und in ein ohrenbetäubendes Geschrei ausbrachen.

Nun begann ich vor den sprachlosen Anwesenden zu tanzen, und obwohl niemand mit meinen Darbietungen etwas anzufangen wußte, lud man mich ein, von nun an täglich zu kommen und mich mit den guten Bohemiens um Mrs. Amber zu scharen. Es war die sonderbarste Gesellschaft, die mir jemals untergekommen ist: Dichter, Schauspieler, Künstler aller Nationen, die nur ein gemeinsames Band aufwiesen: Sie besaßen alle zusammen keinen Pfennig, und die meisten hatten wohl, ebenso wie wir, überhaupt nichts zu essen, außer den Sandwiches und dem Bier, die von der gutmütigen Mrs. Amber bereitgestellt waren.

Unter anderem befand sich dort auch ein Pole namens Ivan Miroski, ein Mann von etwa fünfundvierzig Jahren, mit mächtiger roter Mähne, rotem Bart und stechenden blauen Augen. Meist saß er in seiner Ecke, rauchte Pfeife und verfolgte die Unterhaltungen der Bohemiens mit ironischen Blicken. Aber es war der einzige, der meinen Idealen Verständnis entgegenbrachte. Auch er besaß nichts, lud jedoch meine Mutter und mich öfters in ein bescheidenes Restaurant ein, oder er führte uns in einem kleinen Wagen zu einem kalten Lunch in die Wälder.

Ich selbst war damals ein unwissendes kleines Geschöpf, zu jung, um die Tragödie seiner Liebe auch nur zu ahnen. Meine Lebensideale bewegten sich noch auf rein lyrischen und romantischen Gebieten, die physischen Reaktionen der Liebe hatten sich mir noch nicht geoffenbart, und erst lange Zeit nachher vermochte ich die verzehrende Leidenschaft Miroskis zu erfassen. Dieser alternde Mann fühlte für das naive unschuldige Kind, das ich damals war, eine brennende Liebesglut, wie sie nur einen Polen ergreifen kann. Meine ahnungslose Mutter gewährte uns manche Freiheiten, die langen Waldspaziergänge blieben nicht ohne Wirkung, und als er schließlich der Versuchung nicht widerstehen konnte, mich zu küssen, dachte ich, dies sei die große Liebe meines Lebens und verlobte mich mit ihm.

Mittlerweile war der Sommer vergangen, und wir waren wieder ganz ohne Geldmittel. In Chicago war, wie ich einsehen mußte, nichts zu erhoffen, und mein Entschluß, nach New York zu fahren, stand fest. Aber wie?! Eines Tages erfuhr ich, daß der berühmte Augustine Daly mit seiner Truppe, der unter anderen auch Ada Rehan angehörte, in unserer Stadt eingetroffen sei. Sofort war ich entschlossen, ihn aufzusuchen, was mir auch nach unglaublichen Mühen gelang. Nun stand ich vor dem allmächtigen Theatermagnaten, dem man die höchsten künstlerischen und geistigen Qualitäten nachsagte, und mit bangen Gefühlen begann ich, ihn zu mustern. Daly war ein bemerkenswerter, gut aussehender Mann, der jedoch gegen Fremde gern ein abweisendes Gehabe zur Schau trug. Dennoch ließ ich mich nicht abschrecken und brachte mein Anliegen tapfer vor: „Ich bringe Ihnen eine große künstlerische Idee", begann ich, „und Sie sind wahrscheinlich der einzige Mann in Amerika, der imstande ist, sie aufzufassen. Ich habe den Tanz neuentdeckt! Ich habe diese Kunst wiedergefunden, die zwei Jahrtausende hindurch für die Menschheit verlorengegangen war. Sie sind ein hervorragender Theaterfachmann, aber eines fehlt Ihren Bühnenspielen, was dem griechischen Theater seine Bedeutung verlieh – die Tanzkunst des tragischen Chors. Wenn Sie diese nicht zu neuem Leben erwecken, so wird Ihr Theater stets nur ein schöner Kopf bleiben, den seine Glieder nicht zu tragen vermögen. Ich bringe Ihnen diese Tanzkunst, die unser Zeitalter von Grund auf umstürzen wird."

Nun wurde aber Daly ungeduldig und warf mehrmals ein: „Schon gut! Genug!"

Allein ich ließ mich nicht beirren und fuhr mit erhobener Stimme fort: „Sie müssen wissen, daß die Kunst des Theaters aus dem Tanz geboren wurde, die ersten Schauspieler waren Tänzer – sie sangen und tanzten dazu. Aus dem Tanz entwickelte sich die Tragödie, und bevor der Tänzer nicht mit seiner großartigen Kunst zum Theater zurückkehrt, kann dieses niemals hoffen, seine höchsten Aufgaben zu erfüllen!"

Offenbar konnte der berühmte Theatergewaltige für die erregten Worte des seltsamen Kindes, das ihn zu belehren wagte, keine Erklärung finden, aber endlich entschied er: „In einer Pantomime, die ich in New York herausbringe, ist noch eine kleine Rolle frei. Sie können sich am 1. Oktober zu den Proben einfinden, und wenn Sie entsprechen, sind Sie engagiert. Wie heißen Sie?"

„Isadora", erwiderte ich.

„Hübscher Name! Also, Isadora, am 1. Oktober sehen wir uns in New York."

Überwältigt vor Freude rannte ich zu meiner Mutter nach Hause. „Mama", rief ich glückselig, „endlich weiß mich jemand zu schätzen! Ich bin beim großen Augustine Daly engagiert, am 1. Oktober müssen wir in New York sein!"

„Schön", sagte meine Mutter, „aber wie werden wir die Fahrkarten bezahlen?"

Auch dafür wußte ich Rat und sandte an einen Freund nach San Francisco folgendes Telegramm:

„Riesenengagement. Augustine Daly. Muß 1. Oktober New York sein. Anweiset drahtlich hundert Dollar."

Das Wunder geschah – das Geld traf ein und mit ihm meine Schwester Elizabeth und mein Bruder Augustin, die aus meinem Telegramm herausgelesen hatten, daß unser Glück gesichert sei. Schließlich gelang es uns allen doch, voll der kühnsten Hoffnungen New York zu erreichen. Nun würde die Welt, so dachte ich, mich endlich anerkennen! Hätte ich damals geahnt, was für entsetzlich schwere Tage mir noch bevorstanden, ehe dies wirklich eintrat, mit meinem Lebensmut wäre es wohl zu Ende gewesen.

Ivan Miroski war verzweifelt bei dem Gedanken, mich zu verlieren, allein wir schworen uns ewige Liebe, und ich tröstete ihn mit der Versicherung, es werde uns ein Leichtes sein, zu heiraten, wenn ich einmal in New York mein Glück gemacht hätte. Dies will nicht sagen, daß ich zur Ehe überhaupt Vertrauen fassen konnte, aber damals glaubte ich noch meiner Mutter zuliebe an die Notwendigkeit dieser veralteten Institution. Ich hatte die Waffen noch nicht ergriffen, mit denen ich in meinem späteren Leben für die freie Liebe kämpfen sollte.

4

Mein erster Eindruck von New York war, daß diese Stadt bei weitem mehr Schönheit und Kunst aufweist als Chicago. Auch fühlte ich mich glücklich, wieder in der Nähe des Meeres zu weilen, im Innern des Landes fühlte ich mich immer bedrückt.

Wir stiegen im nächstbesten Boardinghouse, nicht weit von der Sixth Avenue, ab und fanden dort eine sonderbare Gesellschaft versammelt. Wie echte Bohemiens wiesen sie einen gemeinsamen Zug auf: keiner war imstande, seine Rechnung zu zahlen, und alle befanden sich in ständiger Gefahr, hinausgeworfen zu werden. Eines Morgens begab ich mich zum Bühneneingang vom Theater Augustine Dalys, erhielt Zutritt und wollte dem berühmten Mann meine Ideen erklären, er aber schien beschäftigt und schlechter Laune, schließlich bemerkte er: „Ich habe jetzt die große Mimikerin Jane May von Paris herübergebracht; wenn Sie überhaupt imstande sind, in einer Pantomime mitzuwirken, könnte ich Ihnen da eine Rolle zuteilen."

Nun habe ich aber die Pantomime niemals für Kunst angesehen. Bewegung fällt in das Gebiet des Lyrischen, des leidenschaftlichen Ausdrucks und hat mit dem gesprochenen Worte nichts gemein; in der Pantomime jedoch bemühen sich die Darsteller, Worte durch Gebärden zu ersetzen, so daß weder die Kunst des Tänzers noch jene des Schauspielers sich zeigen kann, weshalb diese Kunstgattung keiner der beiden Forderungen gerecht wird und zu lächerlicher Bedeutungslosigkeit verurteilt bleibt. Immerhin bedeutete auch diese Rolle in meiner Lage einen Glücksfall, ich versprach, sie zu übernehmen, und begann sie zu Hause zu studieren. Aber was ich da zu lesen bekam, schien mir über alle Maßen kindisch und meiner ehrgeizigen Ideale ganz und gar unwürdig.

Schon die erste Probe brachte mir eine fürchterliche Enttäuschung. Jane May, eine kleine Person mit sprudelndem Temperament, geriet bei jeder Gelegenheit in Wut. Man hatte mir die wichtigsten Gebärden der Pantomime gezeigt: Wenn ich auf sie deutete, so hieß das „Du“, wenn ich meine beiden Hände flach auf den Busen legte, sollte das „Liebe“ heißen, wenn ich aber schließlich meine Brust heftig mit beiden Fäusten bearbeitete, so hatte das „Ich“ zu bedeuten. Dies alles erschien mir aber gar zu läppisch, und da mein Herz nicht bei der Sache war, spielte ich meine Rolle so schlecht, daß Jane May in einen Wutanfall geriet. Sie wandte sich wie angewidert an Daly, versicherte ihm, ich besäße nicht das geringste Talent und könne diese Rolle unmöglich behalten. Ihr hartes Urteil versetzte mich in die höchste Verzweiflung, denn es bedeutete nichts anderes, als daß wir alle nunmehr einer unnachsichtigen Pensionswirtin auf Gnade und Ungnade ausgeliefert waren. Hatte diese doch erst gestern eine arme kleine Choristin einfach auf die Straße gesetzt, ohne daß sie ihre Habseligkeiten mitnehmen durfte. Der Gedanke an unser bevorstehendes Elend trieb mir die Tränen in die Augen, und ich muß einen recht kläglichen Anblick geboten haben, denn Daly schien gerührt, klopfte mir auf die Schulter und sagte begütigend zu Jane May: „Sehen Sie nur, wenn sie weint, zeigt sie viel Ausdruck, es wird schon gehen, sie wird noch lernen!“

Die Proben bildeten für mich ein wahres Martyrium. Man verlangte von mir Bewegungen, die mir gemein und albern erschienen und mit der Begleitmusik in gar keinem Zusammenhange standen. Aber Jugend gewöhnt sich an alles, und ich fand mich schließlich mit Humor in meine Rolle. Jane May spielte den Pierrot, und in einer Szene sollte ich ihr meine Liebe erklären; hierbei mußte ich zu drei verschiedenen Melodien dreimal auf Pierrot zutreten und ihn schließlich auf die Wange küssen. Ich vollführte dies mit solchem Ungestüm, daß das Rot meiner Lippen an ihren weißgepuderten Wangen haften blieb; Pierrot verwandelte sich plötzlich wieder in Jane May, die mir voll Wut eine schallende Ohrfeige verabreichte! Immerhin kein erfreulicher Auftakt für den Beginn einer Bühnenkarriere! Je weiter aber die Proben fortschritten, um so mehr Bewunderung fühlte ich für das verblüffende Ausdrucksvermögen dieser Mimikerin. Wäre sie nicht an die fehlerhaften, schalen Gesetze der Pantomime gebunden gewesen, aus ihr wäre eine bedeutende Künstlerin geworden. Aber die Formen waren zu eng begrenzt, ich fühlte mich stets versucht, den Darstellern zuzurufen: „Wenn du etwas zu sagen hast, warum schweigst du dann? Warum mühst du dich mit der Zeichensprache ab wie in einem Taubstummenasyl?“

Endlich wurde die erste Vorstellung angesetzt. Ich trug ein Directoirekostüm, eine blonde Perücke und einen großen Strohhut. Dies war also die Verwirklichung meiner Pläne, der Welt eine neue Kunstrichtung zu schenken: In einer scheußlichen Maskerade mußte ich eine Komödie mitmachen, die mich anekelte! Meine Mutter saß in der ersten Reihe. Welche Kämpfe hatten wir zu bestehen, bis wir zu diesem armseligen Ergebnis gelangten! Denn solange die Proben andauerten, waren wir von allen Geldmitteln entblößt. Aus dem Boardinghouse hatte man uns hinausgeworfen, und wir waren gezwungen gewesen, zwei leere Zimmer in der 180. Straße zu mieten. Zum Theater in die 34. Straße mußte ich täglich zweimal hin und zurück zu Fuß gehen und suchte auf die abenteuerlichste Art den Weg abzukürzen. Da ich auch für ein Mittagessen kein Geld hatte, versteckte ich mich während der Pause in einer Loge; dort schlief ich gewöhnlich vor Ermattung ein und setzte am Nachmittag die Proben mit leerem Magen wieder fort. Sechs Wochen hungerte ich mich so durch die Proben, und erst eine Woche nach der Premiere wurden die Gagen ausbezahlt.

Nach dreiwöchiger Spielzeit in New York begab sich die Truppe auf die Wanderschaft, wobei in jedem Ort nur einmal übernachtet wurde. Ich erhielt 15 Dollar pro Woche, mußte alle meine Auslagen zahlen und schickte noch die Hälfte der Gage meiner Mutter. Wenn wir uns in einem Ort aufhielten, stieg ich nicht etwa in einem Hotel ab, sondern ich machte mich mit meinem Koffer zu Fuß auf die Suche nach einer billigen Pension. Manchmal geriet ich da in recht merkwürdige Situationen. So erhielt ich in einem Haus nicht einmal einen Zimmerschlüssel; die Männer, die dort wohnten, waren meist betrunken und versuchten wiederholt, in mein Zimmer einzudringen. Ich war zu Tode erschrocken, verrammelte mit dem schweren Kleiderkasten meine Zimmertür, wagte aber dennoch nicht zu schlafen, sondern blieb die ganze Nacht wach. Ich kann mir keine gottverlassenere Existenz vorstellen als eine Schauspielertruppe auf der Schmierentournee. Gottlob hatte ich einige Bücher mitgenommen und las, wenn immer ich Zeit erübrigen konnte: Platos Republik sowie Tragödien von Äschylos, Sophokles und Euripides.

Jane May war unermüdlich, jeden Tag setzte sie eine Probe an, und niemals konnte man sie zufriedenstellen. Nach zweimonatiger Wanderschaft kehrte die Truppe nach New York zurück. Für Daly hatte die Tournee mit einem schmerzlichen Mißerfolg geendet. Jane May begab sich wieder nach Paris.

Was aber sollte jetzt aus mir werden? Abermals unternahm ich den schweren Weg zu Daly und versuchte, ihn für meine Kunst zu gewinnen, doch er blieb taub und gleichgültig für alle meine Vorschläge. Schließlich sagte er: „Ich stelle jetzt eine Truppe für den Sommernachtstraum zusammen, wenn Sie Lust haben, können Sie in der Elfenszene mitwirken."

Der Tanz soll meiner Überzeugung nach den Ausdruck menschlicher Gefühle und Empfindungen darstellen, für Feenmärchen hatte ich gar nichts übrig, trotzdem willigte ich ein und schlug vor, in der Waldszene vor dem Auftreten Oberons und Titanias das Scherzo von Mendelssohn zu tanzen.

Den Sommernachtstraum führten wir im Opernhaus der Sixth Avenue auf. Ich trug eine lange geradlinige Tunika, weiß und gold mit zwei Flitterflügeln. Gegen die Flügel sträubte ich mich heftig, da sie mir gar zu albern schienen, und vergeblich versuchte ich Daly klarzumachen, daß ich auch ohne Hilfe falscher Papierflügel deren Vorhandensein zum Ausdruck bringen könne; er aber bestand hartnäckig darauf. Endlich stand ich auf der großen Bühne und durfte allein vor einem zahlreichen Publikum tanzen. Und ich tanzte – tanzte so gut, daß das Publikum bei offener Szene in Beifallsstürme ausbrach. Ich hatte einen Bombenerfolg. Als ich in die Kulisse zurücktrat, dachte ich, Daly würde mich zu meinem Erfolg beglückwünschen, aber es sollte ganz anders kommen. Wütend donnerte er mich an: „Wir sind hier in keinem Varieté! Es ist unbegreiflich, daß das Publikum bei einem derartigen Tanz applaudieren kann!" Am nächsten Abend wurden bei meiner Szene sämtliche

Lichter abgedreht, und so oft ich im Sommernachtstraum auftrat, herrschte auf der Bühne völlige Dunkelheit: man konnte nichts unterscheiden als ein weißes flatterndes Gebilde.

Nach zwei Wochen begab sich auch der Sommernachtstraum auf die Wanderschaft. Abermals stand mir die beschwerliche Reise und die Jagd nach einer Unterkunft bevor, mit dem einzigen Unterschied, daß nunmehr meine Gage auf 25 Dollar pro Woche erhöht worden war.

So verging langsam das Jahr. Ich war außerordentlich unglücklich: meine Träume, meine Ideale, meine Ambitionen schienen undurchführbar. Bei der Truppe hatte ich wenig Freunde, mein ganzes Wesen mußte den Kollegen seltsam erscheinen. So spazierte ich beispielsweise hinter den Kulissen stets mit einem Bildnis Marc Aurels umher und versuchte, mir mit der Philosophie der Stoiker das ständige Elend wegzutäuschen. Gleichwohl gewann ich mir auf dieser Reise eine Freundin – ein junges Mädchen, das die Titania spielte. Sie war überaus lieblich und sympathisch, hatte aber die fixe Idee, nur von Orangen leben zu müssen, und verweigerte andere Nahrung. Sie war wohl nicht für diese Welt geschaffen, denn einige Jahre später starb sie an progressiver Blutarmut.

Im Verlauf unserer Tournee kamen wir mit dem Sommernachtstraum auch nach Chicago, wo ich Miroski wiedertraf. War im Theater keine Probe angesetzt, dann unternahmen wir lange platonische Spaziergänge in den herrlichen Wäldern der Umgebung Chicagos, und ich lernte die hohe Intelligenz meines Bräutigams immer mehr schätzen. Er sollte mir nach New York folgen, wo wir zu heiraten beschlossen hatten. Mein Bruder zog Erkundigungen ein und brachte ein Gerücht in Erfahrung, daß Ivan bereits verheiratet sei. Ich konnte dies nicht glauben, doch sollte es sich als allzu wahr herausstellen.

5

Inzwischen hatte sich unsere ganze Familie in New York vereinigt. Es war uns schließlich doch möglich gewesen, ein Atelier mit Badezimmer mieten zu können, und da ich für meine Tanzübungen Platz brauchte, kauften wir fünf Federmatratzen, die wir tagsüber an die Wand stellten und mit Draperien verdeckten. Wir schliefen also auf den Matratzen, hatten keine Betten und zum Zudecken nur einen Plaid. Elizabeth setzte dort ihren Unterricht wie in San Francisco fort, Augustin war einer Theatergruppe beigetreten und kam selten nach Hause, Raymond versuchte sich als Journalist. Zur Verminderung unserer Auslagen vermieteten wir unser Studio stundenweise an verschiedene Lehrer für Rhetorik, Musik und Gesang; der Umstand aber, daß unsere Wohnung nur aus einem einzigen Raum bestand, zwang oft die ganze Familie, lange Spaziergänge zu unternehmen, und manchmal stapfte ich, um mich zu erwärmen, stundenlang im tiefen Schnee im Central-Park herum. Damals hatte Daly den unglücklichen Einfall, die „Geisha" nach Amerika zu bringen, und veranlaßte mich, in einem Quartett mitzuwirken. Nun hatte ich aber nie in meinem Leben auch nur einen Ton singen können; und da die anderen drei behaupteten, daß ich sie aus dem Takt brächte, stand ich mit lieblich geöffnetem Mund einfach daneben, ohne auch nur den Versuch zum Singen zu unternehmen. Meine Mutter versicherte später, es sei unglaublich, was für Grimassen die anderen schnitten, während ich immer meinen liebreizenden Ausdruck beibehielt.

Die Einfältigkeit der „Geisha" bildete den letzten Strohhalm meiner Beziehungen zu Daly. Eines Tages fand er mich im finsteren Theater bitterlich weinend auf dem Boden einer Loge liegend. Er beugte sich über mich und fragte, was mir fehlte, worauf ich ihm erklärte, ich könne den Dummheiten, die sich in seinem Theater abspielten, nicht länger zusehen. Er antwortete, auch er könne die „Geisha“ nicht leiden, aber die finanzielle Seite müsse berücksichtigt werden, und um mich zu trösten, ließ er seine Hand in den Ausschnitt meines Kleides gleiten, worüber ich in höchste Wut geriet.

„Wozu behalten Sie mich denn überhaupt noch hier“, sagte ich, „wenn Sie von mir keinen Gebrauch machen wollen?“

Daly blickte mich verwundert an, pfiff leise vor sich hin und ging. Aber einige Tage später bat ich um meine Entlassung, denn ein unsagbarer Ekel vor dem Theater hatte mich nach diesen Erfahrungen ergriffen. Das fortwährende Wiederholen der gleichen Worte und derselben Bewegungen, Abend für Abend, die Launen und die Lebensanschauungen der Theaterleute, alles widerte mich an.

Ich verließ Daly und kehrte in unser Studio nach Carnegie Hall zurück: wir hatten sehr wenig Geld, aber ich konnte wieder meine kleine weiße Tunika tragen und war ganz glücklich.

Zu dieser Zeit begeisterte mich die Musik von Ethelbert Nevin, und ich komponierte Tänze zu den meisten seiner Werke: „Narcissus“, „Ophelia“, „Die Wassernymphen“ usw. Als ich eines Tages im Studio probte, öffnete sich plötzlich die Tür, und ein junger Mann mit wildem Gesichtsausdruck stürzte herein; die Haare standen ihm zu Berge, er rannte auf mich zu und schrie: „Man sagt mir, daß Sie es wagen, nach meiner Musik zu tanzen! Das verbiete ich Ihnen, meine Musik ist keine Tanzmusik!“ Es war Nevin.

Ich nahm ihn ruhig bei der Hand und setzte ihn auf einen Stuhl: „Setzen Sie sich“, sagte ich, „ich werde jetzt vor Ihnen nach Ihrer Musik tanzen und schwöre Ihnen, es nie wieder zu tun, wenn es Ihnen nicht gefällt.“

Nun tanzte ich zu seinem Narcissus. Aus der Melodie hatte ich das Motiv des Jünglings herausgehört, der, sein Spiegelbild im Bache bewundernd, von heftiger Liebe ergriffen wird und sich verschmachtend in eine Blume verwandelt. Kaum war der letzte Ton verklungen, als Nevin aufsprang und mich mit beiden Armen umschlang. Er blickte mich an, und seine Augen füllten sich mit Tränen: „Sie sind ein Engel!“ rief er aus. „Sie sind eine Seherin! Dieselben Bewegungen sah ich im Geiste vor mir, als ich die Musik komponierte.“

Ich tanzte dann noch seine „Ophelia", er geriet in immer größere Verzückung, setzte sich schließlich selbst ans Klavier und komponierte für mich einen Tanz, den er „Lenz" nannte. Leider ist dieser Tanz, obwohl er ihn oft für mich gespielt hat, nicht niedergeschrieben worden. Nevin war hingerissen und schlug mir vor, mit ihm ein Konzert im kleinen Saal von Carnegie Hall zu veranstalten. Er selbst wollte mich begleiten, traf alle Vorbereitungen für das Konzert, mietete den Saal, besorgte die Reklame und kam jeden Abend zur Probe. Ich habe ihn stets für einen großen Komponisten gehalten. Er besaß alle Fähigkeiten dazu und hätte der Chopin Amerikas werden können, wäre er nicht bald darauf einer furchtbaren Krankheit erlegen.

Schon das erste Konzert war ein großer Erfolg, die späteren riefen in New York geradezu Sensation hervor, und wenn es uns gelungen wäre, einen geschickten Impresario zu finden, ich hätte schon damals eine erfolgreiche Karriere beginnen können. Aber ich war eben noch völlig unerfahren.

Unter den Zuschauern befanden sich Damen der Gesellschaft, und meinem Erfolg verdankte ich manche Einladung in die verschiedenen New Yorker Salons. Damals hatte ich zu den Gedichten Omar Khayams in der Übersetzung von Fitzgerald Tänze komponiert; manchmal las Augustin, manchmal Elizabeth die Gedichte vor, während ich tanzte. Auch Mrs. Astor hatte mich eingeladen, in ihrer Villa in Newport zu tanzen; meine Mutter, Elizabeth und ich begaben uns nach Newport, damals dem modernsten Badeort Amerikas. Mrs. Astor bedeutete für Amerika etwa soviel wie die Königin Victoria für England. Die Leute, die in ihre Nähe kamen, wurden von größerer Scheu und Ehrerbietung ergriffen, als wenn sie vor einer Monarchin gestanden wären. Mir gegenüber zeigte sie sich jedoch immer überaus leutselig. Die Vorführungen fanden auf einer Wiese im Park statt, und die exklusivste Gesellschaft Newports bildete das Publikum. Ich besitze von einer dieser Aufführungen eine Photographie, wo man die ehrwürdige Mrs. Astor neben Harry Lair sitzen sieht, umgeben von ganzen Reihen von Vanderbilts, Belmonts, Fishs usw. Später tanzte ich noch bei anderen Leuten, doch erwiesen sich diese als so knickerig, daß wir kaum Geld genug verdienten, um für unsere Reise und das

Essen aufzukommen. Obgleich meine Tanzproduktionen gefielen und die Newporter Gesellschaft entzückt schien, hatte sie doch nicht das geringste Verständnis für meine Kunst, und wir verließen Newport mit einem gewissen Gefühl der Enttäuschung. Diese Leute waren in ihrem Snobismus und im Glanz ihres Reichtums so versunken, daß sie für Kunst überhaupt kein Verständnis mehr aufbringen konnten.

Da mich auch das Leben in Kalifornien in keiner Weise befriedigte, reifte in mir der Wunsch, eine wesensverwandtere Atmosphäre zu finden, als New York sie mir bieten konnte. Ich träumte von London und den berühmten Schriftstellern und Malern, denen man dort begegnen würde – George Meredith, Henry James, Watts, Swinburne, Burne-Jones, die Rosettis, Whistler . . . das waren magische Namen; und in New York hatte ich so gut wie gar nichts erreicht – ich hatte für die Durchführung meiner Ideen nirgends das geringste Verständnis gefunden.

Mittlerweile hatte Elizabeth ihre Schule vergrößert, und wir übersiedelten von Carnegie Hall in zwei große Parterrezimmer des Hotels Windsor. Wir mußten für die Zimmer 90 Dollar pro Woche bezahlen, und da die Preise für die Tanzstunden sehr dürftig waren, stellten wir bald fest, daß es unmöglich war, die Miete und unsere anderen Auslagen zu bestreiten. Äußerlich hatten wir ja Erfolg, aber unsere Kasse wurde immer leerer. Das Hotel Windsor war düster, und angesichts der Teuerung behagte uns das Leben dort gar nicht. Eines Abends saß ich mit meiner Schwester am Kamin, und wir zerbrachen uns den Kopf, wie wir das nötige Geld zur Bezahlung auftreiben sollten. Plötzlich rief ich aus: „Unsere einzige Rettung besteht darin, daß das Hotel niederbrennt!“

Damals lebte im dritten Stock auch eine sehr reiche alte Dame, deren Zimmer mit antiken Möbeln und Bildern vollgepfropft waren. Sie pflegte jeden Morgen um Punkt 8 Uhr beim Frühstück zu erscheinen. Ich hatte mir nun ausgedacht, daß ich sie am nächsten Morgen anpumpen würde, was ich auch tat. Die alte Dame war aber in sehr schlechter Laune und lehnte jede Hilfe ab, während sie sich bitter über den schlechten Kaffee beschwerte: „Ich wohne jetzt schon jahrelang in diesem Hotel“, sagte sie, „aber wenn der Kaffee nicht besser wird, werde ich bald verschwinden.“ Und tatsächlich verschwand sie noch am selben Abend, denn das ganze Hotel brannte ab, und man fand von ihr nur mehr verkohlte Reste. Elizabeth vermochte durch Mut und Geistesgegenwart alle Kinder der Tanzschule zu retten, indem sie sie im Gänsemarsch aus dem Hotel führte. Aber alles andere ging verloren, auch unsere Familienbilder, an denen wir sehr hingen. Wir nahmen nun ein Zimmer im Hotel Buckingham und nach einigen Tagen hatten wir unseren New Yorker Ausgangspunkt wieder erreicht: Wir besaßen nämlich keinen Penny mehr!

„Das ist ein Wink des Schicksals“, sagte ich, „wir müssen nach London ziehen.“

6

Unsere Familie bestand nur mehr aus vier Personen, denn Augustin hatte sich auf einer Schmierentournee, während er den Romeo spielte, in seine sechzehnjährige Julia verliebt, kam eines Tages nach Hause und teilte uns kurz und bündig mit, er wäre verheiratet. Dies wurde ihm bei uns nahezu als Verrat ausgelegt; meine Mutter geriet ganz außer sich, benahm sich ähnlich wie bei dem erwähnten Besuch meines Vaters, lief aus dem Zimmer und versperrte die Tür; Elizabeth hüllte sich in eisiges Schweigen, Raymond bekam einen hysterischen Anfall – ich war die einzige, die ihm noch etwas Mitgefühl bewies. Bald hatte ich meinem vor Aufregung leichenblassen Bruder versprochen, seine Frau zu besuchen, und er führte mich in eine obskure Seitengasse, wo wir in einem ärmlichen Haus fünf Stock hoch in einem elenden Zimmer Julia fanden. Sie war hübsch und zart, sah aber leidend aus und hatte mir bald anvertraut, daß sie ein Kind erwartete. Augustin mußte jetzt natürlich aus unseren Londoner Plänen ausscheiden, denn die ganze Familie betrachtete ihn als Gefallenen, unwürdig der großen Zukunft, der wir entgegenschritten.

So erwarteten wir denn wieder einmal den Sommer in einem kleinen, kahlen Atelier ohne Geld. Damals kam ich auf den glänzenden Gedanken, die reichen Damen, in deren Salons ich getanzt hatte, um eine Summe für unsere Londoner Reise anzugehen. Die erste Dame, an die ich mich wandte, wohnte in einem herrlichen Palais mit der Aussicht auf den Central-Park; ich erzählte ihr von dem Brand im Windsor-Hotel; daß wir dabei unsere ganze Habe verloren hatten; von dem Mangel an Anerkennung in New York, und schließlich sprach ich die Überzeugung aus, in London mehr Anklang zu finden. Tatsächlich vermochte ich sie zu rühren, erhielt einen Scheck, dankte mit Tränen in den Augen und schlüpfte aus dem Haus. Leider mußte ich aber feststellen, daß der Scheck nur auf 50 Dollar lautete, also für unsere Reise nach London absolut nicht ausreichte.

Sofort machte ich bei einer anderen Millionärin in der Fifth Avenue einen zweiten Versuch, wurde aber dort noch kühler empfangen. Die Dame erteilte mir gute Lehren und trachtete mir zu beweisen, daß meine Ideen gänzlich undurchführbar wären; vielleicht würde sie anders urteilen, meinte sie, wenn ich jemals richtig Ballett tanzen gelernt hätte; gewiß gäbe es Tänzerinnen, die Karriere machen und ein Vermögen erwerben könnten.

Im Verlauf dieses endlosen Gespräches wurde ich vor Aufregung ohnmächtig und fiel hin, es war schon vier Uhr nachmittags, und ich hatte noch nichts gegessen. Die Dame schien nun doch einigermaßen bewegt und ließ mir eine Tasse Schokolade mit etwas Gebäck bringen, auf das meine Tränen fielen, während ich noch immer versuchte, sie von der Dringlichkeit unserer Londoner Reise zu überzeugen.

„Eines Tages werde ich gewiß berühmt sein“, schluchzte ich, „und Sie werden dazu beigetragen haben, daß sich ein amerikanisches Talent durchgesetzt hat!“

Endlich überreichte mir die Besitzerin eines Vermögens von 60 Millionen Dollar einen Scheck, der ebenfalls nur auf 50 Dollar lautete, fügte aber sofort hinzu: „Sie werden mir den

Betrag hoffentlich zurückerstatten, wenn Sie genügend Geld verdient haben!"

Ich habe ihr natürlich das Geld nie zurückgegeben, sondern vorgezogen, es armen Leuten zu schenken. Immerhin gelang es mir, während dieser Rundreise bei den New Yorker Millionärsfrauen die großartige Summe von 300 Dollar zusammenzubetteln, ein Betrag, der nicht einmal für unsere Billette zweiter Klasse auf einem gewöhnlichen Dampfer ausreichte, wollten wir in London nicht gänzlich mittellos eintreffen. Da kam Raymond auf die glänzende Idee, den Hafen so lange abzusuchen, bis er einen kleinen Viehtransportdampfer fand, der eben nach Hull in See gehen sollte. Der Kapitän war von unserer Geschichte so gerührt, daß er einwilligte, uns als Passagiere mitzunehmen, obwohl dies eigentlich gegen die Vorschriften auf seinem Schiff verstieß. Eines schönen Morgens schifften wir uns also mit ein paar ärmlichen Handtaschen ein. Im Schiffsraum bemerkten wir etwa 200 stöhnende Schlachttiere, die aus den fernen Ebenen des Middle West nach London verschifft wurden. Die armen Tiere verletzten sich gegenseitig mit ihren Hörnern und brüllten herzzerreißend Tag und Nacht, was auf uns alle einen widerwärtigen Eindruck machte; mein Bruder Raymond ist seit jener Zeit Vegetarier geworden und hat nie mehr Fleisch gegessen.

Wenn ich in späteren Jahren auf einem der großen transatlantischen Dampfer in meiner luxuriösen Kabine lag, mußte ich oft an diese sechswöchige Reise auf dem Viehdampfer denken. Unsere Nahrung bestand ausschließlich aus verdächtigem Pökelfleisch und Tee, der nach faulem Stroh schmeckte; die Kabinen waren winzig klein und die Betten hart. Da wir uns schämten, auf diesem Schiff unter unserem eigenen Namen zu fahren, hatten wir den Mädchennamen meiner Mutter, O'Gorman, angenommen. Ich hieß also auf dem Schiff Maggie O'Gorman. Der erste Offizier war ein Irländer, mit dem ich die Mondscheinnächte auf der Brücke verbrachte, und einige Male fragte er Maggie O'Gorman, ob sie seine Frau werden wolle. Der Kapitän, ein stattlicher Seebär, ließ manchmal eine Flasche Whisky auftischen und braute für uns alle einen heißen Grog. Trotz aller Strapazen war es im Grunde genommen eine sehr glückliche

Zeit, und nur das Gebrüll und Gestöhne des armen Viehs in den Laderäumen wirkte niederdrückend auf unsere Stimmung.

An einem schönen Maimorgen landeten O'Gormans in Hull, und wenige Stunden später kamen Duncans in London an. Auf Grund einer Annonce in der Times fanden wir bald ein Unterkommen in der Nähe von Marble Arch. Die ersten Tage verbrachten wir in einem Zustand höchster Spannung hauptsächlich mit Fahrten auf den Omnibussen; in unserem Staunen und vor Entzücken über alles Neue, das wir erblickten, hatten wir gänzlich vergessen, wie knapp unsere Geldvorräte waren. Wir unternahmen Besichtigungen, verweilten stundenlang in Westminster Abbey, im British Museum, im Kensington Museum, im Tower; wir besuchten Kew Gardens, Richmond Park, Hampton Court und benahmen uns mit einem Wort genauso wie Vergnügungsreisende, denen ein Vater aus Amerika regelmäßig Geld zuschickt. Einige Wochen vergingen auf diese Weise, bis wir durch unsere erzürnte Wirtin, die auf Bezahlung ihrer Rechnung drang, aus unseren Träumen gerissen wurden.

Eines Tages kamen wir aus der National Gallery heim, wo wir einen höchst interessanten Vortrag über antike Kunst gehört hatten; aber als wir in die Wohnung eintreten wollten, wurde uns die Tür vor der Nase zugeschlagen: Wir befanden uns draußen auf der Treppe, während unser bescheidenes Gepäck in der Wohnung verblieb. Nach genauer Durchsuchung unserer Taschen ergab es sich, daß unser gesamtes Vermögen etwa 6 Shilling betrug, wir schlenderten also nach Kensington Gardens, ließen uns dort auf eine Bank nieder und überlegten, was nun geschehen solle.

Wäre es uns einmal vergönnt, unser eigenes Leben im Film betrachten zu können, dann würden wir uns oftmals die erstaunte Frage vorlegen, ob es denn wirklich möglich sei, daß wir selbst dies alles erlebt haben. Die vier Menschen, die an jenem Abend obdachlos durch die Straßen von London irrten, hätten ebensogut der Phantasie eines Charles Dickens entspringen können, und es fällt mir selbst manchmal schwer, an die Wirklichkeit zu glauben.

So zogen wir also durch die Straßen Londons ohne Geld, ohne Freunde und ohne die Möglichkeit, für die Nacht ein

Unterkommen zu finden. Die Hotels bestanden, da wir kein Gepäck mitführten, auf Vorausbezahlung, auch in den Pensionen, wo wir anpochten, erwiesen sich alle Wirtinnen als herzlos, und es blieb uns schließlich kein anderer Ausweg, als auf einer Bank im Green Park zu übernachten; aber auch hier erschien ein riesenhafter Policeman und wies uns barsch fort. Dieses Leben führten wir drei Tage und drei Nächte hindurch. Wir lebten ausschließlich von Penny-Broten, und unsere Tage verbrachten wir – so wunderbar war unsere Lebensfreude – im British Museum. Ich erinnere mich, damals eine englische Übersetzung von Winckelmanns „Reise nach Athen“ gelesen zu haben, worüber ich unsere mißliche Lage gänzlich vergaß und bittere Tränen weinte – nicht etwa über unser eigenes Mißgeschick, sondern über die Tragik des gelesenen Werkes.

Am Morgen des vierten Tages kam ich auf folgenden Einfall. Ich schärfte den Meinen ein, mir zu folgen und kein Wort zu sprechen, trat keck in eines der feinsten Hotels, weckte den verschlafenen Nachtportier und sagte ihm, wir wären soeben mit dem Nachtzug angekommen, unser Gepäck würde aus Liverpool nachgesendet, er solle uns inzwischen ein Zimmer anweisen und ein kräftiges Frühstück servieren lassen. Dieses verzehrten wir begreiflicherweise mit bestem Appetit, legten uns in die luxuriösen Betten und schliefen den ganzen Tag; nur ab und zu telefonierte einer von uns mit dem Portier und beschwerte sich bitter darüber, daß das Gepäck noch immer nicht angekommen wäre. Am Abend versicherten wir, ohne für den Abend Toilette zu machen, könnten wir doch unmöglich zum Essen gehen und ließen uns das Diner auf dem Zimmer servieren. Am nächsten Morgen verließen wir das Hotel mit derselben Keckheit, nur waren wir diesmal vorsichtig genug, den schnarchenden Nachtportier nicht zu wecken!

Wir befanden uns also abermals auf der Straße, hatten uns aber gut erholt und waren bereit, den Kampf ums Dasein wieder aufzunehmen. Unsre Wanderung führte uns diesmal gegen Chelsea, wo wir uns auf dem Friedhof vor der alten Kirche auf eine Bank setzten. Auf dem Boden lag eine alte Zeitung, ich hob sie auf und begann mechanisch zu lesen, als mir eine Notiz in die Augen sprang, wonach eine jener reichen Damen, in deren Salon ich in New York getanzt hatte, ein Haus in Grosvenor Square gemietet hätte, wo sie große Gesellschaften gab.

Einer plötzlichen Eingebung folgend bat ich die anderen, hier auf mich zu warten, fand allein meinen Weg nach Grosvenor Square und traf die Dame zu Hause an, die mich in der freundlichsten Weise empfing. Nunmehr erzählte ich ihr, ich sei nach London gekommen, um in Privatsalons Tanzabende zu veranstalten; ich hätte zwar sehr viele Abmachungen, aber vielleicht könnte ich es einrichten, auch bei ihr eine Soiree zu geben.

„Das wäre ja gerade, was ich für meinen Empfang am Freitag brauche!“ sagte sie. „Könnten Sie uns nicht nach Tisch einige Ihrer Interpretationen vorführen?“

Ich sagte zu, deutete aber diskret an, ein kleiner Vorschuß wäre angezeigt, um die Zusage sicher einhalten zu können. Ohne weiteres stellte sie mir einen Scheck auf zehn Pfund aus, mit dem ich hocherfreut und atemlos auf dem Friedhof von Chelsea ankam, wo die ganze Gesellschaft noch auf derselben Bank saß: Raymond setzte den anderen eben den platonischen Begriff der Seele auseinander.

„Unser Glück ist gemacht“, rief ich, indem ich ihnen triumphierend meinen Scheck zeigte, „ich muß am Freitag in Grosvenor Square tanzen – wahrscheinlich kommt auch der Prinz von Wales!“

Mit dem Geld beschlossen wir, zunächst ein Atelier für einen Monat im voraus zu bezahlen, und fanden nach einigem Suchen etwas Passendes in Kingsroad, Chelsea, wo wir noch am selben Abend einzogen. Da es dort keine Betten gab, waren wir gezwungen, auf dem Boden zu schlafen, doch tröstete uns das Gefühl, jetzt wieder wie richtige Bohemiens und Künstler zu leben; niemals wollten wir wieder in bürgerlich-philiströser Art möblierte Zimmer bewohnen. Wir bezahlten zunächst die Miete für das Atelier, kauften uns mit dem Rest des Geldes eine Anzahl von Konserven als eisernen Vorrat für die Zukunft, und endlich erstand ich einige Meter Schleierstoff, aus dem ich mir ein Kostüm für die Soiree in Grosvenor Square verfertigte. Damals war ich noch überaus schlank und konnte als erste Nummer den „Narcissus“ von Nevin als schmächtigen Jüngling wiedergeben, der für sein eigenes Spiegelbild in Liebe entbrennt;

dann tanzte ich noch die „Ophelia“ von Nevin und das Frühlingslied von Mendelssohn. Meine Mutter begleitete mich am Klavier, Elizabeth rezitierte einige Gedichte des Theokrit in der Übersetzung von Andrew Lang, und Raymond hielt einen längeren Vortrag über die Tanzkunst und ihren möglichen Einfluß auf die Psychologie der künftigen Menschheit.

Schon während meines Tanzes hatte ich bewundernde Ausrufe über mich gehört; als wir geendet hatten, war der Erfolg gesichert, und die Hausfrau schwamm in Entzücken, obwohl besonders die Vorträge Raymonds für das gutgesättigte Publikum vielleicht etwas zu hoch gegriffen waren. Als typisches Merkmal für die Wohlerzogenheit der englischen Gesellschaft muß bezeichnet werden, daß niemand an meinen bloßen Füßen und an den durchsichtigen Schleiern Anstoß nahm, während gerade dieses schlichte Kostüm mehrere Jahre später in Deutschland zum Tagesklatsch erhoben wurde. Die Engländer sind aber so überaus höfliche Menschen, daß niemand über die Originalität meines Kostümes viel Worte verlor – leider aber ebensowenig über die Originalität meines Tanzes! Man sagte zwar allgemein: „Wie hübsch!“ „Furchtbar nett!“ „Ich danke vielmals“ – aber das war auch alles.

Nun erhielt ich aber doch manche Aufforderung, in den großen Häusern zu tanzen, einmal mußte ich mich vor königlichen Hoheiten zeigen, ein andermal bei einer Gardenparty der Lady Lowther, aber am nächsten Tage hatten wir oft nichts zu essen, denn ich wurde zwar manchmal bezahlt, meistens aber erhielt ich gar nichts. Die Damen des Hauses brüsteten sich damit, daß ich vor der Prinzessin Soundso oder vor einem mächtigen Herrn tanzen durfte, und rechneten mir vor, um wie vieles ich bei Ihnen wieder berühmter geworden war.

Eines Tages hatte ich bei einem Wohltätigkeitsfest vier Stunden lang getanzt, und zum Lohn dafür schenkte mir eine Herzogin höchst eigenhändig Tee ein, auch Erdbeeren servierte sie mir; da ich aber seit Tagen nichts Ordentliches zu mir genommen hatte, wurde mir fürchterlich übel, und gleichzeitig zeigte mir eine andere Herzogin einen großen Sack Goldstücke und sagte mir in gönnerhaft anerkennendem Ton: „Sehen Sie nur, welchen Haufen Geld Sie für unser Blindenheim eingebracht haben!“ Meine Mutter und ich waren aber beide viel zu empfindsam, diesen Leuten ihre Grausamkeit vor Augen zu führen, wir verzichteten lieber auf ordentliche Nahrung, nur um uns gut anziehen zu können und wohlhabend auszusehen.

Den größten Teil unserer freien Zeit verbrachten wir im British Museum, wo Raymond von allen griechischen Vasen und Basreliefs Skizzen anfertigte; zu Hause kopierte ich dann die Bewegung dieser Figuren nach Musikstücken, die mit dem Rhythmus der Beine, der dionysischen Kopfhaltung und dem Werfen des Thyrsusstabes harmonisch übereinstimmten. Unsere Mahlzeiten nahmen wir im Erfrischungsraum des British Museum; sie bestanden meistens aus Milchkaffee und einem Penny-Brot. Aber die Schönheiten der Stadt London machten uns ganz trunken, wir durften jetzt endlich altererbte Kultur und architektonische Wunder in vollen Zügen genießen, auf die wir in Amerika vollständig hatten verzichten müssen.

Als wir New York verließen, hatte ich Ivan Miroski über ein Jahr lang nicht gesehen; nun erhielt ich von einem seiner Freunde die Nachricht, er hätte sich als Freiwilliger für den Krieg gegen Spanien gemeldet, sei im Lager zu Florida an Typhus erkrankt und gestorben. Ich war tief erschüttert und konnte der Nachricht keinen Glauben schenken, bis ich eines Tages, in alten Zeitungen blätternd, in der Verlustliste seinen Namen fand. Aus dem erwähnten Schreiben war mir auch die Nachricht bestätigt worden, daß Miroski in London eine Frau zurückgelassen hatte. Damals stand ich mehr oder weniger noch unter dem puritanischen Einfluß Amerikas und war entsetzt, daß er mir niemals von dieser Frau erzählt hatte. Ohne jemandem mein Vorhaben mitzuteilen, nahm ich eines Tages einen Wagen und fuhr auf die Suche nach Madame Miroski, deren Adresse gleichfalls in dem Briefe enthalten war. Wir fuhren bis an die äußersten Grenzen Londons, wo ganze Reihen kleiner grauer Häuser, eines genau wie das andere, mit erbärmlichen schmierigen Eingangstüren standen; komischerweise trug jedes dieser Häuser einen imposanten Namen: Sherwood Cottage, Glen House, Ellesmere, Ennismore und viele andere, die angesichts der Dürftigkeit gänzlich unangebracht schienen. Schließlich fand ich Stella House, läutete an und fragte eine vernachlässigt aussehende Dienstmagd nach Madame Miroski, worauf man mich in ein besonders übelriechendes Empfangszimmer führte. Ich kämpfte mit Angst und trotz Ivans tragischem Tod noch mit Eifersucht, als eine der merkwürdigsten kleinen Gestalten eintrat, die ich jemals erblickt hatte: nicht höher als vier Fuß, ausgemergelt, mit leuchtenden grauen Augen und schütterem grauen Haar; in dem kleinen weißen Gesicht preßten sich zwei schmale Lippen fest aufeinander.

Ich versuchte der mürrisch dreinblickenden Frau klarzumachen, was mich herführte.

„Ich weiß, ich weiß", unterbrach sie mich, „Sie sind Isadora; Ivan hat mir oft und viel über Sie geschrieben!"

„Es tut mir so furchtbar leid", stammelte ich, „mir hat er nie von Ihnen erzählt."

„Nein, natürlich nicht", sagte sie, „denn ich hätte ihm ja nachkommen sollen – und nun ist er tot!"

Hier übermannte sie die Verzweiflung, sie brach in Tränen aus, auch ich mußte weinen, und plötzlich hatte ich das Gefühl, als wären wir seit jeher Freundinnen. Sie führte mich in ihr Zimmer, dessen Wände mit lauter Bildern des Verstorbenen geschmückt waren. Jugendbildnisse, die sein Antlitz von ungewöhnlicher Schönheit und Energie zeigten; auch seine Fotografie in Uniform, die sie mit schwarzem Krepp umrahmt hatte. So saßen wir in ihrem Zimmer, von Ivans Bildern umgeben, die Hände fest umschlungen und sprachen von dem Manne, den wir beide geliebt hatten, bis die Dämmerung hereinbrach. Beim Abschied versprachen wir, einander wiederzusehen.

Bis dahin hatten Ivans Briefe und Bilder stets unter meinem Kopfkissen gelegen, aber von diesem Tage an sperrte ich sie in meinen Koffer.

7

Ende Juli war die Londoner Saison vorüber, wir hatten nur wenig zurücklegen können und litten bittere Not. Unser Leben spielte sich den Monat August hindurch zwischen dem Kensington Museum und der Bibliothek des British Museum ab, dann gingen wir, um die Fahrt zu sparen, zu Fuß in unser Atelier nach Kensington Square, wohin wir übersiedelt waren. Eines Abends erschien zu meiner Überraschung die kleine Madame Miroski und lud mich zum Abendessen ein; sie war sehr aufgeregt, denn dieser Besuch bedeutete für sie ein gewaltiges Abenteuer, – sogar eine Flasche Burgunder bestellte sie; dann bat sie mich, ihr alles vom Leben Ivans in Chicago zu erzählen. Wir weinten uns beide tüchtig aus, tranken noch eine Flasche Burgunder und schwelgten in einer wahren Orgie von Erinnerungen; dann verließ sie mich, und ich habe sie nie wiedergesehen.

Elizabeth hatte mit einigen Eltern unserer früheren Schülerinnen korrespondiert, und eine dieser Damen schickte ihr gänzlich unerwartet einen Scheck für ihre Rückreise. Tatsächlich beschloß sie, im September nach Amerika zurückzukehren, um etwas Geld zu verdienen, und eines Tages nahmen wir drei von ihr gerührten Abschied. Es folgte nun eine Zeit der ärgsten Depression: Elizabeth, die sanfte, gütige, heitere, war fort! Gleichzeitig machte sich schon der Winter bemerkbar, kalt und unfreundlich rückte der Oktober heran, und wir bekamen einen Vorgeschmack vom Londoner Nebel. Sogar das British Museum hatte seinen Reiz für uns verloren, ja es kamen Tage, da wir nicht einmal den Mut aufbrachten, vors Haus zu gehen: In Decken eingehüllt saßen wir in unserem Atelier und spielten auf einem improvisierten Spielbrett mit Kartonstückchen Dame. Die unbegreifliche Fröhlichkeit unserer ersten Wochen in London erscheint mir in der Erinnerung ebenso überraschend wie diese Zeit völliger Niedergeschlagenheit, da unsere Tapferkeit uns so gänzlich verlassen hatte; manchmal gaben wir uns morgens nicht einmal mehr die Mühe aufzustehen und schliefen einfach weiter.

Endlich kam ein Brief von Elizabeth mit etwas Geld. Sie hatte in New York ihre Schule eröffnet, und der Erfolg war nicht ausgeblieben. Der Brief Elizabeths flößte uns wieder neuen Mut ein und half uns über den Winter.

Als der Sommer herankam, hatten wir ein kleines möbliertes Haus in Kensington Square gemietet, und eines Abends tanzte ich mit Raymond im Garten, als eine auffallend schöne Frau zu uns trat und die seltsame Frage stellte: „Aus welchem Winkel der Erde seid ihr denn aufgetaucht?"

„Wir stammen überhaupt nicht von der Erde, wir kommen vom Mond", erwiderte ich.

„Mag sein", sagte sie, „woher ihr aber auch kommen mögt, jedenfalls seid ihr ganz reizend. Wollt ihr mich nicht besuchen?"

Es war Mrs. Patrick Campbell, die ein entzückendes Haus in Kensington Square besaß. Wir ließen uns nicht lange bitten, folgten ihr und bewunderten bald in ihrem Hause prachtvolle Porträts von Burne Jones, Rossetti und William Morris, die alle ihr edles Antlitz wiedergaben. Sie war feenhaft schön, hatte üppiges schwarzes Haar, große dunkle Augen und milchweißen Teint. Wir waren alle ganz verliebt in sie, und tatsächlich bereitete diese Begegnung unserer Not ein Ende, sie bedeutete geradezu einen Wendepunkt in unserem Schicksal. Als wir uns an ihren Bildern satt gesehen hatten, setzte sie sich ans Klavier, sang uns alte englische Lieder vor, und schließlich mußte ich tanzen.

Mrs. Campbell war von meinem Tanz so entzückt, daß sie mir ein Empfehlungsschreiben an Mrs. Wyndham, die Gattin des berühmten Theaterdirektors, einhändigte, in deren Salons sie als junges Mädchen mit Deklamationen aus „Romeo und Julia" debütiert hatte.

Mrs. Wyndham empfing mich äußerst liebenswürdig vor einem gemütlichen offenen Kaminfeuer, und wir tranken richtigen englischen Tee. Das ganze Haus atmete eine mystische Atmosphäre von Geborgenheit und Behaglichkeit, von Kultur und Ungezwungenheit, so daß ich mich dort sofort überaus heimisch fühlte; auch die reichhaltige Bibliothek übte auf mich eine besondere Anziehungskraft aus.

Mrs. Wyndham veranlaßte mich eines Abends, in ihrem Salon zu tanzen, wo fast alle Londoner Künstler und Literaten versammelt waren. Bei dieser Gelegenheit lernte ich einen Menschen kennen, der in meinem Leben eine große Rolle spielen sollte. Er war damals etwa fünfzig Jahre alt und hatte vielleicht den schönsten Kopf, den ich jemals gesehen habe: tiefliegende Augen unter einer markanten Stirn, eine klassische Nase, einen empfindsamen Mund, graues, in der Mitte gescheiteltes Haar, das sich hinter den Ohren wellte. Er war groß und schlank und ging stets ein wenig gebückt. Es war Charles Hallé, der Sohn der berühmten Pianistin. Merkwürdigerweise interessierte mich kein einziger von allen jungen Leuten, denen ich damals begegnete und die mir ganz gerne den Hof gemacht hätten, aber zu diesem fünfzigjährigen Mann fühlte ich mich sofort leidenschaftlich hingezogen.

Es war ein Jugendfreund Mary Andersons gewesen, und in seinem Atelier zeigte er mir voll Stolz die Tunika, die sie als Virgilia im „Coriolanus" getragen hatte und die er wie ein Heiligtum aufbewahrte. Von diesem ersten Besuch an verband uns innigste Freundschaft, kaum ein Nachmittag verging, ohne daß ich zu ihm kam. Er war mit allen großen Malern jener Zeit befreundet gewesen; die ganze Schule der Präraffaeliten, Rossetti, Burne Jones, William Morris, dann Whistler und Tennyson hatte er intim gekannt und wußte die interessantesten Dinge aus ihrem Leben zu erzählen. So verbrachte ich in seinem Atelier zauberhafte Stunden und verdanke der Freundschaft dieses charmanten Künstlers größtenteils mein Verständnis für die alten Meister.

Charles Hallé war damals Direktor der neuen Galerie, eines reizenden kleinen Gebäudes, in dessen mittlerem Hof sich ein Springbrunnen befand. In diesem Rahmen veranstaltete Hallé für mich Tanzabende: Der Maler Sir William Richmond hielt Vorträge über die Beziehung des Tanzes zur Malerei, Andrew Lang über den Einfluß des griechischen Mythus auf die Tanzkunst, Sir Hubert Parry, der Komponist, über musikalische Beeinflussung des Tanzes. Ich tanzte um den Springbrunnen inmitten exotischer Pflanzen, Blumen und Palmengruppen; die Veranstaltungen hatten großen Erfolg, die Zeitungen schrieben begeistert, und Hallé war überglücklich. Wer in London nur irgend etwas bedeutete, lud mich zum Lunch oder zum Diner ein – wieder einmal schien uns das Glück lächeln zu wollen. Eines Nachmittags wurde ich bei einem stark besuchten Empfang im Hause von Mrs. Ronalds dem Prinzen von Wales, dem nachmaligen König Edward, vorgestellt, der mich mit einer der Schönen verglich, die Gainsborough gemalt hatte, und diese Bezeichnung trug dazu bei, die allgemeine Begeisterung der Londoner Gesellschaft für mich zu erhöhen.

Da sich unsere finanzielle Lage nunmehr gebessert hatte, mieteten wir ein größeres Atelier in Warwick Square, wo ich meine Tage damit verbrachte, die unter dem Eindruck der italienischen Meister in der National Gallery empfangenen neuen Anregungen auszuarbeiten, obgleich ich gerade zu jener Zeit stark unter dem Einfluß der präraffaelitischen Schule stand.

Damals trat ein junger Dichter mit einer sanften Stimme und träumerischen Augen in mein Leben. Er hieß Douglas Ainslie und war eben von der Hochschule zu Oxford zurückgekehrt. Fast jeden Abend erschien er bei uns im Atelier, einen Stoß Bücher unter dem Arm, und las mir Gedichte von Swinburne, Keats, Browning und Oscar Wilde vor; das Vorlesen machte ihm großes Vergnügen, und ich hörte leidenschaftlich gern zu. Meiner guten Mutter, die es damals noch für unerläßlich hielt, immer anwesend zu sein, war seine Oxfordsche Manier des Vortrages unverständlich, und nach ungefähr einer Stunde, besonders bei William Morris, schlief sie regelmäßig ein; diesen Augenblick wußte der junge Dichter auszunutzen, beugte sich vor und küßte mich ehrfürchtig auf die Wange. Meine beiden Freunde machten mich sehr glücklich, und ich wünschte mir außer Ainslie und Hallé keinen Verkehr mit anderen jungen Leuten, die mich entsetzlich langweilten und die ich so sehr von oben herab behandelte, daß sie sich gar nicht an mich heranwagten.

Charles Hallé lebte mit seiner reizenden unverheirateten Schwester in einem kleinen alten Haus in Cadogan Street; auch sie war äußerst freundlich mit mir, lud mich öfters zu kleinen

Diners ein, und dort traf ich auch zum ersten Male Henry Irving und Ellen Terry. Irving hatte ich in „The Bells" (Die Glocken) schon spielen gesehen, und seine große Kunst hatte in mir eine derartige Begeisterung hervorgerufen, daß ich Wochen hindurch unter ihrem Eindruck stand und kaum schlafen konnte. Ellen Terry habe ich gleich damals zu meinem Lebensideal erkoren, und sie ist es auch immer geblieben. Wer Irving nie gesehen hat, ist nicht imstande, den Zauber und die hinreißende Gewalt seiner Darstellung zu begreifen; auch ist es unmöglich, den Reiz seiner geistigen und dramatischen Gewalt zu schildern. Er war ein Künstler von solchem Format, daß sogar seine Fehler zu bewunderten Eigenschaften werden mußten. Aus ihm leuchtete etwas von dem Genie und der Majestät eines Dante.

Eines Tages besuchte ich mit Hallé den großen Maler Watts und tanzte ihm in seinem Garten vor. Fast alle Bilder in seinem Atelier zeigten Ellen Terrys bestrickendes Antlitz. Diese Künstlerin stand damals in der vollen Blüte ihrer wunderbaren Weiblichkeit. Sie machte jetzt nicht mehr den Eindruck eines hochgewachsenen, schlanken Mädchens, wie es die Phantasie eines Watts gefangengenommen hatte, sie offenbarte vielmehr eine majestätische Erscheinung, die dem heutigen Schönheitsideal kaum mehr entsprechen würde. Sie sah weder zart noch schlank aus, bot aber ein prachtvolles Beispiel weiblicher Schönheit.

So lernte ich die bedeutendsten Persönlichkeiten der damaligen künstlerischen und intellektuellen Gesellschaft Londons kennen.

Warum ich damals die Theaterdirektoren nicht dazu bringen konnte, sich mit mir zu beschäftigen, wird mir ewig unverständlich bleiben, da ich doch bei allen Malern und Dichtern, denen ich in London begegnet war, einen solchen Sturm der Begeisterung und Bewunderung erregt hatte. Vielleicht liegt die Erklärung darin, daß sich der geistige Inhalt meiner künstlerischen Leistungen mit ihrer derberen materialistischen Auffassung der dramatischen Kunst nicht vereinigen ließ.

Tagsüber arbeitete ich in meinem Atelier, und gegen Abend kam entweder der Dichter, um mir vorzulesen, oder der Maler, um mich tanzen zu sehen. Sie waren darauf bedacht, niemals gleichzeitig zu erscheinen, denn sie fühlten gegeneinander heftige Abneigung. Dem Dichter war es unbegreiflich, wie ich mit diesem alten Kerl soviel Zeit vertrödeln konnte, und der Maler konnte wieder nicht verstehen, was ein intelligentes Mädchen an einem solchen Springinsfeld finden könne. Ich aber fühlte mich mit meinen beiden Freunden vollkommen glücklich und hätte nicht zu sagen gewußt, welcher mir lieber war.

So verging in Arbeit und Liebesgetändel der Winter.

8

Zwischen unseren Einnahmen und unseren Ausgaben zeigte sich zwar stets ein kleines Defizit, immerhin verlebten wir im allgemeinen friedliche Zeiten, aber gerade diese Atmosphäre des Friedens konnte mein Bruder Raymond nicht vertragen. Er eilte nach Paris, und kaum war das Frühjahr angebrochen, als er uns schon mit Depeschen bombardierte, ihm nachzufolgen, so daß meine Mutter und ich schließlich unsere Sachen packten und über den Kanal fuhren.

Nach dem grauen Londoner Nebel erschien uns Frankreich, als wir an einem lachenden Frühlingsmorgen in Cherbourg landeten, wie ein himmlischer Garten, und auf dem ganzen Weg nach Paris beugten wir uns aus unserem Dritteklassefenster und konnten uns an der Landschaft nicht satt sehen. Raymond, der uns an der Bahn erwartete, hatte sich lange Haare wachsen lassen, trug Umlegekragen und fliegende Krawatte. Diese Metamorphose überraschte uns einigermaßen, doch erklärte er uns, daß dies im Quartier Latin, wo er wohnte, so Sitte sei. Er führte uns in seine Wohnung und traktierte uns mit einer Flasche Rotwein um 30 Centimes, dann machten wir uns auf die Suche nach einem Atelier. Raymond sprach schon ein paar Brocken Französisch, und als wir durch die Straßen zogen, wiederholte er immer „chercher atelier“, wobei ihm allerdings entgangen war, daß „atelier“ auf französisch nicht dasselbe bedeutet wie

„studio“ auf englisch, sondern eine Werkstätte überhaupt. Endlich spät abends fanden wir ein Hofatelier zum staunenswert niedrigen Preis von 50 Franken monatlich. Zunächst konnten wir nicht begreifen, warum es so billig war, aber noch in derselben Nacht wurde uns alles verständlich. Wir hatten uns kaum zu Bett gelegt, da schien es, als erschütterte ein schreckliches Erdbeben das Haus; es war, als würde der ganze Raum in die Höhe gehoben und fiele dann wieder plötzlich herunter. Da das Getöse ununterbrochen anhielt, ging Raymond hinunter und brachte in Erfahrung, daß wir uns gerade über einer Nachtdruckerei eingemietet hatten!

Wir waren einigermaßen ernüchtert; da aber 50 Franken damals für uns viel bedeuteten, faßten wir die Sache humorvoll auf, und ich schlug vor, wir sollten uns einbilden, am Meeresstrande zu sein, da doch der Lärm irgendwie an Wellenschlag erinnerte. Die Concierge übernahm unsere Verpflegung: 50 Centimes für das Dejeuner und einen Franken für das Diner, vin compris. Meistens brachte sie uns nicht viel mehr als eine Schüssel Salat und sagte mit freundlichem Lächeln: „Il faut tourner la salade, Monsieur et Mesdames, il faut tourner la salade.“

Raymond gab seine Midinette auf, die er natürlich mittlerweile gefunden hatte, und widmete sich von nun an ganz mir. Der Gedanke, in Paris zu sein, regte uns derart an, daß wir schon um fünf Uhr früh aufstanden, um den Tag mit einem Tanz im Jardin du Luxembourg zu beginnen. Wir machten meilenweite Spaziergänge durch Paris und verbrachten viele Stunden im Louvre. Raymond hatte bereits eine ganze Mappe von Zeichnungen nach griechischen Vasen angefertigt, und wir hielten uns im Zimmer für griechische Keramik so lange auf, daß der Wärter Verdacht schöpfte. Als ich ihm dann pantomimisch zu erklären versuchte, ich sei nur hergekommen, um zu tanzen, glaubte er offenbar, harmlose Narren vor sich zu haben, und ließ uns in Frieden. Um alles besichtigen zu können, rutschten wir stundenlang auf dem gewichsten Boden umher, oder wir stellten uns auf die Fußspitzen und machten uns begeistert auf besonders schöne Stücke aufmerksam: „Sieh, hier Dionysos!“ – „Komm, hier ist Medea, die ihre Kinder tötet!“

Tag für Tag kehrten wir wieder zum Louvre zurück und

waren kaum fortzubringen. Wir besaßen kein Geld, keine Freunde in Paris, aber wir verlangten auch nichts – der Louvre war unser Paradies. Später traf ich Leute, die uns damals bemerkt hatten – mich in einem weißen Kleide mit einem Libertyhut, Raymond mit offenem Kragen, flatternder Krawatte, mit großem, schwarzem Hut – beide so jung und doch so ganz in den Anblick der griechischen Formenwelt versunken. Wurde der Louvre geschlossen, dann wanderten wir durch die Dämmerung heimwärts, machten ab und zu vor den Statuen in den Tuilerien halt, und wenn wir unser Diner, bestehend aus weißen Bohnen, Salat und Rotwein, beendet hatten, fühlten wir uns so glücklich, als nur jemand sein kann.

Raymond fertigte recht geschickte Bleistiftskizzen an und hatte in einigen Monaten alle Figuren auf den griechischen Vasen des Louvre kopiert. Unter seinen Zeichnungen befanden sich auch einige Silhouetten, die später veröffentlicht wurden, aber gar nicht, wie man vorgab, von griechischen Vasen herrühren, sondern mich selbst nackt tanzend darstellen, wie mich Raymond fotografiert hat.

Wir beschränkten uns jedoch nicht nur auf den Louvre, sondern besuchten auch das Musée Carnavalet, dann Notre Dame und alle Kunstwerke von Paris. Besonders begeisterten mich die Figuren am Arc de Triomphe. In ganz Paris gab es kein einziges Monument, vor dem wir nicht anbetend gestanden hätten, und unsere jungen amerikanischen Seelen erbauten sich an dieser edlen Kultur, die aufzusuchen wir so schwer erkämpft hatten.

Das Frühjahr ging in den Sommer über, und die Weltausstellung 1900 war eröffnet worden, als zu meiner großen Freude eines Morgens Charles Hallé in unserem Atelier erschien. Er war gekommen, die Ausstellung anzusehen, und blieb von da an mein ständiger Begleiter. Einen liebenswürdigeren und intelligenteren Führer hätte ich mir nicht wünschen können. Tagsüber trieben wir uns in der Stadt umher, am Abend speisten wir manchmal gar am Eiffelturm. Auch die Ausstellung besichtigten wir; was aber an Kunst dort zu sehen war, schien mir mit jener im Louvre nicht zu vergleichen. Ich fühlte mich glücklich, denn ich vergötterte Paris und schwärmte für Charles Hallé.

An Sonntagen unternahmen wir Ausflüge, bummelten durch

die Gärten von Versailles oder durch die Wälder von St. Germain, ich tanzte vor ihm im Wald, und er fertigte Skizzen von mir an.

Einen dauernden großen Eindruck hat die Ausstellung 1900 mir doch hinterlassen: den Tanz Sada Yaccos, der großen tragischen Tänzerin Japans. Fast jeden Abend begeisterten wir uns aufs neue an ihrer herrlichen Kunst. Einen vielleicht noch größeren Eindruck hinterließ mir der Pavillon Rodins, wo sämtliche Werke dieses gottbegnadeten Bildhauers ausgestellt waren. Schon beim ersten Anblick dieser Kunstwerke war ich überwältigt; ohne Rodin zu kennen, begriff ich, daß sich vor mir eine neue Welt aufgetan hatte, und bei jedem neuen Besuch geriet ich über die ungebildeten Amerikaner in Empörung. Da hörte man Bemerkungen wie: „Wo ist denn dem sein Kopf?“ oder „Wo hat denn die ihre Arme?“ Oft konnte ich mich nicht mehr zurückhalten und rief den Leuten verächtlich zu: „Erkennen Sie denn nicht, daß Sie es hier nicht mit einem ‚Ding an sich‘ zu tun haben, sondern nur mit einem Symbol – einer Auffassung des idealen Lebens?!“

Hallé mußte nach London zurückkehren, stellte mir aber vor seiner Abreise noch seinen Neffen, Charles Noufflard, vor, einen jungen Mann von etwa 25 Jahren, etwas blasiert, aber von der Naivität des kleinen amerikanischen Mädchens vollkommen gefangengenommen. Er machte es sich zur Aufgabe, mich in die Mysterien der französischen Kunst einzuführen, erklärte mir die Gotik und lehrte mich die Stilgattungen der französischen Könige schätzen.

Mit dem Rest unserer Ersparnisse hatten wir ein neues Atelier in der Avenue Le Villier gemietet, das Raymond in der originellsten Weise einzurichten verstand. So nahm er z. B. Zinkblech, rollte es zusammen und setzte die Röhren so auf die Gasbrenner, daß die Flammen hindurchschlagen mußten und man den Eindruck einer römischen Fackel gewann – wodurch freilich unsere Gasrechnung bedeutend erhöht wurde. Dort nahm meine Mutter auch ihre musikalischen Übungen wieder auf und spielte wie in den Tagen unserer Kindheit stundenlang Chopin, Schumann und Beethoven. Schlafzimmer und Badezimmer gab es in unserem Atelier nicht; Raymond malte ein paar griechische Säulen an die Wände, auch hatten wir einige Schränke, wo wir unsere Matratzen aufbewahrten – über Nacht schliefen wir darauf. Damals erfand Raymond auch seine berühmten Sandalen, denn er war der Ansicht, daß mit der Zeit jeder Schuh lästig werde. Er befand sich in einer erfinderischen Laune, und die halben Nächte bastelte und hämmerte er an seinen Erfindungen herum, während meine Mutter und ich, so gut es eben ging, auf dem Matratzenkasten schlafen mußten.

Nun kam auch Charles Noufflard ständig zu Besuch, und eines Tages brachte er zwei Freunde mit, einen hübschen Jungen namens Jacques Beaugnies und einen jungen Literaten, André Beaunier. Noufflard war sehr stolz auf mich, und es machte ihm Freude, mich seinen Freunden als phänomenales Produkt Amerikas vorzustellen. Natürlich zeigte ich ihnen meine neuesten Tanzkreationen; ich hatte eben begonnen, Chopin zu studieren. Meine Mutter spielte ganz ausgezeichnet, mit festem, sicherem, männlichem Anschlag; mit großem Gefühl und Verständnis begleitete sie mich stundenlang.

Jaques Beaugnies' Mutter hatte in zweiter Ehe den berühmten Bildhauer St. Marceau geheiratet; ihr Salon galt als überaus kunstsinnig und war sehr en vogue. Auf Wunsch ihres Sohnes ersuchte mich Madame de St. Marceau, einmal bei ihr aufzutreten. Die Proben wurden im Atelier ihres Mannes abgehalten – am Klavier saß ein überaus interessanter Mensch, dessen Finger das Instrument zauberhaft zu meistern verstanden; ich fühlte mich sofort zu ihm hingezogen.

„Quel ravissement!" rief er aus. „Quel charme! Quelle jolie enfant!" nahm mich in seine Arme und küßte mich nach französischer Sitte auf beide Wangen – es war Messager, der berühmte Komponist! Am Abend meines Auftretens tanzte ich vor so freundlichen, begeisterten Menschen, daß mich der Erfolg förmlich überwältigte, man wartete kaum das Ende eines Tanzes ab, und schon rief alles: „Bravo, bravo, comme elle est exquise! Quel enfant!" und nach dem ersten Tanz erhob sich eine große Gestalt, blickte mich mit durchdringenden Augen an und umarmte mich.

„Quel est ton nom, petite fille?"

„Isadora."

„Mais ton petit nom?“

„Quand j'étais petite on m'appellait Dorita.“

„Ah, Dorita, tu es adorable!“ rief er aus und küßte mich auf Augen, Wangen und Mund. Erst später erfuhr ich, daß dies der große Victorien Sardou gewesen sei, wie ja überhaupt alles, was in Paris einen Namen hatte, an diesem Abend dort versammelt war. Als ich mit Glückwünschen und Blumen überschüttet in Begleitung meiner drei jugendlichen Kavaliere heimging, strahlten ihre Gesichter vor Freude und Genugtuung darüber, daß ihr kleines amerikanisches Phänomen sich mit so viel Erfolg einzuführen wußte.

Von diesen drei jungen Leuten sollte weder der hochgewachsene und charmante Noufflard noch der hübsche Jacques Beaugnies mein bester Freund werden, sondern der unansehnliche, bleiche André Beaunier. Sein rundes Gesicht wies stets eine besondere Blässe auf, aber welch erhabener Geist funkelte hinter seinen scharfen Brillengläsern! Ich habe mich immer als „cérébrale“ betrachtet, und wenn man es mir vielleicht auch nicht glauben wird, so bleibt es nicht weniger wahr, daß die Liebesaffären, die sich in meinem Kopfe abspielten und deren ich viele hatte, mich ebensosehr beschäftigten wie jene meines Herzens. André schrieb damals seine ersten Bücher „Petrarch“ und „Simonide“; er besuchte mich täglich und führte mich in die erlesenste französische Literatur ein. Bis dahin hatte ich so weit Französisch gelernt, daß ich lesen und halbwegs konversieren konnte, und lange Nachmittage und Abende hindurch las mir André mit dem reizenden Tonfall seiner außerordentlich weichen Stimme die Werke Molières, Flauberts, Théophile Gautiers und Maupassants vor.

Jeden Nachmittag pochte er schüchtern an die Tür des Ateliers und erschien nie ohne ein neues Buch oder eine interessante Zeitschrift. Meine Mutter konnte meine Begeisterung für diesen Mann, der ihrem Schönheitsideal so gar nicht entsprach, nicht begreifen – man mußte schon eine „cérébrale“ sein, um zu erfassen, daß diese kleinen Augen Esprit und Intelligenz ausstrahlten. Nach stundenlangem Vorlesen bestiegen wir manchmal das Dach eines Seinedampfers und fuhren zur Ile de la Cité, um Notre Dame bei Mondschein zu bewundern; er kannte jede

Figur an der Fassade und die Geschichte eines jeden Steines. An Sonntagen unternahmen wir Ausflüge, und in einem seiner Bücher beschreibt er einen solchen Spaziergang im Wald, wie ich vor ihm den Pfad entlang tanzte, ihm wie eine Nymphe oder Dryade zuwinkte und vor Lachen übersprudelte. Nur ab und zu verspürte ich am Heimweg seinen leisen schüchternen Druck auf meinem Arm.

Zweimal konnte ich bei André tiefe Ergriffenheit bemerken. Das erste Mal beim Tode Oscar Wildes. Bleich und zitternd, in fürchterlich deprimierter Stimmung suchte er mich auf. Ich hatte von Wilde schon einiges gelesen und manches über ihn gehört, besonders seine Gedichte hatten mich tief ergriffen. Durch André erfuhr ich nun auch einiges aus seinem Leben, aber auf meine Frage, warum Wilde ins Gefängnis gekommen sei, errötete er bis unter die Haarwurzeln und blieb die Antwort schuldig. Zitternd umfaßte er meine Hände und schwieg; immer wieder versicherte er, ich sei seine einzige Vertraute, und als er mich spät am Abend verließ, bemächtigte sich meiner ein Gefühl, als drohe der ganzen Welt eine besondere Gefahr.

Kurz darauf erschien er eines Morgens totenbleich und wußte mir den Grund seiner Aufregung nicht mitzuteilen; mit starrem Gesichtsausdruck blickte er zu Boden, und als er mich verließ, küßte er mich so ausdrucksvoll auf die Stirn, daß ich dachte, er ginge in den Tod. Nach drei Tagen höchster Aufregung sah ich ihn endlich wieder. In glänzender Laune gestand er mir, er hätte ein Duell bestanden und seinen Gegner verwundet. Niemals erfuhr ich den Grund zu diesem Duell.

Von seinem Privatleben wußte ich so gut wie gar nichts. Meist erschien er um fünf Uhr abends und las mir vor oder führte mich auf einen Spaziergang, je nach Wetter und Laune. Einmal saßen wir auf einer Lichtung im Bois de Meudon bei einem Kreuzweg, und er bezeichnete scherzweise die vier Pfade: Jenen, der nach rechts führte, nannte er „Friede“, den Weg gerade vor uns „Unsterblichkeit“, einen nach links führenden benannte er „Glück“. „Und wo sitzen wir?“ fragte ich. „Liebe“, antwortete er flüsternd. „Dann bleiben wir natürlich hier!“ rief ich entzückt – er aber sagte nur, „hier können wir nicht bleiben“ und schlug raschen Schrittes den Weg ein, der geradeaus vor uns lag.

Enttäuscht und ohne ihn recht zu verstehen, schlich ich hinter ihm her und rief: „Aber warum willst du mich verlassen?“ Doch auf dem ganzen Heimweg sprach er kein Wort mehr und verabschiedete sich ganz plötzlich an der Tür unseres Ateliers.

Diese seltsame und leidenschaftliche Freundschaft hatte schon über ein Jahr gedauert, als ich ihr in meiner Herzensunschuld eine andere Wendung geben wollte. Eines Abends hatte ich meine Mutter und Raymond in die Oper geschickt und blieb allein zu Hause. Am Nachmittag hatte ich heimlich eine Flasche Champagner gekauft, und abends deckte ich einen kleinen Tisch mit Blumen; dann zog ich ein durchscheinendes Gewand an, bekränzte mein Haar mit Rosen und wartete auf André: Ich kam mir vor wie eine griechische Hetäre! André geriet bei seinem Erscheinen in fürchterliche Verlegenheit; den Wein berührte er kaum; als ich tanzte, blickte er zerstreut zu Boden, und schließlich verließ er mich recht übereilt. Ich blieb mit Rosen und Champagner allein und weinte bitterlich.

Wenn man bedenkt, daß ich damals 18 Jahre alt und recht hübsch war, kann man für diese Episode schwer eine Erklärung finden; ich aber konnte in meiner damaligen Verzweiflung nur denken: „Er liebt mich nicht!“ und aus verletzter Eitelkeit und Eifersucht begann ich mit einem anderen aus meinem Trio einen heftigen Flirt. Ich wählte den großen blonden Noufflard, der sich, was Küsse und Umarmungen anbelangte, ebenso unternehmend erwies, wie André zurückhaltend gewesen war. Aber auch dieses Experiment sollte schlecht ausgehen. Eines Abends nach einem richtigen Souper mit Champagner im cabinet particulier, brachte er mich in ein Hotel, wo wir unter falschem Namen als Ehepaar abstiegen. Ich zitterte vor Erwartung und Glück – endlich sollte ich das Mysterium der Liebe kennenlernen! Bald befand ich mich in seinen Armen, und er überschüttete mich mit einer Flut heftigster Liebkosungen – mein Herz schlug zum Zerspringen, mein ganzes Sein strömte in ekstatischer Freude über: „Endlich erwache ich zum Leben!“ dachte ich. Plötzlich fuhr er zurück, fiel vor mir auf die Knie und stammelte in unbeschreiblicher Aufregung: „Ach, warum hast du es mir verschwiegen? Welches Verbrechen war ich im Begriffe zu begehen! Nein, nein! Du mußt rein bleiben! Schnell, kleide dich an!“

Unempfindlich gegen meine Klagen hüllte er mich in meinen Mantel, wir setzten uns in einen Wagen, und auf dem ganzen Heimweg beschimpfte er sich selbst in der leidenschaftlichsten Weise, so daß ich mir erschrocken die Frage vorlegte, welches Verbrechen er denn begehen wollte. Betäubt, elend und in einem Zustand gänzlicher Entmutigung wurde ich an unserer Tür abgesetzt. Mein junger blonder Freund ist niemals zu mir zurückgekehrt, bald darauf ging er in die Kolonien, und als ich ihn viele Jahre später wieder traf, legte er mir die Frage vor: „Können Sie mir jemals verzeihen?“ Worauf ich antwortete: „Ich weiß wirklich nicht, was ich Ihnen zu verzeihen hätte!“

Dies waren meine ersten Abenteuer an den Grenzen jenes wundersamen Landes der Liebe, das zu betreten ich mich sehnte, das mir aber noch viele Jahre verschlossen bleiben sollte, weil ich auf meine Liebhaber stets einen so heiligen und Ehrfurcht gebietenden Eindruck machte. Dieser letzte Schlag übte jedoch auf mein Gefühlsleben einen entscheidenden Einfluß aus, denn von nun an richteten sich alle meine Kräfte auf meine Kunst, die mir die Freuden hundertfach ersetzte, welche mir die Liebe versagt hatte.

9

Ich verbrachte nunmehr viele Tage und Nächte damit, einen Tanz zu ersinnen, durch den das Göttliche im Menschen mittels der Bewegungen des Körpers in höchster Vollendung zum Ausdruck gebracht werden könnte. Stundenlang stand ich vollkommen regungslos, die Hände vor der Brust gefaltet, als befände ich mich in einem Trancezustand. Schließlich aber fand ich doch den Sitz aller Bewegung, die Triebfeder, die motorische Kraft, die Einheit, aus der die Vielfältigkeit des Bewegungskomplexes entspringt, und aus meiner Entdeckung entstand dann jene Theorie, auf die ich später meine Schule aufbaute. Die Ballettschule lehrt ihre Schüler, daß dieses Bewegungszentrum in der

Mitte des Rückens am unteren Ende der Wirbelsäule liegt: Von dieser Achse aus müssen sich Arme, Beine und Rumpf wie bei einer Gliederpuppe frei bewegen. Dieses System erzeugt jedoch nur gekünstelte, rein mechanische Bewegungen, die niemals imstande sind, die Regungen der Seele würdig zum Ausdruck zu bringen. Im Gegensatz hierzu forschte ich nach dem Sitz des inneren Ausdrucks, von dem aus die seelischen Erlebnisse sich dem Körper mitteilen und ihm lebendige Erleuchtung verleihen sollen. Erst viele Monate später, als ich gelernt hatte, mich zu konzentrieren, fand ich, daß die Schwingungen der Musik mir wie aus einer Lichtquelle zuströmten und sich in mir als innere Vision, als Reflex der Seele widerspiegelten, wodurch ich befähigt war, sie tanzend zum Ausdruck zu bringen.

Eine wörtliche Erklärung meiner Theorien scheint auf den ersten Blick außerordentlich schwierig. Wenn ich aber vor meinen Schülerinnen stand, war es mir immer möglich, mich auch den allerkleinsten und ärmsten Kindern begreiflich zu machen. Ich sprach zu ihnen etwa folgendermaßen: „Trachtet die Musik mit eurer Seele zu hören! Fühlt ihr nicht beim Zuhören in eurem Innern ein tieferes Selbst erwachen? Diese Kraft veranlaßt euch, Kopf, Arme und Beine zu heben und führt euch langsam dem Licht entgegen." Niemals wurde ich mißverstanden, und dieses Erwachen, die Befreiung der inneren Regung ist meiner Ansicht nach der Beginn jeder Tanzkunst. Man kann dies sogar bei den Kleinsten der Kleinen beobachten; denn kaum sind die Grundelemente erfaßt, so entwickelt jeder Schüler beim Gehen und in jeder Gebärde spirituelle Kraft und auffallende Grazie, die durch rein körperliches Training oder bloße Gehirnarbeit niemals erreicht werden können. Dies ist auch der Grund, warum sogar die kleinsten Schülerinnen es zuwege brachten, im Trocadero oder im Metropolitan-Theater auf eine große Zuhörerschaft eine magnetische Wirkung auszuüben, wie sie sonst nur ganz große Künstler hervorzubringen vermögen. Wuchsen diese Kinder aber heran, dann beraubte sie der gegensätzliche Einfluß unserer materialistisch eingestellten Zivilisation dieser Kraft, und sie büßten ihre Inspiration fast vollständig ein.

Die besonderen Umstände meiner Kindheit und Jugend hatten nun diese Kraft in mir besonders stark entfaltet, und es war mir in den verschiedenen Epochen meines Lebens stets gegeben, alle äußeren Einflüsse von mir fernzuhalten, so daß ich ausschließlich dieser Kraft gehorchen konnte. Auch meine Versuche zur Erlangung irdischer Liebesfreuden bewirkten bei mir unabänderlich einen Umschwung und eine Wiedererlangung dieser spirituellen Kraft.

Es war von jeher mein Bestreben gewesen, jene ursprünglichen Bewegungen zu entdecken, die als Quelle einer Serie unwillkürlicher Reflexbewegungen gelten sollten. Bei mehreren Themen war mir dies in einer Reihe verschiedener Variationen schon geglückt, wie etwa die erste schmerzliche Regung der Furcht, aus der sich als natürliche Reaktion dann ein Tanz der Wehklage ergab; wenn ich Liebe darstellte, gelang es mir in weiterer Entwicklung des Themas eine Blume zu verkörpern, deren Blättern betörender Duft entströmt. Diese Tänze ersann ich ohne Musik – sie schienen gleichsam dem Rhythmus übersinnlicher Harmonien zu entwachsen. Im Verlauf dieser Studien versuchte ich auch als erste die Préludes von Chopin und einiges von Gluck auszudrücken. Niemals wurde meine Mutter müde, mir vorzuspielen, und oft wiederholte sie die Partitur des Orpheus so lange, bis die Sonne durch das Atelierfenster hereinschien.

Dieses Fenster verlief ohne Vorhänge hoch über die ganze Decke des Ateliers, so daß die Mutter am Klavier den Himmel, die Wolken, die Sterne, den Mond erblicken konnte – manchmal klatschte wohl auch der Regen darauf und bildete dann kleine Wasserlachen auf dem Fußboden, denn Deckenfenster eines Studios sind selten wasserdicht. Im Winter war der Raum entsetzlich kalt und zugig, während wir im Sommer fast geröstet wurden, auch störten wir uns gegenseitig in unseren verschiedenartigsten Beschäftigungen; aber die Elastizität der Jugend weiß jede Unbequemlichkeit zu überwinden, und meine Mutter war in bezug auf Selbstverleugnung ein wahrer Engel – sie hatte nichts anderes im Sinn, als mir bei meiner Arbeit behilflich zu sein.

Eines Tages erhielt ich eine Einladung zur Gräfin Greffuhl, damals die unbestrittene Königin der Pariser Gesellschaft. In ihren Salons, zwischen den prächtig gekleideten und juwelengeschmückten Frauen, betäubt vom Duft der vielen Rosen und aus den ersten Reihen von der Jeunesse dorée angestarrt, deren Nasen bis zur Bühne reichten, so daß meine nackten Zehen sie fast berührten, fühlte ich mich während meiner Produktion freilich ganz unglücklich und konnte das Gefühl nicht loswerden, meine Vorführung sei ein großartiger Mißerfolg. Am nächsten Morgen jedoch erhielt ich von der Gräfin einen reizenden Brief, worin sie mir dankte und mich sogar aufforderte, mir in ihrer Portierloge ein Kuvert abzuholen.

Ich hatte nunmehr außer dem Louvre und der Nationalbibliothek eine dritte Freudenquelle entdeckt: die entzückende kleine Bibliothek der Oper! Der Bibliothekar brachte meinen Nachforschungen liebevolles Interesse entgegen und stellte mir jedes Werk zur Verfügung, das jemals über Tanzkunst erschienen war, ebenso wie alle Bücher über griechische Musik und Theaterkunst. Ich unterzog mich der Aufgabe, alles zu lesen, von den Tänzen der alten Ägypter bis zu den Kreationen jüngster Tage; als ich jedoch diese umfangreichen Studien beendet hatte, wurde mir klar, daß meine eigentlichen Tanzmeister nur Jean Jacques Rousseau, Walt Whitman und Nietzsche sein konnten.

An einem trüben Winternachmittag klopfte es an der Tür meines Studios. Draußen stand eine imposante Dame, die eine starke Persönlichkeit verriet. Ihr Erscheinen war gleichsam von einem jener tiefen, mächtigen Wagnerschen Motive angekündigt.

„Ich bin die Prinzessin von Polignac“, sagte sie. „Ich sah Sie bei der Gräfin Greffuhl tanzen und interessiere mich für Ihre Kunst, ebenso wie mein Mann, der komponiert.“

Ihr angenehmes Gesicht war durch kräftige, vorspringende Backenknochen und ein herrschsüchtiges Kinn einigermaßen beeinträchtigt; es hätte das Antlitz eines römischen Cäsaren sein können, ein Ausdruck kalter Hoheit lag über den sinnlich sprechenden Augen. Ihre Stimme hatte einen harten metallischen Klang, was überraschte, denn man hätte sich von ihr wärmere, tiefere Töne erwartet. Später fand ich, daß dieser kalte Blick und der gläserne Ton ihrer Stimme nichts als Maske waren, denn trotz ihrer hohen gesellschaftlichen Stellung war sie von gefühlsmäßiger Schüchternheit. Ich sprach zu ihr über meine Kunst und meine Hoffnungen, und sie bot mir sofort an, ein Konzert für mich in ihren Salons zu veranstalten. Die Armut unseres kalten, kahlen Ateliers und unsere traurigen Blicke schienen auf die Prinzessin nicht ohne Eindruck geblieben zu sein, denn als sie unvermittelt Abschied nahm, legte sie überaus unsicher einen Umschlag auf einen Tisch, worin sich zu unserer freudigen Überraschung zweitausend Franken befanden!

Am nächsten Morgen traf ich in ihrem Haus den Prinzen de Polignac, einen reizenden, zarten, alten Herrn, dessen wunderhübsches Gesicht stets ein schwarzsamtenes Käppchen umrahmte. Er war ein feiner Musiker von bedeutendem Talent. Auf seinen Wunsch zog ich meine Tunika an und begann in seinem Musikzimmer zu tanzen, während er mich begleitete. Er drückte mir sein Entzücken aus und pries mich als die Erfüllung einer Vision, eines Traums, auf die er schon lange gehofft hatte. Für meine Theorien von den Beziehungen zwischen Bewegungen und Musik zeigte er das lebhafteste Interesse. Er spielte ganz wundervoll auf einem alten Spinett, das er besonders bevorzugte und mit seinen feinen langen Fingern förmlich liebkoste. Ich fühlte sofort eine warme Zuneigung zu ihm, und als er schließlich ausrief: „Quelle adorable enfant – Isadora que tu es adorable!“ mußte ich schüchtern erwidern: „Moi aussi, je vous adore. Je voudrais bien danser toujours pour vous et composer des danses religieuses inspirées par votre belle musique.“

Wir berieten nunmehr die Details eines gemeinsamen Zusammenwirkens, aber welch grausame Verschwendung treibt doch die Natur mit ihren Talenten! Die Hoffnungen auf eine Zusammenarbeit, die für mich von größtem Wert gewesen wäre, wurden bald darauf durch seinen Tod zunichte.

Das Konzert im Salon der Prinzessin war ein großer Erfolg, und da sie den großmütigen Gedanken gefaßt hatte, ihre Räume auch dem großen Publikum zu öffnen, gewann meine Arbeit allgemeineres Interesse. Es fanden dann auch einige Vorstellungen gegen Vorausbezahlung in unserem Atelier statt, wo aber höchstens für dreißig Personen Platz war. Der Prinz und die Prinzessin kamen zu jeder dieser Darbietungen und wurden nicht müde, mir ihre Bewunderung auszudrücken. Auch Eugène

Carrière erschien mit seiner Familie und hielt einmal sogar eine kleine ehrenvolle Rede über meine Kunst. Er sagte unter anderem:

„In ihrem Wunsche, menschliche Gefühle zum Ausdruck zu bringen, fand Isadora die besten Vorbilder bei den griechischen Künstlern. Die herrlichen Figuren der Basreliefs erfüllten sie mit Bewunderung und begeisterten sie zu ihren Tänzen. Aber der ihr innewohnende Forschersinn führte sie zurück zur Natur, und während sie wähnte, griechische Tänze nachzuahmen und wiederzubeleben, entdeckte sie eigene Ausdrucksweisen. Sie bietet uns ihr inneres Leben, ihre eigene Freude und ihren eigenen Schmerz; sie vergißt den Augenblick und sucht das Glück in ihren inneren Wünschen. Während sie uns ihre Leidenschaften erzählt, weckt sie die unseren – angesichts der griechischen Werke, die sie für Augenblicke vor uns aufleben läßt, fühlen wir uns jung, neue Hoffnungen beleben uns – unterwirft sie sich aber in ihrem Tanz dem Unvermeidlichen, dann sind auch wir bereit, mit ihr zu verzichten. Isadora Duncans Tanz kann nicht als ‚Unterhaltung' bezeichnet werden, er ist die Offenbarung einer Persönlichkeit, ein lebendiges Kunstwerk, er begeistert und befruchtet uns, Werke zu vollenden, zu denen wir bestimmt waren und die wir durch sie erst erkennen."

10

Raymond und ich unternahmen viele lange Streifzüge durch Paris. So entdeckten wir eines Tages in der Nähe des Parc Monceau ein chinesisches Museum, das ein überspannter französischer Millionär hinterlassen hat; ein anderes Mal das Musée Guimet mit seinen orientalischen Schätzen; im Musée Carnavalet ließ uns die Totenmaske Napoleons erschauern, und im Musée Cluny verliebte sich Raymond sterblich in die Frau mit dem Einhorn auf einer Tapisserie des XV. Jahrhunderts.

Beim Trocadero fiel unser Blick eines Tages auf eine Ankündigung des „Oedipus Rex“ von Sophokles in der Bearbeitung von Mounet Sully. Der Name Mounet Sullys bedeutete uns damals gar nichts, wir wollten nur das Schauspiel sehen. Deshalb unterzogen wir die Preise der Plätze und den Inhalt unserer Taschen einer strengen Prüfung: Insgesamt besaßen wir drei Franken, und die billigsten Plätze auf der Galerie kosteten 75 Centimes, so daß uns für das Abendessen beinahe nichts übrig blieb; denoch stiegen wir zu den letzten Stehplätzen der Galerie hinauf.

Vor der Bühne des Trocadero befand sich kein Vorhang. Die Szene bot eine armselige Nachahmung dessen, was viele Leute für griechische Kunst halten. Der Chor betrat in schlechten Kostümen, wie sie in einigen Werken über Kostümlehre als griechische Gewänder bezeichnet werden, die Bühne. Mittelmäßige Musik, süßliche, geschmacklose Melodien klangen aus dem Orchester herauf, Raymond und ich wechselten Blicke, aus denen zu lesen war, daß der Verzicht auf unser Abendessen uns ein unnützes Opfer dünkte – da trat aus dem Portal zur Linken eine Gestalt und erhob inmitten des minderwertigen Opernchores und der mittelmäßigen Szenerie beschwörend die Hand. Wie soll ich die Erregung schildern, die sich bei den ersten Tönen dieser Stimme meiner bemächtigte? Auf unseren Plätzen, ganz rückwärts, hielten Raymond und ich den Atem an, wir erbleichten und zitterten, Tränen entströmten unseren Augen, und als der erste Akt schloß, umarmten wir uns fassungslos und begeistert. Während der Pause waren wir uns klar darüber, daß dieses künstlerische Erlebnis die Apotheose unserer Pilgerfahrt bildete, den eigentlichen Grund, warum wir nach Europa gekommen waren.

Der zweite Akt begann, die große Tragödie entrollte sich vor unseren staunenden Blicken, und schließlich erlebte ich die höchste Vollendung: Mounet Sully tanzte! Was mir seit jeher vorschwebte – hier hatte ich es erlebt – die heroische Gestalt im Tanz! Ich blickte auf Raymond, er war blaß und bebte, seine Augen brannten im stummen Feuer. Der dritte Akt, niemand vermag ihn zu beschreiben, nur wer den großen Meister selbst gesehen hat, kann verstehen, was wir empfanden: in den letzten

Augenblicken höchsten Entsetzens, da Oedipus im Paroxysmus furchtbarster Qual über die begangene Blutschande in seinem verletzten Stolz erkennen muß, daß er die Ursache allen Übels gewesen, da er sich selbst die Augen aus den Höhlen reißt, seine Kinder zu sich ruft und in blinder Verzweiflung von der Bühne wankt – da war die riesige Zuhörerschaft des Trocadero, sechstausend Menschen, derart ergriffen, daß der ganze Raum von Schluchzen widerhallte.

Raymond und ich vermochten kaum aus dem Theater zu finden, und es war mir klargeworden, daß ich die größte Offenbarung der Kunst genossen hatte. Mein Weg lag nun deutlich vor mir. Trunken vor Begeisterung wanderten wir heim und lebten noch wochenlang unter dem Eindruck dieses Ereignisses. Wie konnte ich mir damals träumen lassen, daß ich selbst eines Tages neben dem göttlichen Mounet Sully auf der Bühne stehen würde.

Eines Tages erschien bei mir ein wohlgenährter Herr in kostbarem Pelz, die Finger mit Brillantringen geschmückt.

„Ich komme aus Berlin", sagte er, „wir haben von Ihrem Barfußtanz gehört", – diese Bezeichnung für meine Kunst verletzte mich begreiflicherweise aufs äußerste – „ich bin vom größten Varieté Berlins beauftragt, mit Ihnen sofort ein Engagement abzuschließen!" Hierbei rieb er sich die Hände und strahlte über das ganze Gesicht, als hätte er uns die fabelhafteste Glücksbotschaft mitgeteilt; ich aber zog mich wie eine verwundete Schnecke in mein Haus zurück und antwortete abweisend: „Danke! Ich würde mich nie dazu hergeben, meine Kunst in einem Varieté zu entweihen."

„Aber Sie verstehen mich ja nicht!" rief er aus. „In unserem Etablissement treten die größten Künstler auf, Sie werden viel Geld verdienen! Ich biete Ihnen jetzt schon fünfhundert Mark pro Abend, später wird sich dies noch erhöhen lassen. Sie werden mit großer Aufmachung als ‚Erste Barfußtänzerin der Welt' eingeführt werden, es wird ein kolossaler Erfolg – Sie nehmen natürlich an!"

„Ganz gewiß nicht!" antwortete ich wütend. „Unter gar keinen Umständen!"

„Aber das ist ja ausgeschlossen, unmöglich! Unmöglich! Ich

kann Ihre Weigerung nicht akzeptieren. Der Kontrakt ist schon bereit."

„Nein", sagte ich, „meine Kunst ist nicht für ein Varieté geschaffen. Quelle horreur! Mon Dieu! Nein, unter gar keinen Umständen, guten Tag, Adieu!"

Der deutsche Impresario wollte in Anbetracht unserer ärmlichen Wohnung und dürftigen Kleider kaum seinen Ohren trauen. Er erschien am nächsten und am übernächsten Tage wieder und bot mit sogar einen Monatskontrakt mit tausend Mark pro Abend an; schließlich wurde er wütend und nannte mich sogar ein „dummes Mädel", bis ich ihm schreiend erwiderte, ich sei nach Europa gekommen, den Triumph der geheiligten Schönheit des menschlichen Körpers zu verbreiten, nicht aber, um gemästeten Bourgeois nach Tisch zu ihrer Verdauung etwas vorzutanzen!

„Sie weisen also einen Antrag auf tausend Mark zurück?"

„Gewiß, und ich würde auch zehntausend und hunderttausend ablehnen. Was ich anstrebe, vermögen Sie ja gar nicht zu begreifen!" Und als er fortging, fügte ich noch hinzu: „Eines Tages werde ich nach Berlin kommen und vor den Landsleuten Goethes und Wagners tanzen, aber in einem Theater, das ihrer würdig ist, und wahrscheinlich wird man mir mehr als tausend Mark bezahlen!"

Meine Prophezeiung sollte sich erfüllen, und als ich drei Jahre später bei Kroll auftrat, wobei mich das Philharmonische Orchester begleitete, und das Haus für fünfundzwanzigtausend Mark ausverkauft war, hatte derselbe Impresario den guten Geschmack, mir in meine Garderobe Blumen zu bringen und seine Bewunderung auszudrücken.

Damals aber ging es uns finanziell sehr schlecht. Weder die Anerkennung von Fürsten noch mein wachsender Ruhm brachten genug ein, um satt zu werden. Eines Tages erklärte Raymond, er sei nach Amerika engagiert. Schon vorher hatte ich öfters kleine, nach Veilchen duftende Briefchen bemerkt, die für ihn angekommen waren, auch war manchmal eine kleine Dame ins Atelier gekommen, die zauberhaft schön sang und später eine ruhmvolle Karriere machte.

So blieben die Mutter und ich allein in Paris, und da sie

leidend war, übersiedelten wir in ein kleines Hotel in der Rue Marguerite; dort war sie wenigstens nicht dem kalten Luftzug ausgesetzt wie im Atelier und bekam regelmäßig zu essen, da wir uns mit voller Verpflegung eingemietet hatten.

Ein junges Paar fiel uns dort sogleich auf: Sie, eine interessante Frau von etwa 30 Jahren, hatte die seltsamsten Augen, die ich jemals gesehen habe, groß, weich, tief, lockend, magnetisch, voll feuriger Leidenschaft, doch verriet ihr Blick gleichzeitig die unterwürfige Demut eines treuen Hundes. Ihr dunkelrotes Haar umrahmte ihr Gesicht wie mit Flammen, und jede ihrer Bewegungen glich einem Flehen um Liebe. Blickte man in ihre Augen, so meinte man den Krater eines Vulkans zu betreten. Er war ein schlanker junger Mann mit etwas müden Gesichtszügen. Meistens erschienen sie in Gesellschaft eines Dritten und waren in ihr lebhaftes Gespräch so sehr vertieft, daß es den Anschein hatte, als sei dieses Trio von einer inneren Flamme verzehrt und benötige niemals, wie andere Menschen, einen Augenblick der Entspannung.

Eines Tages kam die junge Dame an meinen Tisch und sprach: „Dies ist mein Freund Henri Bataille, dies Jean Lorrain, der über Ihre Kunst bereits geschrieben hat, ich selbst bin Berthe Bady. Wir möchten gerne einmal abends in Ihr Atelier kommen, wenn Sie uns vortanzen würden.“ Natürlich war ich erfreut und beglückt. Weder vorher noch nachher habe ich jemals eine Stimme von so magnetischer Wärme, von so verführerischem Timbre gehört wie die Stimme Berthe Badys. Wie sehr bewunderte ich ihre Schönheit! Schon damals, da die weibliche Mode so unästhetisch war, trug sie stets ein wunderbares anliegendes Gewand aus schillernder Seide oder glänzendem Velour. Hierzu steckte sie manchmal einen Kranz dunkelroter Blumen ins Haar und las Gedichte von Henri Bataille.

Die drei kamen jetzt oft in mein Atelier, und so war dem kleinen, unwissenden Mädchen aus Amerika in mysteriöser Weise der Schlüssel zu den Herzen der intellektuellen und künstlerischen Elite von Paris in die Hände gegeben worden – es war dies jenes Paris, das für unsere Zeit so viel bedeutete wie Athen im Zeitalter der höchsten Blüte für die alten Griechen.

Das Genie Rodins beschäftigte meine Gedanken, seit ich

seine Werke in der Ausstellung gesehen hatte. Eines Tages entschloß ich mich, ihn in seinem Atelier in der Rue de l'Université aufzusuchen. Meine Wallfahrt zu Rodin glich dem Abenteuer der Psyche, wie sie Pan in seiner Grotte aufsucht, nur verlangte es mich nicht nach Eros, sondern nach Apollo.

Rodin war untersetzt, kräftig, mit dichtem, kurz geschorenem Haar und mächtigem Bart. Er zeigte mir seine Werke mit der Bescheidenheit der ganz Großen. Manchmal murmelte er die Namen seiner Werke vor sich hin, aber man merkte deutlich, daß Namen für ihn wenig bedeuteten. Oft fuhr er mit seiner Hand über den Stein und liebkoste ihn, es war, als ob unter seinen Fingern der Marmor Leben gewönne. Endlich nahm er ein Stückchen Ton und knetete es zwischen seinen Handflächen, während der Arbeit atmete er schwer, und in wenigen Augenblicken hatte er eine Frauenbrust geformt, die unter seinen Meisterhänden zu beben schien.

Dann faßte er mich bei der Hand, nahm einen Wagen und kam mit mir in mein Atelier. Rasch schlüpfte ich in meine Tunika und tanzte ihm ein Idyll des Theokrit vor.

Ich hielt inne und begann ihm meine Theorien über den neuen Tanz zu erklären, bald merkte ich jedoch, daß er mir gar nicht zuhörte. Mit halbgeschlossenen Augen starrte er mich an, sein Blick glühte, und mit dem gleichen Ausdruck, den er vor seinen Werken zeigte, kam er auf mich zu.

Seine kundigen Meisterhände strichen über meinen Nacken und meine Brust, er liebkoste meine Arme, streichelte meine Hüften, meine nackten Beine und Füße und begann meinen ganzen Leib zu kneten, als wäre er aus Ton, wobei ihm eine Glut entströmte, die mich zu versengen drohte. Mein ganzes Wesen verlangte danach, mich ihm völlig hinzugeben, und es wäre auch geschehen, hätte mich nicht meine alberne Erziehung in Angst versetzt, so daß ich mich zurückzog, rasch mein Kleid überwarf und ihn in zitternder Verwirrung fortschickte.

Wie sehr ich dies heute bedaure! Oft habe ich diesen kindischen Unverstand bereut, der mich um das göttliche Erlebnis gebracht hat, dem erhabenen Rodin – dem großen Pan selbst – meine Jungfräulichkeit zu opfern. Erst zwei Jahre später, als ich von Berlin zurückkehrte, sah ich Rodin wieder. Er war dann viele Jahre hindurch mein Freund und Meister.

Wesentlich anders, aber nicht weniger erfreulich, verlief meine Begegnung mit einem anderen großen Künstler, mit Eugène Carrière, dessen Bekanntschaft ich der Frau des Schriftstellers Keyzer verdankte. Sie hatte sich unserer Einsamkeit erbarmt und uns öfters zu sich in ihren trauten Familienkreis eingeladen; in ihrer Wohnung war mir ein faszinierendes, wehmütiges Bild aufgefallen. Es war das Portrait Frau Keyzers von Carrière, und eines Tages brachte sie mich in sein Haus. Dort kletterten wir zu seinem Atelier in das oberste Stockwerk, wo er mit seinen Büchern, seiner Familie und seinen Freunden lebte. Carrière verkörperte die zutiefst durchgeistigte Existenz, die mir jemals begegnet ist: Weisheit und Erleuchtung; eine warme Zärtlichkeit, die alle umfaßte, strömte von ihm aus. Alles Schöne, Mächtige und Wundersame in seinen Bildern war nur der unmittelbare Ausdruck seiner Seele. Als ich vor ihn trat, wußte ich, was ich gefühlt hätte, wäre ich Christus begegnet. Tiefste Ehrfurcht erfüllte mich, und ich wäre auf die Knie gefallen, hätte mich nicht meine Schüchternheit und natürliche Zurückhaltung daran gehindert.

Ich kann niemals an Carrières Bild seiner Familie im Palais Luxembourg vorbeigehen, ohne zu weinen und an sein Atelier zu denken, wo ich damals ein häufiger Gast wurde. Es ist eine meiner liebsten Jugenderinnerungen, daß diese guten Menschen mich sofort in ihr Herz geschlossen und als Freundin aufgenommen haben. Wenn ich an mir zweifelte, brauchte ich nur an diese Freundschaft zu denken und faßte wieder Vertrauen, denn über meinem ganzen Leben schwebt wie ein Segen der Genius Eugène Carrières, der mir die Kraft verlieh, an meinen höchsten Idealen festzuhalten.

11

Eines Abends kam Loie Fuller in mein Atelier. Natürlich tanzte ich und erklärte ihr alle meine Theorien, wie ich es bei jedermann stets getan habe. Loie Fuller zeigte sich sehr begeistert, erzählte, sie würde am nächsten Tag nach Berlin abreisen, und schlug mir vor, sie dort zu treffen. Nicht nur, daß sie selbst eine große Künstlerin war, sie veranstaltete auch die Tourneen der japanischen Tänzerin Sada Yacco, deren Kunst ich ungemein bewunderte. Sie machte mir den Vorschlag, ich solle gemeinsam mit Sada Yacco in ganz Deutschland eine Gastspielreise unternehmen, und ich nahm natürlich mit größter Begeisterung an.

Am Tage vor meiner Abreise kam André Beaunier, um sich zu verabschieden. Wir pilgerten das letzte Mal zu Notre Dame, und er brachte mich dann auf die Bahn. Zum Abschied küßte er mich in seiner gewohnten zurückhaltenden Art, doch schien es mir, als wäre hinter seinen Brillengläsern ein Tränenschimmer zu bemerken.

In Berlin traf ich Loie Fuller im Hotel Bristol in einem prächtigen Appartement, von etwa einem Dutzend entzückender Mädchen umgeben, die ihr abwechselnd die Hände streichelten oder sie abküßten. Diese exaltierten Zärtlichkeiten waren mir vollkommen fremd und berührten mich überaus peinlich. Hier hörte ich zum ersten Male zwischen Freundinnen die fremdartigen Koseworte, wie etwa „mein reizendes Täubchen", „mein Liebling", „mein Kleines", „Süßeste", „mein Honigmündchen", „Liebste", „Liebling"! Es schienen dies die geläufigsten Ausdrücke ihrer Konversation, was eine Atmosphäre von solcher Glut und Sinnlichkeit schuf, wie ich sie noch nicht erlebt hatte.

Loie Fullers Gastfreundschaft kannte keine Grenzen. Sie bestellte für uns alle ein so üppiges Diner, daß ich fortgesetzt an den Preis denken mußte. An jenem Abend sollte sie im Wintergarten tanzen, doch schien sie von fürchterlichen Kreuzschmerzen geplagt zu sein, und ich konnte mir nicht vorstellen, wie sie in dieser Verfassung ihre Zusage einhalten würde. Von Zeit zu Zeit brachte eine ihrer reizenden Gefährtinnen einen Eisbeutel und legte ihn der Meisterin zwischen Rücken und Stuhllehne. „Noch einen Eisbeutel, bitte, Süßeste!“ sagte sie dann. „Das Eis scheint den Schmerz zu lindern.“

Am Abend saßen wir alle in einer Loge, und ich sah Loie Fuller zum erstenmal tanzen. Konnte die lichthelle Erscheinung, die jetzt vor uns einherschwebte, irgendeine Beziehung zu jener leidenden Frau haben, deren Schmerzen wir wenige Augenblicke vorher verfolgt hatten? Vor unseren Augen verwandelte sie sich in eine farbenprächtige, schimmernde Orchidee, in eine wogende, schwankende Wasserblume, in eine spiralig gewundene Lilie. Dieses herrliche Geschöpf zerfloß zu Licht, es wurde zu Farbe und Feuer und löste sich schließlich in wundersame flammende Mäander auf, die aus der Unendlichkeit zu leuchten schienen – alle magischen Künste eines Merlin, ein Zauber von Licht und Farbe strahlte von ihr aus. Es war kaum zu fassen und kann weder erzählt noch beschrieben werden. Keine ihrer Nachahmerinnen wußte ihre Genialität auch nur annähernd zu erreichen. Sie hatte ihren Serpentinentanz selbst erfunden, der faszinierende Wechsel der farbensatten Bilder, die wallenden Gewänder aus hauchdünner Seide, dies alles war ihr eigenes Werk. Geblendet und hingerissen von dieser märchenhaften Künstlerin kehrte ich heim, und es war mir sofort klar, daß ich hier einer eruptiven Äußerung der Natur gegenüberstand, die sich niemals wiederholen würde.

Am nächsten Morgen ging ich allein aus, um mir Berlin anzusehen. Der erste Eindruck war günstig, denn ich, die immer schon von Griechenland und hellenischer Kunst geträumt hatte, glaubte mein Ideal zu erblicken. „Das ist ja Griechenland“, rief ich erfreut aus. Erst bei näherer Prüfung erkannte ich meinen Irrtum: Berlin hat mit Hellas keinerlei Ähnlichkeit. Vor mir erhob sich eine nordische Wiedergabe griechischer Kunst, keine dorischen Säulen, die zum Blau des olympischen Himmels emporragten; was ich erblickte, war vielmehr der Auffassung pedantischer deutscher Archäologen entsprungen. Und als dann gar die kaiserliche Garde zwischen den unechten dorischen Säulen des Potsdamer Platzes vorbeidefilierte, mußte ich rasch ins Hotel zurückeilen, denn mein Enthusiasmus war verflogen.

Wir blieben einige Tage in Berlin, und ich fuhr mit der Truppe Loie Fullers nach Leipzig. Unser Gepäck blieb in Berlin zurück, auch mein bescheidener Koffer durfte nicht mitgenommen werden. Warum bei einer erfolgreichen Tournee, nach einem Schlemmerleben mit Champagnerdiners und fürstlichen Hotelappartements plötzlich an Gepäck gespart wurde, war mir zunächst ein Rätsel. Später stellte sich jedoch heraus, daß Sada Yacco, deren Manager Loie Fuller war, in Deutschland einen entschiedenen Mißerfolg erlebt hatte, so daß die Einnahmen der Fuller zur Deckung des Defizits herhalten mußten.

In Leipzig wachte ich einmal gegen zwei Uhr morgens durch Stimmen auf, die mir bekannt schienen. Ganz deutlich unterschied ich die eines rothaarigen Mädchens unserer Truppe, das wir Nursey nannten, denn es war stets bereit, jedermann, der sich nicht wohl fühlte, zu pflegen. Aus dem erregten Geflüster entnahm ich, daß Nursey nach Berlin zurückfahren wollte, um bei jemandem die entsprechenden Mittel für unsere Reise nach München zu beschaffen. Plötzlich tritt dieses rothaarige Geschöpf mitten in der Nacht auf mein Bett zu, küßt mich leidenschaftlich und spricht mit bebender Stimme: „Ich reise nach Berlin." Da die Reise von Leipzig nach Berlin nur wenige Stunden dauert, konnte ich nicht begreifen, warum sie der Gedanke, uns zu verlassen, so aufregte. Bald kam sie mit etwas Geld zurück, das knapp bis München reichte. Von dort wollten wir nach Wien fahren, hatten jedoch abermals zu wenig Geld, und da es diesmal ganz ausgeschlossen schien, die notwendigen Mittel zu beschaffen, beschloß ich, selbst zum amerikanischen Konsul zu gehen und ihn um Hilfe zu bitten. Meiner Überredungskunst gelang es auch, so daß wir schließlich in Wien landeten, wo wir im Hotel Bristol in höchst luxuriösen Appartements untergebracht wurden, obwohl wir fast gar kein Gepäck mitführten. Bei aller Bewunderung für Loie Fuller legte ich mir aber doch jetzt die Frage vor, warum ich eigentlich meine Mutter allein in Paris gelassen und was ich in dieser Gesellschaft schöner, aber abnormal veranlagter Weiber zu suchen hätte. In den dramatischen Begebenheiten unserer Reise hatte ich nur die

Rolle einer untätigen mitfühlenden Zuschauerin spielen dürfen, doch sollte mir bald auch eine aktivere Partie zuteil werden.

Im Hotel Bristol erhielt ich als Zimmergenossin die schon erwähnte rothaarige Nursey. Eines Morgens gegen vier Uhr stand sie plötzlich auf, machte Licht und kam in gespenstiger Weise auf mein Bett zu: „Gott hat mir befohlen, dich zu erwürgen!“ sprach sie einfach. Nun wußte ich, daß man Menschen, die plötzlich verrückt werden, niemals widersprechen darf, und trotz meiner Angst konnte ich mich soweit beherrschen, ihr zu antworten: „Ja, du hast vollkommen recht, ich bin bereit, vorher mußt du mich aber noch zu Nacht beten lassen.“

„Allright“, stimmte sie zu, stellte die Kerze neben mein Bett und wartete.

Ich aber sprang aus dem Bett, als ob ich vom Teufel gejagt wäre, riß die Tür auf, rannte so wie ich war im Nachthemd mit offenem Haar den langen Korridor entlang, die breite Treppe hinab ins Hotelbüro und schrie: „Lady gone mad!“ Nursey folgte mir dicht auf den Fersen. Sechs Hotelbedienstete warfen sich auf sie und hielten sie fest, bis Ärzte kamen. Das Resultat der ärztlichen Untersuchung war so erschütternd, daß ich sofort meiner Mutter telegraphierte, sie solle nach Wien kommen und mich abholen.

Nun war ich während meines Wiener Aufenthaltes eines Abends vor geladenem Publikum im dortigen Künstlerhaus aufgetreten. Nur Künstler waren gebeten, die einzige anwesende Frau war Loie Fuller; von den anwesenden Herren hatte fast jeder ein Bukett Rosen mitgebracht, und als ich mein Bacchanal beendigt hatte, wurde ich buchstäblich mit Blumen überschüttet. Unter den Eingeladenen befand sich auch ein ungarischer Impresario, Alexander Groß, der mich sofort engagieren wollte: „Wenn Sie Karriere machen wollen“, sagte er, „kommen Sie mit mir nach Budapest.“ Dies kam nun meinem Wunsche, so rasch wie möglich meiner unheimlichen Umgebung zu entfliehen, in jeder Beziehung entgegen, und hoffnungsvoll fuhr ich mit meiner Mutter nach Budapest.

Groß bot mir einen Kontrakt für dreißig Abende in der Urania an. Es war das erstemal, daß ich mich verpflichtete, in einem Theater öffentlich vor dem Publikum zu tanzen, und ich äußerte Bedenken: „Mein Tanz ist für die Elite, für die Künstler, Bildhauer, Maler, Musiker, aber nicht für das breite Publikum." Alexander Groß wußte mich jedoch zu beruhigen. Künstler seien die strengsten Kritiker, war seine Ansicht, hätte mein Tanz diesen gefallen, so würde ich beim großen Publikum hundertmal mehr Erfolg haben. Ich ließ mich überreden, unterzeichnete den Kontrakt, und die Prophezeiungen meines Impresarios sollten sich erfüllen. Der erste Abend in der Urania war ein unbeschreiblicher Erfolg – dreißig Abende tanzte ich in Budapest vor ausverkauftem Haus.

12

Der Frühling war in die märchenhaft schöne Stadt Budapest eingezogen; es war, als hätte ein Blumenrausch die Stadt erfaßt, auf den Hügeln jenseits des Stroms blühte in allen Gärten der Flieder und vermischte seinen betörenden Duft mit jenem der Akazien am Donaukai.

Allabendlich umtoste mich der Beifallssturm des ungarischen Publikums: Die Leute rasten, warfen ihre Hüte und Mützen auf die Bühne und wurden nicht müde, „Eljen" zu rufen, und als ich gar eines Abends, noch erfüllt von dem Eindruck des zauberhaften Stroms im Morgensonnenschein, die „Blaue Donau" von Strauß improvisierte, war die Wirkung unbeschreiblich. Ein elektrischer Schlag hätte nicht anders wirken können: Alles sprang von den Sitzen auf und geriet in ein derartiges Delirium von Begeisterung, daß ich den Walzer zahllose Male wiederholen mußte, bevor die Leute nur halbwegs wieder zur Vernunft kamen.

Unter den Zuschauern und Eljenrufern befand sich an jenem Abend auch ein junger Magyare, dessen Aussehen und ganzes Wesen an einen Gott erinnerte; mich, die keusche Nymphe, sollte er in eine hemmungslose Bacchantin verwandeln; aber ich kannte ihn damals noch nicht. Alles hatte sich verschworen, diese Wandlung herbeizuführen: der Frühling, die milden Mondscheinnächte, der schwere Fliederduft, die wilde Begeisterung des ungarischen Publikums und die ersten Soupers, die ich in Gesellschaft völlig sorgloser, sinnlich veranlagter Menschen mitmachte; die betörenden Weisen der Zigeuner, die stark gewürzten Speisen, die schweren ungarischen Weine – war es doch überhaupt das erste Mal, daß ich in meinem Leben entsprechend zu essen bekam und durch üppige Nahrung in gehobene Stimmung geriet. Dies alles zusammengefaßt bewirkte, daß ich mir auch meines Körpers zum erstenmal bewußt wurde und ihn nicht nur als Instrument zur Versinnbildlichung geheiligter musikalischer Harmonien betrachtete. Meine Brüste, bisher fast kaum zu bemerken, begannen sich lieblich zu wölben und riefen in mir freudige, aber verwirrende Überraschung hervor; meine Hüften, bisher ganz knabenhaft zart, rundeten sich zu neuen, edlen Linien, und mein ganzes Sein erfüllte ein starker, sehnender, unzweideutiger Trieb, so daß mich nachts der Schlaf verließ und ich mich in schmerzlicher Unruhe umherwälzte.

Eines Nachmittags saß ich mit Freunden bei einem Glas Tokayer, da begegnete meinem Blick ein großes schwarzes Augenpaar, brennend in glühender Verehrung und ungarischer Leidenschaft: Der ganze Budapester Frühling lag in diesem einen Blick. Groß und wundervoll gewachsen, sein Haupt von schwarzen Locken umrahmt, in denen purpurne Lichter schimmerten, bot er einen Anblick vollendeter männlicher Schönheit, selbst einem Michelangelo hätte er zu seinem David Modell stehen können! Wenn er lächelte, blitzten schneeweiße Zähne zwischen seinen roten, sinnlichen Lippen. Schon als sich unsere Augen zum erstenmal trafen, entlud sich in diesem Blick unsere ganze gegenseitige Anziehungskraft und lechzte nach wilder Umarmung – von diesem ersten Sehen an hielten wir einander schon völlig nackt umschlungen, und keine Macht der Erde hätte dies mehr verhindern können.

„Ihr Gesicht gleicht einer Blume – Sie sind meine Blume!" wiederholte er immer wieder, und als wir schieden, steckte er mir ein Logenbillet zu. Am Abend saß ich mit meiner Mutter in einer Loge des königlichen Nationaltheaters – und er spielte den

Romeo. Er war damals schon ein trefflicher Schauspieler und wurde später der größte in Ungarn. Seine Darstellung von Romeos jugendlichem Feuer besiegelte meine Eroberung; mechanisch ging ich in seine Garderobe, die Theaterleute schienen daran nichts Besonderes zu finden und lächelten mir vertraulich zu – niemand schien etwas anderes erwartet zu haben.

Er begleitete uns natürlich nach Hause, und als meine Mutter nach dem Abendessen schlafen gegangen war, schlüpfte ich wieder in den Salon unseres Appartements zurück, wo mein Romeo auf mich wartete. Dort erzählte er mir, ich hätte ihn dazu begeistert, an jenem Abend von der Rolle des Romeo eine gänzlich veränderte Auffassung zu gewinnen: „Bisher kletterte ich einfach auf den Balkon und deklamierte mit gewöhnlicher Stimme die Verse:

‚Der Narben lacht, wer Wunden nie gefühlt.
Doch still, was schimmert durch das Fenster dort?
Es ist der Ost, und Julia die Sonne!‘

„Aber heute abend, du weißt es wohl, da flüsterte ich die Worte, als ob sie mich erstickten, denn erst seit ich dir begegnet bin, begreife ich, wie die Liebe Romeos Stimme verändert haben muß. Jetzt weiß ich es! Erst jetzt, Isadora, erfasse ich Romeos Liebe! O blumenhaftes, angebetetes Mädchen, du hast mich begeistert, durch deine Liebe werde ich fürwahr ein großer Künstler werden!“ Und er wiederholte vor mir die Rolle des Romeo, bis die Morgendämmerung sich durch das Fenster schlich.

Mein Entzücken war seiner Ekstase würdig, ja ich versuchte sogar selbst zu spielen, ihm hie und da eine Gebärde zu empfehlen, und bei der Trauungsszene vor dem Mönch knieten wir beide ergriffen nieder und schworen uns Treue bis zum Tod. Ach Jugend – Frühling – Budapest – Romeo! Wenn ich Eurer gedenke, dann scheint es mir, als hätte sich dies alles erst gestern nacht ereignet.

Eines Abends holte er mich vom Theater ab, und wir gingen in unseren Salon; meine Mutter war ahnungslos und glaubte, ich sei längst schlafen gegangen. Zunächst begnügte sich Romeo damit, mir seine Rolle zu deklamieren, glücklich wie ein Kind sprach er von seiner Kunst und seinem Theater, und ich war selig, ihm zuhören zu dürfen. Allmählich bemerkte ich aber bei ihm eine innere Unruhe, er geriet ganz außer sich und verlor die Sprache, das Blut drang in sein wunderbares Gesicht, seine Lippen schwollen an, und seiner Sinne nicht mehr mächtig, biß er sich blutig. Auch ich war von einem Taumel erfaßt, ein unwiderstehlicher Drang erfüllte mich, ihn enger und enger zu umschlingen, bis er schließlich alle Beherrschung verlor und mich in einem Anfall von Raserei zum Sofa trug. Erschrocken, entzückt, hingerissen ließ ich alles mit mir geschehen, und dort enthüllte sich mir das Mysterium des Geschlechtes. Mein erster Eindruck war rasende Angst und fürchterlicher Schmerz. Ich wäre davongelaufen, um einer Wiederholung dessen zu entfliehen, was ich im ersten Augenblick nur als Verstümmelung und Qual empfand, hätte mich nicht mein Mitleid mit ihm, der darunter zusammengebrochen wäre, zurückgehalten. Beim Morgengrauen verließen wir das Hotel, und ein verspäteter Fiaker führte uns einige Meilen weit vor die Stadt hinaus, wo wir bei einer Bauernhütte haltmachten und ein Zimmer mit einem altertümlichen Bett erhielten. Was für mich damals nichts als eine gräßliche, schmerzhafte Heimsuchung bedeutete, fand hier unter dem Stöhnen und Klagen einer Märtyrerin seine Fortsetzung. Wir verbrachten den ganzen Tag auf dem Lande, Romeo trachtete mich zu beruhigen und trocknete meine Tränen; dann fuhren wir langsam nach Hause, denn es war Zeit, ins Theater zu gehen. Aber ich fürchtete sehr, daß ich an jenem Abend meinem Publikum keine vollendete Leistung zu bieten vermochte, denn ich fühlte mich wie gerädert. Später jedoch, als wir uns nach der Vorstellung trafen, geriet mein Romeo in einen derartigen Taumel von Entzücken, daß ich mich für alles entschädigt fühlte, was ich gelitten hatte; zärtlich versicherte er mir, alles werde gut werden, die schmerzlichen Begleiterscheinungen der ersten Berührung wären bald vergessen, und ich würde dann endlich wissen, was der Himmel auf Erden bedeute – eine Prophezeiung, die sich bald erfüllen sollte.

13

Romeo sang mir mit seiner wunderschönen Stimme alle Lieder seiner Heimat und die Zigeunerweisen vor, auch lehrte er mich die Worte und deren Bedeutung. Eines Abends veranstaltete mein Impresario in der Budapester Oper für mich einen Galaabend. Das Programm bestand aus ernster Musik, meist Gluck, und da der Beifall nicht enden wollte, kam ich plötzlich auf den Gedanken, eine richtige Zigeunerkapelle auf die Bühne zu rufen und nach ihren Liedern zu tanzen. Eine meiner Lieblingsweisen lautete wie folgt:

Nur ein schönes Mädchen
Gibt es auf der Welt,
Und das bist du, mein süßes Täubchen!
Der liebe Gott muß mich sehr lieben,
Daß er dich mir gegeben hat!

Eine süße Melodie voll Leidenschaft, Sehnsucht, Zärtlichkeit und Liebe. Ich tanzte mit solcher inneren Erregung, daß ich die riesige Zuschauermenge zu Tränen rührte, dann schloß ich mit dem Rákóczi-Marsch, den ich in meinem roten Tanzkittel als revolutionäre Hymne, als ungarischen Heldengesang verkörperte.

Mit dieser Galavorstellung schloß die Saison in Budapest. Romeo und ich flüchteten für einige Tage aufs Land in unsere Bauernhütte. Da kosteten wir von allen Glückseligkeiten der Liebenden, ganze Nächte hindurch lagen wir beieinander eng umschlungen und hüllenlos, und als der Tag anbrach und mein Haar sich mit seinen schwarzen Locken vermengte, sein kräftiger Arm mich fest umschloß, da kannte mein Glücksgefühl keine Grenzen. Die ersten Wolken auf diesem Himmel klarer Freude waren der Schmerz meiner Mutter und die Ankunft

Elizabeths aus New York. Sie schienen beide der Ansicht, ich hätte irgendein Verbrechen begangen, und ihre Besorgnisse wurden mir derart unerträglich, daß ich sie schließlich dazu brachte, sich eine kleine Erholungsreise nach Tirol zu gönnen.

Mein Impresario Groß hatte inzwischen für mich eine Tournee durch ganz Ungarn arrangiert. In allen ungarischen Städten bis nach Fünfkirchen und Arad trat ich auf, wo das Schicksal der ungarischen Märtyrer vom Jahre 1848 auf mich den tiefsten Eindruck machte, so daß ich beschloß, für sie eine besondere Ehrung zu veranstalten. Auf einem großen offenen Felde außerhalb der Stadt, wo das Drama sich abgespielt hatte, schuf ich nach den düsteren Klängen des Trauermarsches von Liszt einen meiner schönsten Tänze, den die Menge entblößten Hauptes, in tiefem Schweigen, weinend verfolgte.

Während der ganzen Reise wurden mir in allen ungarischen Städten vom Publikum die großartigsten Ovationen dargebracht. Überall erwartete mich ein mit weißen Blumen gefüllter, von Schimmeln gezogener Galawagen; ich selbst, stets ganz in Weiß gekleidet, wurde unter den begeisterten Zurufen der Bevölkerung wie eine junge Göttin aus einer anderen Welt durch die Stadt geleitet. Aber trotz allem Entzücken, das meine Kunst mir bot, und trotz der Huldigung des Publikums litt ich fortwährend unter der unerträglichen Sehnsucht nach meinem Romeo. Besonders nachts, wenn ich allein war, wußte ich, daß ich alle Erfolge, ja selbst meine Kunst hingeben würde, nur um einen Augenblick in seinen Armen ruhen zu können. Mit Schmerzen ersehnte ich den Tag meiner Rückkehr nach Budapest, und als dieser endlich erschien, erwartete mich wohl Romeo mit heißer Freude, ich aber fühlte sofort etwas Fremdes an ihm. Später erfuhr ich, daß er die Rolle des Marc Anton studiert hatte – war sein hochgespanntes künstlerisches Temperament durch diesen Wechsel der Rollen so beeinflußt worden? Ich weiß es nicht – aber eines fühlte ich, daß die ursprüngliche impulsive Leidenschaft und Liebe meines Romeo eine Veränderung erfahren hatte. Von unserer bevorstehenden Hochzeit sprach er wie von einer abgemachten Sache. Wir gingen sogar Wohnungen ansehen; als ich aber die Wohnungen ohne Badezimmer, mit schlechten Küchen und endlosen Stiegen besichtigt hatte, fühlte ich mich bedrückt und schauderte zurück.

„Was soll ich denn tun, wenn ich in Budapest lebe?“

„Nun“, erwiderte er, „du wirst jeden Abend deine Loge haben und mich spielen sehen, auch kannst du mir meine Stichworte geben und mir beim Studieren meiner Rollen behilflich sein.“ Dann deklamierte er die Rolle seines Marc Anton, aber alle seine Gedanken waren jetzt auf das römische Volk konzentriert – Julia stand nicht mehr im Mittelpunkt seines Interesses.

Eines Tages, auf einem langen Spaziergang in der reizenden Umgebung Budapests, setzten wir uns an einen Heuschober, und da erwog er schließlich, ob es nicht besser wäre, wenn ich meine Karriere fortsetzte und ihn seiner eigenen überließe. Es waren dies nicht genau seine Worte, aber ungefähr ihr Sinn. Noch heute sehe ich das Feld und den Heuschober vor mir und empfinde die innere Kälte, die sich auf meine Brust senkte. Noch am selben Nachmittag unterzeichnete ich mit Alexander Groß einen Kontrakt für Wien, Berlin und alle Städte Deutschlands.

In Budapest sah ich noch Romeos Debüt als Marc Anton: Der letzte Eindruck von ihm war seine Kunst und der wilde Enthusiasmus des Theaters, während ich in meiner Loge kaum imstande war, meiner Tränen Herr zu werden, und in meiner Brust ein Gefühl empfand, als hätte ich Glasscherben geschluckt. Am nächsten Tag fuhr ich nach Wien. Zum Abschied erschien Marc Anton ernst und in Gedanken verloren – Romeo war verschwunden, und diese Fahrt von Budapest nach Wien bildet eine der bittersten und traurigsten Erinnerungen meines Lebens. Alle Lebensfreude schien aus der Welt gewichen; in Wien angelangt, fühlte ich mich krank und wurde von Alexander Groß in ein Sanatorium gebracht, wo ich einige Wochen in völliger Erschlaffung und namenlosem Weh verbrachte. Marc Anton kam aus Budapest, war lieb und voll Rücksicht, ja er schlug sogar sein Bett neben dem meinen auf. Als ich aber eines Morgens erwachte und eine Pflegeschwester erblickte, eine katholische Nonne in schwarzer Tracht, die sich zwischen mich und den Geliebten stellte, da meinte ich die Totenglocken über dem Grabe unserer Liebe zu vernehmen.

Meine Rekonvaleszenz nahm lange Zeit in Anspruch, und

Alexander Groß brachte mich zur Erholung nach Franzensbad. Ich blieb matt und traurig, weder die herrliche Gegend noch liebe Freunde, die mich umgaben, konnten mir das geringste Interesse abgewinnen. Da die teuren Ärzte, das Sanatorium und die Pflegerinnen mein Bankkonto erschöpft hatten, veranstaltete Groß für mich Vorstellungen in Franzensbad, Marienbad und Karlsbad. Eines Tages öffnete ich wieder meinen Koffer und nahm meine Tanzkleider heraus. Tränen strömten über meine Wangen, als ich meine kleine rote Tunika küßte, in der ich in Ungarn so oft die revolutionären Tänze vorgeführt hatte, und damals schwor ich mir, niemals wieder meine Kunst einer Liebe willen aufzuopfern. Aber das erste Liebesempfinden, den Schmerz, die Trauer, die Enttäuschungen – sie alle nahm ich in meine Kunst auf. Ich erdichtete einen Tanz, der das Schicksal Iphigeniens darstellte, ihren Abschied vom Leben und ihren Tanz am Altar des Todes.

Mein Name hatte mittlerweile im ganzen Lande eine magische Zugkraft erlangt, man drängte sich zu meinen Vorstellungen und überhäufte mich mit Lobeserhebungen. Schließlich arrangierte Alexander Groß mein Auftreten in München.

14

Inzwischen unternahmen Elizabeth und ich einen Abstecher nach Abbazia, wo alles überfüllt war, so daß es uns anfangs nicht gelingen wollte, eine Unterkunft zu finden. In dem friedlichen kleinen Seebadeort fielen wir durch unser Umhersuchen bald auf, und auch der dort zur Kur weilende Erzherzog Ludwig Viktor, der Bruder des Kaisers von Österreich, schenkte uns seine Aufmerksamkeit. Einmal grüßte er freundlich, sprach uns an und lud uns in den Garten seiner Villa unweit des Hotels Stefanie ein. Obwohl sich die ganze Angelegenheit recht unschuldig abgespielt hatte, erregte sie dennoch in Hofkreisen ziemlichen Skandal. Bald begannen alle Damen der Gesellschaft uns zu besuchen, aber durchaus nicht, wie ich in meiner Unschuld angenommen hatte, aus Interesse für meine Kunst, sondern, um herauszufinden, welche Stellung wir in der Villa des Erzherzogs eigentlich einnahmen. Im Hotel vollführten alle diese Damen vor der Tafel Seiner Kaiserlichen Hoheit jeden Abend ihren tiefen Hofknicks, ich folgte diesem Beispiel und knickste noch tiefer, als es die anderen zuwege brachten.

Ich hatte mir damals einen neuartigen Badeanzug ausgedacht, der dann in Mode kam, seither jedoch in vieler Beziehung weit übertroffen wurde. Ich trug eine leichte blaue Tunika aus feinstem Crêpe de Chine mit tiefem Ausschnitt, ganz leichten Schulterspangen, einem Röckchen, das nur bis zu den Knien reichte, nackten Beinen und Füßen. Da es in jenen Tagen bei den Damen noch Sitte war, nur in strenges Schwarz gehüllt ins Wasser zu steigen, mit einem Rock, der bei den Knien, und mit Hosen, die an den Knöcheln endeten, mit schwarzen Strümpfen und schwarzen Badeschuhen, kann man sich wohl vorstellen, welches Aufsehen ich erregte. Der Erzherzog stellte sich meist auf die Rampe der Badeanstalt und richtete ununterbrochen sein Opernglas auf mich, wobei er ganz deutlich ausrief: „Ach, wie schön ist diese Duncan! Ach wunderschön! Diese Frühlingszeit ist nicht so schön wie sie!“

Als ich einige Zeit später im Carltheater in Wien gastierte, kam der Erzherzog mit seinem Gefolge bildhübscher Adjutanten und Kämmerer jeden Abend in eine Proszeniumsloge, und selbstverständlich wurde auch darüber geklatscht; aber das Interesse des Erzherzogs für mich war tatsächlich nur ein rein ästhetisches und künstlerisches. Ja, es schien sogar, als würde er dem schönen Geschlecht geradezu ausweichen und sich mit seinem Gefolge reizender junger Offiziere gerne begnügen. Ich empfand aufrichtiges Mitgefühl, als ich einige Jahre später erfuhr, daß der österreichische Hof den Erzherzog in das düstere Schloß Klesheim bei Salzburg interniert hätte. Vielleicht war er ein wenig anders veranlagt als die große Menge; aber welchem wirklich sympathischen Menschen vermöchte man keinen Defekt nachzuweisen.

Vor den Fenstern unserer Villa in Abbazzia stand eine Palme, die mein ganzes Interesse gefangennahm, denn ich hatte noch nie eine Palme im Freien wachsen gesehen. Nun beobachtete ich täglich, wie ihre kunstvollen Blätter leise im Morgenwind erzitterten, und von ihr übernahm ich für meine Tänze das leichte Erbeben der Arme, Hände und Finger. Beim Anblick dieser Palme verließen mich manchmal alle künstlerischen Gedanken, und nur die rührenden Worte Heinrich Heines standen in meiner Erinnerung:

Er träumt von einer Palme,
Die fern im Morgenland
Einsam und schweigend trauert
Auf brennender Felsenwand ...

Von Abbazia gelangten Elizabeth und ich endlich nach München, das damals einen wahren Bienenstock künstlerischer und intellektueller Betätigung darstellte: die Straßen mit Studenten überfüllt, jedes Mädchen mit einer Mappe oder einer Notenrolle unter dem Arm, alle Auslagefenster wahre Schatzkammern seltener Bücher, alter Bilder und fesselnder Neuerscheinungen. Diese künstlerische Atmosphäre im Verein mit den herrlichen Sammlungen der Glyptothek und Pinakothek, der herben Gebirgsluft, die von den sonnigen Bergen wehte; die Atelierbesuche beim silberhaarigen Meister Lenbach, der Umgang mit den Kapazitäten der philosophischen Schule – dies alles verlieh mir die Kraft, mich wieder meiner unterbrochenen intellektuellen Lebensbetätigung zu widmen. Ich begann Deutsch zu lernen, Schopenhauer und Kant im Original zu lesen, und bald konnte ich mit wahrer Freude den längsten Vorlesungen von Künstlern, Philosophen und Musikern folgen, mit denen wir dann allabendlich im Künstlerhaus zusammentrafen.

Das Lebenszentrum Münchens war damals das Künstlerhaus. Dort traf sich täglich ein Kreis von Künstlern um die Meister Kaulbach, Lenbach und Stuck; dort wurde gutes Münchner Bier getrunken (was auch ich bald schätzen lernte) und über Kunst und Philosophie debattiert. Alexander Groß wollte mein erstes Auftreten im Künstlerhaus arrangieren. Lenbach und Kaulbach waren dafür, Stuck hingegen meinte, daß ein Kunsttempel wie das Münchner Künstlerhaus nicht durch Tanzproduktionen entweiht werden dürfe. Eines Tages suchte ich Stuck in seinem Hause auf, um ihn davon zu überzeugen, daß meine Kunst nicht würdelos sei. In seinem Atelier angelangt, entkleidete ich mich, zog meine Tunika an, führte meine Tänze vor ihm auf und sprach dann ohne Unterbrechung vier Stunden lang über die Heiligkeit meiner Mission und über die Entwicklungsfähigkeit des Tanzes als Kunstgattung. Er soll später erzählt haben, niemals in seinem Leben sei er so überrascht gewesen – eine Dryade aus den olympischen Hainen hätte ihn nicht in größeres Erstaunen versetzen können. Er gab natürlich seine Einwilligung zu meinem Auftreten, und mein Debüt im Münchner Künstlerhaus bildete das bedeutendste künstlerische Ereignis und die größte Sensation Münchens seit vielen Jahren.

Meine folgenden Vorstellungen fanden im Kaisersaal statt, der Erfolg war ungeheuer, besonders die Studenten gebärdeten sich wie verrückt: Nacht für Nacht spannten sie die Pferde meines Wagens aus, sangen dabei ihre Studentenlieder und marschierten mit Fackeln neben meiner Victoria einher. Oft standen ganze Gruppen stundenlang vor meinem Hotelfenster und hörten mit ihrem Ständchen nicht eher auf, als bis ich ihnen Blumen oder Taschentücher zuwarf, um die sie sich dann balgten, um sie auf ihre Kappen zu stecken.

Eines Abends schleppten sie mich in ihre Kneipe, wo ich von einem Tisch auf den anderen gehoben wurde. Die ganze Nacht hindurch sangen sie ihre schönen Studentenlieder, wobei öfters ein Refrain wiederkehrte: „Isadora, Isadora, ach, wie schön das Leben ist!“ Die Ereignisse dieser Nacht fanden auch im „Simplizissimus“ Erwähnung, und einige philisterhafte Bürger der Stadt nahmen daran Anstoß. In Wirklichkeit war die Unterhaltung völlig harmlos verlaufen, trotz der Tatsache, daß die Studenten sogar mein Kleid und meinen Schal zu Bändern zerrissen und auf ihre Kappen gesteckt hatten, als sie mich im Morgengrauen nach Hause brachten.

In diesem München mit seinem künstlerischen und intellektuellen Leben gelang es mir, mich einigermaßen von dem mörderischen Schlag zu erholen, den meine Sinne in Budapest erhalten hatten. Eines Abends, anläßlich einer besonderen Galavorstellung im Künstlerhaus, fiel mir die markante Silhouette eines Zuschauers in der ersten Reihe auf. Es war Siegfried Wagner, der Sohn des großen Meisters, dessen Werke sich mir damals zum ersten Male offenbarten. Seine Züge erinnerten mich sofort an seinen genialen Vater: dieselben überhängenden Augenbrauen, die gleiche vorspringende Nase, nur Mund und Kinn weicher, nicht so kraftvoll. Er gesellte sich bald zu unserem Kreis und wurde später einer meiner liebsten Freunde. Seine Konversation war geistreich und bot vielfache Erinnerungen an seinen großen Vater, der ihn stets wie ein Heiligenschein zu umgeben schien.

Die herrlichen Werke der Italiener in den Münchner Museen riefen meine Sehnsucht wach, und da wir uns so nahe an der italienischen Grenze befanden, bestiegen wir, Mutter, Elizabeth und ich, einem unwiderstehlichen Drang folgend, eines Abends den Zug und fuhren nach Florenz. Niemals werde ich den märchenhaften Eindruck vergessen, den die Reise durch Tirol und der darauffolgende Abstieg in die sonnige Ebene Umbriens in mir hervorrief. In Florenz verbrachten wir einige Wochen höchster Verzückung, durchwanderten die Galerie und pilgerten durch die Gärten und Olivenhaine. Botticelli hatte meine jugendliche Phantasie völlig gefangengenommen. Tagelang saß ich vor seiner „Primavera“ und schenkte diesem unsterblichen Bild unbeschränkte Bewunderung. Ein freundlicher alter Aufseher brachte mir einen Stuhl und verfolgte meine Anbetung mit liebenswürdigem Interesse. Ich blieb so lange dort sitzen, bis ich die Blumen tatsächlich wachsen sah, die zierlichen Körper wiegten sich im Tanze, die nackten Füße berührten den Boden, bis sich in mir die freudige Gewißheit durchgerungen hatte: Dieses Bild will ich im Tanze zum Leben erwecken und anderen die Botschaft der Liebe, des Frühlings und der Erschaffung des Lebens bringen, die sich mir unter schöpferischen Qualen erschlossen hat. Mein Tanz soll allen ermöglichen, an diesen Wonnen teilzunehmen.

Die Tanzschöpfung, die ich bald darauf unter diesen Eindrücken schuf, trachtete die sanften und wundersamen Bewegungen zu verkörpern, die von Botticellis Primavera ausgingen:

die weichen Wellenlinien der blumenbedeckten Erde, den Reigen der Nymphen und den Flug der Zephire, alle um die Hauptgestalt gruppiert, die, halb Madonna, halb Aphrodite, die Geburt des Frühlings in einer bedeutungsvollen Gebärde zum Ausdruck bringt.

Bei unserer bekannten Sorglosigkeit in praktischen Dingen war uns das Geld wieder einmal ausgegangen, und wir sahen uns gezwungen, an Alexander Groß um Reisegeld nach Berlin zu depeschieren, wo er mein erstes Auftreten vorbereitete. Bei unserer Ankunft in Berlin fanden wir zu unserem größten Erstaunen die ganze Stadt in ein einziges flammendes Plakat verwandelt, das meinen Namen zeigte und mein Auftreten bei Kroll mit dem Philharmonischen Orchester ankündigte. Alexander Groß führte uns in ein wunderbares Appartement im Hotel Bristol, Unter den Linden, wo bereits die ganze Presse versammelt war, um mich zu interviewen. Meine Studien in München und die frischen Eindrücke von Florenz hatten mich in eine begeisterte philosophische und spirituelle Verfassung versetzt, so daß die Presseleute nicht wenig erstaunt sein mochten, als ich ihnen in gebrochenem Amerikanisch-Deutsch meine naive, aber grandiose Auffassung der Tanzkunst als der „*größten ernsten Kunst*" schilderte und versicherte, der Tanz sei berufen, allen anderen Künsten zu einer Renaissance zu verhelfen. Wie sehr sich doch diese deutschen Journalisten von ihren amerikanischen Kollegen unterschieden, denen ich später meine Theorien auseinandersetzte; hier hörte mich alles mit Ehrerbietung und Interesse an, und am folgenden Tag erschienen in den deutschen Zeitungen überaus interessante Artikel von künstlerischem und philosophischem Wert.

Alexander Groß war ein mutiger Pionier. Er hatte sein ganzes Vermögen darauf gewagt, meine Berliner Vorstellungen in Szene zu setzen. Er hatte nicht mit der teuersten Reklame gespart, den besten Saal und den hervorragendsten Kapellmeister gewonnen, und es hätte für ihn den völligen Ruin bedeutet, hätte ich nicht, vom ersten Augenblick an, da der Vorhang sich hob und meine zarte kleine Gestalt auf der riesigen Bühne vor den blauen Vorhängen erschien, das ganz überraschte Berliner Publikum zu begeistertem Applaus hingerissen.

Aber Groß war auch ein guter Prophet. Nachdem ich über zwei Stunden getanzt hatte, weigerten sich die Leute, das Haus zu verlassen, und verlangten eine Wiederholung nach der anderen, bis sie in einem begeisterten Ansturm zu den Rampenlichtern vordrängten. Hunderte von Studenten kletterten tatsächlich auf die Bühne, so daß ich in Gefahr war, vor allzuviel Bewunderung erdrückt zu werden. Nun wurde an jedem folgenden Abend der in Deutschland übliche hübsche Brauch wiederholt: Man spannte mir die Pferde aus und zog mich im Triumph durch die Straßen, unter den Linden hinab bis zu meinem Hotel.

Von diesem Abend an kannte man mich in Deutschland unter Spitznamen wie „*die göttliche, heilige Isadora*“. Eines Abends, mitten im höchsten Begeisterungstaumel, erschien plötzlich Raymond im Theater. Er war aus Amerika zurückgekehrt, da ihn die Sehnsucht nach uns ergriffen hatte, und erklärte, nicht länger von uns getrennt leben zu können. Da meine Berliner Vorstellungen einen namhaften materiellen Erfolg aufzuweisen hatten, beschlossen wir, ein Projekt aufleben zu lassen, das uns alle seit langem beschäftigte: Wir wollten eine Pilgerfahrt zu den geheiligten Stätten der Kunst unternehmen und unsere Sehnsucht, unser vergöttertes Athen, aufsuchen. Ich fühlte mich erst am Beginn meiner Kunststudien, hatte noch viel zu lernen und bestand darauf, diese Reise zu unternehmen, trotz der flehentlichen Bitten meines Impresarios. Mit leuchtenden Augen und vor Erwartung pochendem Herzen bestiegen wir den Zug, der uns via Venedig in das ersehnte Land unserer Träume, Griechenland, entführen sollte.

15

Wir blieben einige Wochen in Venedig und besuchten andächtig alle Kirchen, Paläste und Galerien, aber Venedig bedeutete mir damals noch nicht viel; die durchgeistigte intellektuellere Schönheit von Florenz bewunderte ich weitaus mehr. Venedig enthüllte mir sein Geheimnis und seinen Liebreiz erst viele Jahre später, als ich mich dort mit einem schlanken, dunkeläugigen Liebhaber aufhielt – erst dann verstand ich seinen ganzen Zauber. Aber während meines ersten Besuches waren alle meine Gedanken darauf gerichtet, möglichst bald ein Schiff zu besteigen und in blaue Fernen zu entfliehen.

Raymond, der den ganzen Plan für unsere Reise nach Griechenland entworfen hatte, bestand darauf, daß alles in primitivster Weise vor sich gehen müsse, wir vermieden also die großen Passagierschiffe und fuhren auf einem kleinen Handelsdampfer, der zwischen Brindisi und Santa Maura verkehrte. Dort an der Stätte des alten Ithaka, der Heimat des Odysseus, gingen wir an Land und bestiegen auch den Felsen, von dem sich Sappho ins Meer gestürzt haben soll.

Santa Maura verließen wir bei Tagesanbruch in einem kleinen Segelboot mit nur zwei Mann Besatzung und durchquerten das blaue Ionische Meer. Es war ein glühend heißer Julitag. Wir fuhren in den Golf von Arta ein und landeten bei der kleinen Stadt Karvassaras. Beim Mieten des kleinen Fahrzeugs hatte Raymond mit vielen Gebärden und etwas Altgriechisch zu erklären versucht, er wünsche, daß unsere Reise nach Möglichkeit der Fahrt des Odysseus gleichen solle. Der Fischer schien von dem listenreichen trojanischen Helden nicht viel zu wissen, aber der Anblick einer beträchtlichen Anzahl von Drachmen dürfte ihn ermutigt haben, so daß er sich entschloß, abzusegeln, obwohl er es sichtlich ungern tat, denn mehrmals wies er gegen den Himmel und markierte mit Armbewegungen einen Sturm, um uns die Tücken des Meeres begreiflich zu machen.

In der kleinen türkischen Stadt Preveza, an der Küste von Epirus, machten wir halt und kauften Proviant: einen riesigen Ziegenkäse und Unmengen von reifen Oliven und gedörrtem Fisch. Das Segelboot hatte kein Deck, und der Proviant lag den ganzen Tag frei unter glühender Sonne. Solange ich lebe, werde ich den Käse- und Fischgeruch nicht vergessen – auch rollte das kleine Boot ganz energisch! Oft ließ die Brise nach, und wir mußten zu den Rudern greifen. Bei Einbruch der Dämmerung landeten wir endlich in Karvassaras. Alle Einwohner kamen zum Strand, um uns zu begrüßen; Kolumbus selbst kann bei seiner Landung in Amerika nicht mehr Erstaunen unter den Eingeborenen hervorgerufen haben! Sie umstanden uns in sprachloser Neugierde, als Raymond und ich niederknieten und den Boden küßten.

Ja, wir waren halb verrückt vor Freude; wir hätten am liebsten alle Bewohner des Dorfes umarmt und ausgerufen: „Endlich, nach langen Wanderungen, sind wir im heiligen Lande Hellas angekommen: Gruß euch, ihr Götter, olympischer Zeus, Apoll, Aphrodite! Ihr Musen rüstet euch zu neuem Tanze! Unser Gesang soll Dionysos erwecken und seine schlafenden Bacchantinnen!"

In Karvassaras gab es kein Hotel und keine Bahn. Wir verbrachten die Nacht alle in einem Zimmer, dem einzigen, das man uns im Gasthof geben konnte. Natürlich schliefen wir nicht sehr viel – zunächst weil Raymond sich fast die ganze Nacht hindurch in schwungvollen Reden über die sokratische Weisheit und den himmlischen Lohn der platonischen Liebe erging, zweitens weil die Betten aus einfachen, ungehobelten Brettern bestanden und schließlich weil es sich erwies, daß Hellas viele Tausende von kleinen Einwohnern beherbergte, die sich alle an uns delektieren wollten.

Bei Tagesanbruch verließen wir das Dorf; Mutter saß im zweispännigen Wagen, in welchem auch unsere vier Handkoffer untergebracht waren, während wir sie, mit Stäben aus Lorbeerästen ausgerüstet, zu Fuß begleiteten. Das ganze Dorf gab uns das Geleit, als wir die alte Straße einschlugen, auf der schon Philipp von Mazedonien 218 v. Chr. mit seiner Armee marschiert war. Die Straße von Karvassaras nach Agrinion führte durch rauhe Berge von wilder Majestät. Es war ein wundervoller Morgen, die Luft klar wie Kristall. Wir sprangen vor dem Wagen einher, waren fröhlich wie Kinder, sangen und stießen Freudenrufe aus. Auch fehlte es nicht an Abenteuern: Als wir den Fluß Aspros – den alten Acheloos – überquerten, beschlossen Raymond und ich im schäumenden Gebirgswasser zu baden, wurden aber von der mächtigen Strömung beinahe fortgerissen. Ein andermal kamen zwei wilde Schäferhunde aus einem fernen Bauerngehöft wütend durch das Tal auf uns zu; sie glichen rasenden Wölfen und hätten uns bestimmt angefallen, wäre nicht unser wackerer Kutscher mit seiner Peitsche dazwischengefahren. Unser Mittagsmahl nahmen wir in einer kleinen Herberge ein, wo wir zum ersten Mal Wein, nach klassischer Manier in Schweinshäuten und mit Harz konserviert, zu kosten bekamen. Er schmeckte wie Möbelpolitur, aber wir erklärten ihn, obgleich sich unsere Gesichter zusammenzogen, für himmlisch. Endlich kamen wir zu der auf drei Hügeln erbauten Stadt Stratos. Es war die erste griechische Ruine, und der Anblick der dorischen Säulen versetzte uns in Ekstase. Raymond führte uns zum Zeustempel auf dem westlichen Hügel, in unserer lebhaften Phantasie erstand die alte Stadt und bedeckte im Schein der untergehenden Sonne die drei Hügel von neuem mit klassischer Schönheit und Pracht.

Beim Einbruch der Dunkelheit kamen wir in Agrinion an; ziemlich erschöpft, aber in einem Zustand der Seligkeit, wie er Sterblichen nur selten zuteil wird. Am nächsten Morgen bestiegen wir eine Postkutsche hinunter nach Mesolongion, wo wir dem feurigen Herzen Byrons huldigten; es liegt dort unter den Trümmern der heroischen Stadt bewahrt, deren Boden mit dem Blut von Märtyrern getränkt ist. Ist es nicht seltsam, daß gerade Byron das Herz Shelleys der roten Glut des Scheiterhaufens entriß? Shelleys Herz wird jetzt in Rom gehütet – mag sein, daß die Herzen dieser beiden Dichter noch immer in mystischer Verbindung stehen – „von Griechenlands Herrlichkeit bis zu der Größe Roms!“

All diese Erinnerungen dämpften unseren Jubel. Die Stadt bewahrte die tragische Atmosphäre, die Delacroix' berühmtes Bild „La Sortie de Mesolongion“ verbreitet: Alle Einwohner – Männer, Frauen und Kinder – wurden hier bei ihrem verzweifelten Versuch, die türkischen Linien zu durchbrechen, niedergemetzelt. Byron starb in Mesolongion im April 1824. Zwei Jahre später, fast genau an seinem Todestag, folgten ihm diese Märtyrer in das Reich der Schatten, ihm, der stets bereit war, alles für ihre Befreiung hinzuopfern. Mit bewegtem Herzen verließen wir am Abend Mesolongion; vom Verdeck des kleinen Dampfers, der uns nach Patras bringen sollte, sandten wir der Stadt einen letzten Blick zu.

In Patras standen wir vor der schweren Wahl, ob wir uns zunächst nach Olympia oder nach Athen wenden sollten; beides schien verlockend, aber unsere große Sehnsucht nach dem Parthenon gab schließlich den Ausschlag, und wir entschieden uns für Athen. Durch die lachenden Gefilde Hellas' entführte uns nun der Zug: Dort tauchte das schneebedeckte Haupt des Olymp auf, in den Olivenhainen umgaben uns tanzende Nymphen und Dryaden, und unser Entzücken kannte keine Grenzen. Manchmal gerieten wir in eine derartige Erregung, daß wir uns umarmten und in Tränen ausbrachen. Die einfältigen Landleute betrachteten uns voll Erstaunen, sie hielten uns wohl für betrunken oder von Sinnen – und doch war es nichts als lauterste Begeisterung, fanatisches Suchen nach höchster Erleuchtung – nach den blauen Augen Pallas Athenes.

Abends waren wir in Athen angekommen, und schon die Morgendämmerung sah uns mit unsicheren Schritten und vor Aufregung versagendem Herzschlag die Stufen zum Tempel der Göttin emporsteigen. Während des Aufstiegs schien es mir, als fiele mein ganzes bisheriges Leben wie ein Narrenkleid von mir ab; es war mir, als hätte ich bis dahin überhaupt nicht gelebt, als sei ich durch diesen Anblick reinster Schönheit erst zur Welt gekommen. Hinter dem Pentelikon ging die Sonne auf und enthüllte seine wunderbar klare Form, die Pracht seiner im Morgenschein schimmernden Marmorwände. Nun erklommen wir die letzten Stufen der Propyläen und erblickten den in der Morgensonne erglänzenden Tempel. Alle schwiegen ergriffen, denn diese göttliche Schönheit war für Worte zu heilig und erfüllte unsere Herzen mit banger Scheu. Keine Freudenausrufe und Umarmungen mehr! Jeder suchte sich einen Platz, wo er in stiller Anbetung, in andächtigem Schauer mehrere Stunden hindurch verharrte. Oh, warum müssen wir Sterblichen nach solchen hehren Augenblicken je wieder hinabsteigen? Warum konnten wir nicht als Priester des Tempels für immer die kläräugige Göttin dienend verehren?!

Der Anblick des Parthenon hatte uns die Überzeugung beigebracht, daß wir, meine Mutter und ihre vier Kinder, der Clan Duncan, uns vollauf genügten und daß alle anderen Menschen uns nur von unseren Idealen ablenken würden. Wir hatten den

Gipfel der Vollendung erschaut und waren entschlossen, Griechenland nie wieder zu verlassen, da sich doch dort alles befand, was unserem ästhetischen Empfinden nottat. Es mag überraschen, daß ich nach meinen öffentlichen Erfolgen und den Erlebnissen in Budapest keine Sehnsucht hatte, zu diesem Leben zurückzukehren; der wahre Grund hierfür ist, daß ich diese Reise nicht mit dem Wunsche nach Ruhm oder Geld unternahm. Es war eine rein geistige Wallfahrt, und ich glaubte zu erkennen, daß der Geist, den ich suchte, die unsichtbare Göttin Athene, noch immer die Ruinen des Parthenon bewohnte. Wir beschlossen daher, daß der Clan Duncan ewig in Athen bleiben und dort einen seiner Eigenart würdigen Tempel erbauen solle.

Von meinem Berliner Auftreten her hatte ich einen Betrag auf der Bank, der unerschöpflich schien, und wir machten uns gleich auf die Suche nach einem geeigneten Platz für unseren Tempel. Alle waren restlos glücklich, bis auf Augustin, der schließlich gestand, nach seiner jungen Frau und seinem Kinde Sehnsucht zu empfinden. Obwohl wir dies als große Schwäche betrachteten, blieb uns schließlich nichts anderes übrig, als die beiden herüberkommen zu lassen. Augustins Frau trug bei ihrer Ankunft elegante Kleidung und französische Absätze – wir waren bereits zu Sandalen übergegangen, denn es dünkte uns wie eine Schändung, die weißen Marmorfliesen des Parthenon mit modernen Schuhen zu betreten. Sogar meine Directoirekleider sowie Raymonds Kniehosen, offener Kragen und fliegende Krawatte erschienen uns als degenerierte Kleidungsstücke, und wir beschlossen, zur Tunika der alten Griechen zurückzukehren, was wir zum größten Erstaunen der modernen Griechen auch taten. Angetan mit Tunika, Chlamys und Peplos, das Haar mit Stirnbändern geschmückt, machten wir uns auf den Weg, für unseren Tempel einen würdigen Platz zu finden. Wir suchten Kolonos, Phaleron und alle Täler Attikas ab, konnten aber lange keinen Ort entdecken, der uns erhaben genug dünkte, bis wir eines Tages über den Hymettos wanderten, wo die Bienenkräuter wachsen und woher der berühmte Honig stammt. Da wies Raymond plötzlich mit seinem Stab in die Ferne: „Seht", rief er entzückt, „wir befinden uns auf gleicher Höhe mit der Akropolis!" Gegen Westen blickend sahen wir den Zeustempel zum Greifen nahe in göttlicher Schönheit vor uns und beschlossen sofort, hier unseren Tempel zu bauen.

Nun aber begann eine ganze Reihe von Schwierigkeiten. Zunächst wußte niemand zu sagen, wem das Grundstück überhaupt gehörte, denn es befand sich so weit von Athen entfernt, daß es nur ein paar Hirten bekannt war, die dort ihre Schafe und Ziegen auf die Weide führten. Nach langer Zeit hatten wir herausgefunden, daß das Grundstück seit mehr als hundert Jahren fünf Bauernfamilien gehörte, und als wir endlich die fünf Familienältesten aufgespürt und sie befragt hatten, ob sie den Grund verkaufen wollten, konnten sie sich vor Erstaunen nicht fassen, denn bisher hatte noch niemand das geringste Interesse für ihren Besitz gezeigt. Der Boden war felsig, nur mit Disteln bewachsen und nahezu wertlos; kaum aber war bekanntgeworden, daß wir ihn wirklich zu kaufen beabsichtigten, erklärten die Besitzer, das Grundstück sei von unschätzbarem Wert und verlangten einen unglaublichen Preis. Der Clan Duncan ließ sich aber nicht abschrecken und war fest entschlossen, gerade dieses Grundstück zu erwerben. Die Verhandlungen mit den Landleuten nahmen folgenden Verlauf: Die fünf Familien wurden zu einem Festmahl eingeladen, es gab am Spieß gebratenes Lamm und andere verlockende Leckerbissen; auch Raki – der landesübliche Branntwein – wurde in großen Mengen aufgetischt. Mit Hilfe eines kleinen Advokaten aus Athen wurde bei diesem Mahle der Kaufvertrag abgeschlossen, und die fünf griechischen Bauern, von denen keiner schreiben konnte, zeichneten ihre Kreuze darunter. Obgleich wir das Grundstück noch immer weit über den Wert bezahlen mußten, betrachteten wir dieses Bankett als großen Erfolg: Der kleine, kahle Hügel am Fuße des Hymettosrückens auf gleicher Höhe mit der Akropolis, der von alters her Kopamos hieß, gehörte von nun an dem Clan Duncan.

Nun wurden Papier und Zeichengerät besorgt, und man entwarf den Plan für das Gebäude. Raymond fand das gewünschte Modell im Palast des Agamemnon, verzichtete auf jeden Architekten und nahm selbst alle Arbeiter auf. Nur Marmor vom Pentelikon, aus dessen glänzenden Flanken die edlen Säulen des Parthenon geschnitten sind, konnte unseres Tempels würdig sein, doch begnügten wir uns mit dem roten Stein, den man am Fuß des Berges findet. Und nun schleppte täglich eine lange Reihe von Karren diese roten Felsblöcke vom Pentelikon zum Kopamos herüber, und mit jeder eintreffenden Ladung wuchs unsere Begeisterung.

Endlich sollte der Grundstein zu unserem Tempel gelegt werden, und dieses große Ereignis mußte unserer Ansicht nach mit einer würdigen Zeremonie gefeiert werden. Obwohl wir gewiß nichts für die Kirche übrig hatten – unsere geistige Unabhängigkeit gab davon ein beredtes Zeugnis – schien es uns für diese Gelegenheit passender, den Grundstein nach griechischer Sitte von einem orthodoxen Geistlichen legen zu lassen.

Alle Landleute der Umgebung waren eingeladen; der alte Pope kam, in schwarze Gewänder gekleidet, mit schwarzem Hut, von dessen breiter Krempe ein langer schwarzer Schleier niederfiel, und verlangte als Opfergabe einen – schwarzen Hahn. Dieser Ritus stammt merkwürdigerweise noch aus der Zeit des Apollokults, wurde von den byzantinischen Priestern übernommen und hat sich bis heute erhalten. Schließlich wurde mit einigen Schwierigkeiten der schwarze Hahn aufgetrieben und dem Priester mit dem Opfermesser überreicht. Inzwischen hatten sich Scharen von Landleuten aus der Umgebung und viele Gäste aus Athen eingefunden, und als der Tag zu scheiden begann, war eine große Menschenmenge versammelt.

Der alte Geistliche begann seine Tätigkeit mit eindrucksvollen, feierlichen Gebärden. Als er uns ersuchte, ihm die genaue Lage der Grundmauern anzugeben, tanzten wir um den von Raymond vorher abgesteckten Grundriß einen Reigen. Er bestimmte die Lage des Grundsteins, und gerade als die purpurne Sonnenscheibe hinter der Akropolis versank, schnitt er dem schwarzen Hahn den Hals ab, so daß sich das Blut auf den roten Stein ergoß. In einer Hand das Messer, in der anderen den geschlachteten Vogel, umschritt er dreimal feierlich das Rechteck der Grundmauern, dann folgten Gebet und Gesang. Er segnete alle Steine des Hauses, und nachdem wir unsere Namen gesagt hatten, sprach er noch ein langes Gebet, worin er fortwährend wiederholte: *Isadora-Duncan* (meine Mutter), *Augustin, Raymond, Elizabeth* und die *kleine Isadora* (das war ich). Natürlich sprach er die Namen ganz verkehrt aus, unter anderem den Namen Duncan immer mit hartem T. Nach Schluß der Zeremonien kamen Musikanten mit primitiven, landesüblichen Instrumenten, große Fässer Wein und Raki wurden angeschlagen, auf dem Hügel entzündete man ein riesiges Freudenfeuer, und dann tanzten und zechten wir mit unseren ländlichen Nachbarn die ganze Nacht hindurch.

Wir hatten beschlossen, für immer in Griechenland zu bleiben, und entwarfen besondere Regeln für unser Leben auf dem Kopamos. Die Ehe war bei uns abgeschafft, Augustins Frau nahmen wir mit schlecht verhüllter Reserve auf. Die übrigen Lebensregeln zeigten eine starke Anlehnung an Platos „Staat". Beim Morgengrauen stand man auf und begrüßte die aufgehende Sonne mit freudigen Gesängen und Tänzen. Dann wollten wir uns mit einer bescheidenen Schale Ziegenmilch erfrischen. Die Vormittage sollten dem Unterricht der Bewohner Athens in Tanz und Gesang gewidmet sein; wir wollten sie auch dazu bringen, wieder die griechischen Götter zu verehren und ihre scheußliche moderne Kleidung abzulegen. Dann, nach einem leichten Mahl aus grünen Gemüsen – denn wir hatten beschlossen, das Fleischessen aufzugeben und Vegetarier zu werden – sollten die Nachmittage der Meditation und die Abende heidnischen Zeremonien und der dazugehörigen Musik gewidmet sein.

Der Bau von Kopamos hatte begonnen. Da die Mauern des Agamemnonpalastes zwei Fuß dick waren, mußten auch die Mauern unseres Tempels zwei Fuß dick sein. Erst als die Arbeiten schon ziemlich weit fortgeschritten waren, machte ich mir klar, welche Mengen pentelischen Marmors wir brauchen würden und wieviel jede Fuhre davon kostete. Einige Tage später beschlossen wir, einmal die Nacht an Ort und Stelle zu verbringen, wobei wir die peinliche Entdeckung machten, daß dort in einem Umkreis von mehreren Meilen kein Tropfen Wasser zu finden war! Ringsum von allen Höhen, vom Olymp, vom Pentelikon, vom Hymettos rauschte und sprudelte das köstliche Naß – nur der Kopamos blieb vollständig trocken und dürr, die nächste Quelle war viele Meilen weit!

Aber Raymond ließ sich durch nichts abschrecken, er nahm

noch mehr Arbeiter auf und begann mit ihnen einen artesischen Brunnen zu graben. Bei dieser Arbeit stieß er später auf allerhand Altertümer und behauptete nun, auf diesen Höhen müsse unbedingt einmal eine Siedlung gestanden haben, folglich müsse es auch Wasser geben – ich glaube aber, es kann dort bestenfalls ein Friedhof gewesen sein, denn je tiefer die Bohrungen vordrangen, desto trockener und spröder wurde das Gestein. Endlich, wir hatten viele Wochen vergeblich nach Wasser gesucht, kehrten wir nach Athen zurück, um bei den prophetischen Geistern, die unserer Überzeugung nach auf der Akropolis noch immer hausen, Rat zu holen. Wir erwirkten eine besondere Erlaubnis der Stadtverwaltung, so daß wir auch in Mondscheinnächten ungehindert die Akropolis besteigen und uns im Amphitheater des Dionysos niederlassen konnten, wo Augustin aus griechischen Tragödien rezitierte und wir unsere Tänze vollführten.

Unserem Clan genügte seine eigene Gesellschaft; mit den Athenern verkehrten wir nicht, auch als wir eines Tages erfuhren, der König von Griechenland sei ausgeritten, um unseren Tempel zu besichtigen, machte dies auf uns keinen Eindruck – lebten wir doch unter der Herrschaft ganz anderer Könige – Agamemnon, Menelaos und Priamos – das waren unsere Herrscher!

16

Einmal saßen wir bei Mondschein im Theater des Dionysos, als plötzlich eine schrille Knabenstimme erklang und in die Nacht emporstieg, so unirdisch und rührend, wie nur Knaben zu singen vermögen. Bald gesellte sich eine zweite dazu und eine dritte. Was sie sangen, waren alte griechische Volkslieder, und wir lauschten ihnen wie verzaubert. Am nächsten Abend wiederholte sich dieses Konzert, und nachdem wir eine größere Menge

Drachmen unter die Knaben verteilt hatten, erweiterte sich der Chor an jedem Abend; schließlich versammelten sich fast alle Knaben von Athen im Theater des Dionysos, um uns bei Mondschein vorzusingen.

Unser Interesse hatte sich damals der byzantinischen Musik im Ritual der griechischen Kirche zugewendet, wir besuchten alle orthodoxen Gotteshäuser und bewunderten die prächtigen klagenden Gesänge. Auch das byzantinische Priesterseminar unweit Athens besichtigten wir, man zeigte uns dort die tief ins Mittelalter zurückgreifenden Handschriftensammlungen, und wir teilten die Ansicht vieler hervorragender Hellenisten, daß die Hymnen an Apollo, Aphrodite und an die übrigen heidnischen Götter nach vielerlei Irrwegen in den griechischen Ritus Eingang gefunden haben dürften. Unsere Sängerknaben brachten uns auf den Gedanken, den griechischen Chor wieder aufleben zu lassen. Allabendlich wurden im Theater des Dionysos Wettbewerbe abgehalten, und für die ältesten griechischen Gesänge setzten wir Preise aus; auch einen Professor für byzantinische Musik gewannen wir als Mitarbeiter. Endlich hatten wir einen Chor aus zehn Knaben mit den schönsten Stimmen von ganz Athen zusammengestellt.

Im Ritual der griechischen Kirche fanden wir Strophen und Gegenstrophen von so vollendeter Harmonie, daß wir annehmen mußten, sie wären ursprünglich Hymnen an Zeus, den Vater, den Donnerer und den Beschützer gewesen; sie dürften von den ersten Christen übernommen und in kirchliche Choräle umgewandelt worden sein. In einer Athener Bibliothek entdeckten wir verschiedene Werke über altgriechische Musik und fanden dort seltsamerweise die gleichen Akkorde, Läufe und Intervalle. Diese Entdeckung versetzte uns in fieberhafte Erregung – nach zweitausend Jahren sollte es gerade uns beschieden sein, der Welt diese verlorenen Schätze wiederzugeben.

Ein junger Seminarist, der auch Altgriechisch studierte, half uns, mit unserem Knabenchor die „Schutzflehenden" des Aischylos einzuüben. Die altgriechischen Chöre sind wahrscheinlich die schönsten, die jemals geschrieben worden sind. Einer, der noch frisch in meiner Erinnerung steht, beschreibt den Schrecken der Jungfrauen, die sich um den Altar des Zeus scharen und seinen Schutz gegen ihre blutschänderischen Vettern jenseits des Meeres erflehen.

Im Hotel d'Angleterre, wo wir wohnten, stellte man uns für unsere Arbeiten freundlichst einen großen Salon zur Verfügung, und ich verbrachte dort Stunden damit, dem Chor Bewegungen und Gebärden anzupassen, welche der Rhythmus der griechischen Kirchenmusik eingab. Wir waren in unsere Arbeit so vertieft und von unseren Theorien so fest überzeugt, daß uns die Komik, die aus der Vermengung verschiedener religiöser Begriffe entstand, nicht einmal zum Bewußtsein kam.

So waren wir denn mit unseren Studien auf der Akropolis, mit dem Bau von Kopamos und den Chören des Aischylos vollkommen beschäftigt, machten wohl gelegentlich Ausflüge in die Umgebung, hatten aber sonst für nichts Interesse.

Eines Tages zogen wir aus, das dreizehneinhalb Meilen von Athen entfernte Eleusis zu besuchen. Mit nackten Beinen, die Füße nur mit Sandalen bekleidet, begannen wir die weiße staubige Straße, die bei den alten Hainen des Plato am Meer entlangführt, hinabzutanzen – wir tanzten tatsächlich, anstatt zu gehen, denn wir hofften, dadurch die Götter für uns günstig zu stimmen. Der Weg führte an dem kleinen Weiler Daphnis und an der Kapelle Hagia Trias vorbei; durch eine Senkung in der Hügelkette erblickten wir das Meer und die Insel Salamis. Bei einer kleinen griechischen Kapelle machten wir halt, wo ein griechischer Priester, der unseren seltsamen Aufzug mit wachsendem Staunen beobachtet hatte, uns einlud, sein kleines Gotteshaus zu besichtigen, und uns mit Wein bewirtete. In Eleusis angelangt, besuchten wir die Stätten der Mysterien und kehrten am dritten Tag wieder nach Athen zurück.

In Athen herrschte damals, wie meistens, Revolution. In diesem besonderen Fall war der Anlaß eine Meinungsverschiedenheit zwischen dem königlichen Haus und den Studenten; letztere verlangten, daß auf der Bühne Altgriechisch gesprochen werden sollte, und am Tage unserer Rückkehr vom Kopamos umringte eine große Menge demonstrierender Studenten unseren Wagen und begeisterte sich an unserer hellenischen Tracht. Wir wurden aufgefordert, uns der Demonstration anzuschließen, was wir dem antiken Hellas zuliebe gerne taten. Damals wurde auch beschlossen, eine Vorstellung im städtischen Theater zu veranstalten: Unsere zehn Sängerknaben und der Seminarist, alle in bunten, fließenden Tuniken, sangen die Chöre des Aischylos auf Altgriechisch, während ich dazu tanzte.

Als König Georg von dieser Demonstration hörte, sprach er den Wunsch aus, die Aufführung solle im königlichen Theater wiederholt werden, doch fehlte bei dieser Vorstellung in Gegenwart des Hofes und der fremdländischen Gesandten das Feuer und der Enthusiasmus, die uns im einfachen Studententheater beherrscht hatten. Auch als der König in meine Garderobe kam und mich aufforderte, die Königin in ihrer Loge zu besuchen, merkte ich sofort, daß mein Tanz ihnen wohl ganz gut gefallen hatte, daß sie aber meine Kunst nicht erfaßten. Für königliche Herrschaften dürfte das alte Ballett stets der Tanz par excellence bleiben.

Eben als diese Ereignisse sich abspielten, hatte ich auch die beunruhigende Entdeckung gemacht, daß unser Bankkonto langsam zur Neige ging. Am Abend nach der Vorstellung im königlichen Theater konnte ich nicht schlafen, und bei Tagesanbruch stieg ich ganz allein auf die Akropolis, betrat das Theater des Dionysos und tanzte dort einsam zum letzten Mal. Dann stieg ich die Propyläen hinan und stand lange sinnend vor dem Parthenon. Plötzlich hatte ich die Empfindung, als ob alle unsere Träume wie eine schillernde Seifenblase vergingen, und ich kam zur Erkenntnis, daß wir nichts anderes waren und nie etwas anderes sein konnten als moderne Menschen. Niemals würde sich uns die Gefühlswelt der alten Griechen erschließen! Dieser Zeustempel vor mir war für andere Zeiten und andere Menschen geschaffen. Ich selbst blieb schließlich doch nichts anderes als eine schottisch-irische Amerikanerin, die durch eine unbewußte Seelengemeinschaft vielleicht sogar den Rothäuten in Amerika näher verwandt war als den klassischen Griechen. Der schöne Traum dieses in Hellas verlebten Jahres verblaßte, die Harmonien byzantinisch-griechischer Musik klangen immer mehr ab, und die erschütternden Akkorde von Isoldes Liebestod ertönten in meinem Inneren.

Drei Tage später bestiegen wir, geleitet von einer enthusiastischen Menge und von den weinenden Eltern der zehn Sängerknaben, die wir mitzunehmen beschlossen hatten, den Zug, der uns nach Wien bringen sollte. Am Bahnhof hüllte ich mich zum Abschied in die blauweiße griechische Flagge, und unser Knabenchor sang im Verein mit der ganzen Volksmenge die griechische Hymne.

Ein Rückblick auf dieses in Griechenland verlebte Jahr zeigte mir die Gewagtheit meines Versuchs, zweitausend Jahre zurückzugreifen, um eine Schönheit zu erfassen, die wir vielleicht heute gar nicht mehr begreifen können.

In Wien angelangt, stellte ich dem erstaunten österreichischen Publikum die Chöre des Aischylos vor, die von den Knaben auf der Bühne gesungen wurden, während ich dazu tanzte. Einer dieser Chöre handelt von fünfzig ägyptischen Jungfrauen, und es fiel mir mit meiner zarten Gestalt schwer, die Gefühle von fünfzig Mädchen gleichzeitig auszudrücken, aber ich versuchte, mich zu vervielfältigen und gab mein Bestes her.

Wien ist nur fünf Stunden von Budapest entfernt; aber das in der Nähe des Parthenon verbrachte Jahr hatte mich innerlich so vollkommen von Budapest losgelöst, daß ich gar nichts Besonderes daran fand, als Romeo sich nicht einmal die Mühe nahm, diese fünfstündige Reise zu unternehmen, um mich zu besuchen. Mein volles Interesse gehörte dem griechischen Chor, der meine Energien völlig in Anspruch nahm und meine Gefühlswelt restlos beschäftigte.

Mein ganzes Sein war damals auf intellektuelle Fragen eingestellt und konzentrierte sich seltsamerweise in der Freundschaft zu einem Manne, dessen Intelligenz mich gefangennahm. Er hatte mich einige Jahre vorher im Künstlerhaus tanzen gesehen, und als ich nun mit meinem griechischen Knabenchor nach Wien zurückkehrte, zeigte er großes Interesse und schrieb begeisterte Kritiken in der „Neuen Freien Presse". Es war Hermann Bahr – damals ein Mann von etwa dreißig Jahren mit einem prachtvollen Kopf, reichem braunen Haar und wallendem braunen Bart. Nach der Vorstellung erschien er meist im Hotel Bristol und plauderte mit mir bis zum Morgengrauen, wobei ich ihm meine griechischen Chöre oft Strophe nach Strophe vortanzte, um ihm meine Auffassung zu zeigen. Dennoch blieben unsere Beziehungen rein platonischer Natur. Das alles kommt mir heute recht sonderbar vor – aber nach jenem ersten brutalen Erwachen waren meine Sinne wie gelähmt, und jede Lebensäußerung war auf meine Kunst konzentriert.

Mein Erfolg am Wiener Carl-Theater war bedeutend. Das Publikum nahm wohl die griechischen Chöre ziemlich kühl auf, geriet aber schließlich in helle Begeisterung, als ich am Ende der Vorstellung „Die schöne blaue Donau“ tanzte. In einer Ansprache suchte ich später begreiflich zu machen, mein Hauptziel sei, den Geist der griechischen Tragödie wieder zu beleben. „Wir müssen die Schönheit des Chores wiedererstehen lassen!“ sagte ich, aber das Publikum wollte nichts davon wissen: „Nein, nein!“ tobte es. „Keine griechischen Chöre! Tanzen! Schöne blaue Donau! Weitertanzen!“ Der Applaus wollte kein Ende nehmen.

Mit Gold beladen verließen wir Wien und kamen nach München. Dort erregte mein griechischer Chor in künstlerischen und intellektuellen Kreisen großes Aufsehen. Am begeistertsten zeigte sich die Universitätsjugend. Die griechischen Knaben machten großen Eindruck; ich selbst war von meinen eigenen Darbietungen nicht sehr befriedigt.

In Berlin war der Erfolg des griechischen Chores gering, und auch die Berliner riefen ebenso wie die Wiener immer wieder: „Tanzen Sie lieber die schöne blaue Donau, und lassen Sie die griechischen Chöre beiseite!“

Unterdessen begannen meine griechischen Sänger sich unangenehm bemerkbar zu machen. Seitens der Hoteldirektion liefen häufig Klagen ein über ihre schlechten Manieren und die Heftigkeit ihres Temperamentes. Zum Essen verlangten sie immerfort Schwarzbrot, reife Oliven und rohe Zwiebeln; wenn diese Zutaten bei ihren Mahlzeiten fehlten, wurden sie wild und warfen den Kellnern Beefsteaks an den Kopf, oder sie attackierten sie mit Messern. So wurden sie schließlich aus allen besseren Hotels herausgeworfen, und mir blieb nichts anderes übrig, als in den Salons meiner eigenen Wohnung Betten aufzustellen und die Rangen bei uns aufzunehmen.

Da wir sie noch als Kinder betrachteten, pflegten wir sie jeden Morgen feierlich – mit altgriechischen Gewändern und Sandalen bekleidet – im Tiergarten spazierenzuführen. Eines Tages begegneten wir der Kaiserin zu Pferd. Sie war über unseren Anblick erstaunt und wahrscheinlich so schockiert, daß sie bei der nächsten Straßenbiegung vom Pferd fiel; denn auch das brave preußische Roß hatte vermutlich noch nie etwas Ähnliches gesehen und wurde scheu!

Wir konnten uns auch nicht länger verhehlen, daß die Stimmen unserer Chorknaben, die uns auf der Akropolis so himmlisch erschienen waren, hier immer falscher klangen. Ich selbst versuchte auch weiterhin tapfer, die fünfzig ägyptischen Jungfrauen zu personifizieren, aber es war eine schwere Aufgabe – zumal wenn die griechischen Knaben gräßlich falsch sangen.

Der Höhepunkt trat aber ein, als uns die Polizei mitteilte, daß unsere griechischen Rangen nachts heimlich aus den Fenstern stiegen: Während wir sie ruhig in ihren Betten vermuteten, trieben sie sich in zweifelhaften Lokalen umher, wo sie mit der niedrigsten Klasse ihrer Landsleute zusammentrafen. Seit ihrer Ankunft in Berlin hatten sie auch den naiven und kindlich knabenhaften Ausdruck völlig eingebüßt und waren überdies um einen Kopf gewachsen. Der „Chor der Schutzflehenden" vermied von nun an überhaupt jede bekannte Tonart; es klang weder griechisch noch byzantinisch – es war ganz einfach ein greuliches Geschrei. So entschlossen wir uns nach langen Besprechungen eines Tages, unseren ganzen Griechenchor zu Wertheim zu führen, wo wir für jeden einen hübschen fertigen Anzug kauften; dann fuhren wir mit ihnen zur Bahn, händigten jedem eine Fahrkarte zweiter Klasse nach Athen aus und sagten ihnen herzlich Lebewohl. Nach ihrer Abreise verschoben wir die Wiederbelebung der altgriechischen Musik auf einen späteren Zeitpunkt und kehrten zum Studium von Glucks Iphigenie und Orpheus zurück.

Die allwöchentlichen Empfänge in unserem Haus in der Victoriastraße gestalteten sich zu einem Brennpunkt künstlerischer und literarischer Interessen. Hier wurden viele gelehrte Gespräche über den Tanz als hohe Kunst geführt; denn die Deutschen nehmen jede künstlerische Diskussion sehr ernst und widmen ihr tiefes Nachdenken. Mein Tanz wurde zum Gegenstand hitziger Debatten. Spaltenlange Artikel erschienen in den Zeitungen, in denen ich einmal als Genius einer neuentdeckten Kunstgattung gefeiert, ein andermal als Gefahr für den wahren klassischen Tanz – das Ballett – hingestellt wurde. Hatte das Publikum mir begeistert zugejubelt, dann brütete ich nach der Vorstellung oft halbe Nächte über Kants „Kritik der reinen Vernunft“, worin ich – weiß Gott warum – die richtige Inspiration für die Bewegungen jener reinsten Schönheit zu finden hoffte, nach der ich suchte.

Unter den bei uns verkehrenden Künstlern und Schriftstellern befand sich auch ein junger Mann mit auffallend intelligenten Zügen, hoher Stirn und durchdringenden Augen hinter scharfen Brillengläsern. Er hieß Karl Federn und hatte es sich in den Kopf gesetzt, mir das Genie Friedrich Nietzsches zu enthüllen. „Nur durch Nietzsche“, lauteten seine Worte, „werden Sie zur vollen Erkenntnis jenes Ausdrucks im Tanz gelangen, den Sie suchen!“ Jeden Nachmittag erschien er bei mir und las aus dem „Zarathustra“, wobei er mir Sätze und Ausdrücke, die mir unverständlich waren, erklärte. Nietzsches Geist nahm mich vollkommen gefangen, und die liebgewordenen Stunden mit Federn übten eine derartige Anziehung aus, daß ich nur mit Widerstreben dem Drängen meines Impresarios nachgab, wenigstens kurze Gastspiele nach Hamburg, Hannover, Leipzig usw. zu absolvieren, wo mich die Neugierde aufgeregter Mengen und viele tausend Mark erwarteten. Die Triumphzüge durch die Welt, die man mir anbot, lockten mich durchaus nicht; ich wollte nur arbeiten, weiter studieren, neue Tanzformen ersinnen und ungeahnte Bewegungen schaffen. Auch mein Traum, der mich seit meiner Kindheit verfolgte, eine Schule zu gründen, erfaßte mich nun mit stärkster Gewalt. Dieses Verlangen, in meinem Arbeitszimmer zu bleiben und zu studieren, brachte meinen Impresario völlig zur Verzweiflung. Er bestürmte mich, doch wieder Gastspielreisen zu unternehmen, jammernd zeigte er mir Zeitungen, aus denen zu ersehen war, daß in London und anderswo meine Kostüme, meine Tänze, ja sogar meine blauen Vorhänge mit Erfolg nachgeahmt und als selbständige Schöpfungen bejubelt wurden. Seine Verzweiflung erreichte ihren Höhepunkt, als ich zu Beginn des Sommers erklärte, ich wolle die ganze Saison in Bayreuth verbringen, um endlich die Schöpfungen Richard Wagners an der Quelle genießen zu können.

Dieser Entschluß stand beinahe schon fest, als ich eines Tages den Besuch von niemand geringerem als der Witwe Richard Wagners empfing.

Cosima Wagner war eine hohe, stattliche Erscheinung. Ihre für eine Frau vielleicht etwas zu energische Nase stach von einer ungewöhnlich bedeutenden Stirn und einem Paar prachtvoller Augen ab. Sie wußte in den tiefsten philosophischen Systemen Bescheid und kannte jeden Satz, jeden Ton aus den Werken des Meisters auswendig. Über meine Kunst sprach sie in Worten hoher Anerkennung und erzählte mir dann von Richard Wagners Abneigung gegen die Produktionen und Kostüme der Balletts, dann von seinen Ideen für das Bacchanal im Tannhäuser und den Tanz der Blumenmädchen in Parsifal. Schließlich fragte sie mich, ob ich bereit wäre, im Tannhäuser aufzutreten.

„Oh, warum existiert meine Schule noch nicht!“ rief ich aus, „dann könnte ich Ihnen ganze Scharen jener Nymphen, Faune, Satyre und Grazien auf die Bühne des Festspielhauses stellen, die Wagner im Sinne hatte! Aber was vermag ich ganz allein auszurichten? Trotzdem werde ich kommen! Wenigstens will ich versuchen, die weichen, wollüstigen Bewegungen der drei Grazien anzudeuten, die ich bereits vor mir sehe!“

17

An einem herrlichen Maitag kam ich in Bayreuth an und stieg im „Schwarzen Adler“ ab. Täglich erhielt ich eine Einladung, den Abend im Haus Wahnfried zu verbringen, wo Frau Cosima königliche Gastfreundschaft übte. Es waren dort immer wenigstens fünfzehn Personen zu Tisch, darunter die bedeutendsten Köpfe Deutschlands, Künstler und Musiker, oft auch Fürstlichkeiten und Persönlichkeiten von königlichem Rang aus aller Herren Länder. Frau Cosima präsidierte mit Würde und großem Takt. Nach Tisch nahm die Hausfrau oft meinen Arm, und wir pilgerten durch den Garten bis zur Gruft Richard Wagners. Die Gespräche mit der Witwe des Meisters auf diesen Spaziergängen waren voll süßer Melancholie und mystischer Hoffnung.

Abends gab es in Wahnfried oft Kammermusik – jedes einzelne Instrument war von einem Virtuosen bedient; da sah man Hans Richters mächtige Gestalt, das schmale Profil Karl Mucks, den liebenswürdigen Mottl, Humperdinck und Henry Thode. In Wahnfried war jeder Künstler stets mit der gleichen Freundlichkeit willkommen, und ich fühlte mich überaus stolz, in meinem bescheidenen weißen Tanzkittel zu dieser glänzenden Schar hervorragender Menschen zugelassen zu werden. Nun begann ich auch die Musik zu Tannhäuser zu studieren, jene Musik, die das Rasen wollüstiger Begierden eines Gehirnmenschen zum Ausdruck bringt – denn nur im Kopfe Tannhäusers tobt das Bacchanal, der unnahbare Venusberg mit seinen Satyrn und Nymphen ist eine Wiedergabe von Wagners verschlossenem Gemüt: er bedeutet die ewige Gier nach Erfüllung seines sinnlichen Verlangens, das ihm doch nur die eigene Phantasiewelt zu bieten vermag.

Vom Morgen bis zum Abend wohnte ich jetzt in dem zum Kunsttempel geweihten Rohziegelbau auf dem Weihfesthügel und sehnte die ersten Vorstellungen herbei – Tannhäuser! – Ring!! – Parsifal!!! – bis ich in eine Art musikalischen Rausch geriet. Um die Musik voll erfassen zu können, lernte ich alle Texte auswendig, so daß mein Denken völlig in den Bann dieser Dichtungen geriet und mein ganzes Sein mit den Wellen der Wagnerschen Melodien übereinstimmte. Ich kam so weit, daß mir die ganze Außenwelt kalt, schattenhaft, unwirklich und alles, was nicht im Theater vorging, wesenlos erschien. Als blonde Sieglinde lag ich in des Bruders Armen, während das wundersame Frühlingslied emporstieg:

Winterstürme wichen dem Wonnemond
Im milden Lichte leuchtet der Lenz
Über Wald und Auen lind und lieblich
Wonnewebend er sich wiegt . . .

Dann weinte ich als Brünhilde um meine verlorene Gottheit – und stieß am nächsten Tage als Kundry wilde Verwünschungen gegen Klingsor aus. Aber das größte Erlebnis war, als meine Seele sich bebend zu dem leuchtenden Gralsgefäß erhob. Welcher Zauber! Ja, jetzt hatte ich wirklich Pallas Athene und ihren Tempel der vollkommenen Schönheit vergessen! Jener andere Tempel in Bayreuth mit seinen magischen Schwingungen und Rhythmen hatte ihn ganz verdrängt.

Der „Schwarze Adler" war überfüllt und wurde unbequem. Bei einem Spaziergang in den Gärten der Eremitage, des vom geistesgestörten Ludwig von Bayern erbauten Lustschlosses, entdeckte ich eines Tages ein altes Steingebäude von entzückender Architektur. Es war ein alter Jagdpavillon der Markgrafen von Bayern und enthielt unter anderm ein geräumiges Wohnzimmer in schönen Proportionen; alte Marmortreppen führten in den Garten. Es war ganz baufällig und von einer Bauernfamilie bewohnt, die schon seit etwa zwanzig Jahren dort hauste. Ich bot den Leuten eine märchenhafte Summe, wenigstens für diesen Sommer auszuziehen. Dann berief ich Maler und Zimmerleute, ließ alle Wände mit einem zarten Lichtgrün übertünchen und eilte nach Berlin, um Divans, tiefe Strohfauteuils und viele Bücher zu bestellen. Endlich kam der Tag, da ich in „Philippsruhe" – so hieß das Jagdhaus – einziehen konnte. Später nannte ich es in Gedanken stets nur „Heinrichs-Himmel".

Ich war allein in Bayreuth; meine Mutter und Elizabeth verbrachten den Sommer in der Schweiz, und Raymond war nach seinem geliebten Athen zurückgekehrt, um den Bau von Kopamos fortzusetzen. Oft erhielt ich Telegramme: „Artesischer Brunnen fortschreitet, Wasser bestimmt nächste Woche, sende Geld." Das ging so weiter, bis die Ausgaben für Kopamos solche Dimensionen annahmen, daß mir angst und bange wurde.

In den zwei Jahren seit Budapest hatte ich vollkommen keusch gelebt, mein ganzes Wesen war seltsamerweise zu einem jungfräulichen Zustand zurückgekehrt. Geist und Körper, jedes Atom meines Seins waren in Begeisterung zuerst für Griechenland und dann für Richard Wagner aufgegangen. Aber die Liebe sollte doch wieder in mir erwachen, wenn auch in ganz veränderter Gestalt. Es war derselbe Eros, nur in neuer Maske.

In Philippsruhe wohnte ich ganz allein mit meiner Vertrauten, für das Dienstpersonal waren keine Räume vorhanden, Diener und Köchin wohnten in einem nahen Gasthof. Eines Abends rief mich meine Freundin herbei: „Isadora, ich will dich nicht erschrecken, aber komm zum Fenster! Dort gegenüber unter dem Baum steht jede Nacht von Mitternacht an ein Mann und schaut zu deinem Fenster herauf. Ich fürchte, er hat böse Absichten."

Richtig, da stand ein kleiner, schwarzer, zarter Mensch unter dem Baum und blickte unverwandt zu meinem Fenster. Wir zitterten vor Angst – da kam plötzlich der Mond hervor und beleuchtete sein Gesicht. Ich klammerte mich an meine Freundin: wir hatten beide das verzückte Antlitz Henry Thodes erkannt. Als wir gleich darauf vom Fenster zurücktraten, schüttelte uns beide ein typisches Schulmädelgekicher – vielleicht war es eine Reaktion auf die vorher ausgestandene Angst.

„Seit einer ganzen Woche steht er jede Nacht dort", flüsterte meine Freundin.

Ich bat sie zu warten. Dann warf ich einen Mantel über mein Nachtgewand, lief aus dem Haus und schnurstracks auf Henry Thode zu.

„Lieber teurer Freund", sagte ich, „liebst du mich denn so sehr?"

„Ja, ja", stammelte er, „du bist mein Traum, meine Santa Clara!"

Später erzählte er mir, was ich damals noch nicht wußte: daß er gerade an einem „Leben des heiligen Franziscus" schrieb. Es war sein zweites großes Werk, das erste behandelte das Leben Michelangelos. Wie jeder große Künstler, lebte Thode in seinem Werk. In diesem Augenblick war er St. Franciscus und sah in mir Santa Clara.

Ich nahm ihn bei der Hand und zog ihn sanft über die Treppe in die Villa; er war wie im Traum und betrachtete mich mit vor Anbetung leuchtenden Augen. Als ich seinen Blick erwiderte, fühlte ich mich plötzlich erhoben und durchschritt mit ihm himmlische Gefilde hellsten Lichtes. Noch nie hatte ich solch beseligende Liebesekstase gekannt! Mein ganzes Sein wurde verwandelt. Als dieser Blick eine Weile gewährt hatte – ich wüßte nicht zu sagen, wie lange es in Wirklichkeit war – schwindelte mir, ich fühlte meine Sinne vergehen, und mit einem unbeschreiblichen Gefühl höchster Wollust fiel ich bewußtlos in seine Arme. Als ich erwachte, war sein wundervoller Blick noch immer tief in meine Augen gesenkt. Leise flüsterte er: „In Glut mich Liebe senkte!“

Abermals empfand ich ein überirdisches Lustgefühl, als schwebte ich in den Himmel. Thode neigte sich über mich und küßte meine Augen, meine Stirn, doch drückten seine Küsse keine irdische Leidenschaft aus. Er verließ mich erst bei Tagesanbruch und kam von da an jeden Abend; und in dieser ganzen Zeit geschah es nicht ein einziges Mal, daß er sich mir mit einer irdischen Liebkosung näherte. Sein leuchtender Blick ruhte auf mir, bis alles um mich versank und unsere Geister zu astralem Flug emporstiegen. Ich trug auch nach nichts anderem Verlangen. Meine Sinne, die zwei Jahre lang geschlummert hatten, lösten sich völlig in überirdischer Ekstase auf.

Die Proben in Bayreuth begannen. Ich saß mit Thode in dem verdunkelten Theater und lauschte den ersten Akkorden des Vorspiels zu Parsifal. Ein intensives Wonnegefühl durchzuckte alle meine Nerven, so daß der leiseste Druck seines Armes mich in Wollust erschauern ließ und ich von dieser süßen, fast schmerzhaften Ekstase ganz krank und matt wurde. Myriaden von wirbelnden Lichtern durchrasten mein Gehirn, mein Herz schlug so stark, daß ich fast laut aufschreien mußte. Oft legte sich seine Hand leicht auf meine Lippen, um mein Seufzen und Stöhnen zu ersticken. Es war, als befände sich jeder Nerv meines Körpers konstant in jenem höchsten Liebesschauer, der für gewöhnlich nur auf Augenblicke beschränkt bleibt; oft hätte ich kaum zu sagen gewußt, ob das, was ich empfand, höchste Lust oder furchtbarster Schmerz war. Ich hätte mit Amfortas wehklagen, mit Kundry in toller Gier aufschreien mögen.

Thode kam jeden Abend nach Philippsruhe, benahm sich aber durchaus nicht zärtlich wie ein Liebhaber; niemals versuchte er, meine Tunika zu lösen, meine Brüste zu berühren oder sonst meinen Körper zu genießen, obwohl er wußte, daß ich ihm mit jedem Pulsschlag angehörte. Unter seinem Blick erwachten Empfindungen in mir, deren Möglichkeit ich nie geahnt hatte –

ekstatische, fürchterliche Gefühle, so daß ich oft vor Lust zu sterben vermeinte und ohnmächtig wurde: nur um wieder zum Glanz seiner wunderbaren Augen zu erwachen. Er besaß meine Seele so völlig, daß ich nur den einen Wunsch hatte: in seine Augen zu blicken und dann zu sterben. Denn Befriedigung und Ruhe wie bei der irdischen Liebe waren mir nicht vergönnt – unablässig marterte mich der gleiche fieberhafte Durst nach einem Kulminationspunkt, den ich ersehnte und der doch immer wieder vor mir zurückwich.

Ich konnte schließlich gar nichts mehr zu mir nehmen, der Schlaf mied mich, einzig die Parsifal-Musik verhalf mir zu Tränen und brachte mir Linderung in dem köstlichen und zugleich furchtbaren Liebesfieber, das mich befallen hatte.

Henry Thodes geistiger Wille war so stark, daß er zu jeder Zeit von diesen wilden Flügen schwindelnder Wonne und Ekstase zu rein intellektueller Konzentration zurückkehren konnte. In seinen geistvollen Gesprächen über Kunst war er nur einem einzigen auf der Welt vergleichbar: Gabriele d'Annunzio, dem er auch äußerlich ähnlich war: klein gewachsen, mit breitem, unschönem Mund und seltsamen grünlich-schimmernden Augen. Täglich brachte er mir Proben aus seinem Manuskript zum „Leben des heiligen Franziscus“, jedes Kapitel las er mir nach seiner Fertigstellung vor; auch Dantes „Göttliche Komödie“ las er vom Anfang bis zum Ende. Diese Vorlesungen verlängerten sich oft bis zum Morgengrauen, und wenn er dann bei Sonnenaufgang Philippsruhe verließ, schwankte er wie ein Betrunkener, obwohl er nichts zu sich genommen hatte als etwa einen Schluck klaren Wassers – er war einfach trunken vom göttlichen Feuer seines erhabenen Intellekts.

Eines Morgens ergriff er beim Abschied erschrocken meinen Arm und sagte: „Dort kommt Frau Cosima die Straße herauf!“

Wahrhaftig, im frühen Morgenlicht erschien Cosima, bleich und, wie mir scheinen wollte, zürnend, was aber nicht der Fall war. Tags vorher hatten wir über meine Auffassung vom Tanz der drei Grazien eine Auseinandersetzung gehabt. Da sie in dieser Nacht keinen Schlaf finden konnte, hatte sie alte Papiere durchstöbert und unter des Meisters Schriften eine deutlichere Beschreibung seiner Ideen über die Aufführung des Bacchanals gefunden als jene, an die man sich bisher gehalten hatte. Nun hatte sie es nicht erwarten können, mir von ihrem Fund Mitteilung zu machen, und eilte bei Tagesanbruch zu mir. „Sie hatten recht!“ rief sie mir erregt von weitem zu. „Mein liebes Kind, der Meister selbst scheint Sie inspiriert zu haben! Sehen Sie her, seine eigene Schrift! Es stimmt vollkommen mit dem überein, was Sie intuitiv erfaßt haben! Von nun an haben Sie bei allen tänzerischen Arrangements freie Hand, ich rede Ihnen nichts mehr drein!“

Frau Cosima mag damals den Gedanken gefaßt haben, aus mir und Siegfried ein Paar zu machen – gemeinsam hätten wir das Vermächtnis des Meisters verwalten sollen. Siegfried war mir mit brüderlicher Zuneigung ergeben und hatte sich stets als mein Freund erwiesen, doch fehlte jedes Anzeichen dafür, daß er mir seine Liebe schenken könnte. Ich selbst ging völlig in Henry Thodes überirdischer Liebe auf, und der Gedanke wäre mir niemals gekommen, in einer solchen Verbindung wertvollere Möglichkeiten zu suchen. Meine Seele glich einem Schlachtfeld, wo Apollo, Dionysos, Christus, Nietzsche und Richard Wagner einander den Boden streitig machten. In Bayreuth wurde ich zwischen Venusberg und Gral hin und her geworfen – Wagners Musik hob mich empor, himmlische Fluten entführten mich in unendliche Fernen –, dennoch erklärte ich eines Tages in Wahnfried bei Tisch mit Seelenruhe: „Der Meister hat auch Fehler gemacht! Fehler, die vielleicht ebenso groß waren wie sein Genie!“ Allgemeines, eisiges Schweigen – Cosima blickte mich betroffen an. „Ja“, fuhr ich mit der außerordentlichen Selbstsicherheit frühester Jugend fort, „einen großen Fehler hat der Meister jedenfalls begangen – Musikdrama? – Das ist doch ein Unsinn!“

Das allgemeine Schweigen wurde immer peinlicher. Ich erklärte, daß der Begriff des Dramas untrennbar sei vom gesprochenen Wort, welches seine Wurzel im Gehirn des Menschen hat. Musik sei lyrische Ekstase – beide zu vereinen, sei unmöglich!

Damit hatte ich die ärgste Lästerung ausgesprochen, die sich in diesem Kreis überhaupt denken ließ. Unbefangen blickte ich um mich und sah Gesichter, in denen sich hilflose Bestürzung malte. „Ja“, setzte ich fort, „der Mensch lernt erst sprechen, dann singen, dann tanzen. Aber die Sprache vertritt das Gehirn, den denkenden Menschen – Gesang ist Gefühl – Tanz unbändige, dionysische Verzückung. Es ist unmöglich, eines mit dem anderen zu verschmelzen. Musikdrama – so etwas kann es gar nicht geben!“

18

Noch in London hatte ich im British Museum die Werke Ernst Haeckels in englischer Übersetzung gelesen. Seine lichtvolle, klare Erkenntnis der Phänomene des Weltalls hatte auf mich solchen Eindruck gemacht, daß ich ihm schriftlich für dieses Erlebnis dankte. In meinem Brief muß etwas seine Aufmerksamkeit gefesselt haben, denn als ich dann in Berlin auftrat, sandte er mir ein warmfühlendes Antwortschreiben.

Damals hatte der Kaiser den berühmten Zoologen wegen seiner freien Sprache aus Berlin verbannt, so daß wir uns nicht treffen konnten, aber unsere Korrespondenz fand ihre Fortsetzung, und als ich mich in Bayreuth aufhielt, lud ich ihn ein, mich einmal zu besuchen und den Festspielen beizuwohnen.

An einem verregneten Morgen nahm ich einen offenen zweispännigen Wagen – Autos gab es damals noch nicht – und fuhr an die Bahn, um Ernst Haeckel zu erwarten. Der große Mann war damals bereits über sechzig und bot mit seiner athletischen Gestalt, mit weißem Bart und Haaren einen imposanten Anblick. Er trug eine auffallende sackartige Kleidung und hielt eine einfache Reisetasche in der Hand. Wir hatten uns vorher niemals gesehen, erkannten uns aber sofort, und im Nu hatte er mich mit seinen mächtigen Armen umschlungen und vergrub mein Gesicht in seinen Bart. Seinem ganzen Wesen entströmte ein unnennbares Fluidum von Gesundheit, Kraft und Geistesschärfe.

Er folgte mir nach Philippsruhe, wo wir sein Zimmer mit Blumen geschmückt hatten, dann eilte ich nach Wahnfried, um die frohe Botschaft von der Ankunft des großen Ernst Haeckel Frau Cosima zu überbringen. Ich hatte nicht bedacht, daß das Kruzifix über Cosimas Bett und der Rosenkranz auf ihrem Nachttisch nicht als leere Symbole aufzufassen wären. Cosima war eine gläubige Katholikin und besuchte regelmäßig die Kirche. Der Mann, der die „Geschichte des Weltalls" geschrieben hatte, der bedeutendste Bilderstürmer seit Charles Darwin, seinem Vorbild, konnte daher in Wahnfried auf keinen warmen Empfang hoffen. In meiner naiven und aufrichtigen Art pries ich Haeckels Bedeutung und drückte meine Bewunderung für ihn aus. Nur widerwillig überließ mir Frau Cosima den vielbegehrten Platz in der Wagnerloge für Haeckel; sie konnte mir bei unseren intimen Beziehungen meine Bitte nicht gut abschlagen.

Haeckel verhielt sich während der Aufführung von Parsifal auffallend still. Erst im dritten Akt wurde mir klar, daß die mystischen Leidenschaften des Weihefestspiels ihm nicht zusagen konnten, denn sein Denken war zu sehr aufs rein Wissenschaftliche eingestellt, um sich dem Zauber einer Legende hingeben zu können. Während der Zwischenakte spazierte ich zum größten Erstaunen des Bayreuther Publikums in meiner griechischen Tunika, barfuß und mit nackten Beinen, Hand in Hand mit meinem illustren Gast, dessen weißes Denkerhaupt die Menge überragte.

Da Wahnfried von der Anwesenheit Haeckels in Bayreuth keinerlei Notiz nahm, kam ich auf den Gedanken, ihm zu Ehren ein Fest zu veranstalten, und lud eine glänzende Gesellschaft nach Philippsruhe: König Ferdinand von Bulgarien, die Schwester des Deutschen Kaisers, Prinzessin von Sachsen-Meiningen, Prinzessin Heinrich Reuß, Humperdinck, Henry Thode und viele andere bedeutende Persönlichkeiten nahmen daran teil.

In einer Ansprache an die Gäste hob ich die Bedeutung Haeckels hervor und führte ihm zu Ehren einige meiner Tänze auf. Haeckel erläuterte meinen Tanz, den er als Produkt der Natur beschrieb, und nannte ihn auch einen Ausdruck von Monismus.

Am nächsten Tag stand Haeckel wie gewöhnlich mit der

Morgensonne auf. Er kam in mein Zimmer und lud mich zu einem Spaziergang auf eine der umliegenden Höhen ein, wofür ich offengestanden nicht die gleiche Begeisterung aufbringen konnte wie er. Aber ein Spaziergang mit Ernst Haeckel war ein seltenes Fest: Jeder Stein am Wege, jeder Baum, jede geologische Erscheinung bot ihm Anlaß zu den geistvollsten Erörterungen. Auf einem Bergesgipfel angelangt, betrachtete er die Wunder der Natur mit zustimmenden Blicken. Staffelei und Malkasten trug er stets bei sich und fertigte viele Skizzen von seltenen Baumformationen und Gesteinsbildungen an. Wenn er auch ein tüchtiger Maler war, so fehlte seinen Werken doch die künstlerische Phantasie, es waren geschulte Beobachtungen eines Wissenschaftlers. Damit soll nicht gesagt sein, daß ihm das Verständnis für Kunst überhaupt abging, doch bedeutete sie für ihn nichts anderes als eine neuerliche Ausdrucksform der natürlichen Entwicklung. Erzählte ich ihm beispielsweise von unserer Begeisterung für den Parthenon, dann interessierte ihn am meisten, welche Marmorgattung dort verwendet war, aus welcher Schichtung und von welcher Seite des Pentelikon er stammte. Eine Gemme des Phidias, über die ich ihm entzückt Bericht erstattete, ließ ihn kalt.

Eines Abends hatte sich König Ferdinand in der Villa Wahnfried anmelden lassen. Bei seinem Erscheinen erhob sich alles von den Sitzen, und man flüsterte mir zu, ebenfalls aufzustehen; ich blieb jedoch als überzeugte Demokratin graziös in der Stellung der Madame Récamier auf einem Sofa liegen. Sehr bald erkundigte sich der König, wer ich sei, und kam zum nicht geringen Ärger aller anwesenden „Hoheiten" auf mich zu. In der einfachsten Weise setzte er sich neben mich aufs Sofa und begann sofort ein überaus interessantes Gespräch über seine Vorliebe für griechische Antiquitäten. Ich erzählte ihm von meinem Traum, eine Schule zu gründen, die eine Renaissance der antiken Welt mit sich bringen würde, und mit laut vernehmlicher Stimme antwortete der König: „Das ist eine ganz vorzügliche Idee! Sie müssen zu mir kommen, ich stelle Ihnen für Ihre Schule mein Schloß am Ufer des Schwarzen Meeres zur Verfügung."

Den Höhepunkt erreichte die Situation, als ich ihn bei Tisch fragte, ob er nicht einmal bei mir in Philippsruhe zu Abend essen wolle; ich könnte ihm dann viel ausführlicher über meine Ideale berichten. Er nahm die Einladung in der liebenswürdigsten Weise an, hielt Wort und verbrachte einen reizenden Abend mit uns. In ihm lernte ich einen außergewöhnlichen Menschen kennen, der den Dichter, Künstler und Träumer mit einem wahrhaft königlichen Intellekt verband.

Als der Champagner serviert wurde, lehnte der König ab: „Nein, danke, ich nehme niemals Champagner." Nachdem er aber die Marke gesehen hatte, änderte er seine Ansicht: „Oh, Moet-Chandon! Ja, französischen Champagner mit Vergnügen! Mit den deutschen Sektmarken hat man mich hier beinahe vergiftet!"

Obgleich die Besuche König Ferdinands bei mir ganz unschuldig verliefen und ausschließlich über Kunst gesprochen wurde, erregten sie dennoch in Bayreuth Skandal – denn sie fanden um Mitternacht statt. Überhaupt wirkte alles, was ich unternahm, auf andere Menschen irgendwie außergewöhnlich oder überspannt, und sie nahmen sofort an jeder meiner Handlungen Anstoß. So war Philippsruhe mit einer Unmenge von Divans und Ruhekissen angefüllt, es gab dort rosafarbene Lampen, aber gar keine Stühle. Manche betrachteten es daher als einen Tempel des Lasters.

In Wahnfried hatte ich einige Offiziere kennengelernt, die mich zu morgendlichen Spazierritten einluden. Ich stieg in meiner griechischen Tunika und in Sandalen mit wehenden Locken zu Pferd. Da Philippsruhe vom Festspielhaus ziemlich weit entfernt war, kaufte ich von einem dieser Offiziere ein Pferd und ritt nun täglich zu den Proben. Das Pferd war als alter Offiziersgaul an Stiefel und Sporen gewöhnt, für mich daher schwer zu reiten und hatte allerhand schlechte Gewohnheiten. So blieb es bei allen Gasthäusern, wo die Offiziere gewöhnlich einen Trunk genommen hatten, so lange stehen, bis ein Kamerad seines ehemaligen Besitzers lachend aus dem Wirtshaus kam und uns wieder in Schwung setzte. Man kann sich das Aufsehen vorstellen, wenn ich zum Erstaunen des Publikums à la Brünhilde vor dem Festspielhaus eintraf!

Bei der ersten Vorstellung von Tannhäuser erregte meine

durchsichtige Tunika, die jedes Detail meines tanzenden Körpers sichtbar werden ließ, bei den rosenroten Trikotbeinen des Corps de Ballet einigermaßen Aufregung, und im letzten Moment verlor sogar Frau Cosima die Courage. Sie sandte knapp vor meinem Auftreten eine ihrer Töchter mit einem langen weißen Hemd in meine Garderobe und ließ mich bitten, es doch unter meinen dünnen Schleiern, die mir als Kostüm dienten, anzulegen. Aber ich blieb fest. Entweder ich würde mich so anziehen und tanzen, wie es mir beliebte, erklärte ich, oder überhaupt nicht.

„Sie werden sehen, in wenigen Jahren werden alle ihre Bacchantinnen und Blumenmädchen genauso gekleidet sein wie ich heute!“ Diese Prophezeiung sollte sich bekanntlich erfüllen, damals aber gab es viele erregte Debatten darüber, ob ich nicht aus Gründen der Moral meine wunderschönen Beine und meine seidige Haut mit lachsfarbenen Seidentrikots bedecken sollte. Oft sprach ich mich über dieses Thema heiser. Ich hob hervor, wie anstößig und undezent diese lachsfarbenen Seidenhosen wirkten und wie edel und keusch der nackte menschliche Körper zur Geltung kommt, wenn ihn erhabne Gedanken begeistern.

So stand ich, eine ausgesprochene Heidin, allein im Kampf gegen die Philister, nur daß mein Heidentum eben im Begriff war, sich von den Verzückungen der Liebe zum Kult des heiligen Franziscus bekehren zu lassen; dem auf Monsalvat eingeführten Ritual entsprechend, schickte sich die Heidin an, das Gralswunder zu verkünden.

So verlief der Sommer in dieser sonderbaren Welt der Legenden. Die letzten Tage waren angebrochen, Thode begab sich auf eine Vortragstournee, und auch ich bereitete mich zu einem Gastspiel in Deutschland vor. Die erste Station auf meiner Tournee war Heidelberg. Ich besuchte eine Vorlesung Henry Thodes an der Universität. Er sprach mit ungemein melodiöser, eindringlicher Stimme. Plötzlich hörte ich meinen Namen nennen, und Henry begann, den Studenten einen neuen Schönheitsbegriff zu entwickeln, den eine junge Amerikanerin nach Europa gebracht hatte – sein Lob ließ mich vor Stolz und Glück erbeben. Am Abend tanzte ich vor den Studenten, die mir zu Ehren einen großen Fackelzug veranstalteten; schließlich stand ich auf der Treppe des Hotels neben Thode, und wir teilten uns den Triumph der jubelnden Menge. Die ganze Heidelberger Jugend verehrte ihn nicht minder als ich; sein Bild und mein Buch „Der Tanz der Zukunft" waren in jedem Auslagefenster zu sehen. Unsere Namen waren damals in Heidelberg untrennbar verbunden.

Auch Frau Thode lernte ich kennen, die für mich eigens einen Empfang veranstaltete. Sie war ein freundliches Wesen, doch schien sie am hohen Flug der Begeisterung Henrys nicht teilzunehmen; sie war viel zu praktisch veranlagt, um eine richtige Seelengefährtin für ihn abzugeben. Tatsächlich verließ er sie später und verbrachte den Rest seiner Tage mit einer Geigerin in einer kleinen Villa am Gardasee. Frau Thode hatte ein graues und ein braunes Auge, was ihr einen unsicheren Ausdruck verlieh – bei einem späteren Prozeß wurde die Frage aufgeworfen, ob Richard Wagner oder Hans von Bülow ihr Vater gewesen sei. Aber wie dem auch ist, zu mir verhielt sie sich stets überaus freundlich, und wenn sie vielleicht auch Eifersucht empfunden haben mochte, so zeigte sie es jedenfalls nicht.

Übrigens hätte jede Frau, die auf Thode eifersüchtig gewesen wäre, sich selbst ein Leben mit chinesischen Folterqualen bereitet, denn alles vergötterte ihn – alle Frauen und sogar Knaben! Ich hatte bekanntlich zahllose Nächte mit Henry Thode verbracht, ohne daß zwischen uns eine Liebesbeziehung bestanden hätte, dennoch war durch das ständige Beisammensein mit ihm mein ganzes Wesen so sensitiv und überreizt, daß es oft nur eines Blickes oder einer flüchtigen Berührung bedurfte, um in mir die höchsten Gefühle der Lust zu wecken.

Der daraus resultierende Zustand allgemeiner Erschlaffung verschärfte sich während meiner Gastspielreise so sehr, daß ich manchmal des Nachts die Stimme des Geliebten ganz deutlich zu hören glaubte. Meine Umgebung begann sich wegen meines schlechten Aussehens zu ängstigen, und wenn meine überschlanken, fiebrigen Hände über meinen zarten Körper glitten, versuchten sie vergeblich, die Qual meiner Sinne zu bannen oder ihr Linderung zu schaffen. Oft erhob ich mich nachts in verzweifelter Todesangst, bestieg um zwei Uhr morgens einen Zug und reiste durch halb Deutschland, nur um eine Stunde in Henrys

Nähe verweilen zu können! Der Zustand geistiger Verzückung, in den mich Bayreuth versetzt hatte, wich allmählich einer trostlosen, unüberwindlichen Sehnsucht.

Eine Besserung trat erst ein, als mir eines Tages mein Impresario einen Vertrag nach Rußland brachte und ich Hals über Kopf abreisen mußte. St. Petersburg ist nur zwei Tagesreisen von Berlin entfernt, aber sobald man die Grenze überschreitet, befindet man sich in einer anderen Welt. So weit das Auge reicht, erstrecken sich eisbedeckte Ebenen und düstere Wälder. Die glitzernde Schneewüste übte auf mich eine magische Anziehung aus und schien meinem erhitzten Gehirn die ersehnte Kühlung zu versprechen.

Henry! Henry! Er befand sich wieder in Heidelberg und predigte schönen Jünglingen von Michelangelos „Nacht“ – ich aber entfernte mich immer weiter von ihm und drang immer tiefer in ein weißes Land von ungeheurer Ausdehnung. Immer noch klang seine Stimme, aber das Fieber ließ nach, und endlich waren die unerhörten Orgien im Venusberg, das Wimmern Kundrys, der Klageruf Amfortas' zu einem einzigen Eisblock erstarrt.

Während der letzten Nacht im Schlafwagen träumte ich, ich sei ganz nackt aus dem Fenster in den Schnee gesprungen, um in seiner eisigen Umarmung zu erstarren. Was würde Professor Freud wohl zu diesem Traum gesagt haben?

19

Als ich nach Petersburg fuhr, hätte mein Zug fahrplanmäßig um 4 Uhr nachmittags einlaufen sollen, wurde durch Schneeverwehungen aufgehalten und kam erst 12 Stunden später, um 4 Uhr des nächsten Morgens, an. Es war 10 Grad unter Null, eine derartige Kälte hatte ich noch niemals erlebt. Als ich den Zug verließ, erwartete mich natürlich niemand am Bahnhof. Ich ließ meine Jungfer mit dem Gepäck zurück und bestieg einen Schlitten, dessen Kutscher in Pelzmantel und Pelzhandschuhen vor Kälte halb erstarrt mit den Armen umherschlug, um sich warm zu machen. Ich befand mich also jetzt in der finsteren Dämmerung Rußlands ganz allein auf dem Weg zum Hotel, als mich ein Schauspiel fesselte, das die kühnsten Phantasien eines Edgar Allen Poe übertraf: Aus einiger Entfernung näherte sich eine lange Prozession; düster und trauervoll beugten sich Männer unter der Last ihrer Bürde, sie trugen Särge und immer wieder Särge. Der Kutscher hielt den Wagen einen Augenblick an und bekreuzigte sich. In nebelhafter Dämmerung zog dieses Schauspiel an mir vorüber und erfüllte mich mit wachsendem Grauen. Nur mit Mühe konnte ich aus dem Kutscher herausbringen, was das alles zu bedeuten hätte, denn ich verstand natürlich kein Wort Russisch. Endlich erfuhr ich, es seien Arbeiter, die man am vorhergehenden Tage vor dem Winterpalais erschossen hatte, als sie unbewaffnet, in höchster Not zum Zaren gekommen waren, um Brot zu erbitten für Weib und Kind. Es war der verhängnisvolle 5. Januar 1905. Ich ließ anhalten, und Tränen rannen über meine erfrorenen Wangen, als diese düstere, endlose Prozession an mir vorbeizog. Nun wurde mir auch klar, warum man sie bei Nacht begrub, denn bei Tag befürchtete man Aufstände und wollte der prächtigen Residenz diesen traurigen Anblick ersparen. Mit grenzenloser Empörung betrachtete ich diese armen, von Kummer und Schmerz gebeugten Arbeiter, die ihre toten Märtyrer zu Grabe trugen, und meine Tränen drohten mich zu ersticken.

Nie hätte ich dieses gräßliche Schauspiel erlebt, wenn mein Zug nicht mit zwölf Stunden Verspätung eingetroffen wäre, und mein ganzes Leben hätte sich dann anders abgespielt. Aber angesichts dieser furchtbaren Tragik gelobte ich mir, von nun an alle meine Kräfte in den Dienst des Volkes und der Unterdrückten zu stellen.

Wie klein und nichtig schien mir jetzt alles, was mich selbst betraf. Meine Liebe, meine Wünsche, meine Leiden, ja selbst meine Kunst – wie zwecklos war das alles, wenn ich hier nicht zu helfen vermochte. Endlich war der Leichenzug an uns vorbeigeschritten, der Kutscher blickte mich an, staunte über meine

Tränen, bekreuzigte sich mit einem ergebenen Seufzer und trieb sein Pferd zu erhöhter Eile an.

Im Hotel angelangt, begab ich mich in meine luxuriösen Appartements und weinte mich in den Schlaf. Aber das Mitleid, die verzweifelte Wut dieser Nacht sollte in meinem späteren Leben Früchte tragen.

Mein Zimmer im Hotel Europa war überaus groß und hoch, die Fenster waren versiegelt und wurden nie geöffnet, die Luft wurde durch Ventilatoren zugeführt. Ich erwachte erst spät am Tage, mein Impresario suchte mich auf, brachte mir Blumen, immer mehr Blumen langten an, und bald glich mein Zimmer einem blühenden Garten. Zwei Tage später trat ich in der Salle Noble vor der Elite der Petersburger Gesellschaft zum ersten Mal auf. Wie seltsam muß es diesen Liebhabern des pompösen russischen Balletts vorgekommen sein, ein junges Mädchen zu sehen, welches in einem hauchdünnen Gewand vor einfachen blauen Draperien sich anmaßte, nach der Musik Chopins zu tanzen: mit ganzer Seele die Empfindungen eines Chopin wiederzugeben. Aber schon der erste Tanz fand stürmischen Applaus, und das war höchst seltsam. Meine Seele, die noch über den gestrigen Trauerzug vor Empörung zitterte und im gerechten Zorn über die Märtyrer weinte, hatte es zuwege gebracht, bei diesem verwöhnten, in Saus und Braus dahinlebenden aristokratischen Publikum rasenden Beifall zu erwecken.

Am anderen Tag empfing ich den Besuch einer entzückenden Dame; das kleine Persönchen war in kostbare Pelze gehüllt, große Brillanttropfen hingen an ihren Ohren, und schwere Perlenschnüre lagen um ihren Hals. Zu meiner größten Überraschung stellte sie sich mir als die gefeierte Tänzerin Kschesinskaja vor; sie war gekommen, um mich im Namen des russischen Balletts zu begrüßen und mich zu einer Galavorstellung in der Oper einzuladen. Bisher hatte ich von seiten des Berufsballetts nur Feindseligkeiten und kühle Ablehnung erfahren – war man doch in Bayreuth so weit gegangen, auf meinen Tanzteppich Nägel zu streuen, so daß ich mir die Füße verletzte. Dieser Umschwung der Gefühle überraschte und befriedigte mich in hohem Maße.

Am Abend führte mich ein pompöser, geheizter und mit

kostbaren Pelzen ausgestatteter Wagen in die Oper. In einer I.-Rangloge erwarteten mich Blumen, Bonbons und drei herrliche Vertreter der Petersburger *Jeunesse dorée*. Inmitten dieser glänzenden Versammlung von Reichtum und Adel muß ich in meiner kurzen weißen Tunika und in Sandalen einen wunderlichen Anblick geboten haben.

Während der Pause blickte ich um mich. Meinen Augen bot sich ein feenhafter Anblick: die schönsten Frauen der Welt in prachtvollen dekolletierten Toiletten, mit Schmuck beladen, in Begleitung von Kavalieren in den prächtigsten Uniformen. Der Kontrast zwischen diesem unerhörten Luxus und der traurigen Prozession des vorhergehenden Morgens war nicht auszudenken. Welche Gemeinschaft verband alle diese glücklichen, lachenden Menschen mit jenen armseligen, vom Schicksal verfolgten Geschöpfen.

Nach der Vorstellung war ich zum Souper im Palais der berühmten Kschesinskaja geladen, wo ich mit dem Großfürsten Michael zusammentraf, der mir verwundert zuhörte, als ich ihm meinen Plan entwickelte, eine Tanzschule für Kinder aus dem Volk zu gründen. Einige Tage später besuchte mich die wunderschöne Pawlowa, und abermals schickte man mir ein Logenbillet, diesmal für das entzückende Ballett „Giselle". Obwohl alle Bewegungen der Tänzerinnen jedem künstlerischen und menschlichen Empfinden widersprachen, konnte ich nicht umhin, der unvergleichlichen Pawlowa Beifall zu spenden, als sie leichtbeschwingt über die Bühne schwebte. Beim Souper im Hause der Pawlowa, das bescheidener, aber ebenso geschmackvoll eingerichtet war wie das Palais Kschesinskaja, traf ich zum erstenmal Sergius Diaghileff, mit dem ich mich in eine heftige Debatte über meine Auffassung der modernen Tanzkunst einließ.

Nach dem Souper tanzte die unermüdliche Pawlowa zur großen Freude ihrer Freunde noch einmal, und obwohl es mittlerweile 5 Uhr früh geworden war, lud mich die liebenswürdige Hausfrau ein, sie um ½ 9 Uhr desselben Morgens zu besuchen, falls ich sie bei der Arbeit sehen wollte. Ich verspätete mich, denn ich war rechtschaffen müde, und fand sie in einem Tüllröckchen, an der Stange die schwierigsten gymnastischen Übungen ausführend, während ein alter Herr mit einer Geige den Takt markierte.

Drei Stunden lang beobachtete ich gespannt die erstaunliche Geschicklichkeit der Pawlowa: Sie schien ein Geschöpf aus Stahl und Kautschuk zu sein; in ihrem wunderschönen Gesicht zeichneten sich die strengen Linien einer Märtyrerin; nicht einen Augenblick gönnte sie sich Ruhe.

Um 12 Uhr wurde der Lunch serviert, aber die Pawlowa saß bleich und abgespannt bei Tisch und berührte kaum die Speisen. Ich gestehe, daß ich hungrig war und mehrere Koteletts mit großem Appetit verzehrte. Die Pawlowa brachte mich dann in mein Hotel und begab sich zu einer der endlosen Proben ins kaiserliche Theater, während ich mich erschöpft auf mein Bett warf und, bevor ich in tiefen Schlummer versank, noch meinem gütigen Schicksal dankte, das mich vor der Karriere einer Primaballerina bewahrt hatte.

Auch am nächsten Morgen erhob ich mich zu ungewöhnlich früher Stunde und besuchte um 8 Uhr die kaiserliche Ballettschule. Ich sah dort die kleinen Schülerinnen in Reihen aufgestellt, wie sie ihre martervollen Übungen ausführten. Stundenlang standen sie auf den Fußspitzen, wie die Opfer eines grausamen Inquisitionsgerichtes. Die großen kahlen Räume entbehrten jeder Schönheit; sie machten den Eindruck einer Folterkammer; die einzige Abwechslung bildete ein großes Bild des Zaren. Die kaiserliche Ballettschule hatte wirklich mit Natur und Kunst nichts zu schaffen.

Ich blieb eine Woche in Petersburg und begab mich von dort nach Moskau, wo sich das Publikum anfänglich weniger begeistert zeigte. Der große Stanislawskij, der mich häufig besuchte, wollte alle meine Ideen kennenlernen und hoffte, dann meine Tänze in einer neuen Schule seinem Theater einzuverleiben. Ich machte ihm jedoch begreiflich, daß er mit dem Unterricht bei den Kindern beginnen müsse, was er dann scheinbar nicht befolgt hat; denn als ich das nächste Mal nach Moskau kam, sah ich einige junge, wunderschöne Mädchen seiner Truppe, die meine Tänze wohl nachzuahmen versuchten, aber mit geradezu kläglichem Erfolg.

Stanislawskij war tagsüber außerordentlich beschäftigt und

pflegte mich nur nach der Vorstellung zu besuchen. In seinem Buch schreibt er über unsere Zusammenkünfte: „Ich glaube, daß ich die Duncan mit meinen Fragen sehr ermüdet habe." – Er hat mich gewiß nicht ermüdet – ich brannte vielmehr vor Ungeduld, ihm meine Ideen mitteilen zu dürfen.

Die herbe Schneeluft, die russischen Speisen, besonders der Kaviar, hatten meine durch intensive geistige Arbeit geschwächte Gesundheit wieder vollkommen hergestellt. Mein ganzes Wesen verlangte nach der Umarmung eines kräftigen Mannes, und da ich mit Stanislawskij in fortwährendem Kontakt stand, erblickte ich in ihm den Gegenstand meines Verlangens. Eines Abends betrachtete ich sein feines, hübsches Gesicht, seine breiten Schultern, sein schwarzes, an den Schläfen ergrauendes Haar, und als er eben aufbrechen wollte, legte ich meine Arme um seine Schultern, faßte seinen starken Nacken, beugte ihn zu mir herab und küßte ihn auf den Mund. Er erwiderte meinen Kuß mit Zärtlichkeit, sah mich aber dabei so bestürzt an, als sei dies das letzte, was er erwartet hätte. Da ich mit meinen Liebkosungen fortfuhr, sprang er zurück und rief entsetzt aus: „Was werden wir mit dem Kind anfangen?" „Was für ein Kind?" fragte ich. „Unser Kind natürlich, was sollen wir damit anfangen? Sehen Sie", setzte er mit gewichtiger Miene hinzu, „ich könnte nie zustimmen, daß ein Kind außerhalb meines Wirkungskreises erzogen wird, und da ich verheiratet bin, würde dies mit Schwierigkeiten verbunden sein."

Der gewichtige Ernst, mit dem er über dieses ungeborene Kind sprach, war so drollig, daß ich in ein herzliches Lachen ausbrach, worauf er mich bestürzt anblickte und entfloh. Aber trotz meines Lachens war ich ärgerlich und verzweifelt. Ich glaubte damals jene Männer zu verstehen, die nach einem unbefriedigenden Beisammensein mit intellektuellen Frauen sich an übelberüchtigte Orte begeben. Da ich aber nur ein Weib war, stand mir dieser Ausweg nicht offen, und ich verbrachte eine ziemlich unruhige Nacht.

Viele Jahre später erzählte ich diese Geschichte Frau Stanislawskij, die darüber in ungeheure Heiterkeit geriet und ausrief: „Das sieht ihm ganz ähnlich, er nimmt das Leben so furchtbar schwer!"

Meine Beziehungen zu Stanislawskij erfuhren durch die geschilderte Szene keine Änderung, er blieb zwar gegen meine Verführungskünste unempfindlich und wagte es nicht mehr, nach dem Theater in mein Zimmer zu kommen, aber er holte mich manchmal zu Schlittenfahrten ab, und wir hatten gemütliche Zusammenkünfte bei Wodka und Champagner – den Zauberkünsten einer Circe wäre es nicht gelungen, die Tugendfestigkeit Stanislawskijs zu erschüttern.

Meine erste russische Reise fand ein frühzeitiges Ende, da mich frühere Engagementsverträge nach Berlin zurückriefen. Bei meiner Abreise unterzeichnete ich einen Kontrakt, wonach ich im Frühjahr zurückkehren sollte; ich hatte trotz der Kürze meines Aufenthaltes einen namhaften Eindruck in Rußland hinterlassen. Das russische Ballett begann von dieser Zeit an Schumann und Chopin zu tanzen, das griechische Kostüm wurde dort eingeführt, und manche Ballerinen gingen sogar so weit, ihre Schuhe und Strümpfe auszuziehen.

20

Nach Berlin zurückgekehrt, beschloß ich, nicht länger zu warten und die Schule, den Traum meines Lebens, sofort ins Leben zu rufen. Meine Mutter und Elizabeth waren begeistert, und wir machten uns sofort auf den Weg, ein entsprechendes Haus für unser künftiges Institut zu finden. Mit der überstürzten Unbesonnenheit, die alle unsere Unternehmungen auszeichnete, hatten wir innerhalb einer Woche im Grunewald eine kaum fertiggestellte Villa gekauft. Wie in einem Grimmschen Märchen spielte sich jetzt alles ab: Wir gingen zu Wertheim und kauften dort 40 kleine Bettchen mit Musselinvorhängen und blauen Bändern. Unsere Villa sollte ein Paradies für Kinder werden. In der großen Halle stellten wir eine Kopie der Amazone des Polyklet in doppelter Lebensgröße auf; im Tanzsaal wurden die

Basreliefs von Lucca della Robbia und die tanzenden Kinder von Donatello angebracht; in den Schlafzimmern Kinderbildnisse und die Madonna mit dem Kinde nach Werken della Robbias, alles in Blau und Weiß, von Girlanden und Festons umgeben. Überall sollten Idealgestalten kindlicher Körperformen, wie sie dem Schönheitsbegriff der Künstler aller Epochen entsprachen, zu sehen sein: kleine Figürchen aus Tanagra und Böotien, Kopien nach griechischen Keramiken, Donatellos Gruppe tanzender Kinder, der Kinderreigen von Gainsborough; alle diese Kunstwerke gleichen einander in der naiven Grazie der Bewegungen, als würden die Kinder über die Jahrhunderte hinweg ihre Händchen im Reigen schließen. Umgeben von soviel künstlerischer Schönheit würden meine Zöglinge, so hoffte ich, den idealen Vorbildern in der kindlichen Grazie der Bewegungen ähnlich werden und einiges von deren Lebensfreude annehmen.

Sobald wir das Haus halbwegs in Ordnung gebracht hatten, annoncierten wir in den Zeitungen, daß für die Schule Isadora Duncans begabte Kinder gesucht und aufgenommen werden; sie würden in der natürlichen Tanzkunst ausgebildet werden und sollten den Grundstock für eine weit größere Tanzschule darstellen. Die überstürzte Eröffnung unserer Schule ohne entsprechende Überlegung, ohne richtige Organisation und ohne Sicherstellung der nötigen Kapitalien war natürlich ein überaus waghalsiges Abenteuer und brachte meinen Impresario zur Verzweiflung. Seine Absicht war, mit mir Welttourneen zu unternehmen, während ich ursprünglich eine neuerliche Reise nach Griechenland geplant hatte. Nun war ich plötzlich wieder auf die Idee verfallen, meine Karriere als Tänzerin ganz aufzugeben und – Kinder auszubilden, was er von seinem Standpunkt aus natürlich für völlig zwecklos hielt. Aber so waren wir einmal: Alle unsere Unternehmungen erwiesen sich als impulsiv, unpraktisch und unzeitgemäß.

Raymond sandte uns von Kopamos die beunruhigendsten Nachrichten, die Brunnenbohrungen wurden immer kostspieliger, und die Hoffnung, dort Wasser zu finden, mußte aufgegeben werden. Die Auslagen für den Palast Agamemnons stiegen ins Uferlose, und schließlich mußte ich den Plan ganz fallenlassen. Kopamos blieb eine prachtvolle Bergruine und wurde seither von jeder revolutionären Partei Griechenlands als Festung benützt.

So hatte ich mich also von dieser Sorge frei gemacht und konnte meine Geldmittel und Energien ganz auf die Gründung meiner Schule verwenden, durch welche die Jugend der ganzen Welt beglückt werden sollte. Zur Heimstätte meines Unternehmens wählte ich Deutschland als philosophisches und kulturelles Zentrum der Welt – wofür ich es damals noch hielt.

Scharen von Kindern meldeten sich auf die Annonce. Eines Tages kehrte ich von einer Nachmittagsvorstellung heim und fand die ganze Straße angefüllt mit Eltern und Kindern; der deutsche Kutscher wendete sich zu mir und sagte: *„Eine ferüchte Dame die wohnt dort, die eine Ankundigung in Zeitung gestellt hat daß sie Kinder sehr gerne haben will."* Die „ferüchte Dame" war ich!

Wie wir die Kinder ausgewählt haben, weiß ich nicht mehr, denn ich war schon so erpicht darauf, die Grunewaldvilla und die vierzig kleinen Bettchen zu füllen, daß ich die Kinder ganz wahllos aufnahm, höchstens, daß mir einmal ein hübsches Lächeln oder ein Paar schöne Augen auffielen und den Ausschlag gaben; ich stellte mir nicht einmal die Frage, ob das betreffende Kind wirklich die Eignung zu einer Tänzerin hätte. So kam zum Beispiel einmal in Hamburg ein ziemlich vornehm aussehender Herr in Gehrock und Zylinder zu mir ins Hotel; im Arme trug er ein mysteriöses Bündel und stellte es auf den Tisch. Als ich es öffnete, fand ich ein etwa vier Jahre altes Mädchen mit großen aufmerksamen Augen. Der Herr schien in großer Eile, drang in mich, das Kind zu nehmen, und wartete kaum eine Antwort ab. Ich blickte vom Gesicht des Kindes auf ihn und konnte eine auffallende Ähnlichkeit konstatieren. Bei meiner gewohnten Sorglosigkeit sagte ich zu, und er verschwand auf Nimmerwiedersehen. Jedenfalls war dies ein neuartiger Vorgang zur Versorgung eines unbequemen Kindes. Erst auf der Reise von Hamburg nach Berlin bemerkte ich, daß das Kind stark fieberte, es war an einer bösartigen Mandelentzündung erkrankt, und in Grunewald kämpfte ich mit zwei Pflegerinnen und unserem Arzt, Dr. Hofer, drei Wochen lang um sein Leben.

Dr. Hofer, der berühmte Chirurg, war ein vortrefflicher Mensch. Die Idee meiner Schule hatte ihn so begeistert, daß er ganz ohne Bezahlung bei mir den ärztlichen Dienst versah. Er untersuchte sofort alle Kinder aufs genaueste und erklärte, nachdem er seine Untersuchung beendet hatte: „Ich muß Ihnen leider mitteilen, daß Sie hier keine Schule führen, sondern ein Spital. Alle Kinder weisen irgendeinen ererbten Defekt auf. Sie werden die größte Mühe haben, sie am Leben zu erhalten, geschweige denn, ihnen Tanzunterricht zu erteilen." Hofer war einer der größten Wohltäter der Menschheit. Er erhielt für seine Operationen märchenhafte Preise und verwendete dann sein ganzes Privatvermögen auf die Gründung eines Spitals für arme Kinder, das er vollständig aus eigenen Mitteln erhielt. Von Anfang an hatte er sich selbst zum Hausarzt meiner Schule ernannt und traf alle sanitären Anordnungen. Tatsächlich hätte ich niemals ohne seine unermüdliche Hilfe die Kinder in so prächtiger Gesundheit erhalten und mit ihnen die großen Lehrerfolge erzielen können.

Die Auswahl der Kinder, die Organisation der Schule, der Unterricht, die Tagesbeschäftigung, alles das nahm viel Zeit in Anspruch. Mein Impresario erhob seine warnende Stimme und wies darauf hin, daß ich bereits zahlreiche Nachahmerinnen gefunden hätte, die in London und anderswo Vermögen verdienten. Aber nichts konnte mich von Berlin und meiner Schule abbringen. Die Kinder machten phänomenale Fortschritte und blieben dank der von Dr. Hofer eingeführten vegetarischen Kost bei glänzender Gesundheit.

Damals hatte meine Popularität in Berlin märchenhafte Dimensionen angenommen, man nannte mich die „göttliche Isadora", und es hatte sich das Gerücht verbreitet, daß Kranke geheilt würden, wenn man sie ins Theater brächte. Bei jeder Vorstellung trug man sieche Menschen ins Theater. Meine Tanzkleidung bestand wie immer aus dem kurzen griechischen Kittel, Füße und Beine waren nackt. Das Publikum befand sich stets in einem Zustand religiöser Verzückung.

Eines Tages hatten mir die Studenten wieder die Pferde ausgespannt und zogen mich durch die Siegesallee. Ich erhob mich in meinem Wagen und hielt an sie folgende Ansprache: „Es gibt keine erhabenere Kunst als jene des Bildhauers. Aber wie könnt ihr, kunstbegeisterte Jünglinge, diese scheußlichen Mißgeburten mitten in eurer Stadt dulden. Seht diese Statuen an! Wenn ihr wirkliche Kunstjünger wäret, so würdet ihr noch heute abend Steine sammeln und diese Scheußlichkeiten zertrümmern!“

Die Studenten waren begeistert und hätten meinen Rat befolgt, wäre nicht die Polizei eingeschritten.

21

So war das Jahr 1905 herangekommen. Meine Schule in Grunewald nahm mich vollständig in Anspruch; ab und zu gab ich dem Drängen meines Impresarios nach und veranstaltete in Berlin Tanzabende. Für gewöhnlich beachte ich von der Bühne aus das Publikum gar nicht – es erscheint mir geradezu wie eine drohende Verkörperung des ganzen Menschengeschlechtes. Bei einer dieser Berliner Vorstellungen jedoch konnte ich mich des Gefühls nicht erwehren, daß eine ungewöhnliche Persönlichkeit sich im Theater befand und mich in ihren Bann zog. Nach der Vorstellung erschien in meiner Garderobe ein junger Mann, der mich recht ungnädig begrüßte: „Sie sind zauberhaft! Aber Sie haben mir ja meine Gedanken gestohlen! Wie kamen Sie zu meinen Dekorationen?“

„Wovon reden Sie denn? Meine Ausstattung besteht aus blauen Vorhängen, die ich mir ersonnen habe, als ich fünf Jahre alt war, und seither habe ich nie andere Dekorationen verwendet!“

„Nein! Es sind meine Dekorationen und meine Ideen! Aber Sie sind das Wesen, von dem ich immer geträumt habe, Sie sind die lebende Verkörperung aller meiner Gedanken.“

„Und wer sind denn Sie?“

Da lösten sich von seinen Lippen die wundersamen Worte:

„Ich bin der Sohn Ellen Terrys.“

Ellen Terry, mein höchstes Frauenideal!

„Sie müssen mit uns nach Hause kommen und bei uns soupieren", sagte meine ahnungslose Mutter; „da Sie sich für die Kunst Isadoras so sehr interessieren, müssen Sie uns unbedingt besuchen."

So kam denn Craig mit uns nach Hause und soupierte bei uns. Er war in einem Zustand wildester Erregung, wollte mir alle seine Ideen über Kunst und seine ehrgeizigen Pläne mitteilen . . . und mich begann dies alles außerordentlich zu interessieren.

Schließlich wurden meine Mutter und die übrigen Anwesenden schläfrig, einer nach dem anderen verabschiedete sich, und wir blieben allein. Craig setzte seinen Vortrag über szenische Kunst und Theater fort und illustrierte seine Rede mit phantastischem Gebärdenspiel. Plötzlich unterbrach er sich und sagte: „Aber was machen Sie denn hier? Sie, eine große Künstlerin, führen ein Familienleben? Das ist ja alles lächerlich! Ich war es, der Sie im Geiste zuerst erblickt hat, Sie gehören mir und meiner Kunst!"

Craig war groß und gertenschlank, sein Gesicht erinnerte an seine wundervolle Mutter, seine Züge waren vielleicht noch zarter. Trotz seiner imposanten Gestalt haftete ihm etwas Weibisches an, besonders um die schmalen sinnlichen Lippen. Er war kurzsichtig und trug Augengläser, hinter denen ein strahlender Blick sich verbarg. Der erste Eindruck von Craig war der eines überaus empfindsamen und launenhaften Wesens von beinahe krankhafter Schwäche. Nur seine breiten Finger und sein kräftiger Daumen verrieten brutale Energie.

Ich befand mich in einem Zustand vollständiger Hypnose. Er faßte meine Hand und legte mir mein Cape über die Schultern, was ich alles willenlos geschehen ließ. So entflohen wir auf die Straße; schließlich rief er ein Taxi und sagte in vorzüglichem Deutsch: „Meine Frau und ich fahren nach Potsdam." Beim Morgengrauen trafen wir dort ein, hielten bei einem kleinen Kaffeehaus, frühstückten, fuhren bei hellem Sonnenschein wieder nach Berlin zurück und wußten, als wir um 9 Uhr morgens dort eintrafen, nicht, was wir anfangen sollten. Zur Mutter zurück wollte ich unter keinen Umständen; da fiel mir ein, daß eine meiner Freundinnen, Elsie de Brugaire, nicht weit von dort wohnte, und wir begaben uns zu ihr. Elsie war eine echte Bohèmenatur, sie brachte für unsere Situation volles Verständnis auf, bereitete uns eine kleine Mahlzeit und steckte mich ins Bett, wo ich bis zum Abend schlief.

Craig brachte mich dann in sein Atelier, und als er dort vor mir stand in blühender Jugendfrische und genialer Schönheit, entbrannte ich für ihn in hoffnungsloser Liebe; ich flog in seine Arme mit der ganzen Willfährigkeit eines Gemütes, das zwei Jahre geschlummert hatte, nun aber völlig erweckt war. Unsere Temperamente ergänzten einander: Hier hatte ich Fleisch von meinem Fleische, Blut von meinem Blute gefunden, und oft rief er in Verzückung: „Du bist meine Schwester . . .“ – tatsächlich konnte ich mich oft des Gefühls einer verbrecherischen Blutschande nicht erwehren.

Ich weiß nicht, wie andere Frauen an ihre Liebhaber zurückdenken. Die korrekte Art, dies zu tun, besteht, glaube ich, darin, die Gesichtszüge des betreffenden Mannes zu schildern, seine Schultern, seine Hände, vielleicht auch seine Kleider – ich aber sehe ihn immer vor mir, wie er damals in der ersten Nacht im Atelier vor mir gestanden hat: Sein weißer, geschmeidiger, strahlender Körper hatte die Larvenhülle der Kleider abgestreift und leuchtete meinem geblendeten Auge in aller Pracht entgegen. So mußte Endymion dem spähenden Auge Dianens in schlanker, schimmernder Nacktheit erschienen sein; müssen Hyacinthus, Narcissus und Perseus, der Held, ausgesehen haben! Kaum hatte mein trunkenes Auge sich an seiner verführerischen Schönheit berauscht, als ich schon widerstandslos hingeschmolzen in seinen Armen lag. Wie zwei Flammen sich vereinen, so loderten wir lichterloh zusammen. Hier hatte ich endlich mein Gegenüber gefunden, meine Liebe, mein anderes Ich – denn wir bildeten nur ein wunderbar harmonisches Ganzes, ein Wesen, das zwei getrennte Hälften einer einzigen Seele vereint, wie Plato im Symposion sagt.

Hier hatte nicht ein Jüngling ein Mädchen zu seiner Geliebten erwählt. Es war die Liebe zweier verschwisterter Zwillingsseelen, die einander gesucht und gefunden hatten. Die flüchtige fleischliche Hülle ward im Taumel der Umarmung so sehr verwandelt, daß die irdische Leidenschaft sich zur himmlischen Ekstase steigerte.

In seinem Atelier befand sich keine Liegestatt, kein bequemer Sessel, es gab dort nichts zum Essen, und wir schliefen auf dem nackten Boden. Er war vollständig mittellos, und ich wagte mich nicht nach Hause, um Geld zu holen. Ich blieb dort zwei Wochen; hatten wir Hunger, so ließen wir das Allernötigste auf Borg kommen, und während der Kaufmann uns die Lebensmittel brachte, mußte ich mich, um nicht entdeckt zu werden, auf den Balkon flüchten.

Meine arme Mutter raste inzwischen von einer Polizeiwachstube zur anderen, zog bei allen Gesandtschaften Erkundigungen ein und erklärte dort, ein gewissenloser Verführer habe ihre Tochter verschleppt; auch mein Impresario war natürlich äußerst bestürzt, denn große Vorstellungen mußten abgesagt werden, und niemand wußte, was eigentlich geschehen war. Immerhin hatte man vorsichtshalber in den Zeitungen verbreitet, Miß Isadora Duncan sei an einer Mandelentzündung nicht ungefährlich erkrankt.

Nach zwei Wochen kehrten wir endlich zu meiner Mutter zurück, denn, wenn ich ehrlich sein soll, hatte ich trotz leidenschaftlichster Liebe das Schlafen auf dem harten Fußboden satt und empfand Sehnsucht, mich wieder einmal satt essen zu können.

In Craig besaß ich einen prächtigen Gefährten. Er war einer jener wenigen Menschen, die sich vom Morgen bis zum Abend in einem Zustand ausgelassener Freude befinden können. Bei der ersten Schale seines Frühstückskaffees begann seine Einbildungskraft zu arbeiten und sprühte Funken. Ein alltäglicher Spaziergang mit Craig durch die Straßen Berlins schenkte mir mehr Anregungen, als eine Wanderung an der Seite eines würdigen Hohenpriesters im alten Theben geboten hätte.

Nach den ersten Wochen wildester, leidenschaftlichster Liebe erfaßte ihn aber die schleichende, giftige Flamme der Eifersucht, und seine Launen wurden für mich zum Martyrium. Er war eifersüchtig auf meine Familie, auf meine Schule, sogar auf meine Ideen, und ich hatte einen Kampf auszufechten zwischen dem Genie eines Gordon Craig und den Inspirationen meiner Kunst.

„Warum hörst du denn nicht mit diesem Unsinn auf?" sagte

er manchmal. „Warum bestehst du darauf, halbnackt auf der Bühne mit deinen Armen herumzufuchteln? Bleib lieber zu Hause und spitze mir meine Bleistifte!“

Und dennoch hat Gordon Craig meine Kunst besser zu würdigen verstanden als irgendein anderer; aber seine Eigenliebe, seine Eifersucht wollten ihn nicht zugeben lassen, daß ein Weib überhaupt eine wirkliche Künstlerin sein könne.

22

Meine Schwester Elizabeth hatte für die Grunewaldschule ein Komitee aus Damen der ersten Berliner Gesellschaft ins Leben gerufen. Als diese von meinem Verhältnis mit Craig erfuhren, schickten sie mir einen in hochtrabenden Ausdrücken verfaßten Brief, worin sie mir gekränkt bekanntgaben, daß sie als Mitglieder der guten bürgerlichen Gesellschaft nicht länger in der Lage wären, eine Schule zu patronisieren, deren Leiterin so dehnbare Moralbegriffe besaß.

Die Damen hatten Frau Mendelssohn, die Gattin des bekannten Bankmannes, ausersehen, mir diesen Brief persönlich zu überreichen; nun wußte aber jedermann in Berlin, daß sie vor ihrer Verehelichung in intimen Beziehungen zu d'Annunzio gestanden hatte, und als sie mit dem pompösen Dokument zu mir kam, betrachtete ich sie mit erstaunten Augen, während ihr Blick mir eher unsicher schien. Plötzlich brach sie in Tränen aus, warf den Brief zu Boden, zog mich in ihre Arme und rief: „Glauben Sie nur ja nicht, daß ich für diesen Brief verantwortlich bin! Aber mit den anderen Weibern ist kein vernünftiges Wort zu reden; sie wollen um keinen Preis Patronessen einer Schule sein, die Sie leiten – nur zu Ihrer Schwester Elizabeth haben sie noch Vertrauen.“

Nun hatte aber Elizabeth auch ihre eigenen Ansichten über die Liebe, nur machte sie diese nicht publik; es war also unschwer zu erkennen, daß diese Damen sich mit allem einverstanden erklärten, solange darüber nicht geklatscht wurde. Über diese Komödie empört, beschloß ich, meine Ansichten über dieses Thema in unzweideutiger Weise bekanntzugeben. Ich mietete den philharmonischen Saal und hielt dort zunächst einen Vortrag über die idealen Ziele der modernen Tanzkunst; schließlich verteidigte ich das Recht aller Frauen, zu lieben und Kinder in die Welt zu setzen, wie es ihnen beliebte. In der darauffolgenden Diskussion wurde natürlich auch die Frage aufgeworfen: „Und was geschieht mit den Kindern?" Nun, ich war in der Lage, die Namen vieler hervorragender Menschen anzuführen, die außerhalb des Ehestandes geboren waren, was sie nicht verhindert hatte, Ruhm und Vermögen zu erwerben. Aber ganz abgesehen davon, fragte ich, wie kann eine Frau von einiger Bedeutung mit einem Mann, den sie für einen so niedrigen Charakter hält, daß er im Falle von ehelichen Zwistigkeiten nicht einmal für die Kinder aufkommen würde, einen Ehekontrakt eingehen? Meiner Ansicht nach seien Aufrichtigkeit und gegenseitiges Vertrauen die Grundlagen jeder Liebe, und ich als selbstverdienende Frau behauptete, daß, wenn ich meinerseits meine Gesundheit, ja mein Leben aufs Spiel setze, nur um ein Kind zu haben, ich dies gewiß unterlassen würde, wenn es einem Manne freistehen solle, dieses Kind irgendeinem Gesetz zufolge für sich zu reklamieren. Jede intelligente Frau, die einen Heiratskontrakt gelesen hat und sich dareinfügt, verdient alle daraus entstehenden Konsequenzen. Meine persönliche Ansicht sei, daß die Frauenbewegung erst dann völlige Unabhängigkeit bedeutete, wenn jede Frau geschworen hat, die Ehe abzuschaffen.

Nun entstand im Saal ein großer Skandal. Die eine Hälfte der Zuhörer jubelte mir zu, die andere pfiff und bewarf mich mit allem, was gerade bei der Hand war. Schließlich verließ der unzufriedene Teil den Saal, und ich blieb mit dem Rest zurück, worauf sich eine interessante Debatte über die Rechte der Frauen entwickelte.

Wir hatten in der Victoriastraße eine kleine Wohnung gemietet, wo ich mit Craig lebte, während Elizabeth weiter im Schulgebäude in Grunewald blieb. Meine Mutter pendelte zwischen den beiden Wohnungen hin und her, und sie, die alle Entbehrungen und Mißgeschicke mit so außerordentlicher Tapferkeit ertragen hatte, begann nun plötzlich das Leben schal und trübe zu finden. Vielleicht war dies eine Folge ihres irischen Temperamentes, welches bekanntlich den Erfolg nicht so leicht erträgt wie schwere Schicksalsschläge. Ihre Gemütsstimmungen wechselten, und man konnte ihr nichts recht machen. Zum erstenmal seit ihrer Abreise begann sich bei ihr auch Heimweh zu zeigen. Sie behauptete, daß drüben alles besser wäre. Essen, Wohnungen, kurz alles. Oft nahmen wir sie, um ihr eine Freude zu bereiten, in die besten Berliner Restaurants mit und fragten: „Mutter, was willst du essen?" worauf sie regelmäßig zur Antwort gab: „Give me shrimps" (Krevetten). Wenn für diese gerade nicht die Saison war, so ereiferte sie sich gegen die Rückständigkeit eines Landes, wo es keine „Shrimps" gab; sie aß dann überhaupt nichts. Gab es aber „Shrimps", dann war sie auch nicht zufrieden und konnte sich lange darüber ereifern, um wieviel besser „Shrimps" in San Francisco wären.

Meiner Ansicht nach waren diese Veränderungen im Temperament meiner Mutter auf ihren streng tugendhaften Lebenswandel zurückzuführen, denn seit vielen Jahren hatte sie sich ausschließlich ihren Kindern gewidmet. Erst jetzt, da wir selbst Interessen gefunden hatten, die uns vollständig in Anspruch nahmen und von ihr entfernten, sah sie ein, daß sie für uns die besten Jahre ihres Lebens verschwendet hatte und daß ihr selbst nichts geblieben war; so viele Mütter, besonders in Amerika, befinden sich in der gleichen Lage. Ihre Launen nahmen zu, wiederholt sprach sie den Wunsch aus, in ihre Heimat zurückzukehren, und bald darauf reiste sie tatsächlich ab.

Meine Gedanken weilten immer bei den vierzig kleinen Betten in der Grunewaldvilla, und oft sann ich darüber nach, wie unerklärlich doch die Wege des Schicksals sind: Wäre mir Craig einige Monate früher begegnet, so hätte es gewiß keine Grunewaldschule gegeben; denn in ihm fand ich eine derartige Ergänzung meines Seins, daß ich kein Bedürfnis gefühlt hätte, meine Kräfte in einer Schule zu verausgaben. Jetzt aber, da der Traum meiner Kindheit Wirklichkeit geworden war, gestaltete sich die Schule zu einer fixen Idee, der ich mein ganzes übriges Leben hindurch verfallen blieb.

Bald darauf machte ich die Entdeckung – und es konnte darüber kein Zweifel mehr bestehen –, daß ich in der Hoffnung war. Eines Tages träumte ich, daß Ellen Terry mir in einem schillernden Gewande, wie sie es als *Imogene* getragen hatte, erschien: An der Hand führte sie einen kleinen blonden Engel, ein kleines Mädchen, das ihr auffallend ähnlich war, und mit ihrer märchenhaften Stimme rief sie mir zu: „Isadora, du sollst lieben, lieben ... lieben ..."

Von diesem Augenblick an wußte ich, was die bedeutungslose Leere meines Lebens ausfüllen würde: Ein solches Kind würde zu mir kommen, mir Freude und Sorge zu bereiten – Freude und Sorge ... Geburt und Tod ... Rhythmus des Lebenstanzes!

Die göttliche Botschaft fand in meinem ganzen Wesen Widerhall. Ich setzte meine Vorstellungen fort, ich unterrichtete in der Schule und liebte meinen Endymion. Als ich ihn aber über meinen Zustand aufklärte, rief er bestürzt aus: „Was, schon wieder?" Ich hatte vergessen, daß er schon einmal verheiratet gewesen war und nicht weniger als fünf Kinder sein eigen nannte. Der Arme dachte offenbar bei sich: „Wird denn dieses Geschäft der Menschwerdung nie ein Ende nehmen?" Er war ruhelos, ungeduldig, unglücklich, biß sich die Nägel blutig und rief nur immer wieder aus: „Mein Werk! Mein Werk! Mein Werk!"

Als das Frühjahr herannahte, unterschrieb ich einen Kontrakt für eine Gastspielreise nach Deutschland, Dänemark und Schweden, denn die Auslagen für meine Schule hatten mich bankrott gemacht, und ich war wieder ohne Geld.

Was mich in Kopenhagen am meisten überraschte, war der intelligente und selbstzufriedene Ausdruck auf den Gesichtern der weiblichen Jugend; sie streiften allein und frei durch die Straßen und trugen ihre Studentenkappen nachlässig wie die Jungen. In meinem ganzen Leben hatte ich noch keine so sauberen Mädels gesehen – später erfuhr ich, daß Dänemark das erste Land gewesen war, wo das Frauenstimmrecht eingeführt wurde.

In Stockholm hatte ich ein begeistertes Publikum; und nach der Vorstellung begleiteten mich die Mädchen der gymnastischen Schule zu meinem Hotel und hüpften jubelnd neben meinem Wagen einher.

Nach unserer erfolgreichen schwedischen Reise kehrten wir auf dem Wasserweg nach Deutschland zurück; und da ich ernstlich seekrank wurde, hielt ich es meines Zustandes wegen für das beste, eine Pause in meinen Aufführungen eintreten zu lassen, und da ich das heftige Verlangen nach der See nicht unterdrücken konnte, mietete ich eine kleine Villa in einem winzigen holländischen Badeort, Nordwyk, am Ufer der Nordsee.

In diesem kleinen Haus, der Villa Maria, sollte mein erstes Kind zur Welt kommen. Ich war so unerfahren, daß ich glaubte, die Geburt eines Kindes sei ein ganz alltäglicher Vorgang. Das Haus war hundert Meilen weit von jeder Stadt entfernt, und es gab in der Nähe einen einzigen Dorfarzt, der bisher nur Fischerweiber entbunden hatte. Ich lebte dort ganz einsam. Jeden Tag unternahm ich einen Spaziergang zum nächsten Fischerdorf an der Küste und führte eine regelmäßige Korrespondenz mit meiner Schwester Elizabeth, die die Schule in Grunewald führte.

Craig war ruhelos, kam und stürmte wieder davon – aber ich war nicht mehr allein: Das Kind machte sich mehr und mehr bemerkbar – Stöße und Püffe, gelegentlich auch ein Purzelbaum. Und wie seltsam hatte sich mein herrlicher Marmorkörper verändert: er war schlaff geworden, die Linien gebrochen, verzerrt, aus der Form gebracht. Es ist eine ungalante Rache der Natur, daß sie den verfeinerten Nerven, dem empfindlicheren Geist die größeren Schmerzen auferlegt: schlaflose Nächte, peinvolle Stunden – aber auch Freude! Unerhörte, grenzenlose Freude!

Mehr und mehr fürchtete ich in meinem Zustand die Begegnung mit Menschen: die Leute sagen einem bei solcher Gelegenheit so banale Dinge, und die Heiligkeit der werdenden Mutter findet viel zu wenig Anerkennung. Oft fühlte ich in mir, wenn ich die Küste entlangwanderte, ein Übermaß an Kraft und stolzer Tapferkeit, und ich konnte mich vor Freude nicht fassen bei dem Gedanken, daß dieses Geschöpf mein unbestrittenes Eigentum sein würde; dann wieder, wenn der Himmel sich umwölkte und die kalten Wogen der Nordsee stürmisch an den Strand schlugen, sank manchmal mein Mut, und ich kam mir vor wie ein armes gequältes Tier, das sich in einer mitleidslosen Falle gefangen sieht. Dann hatte ich nur den einen Wunsch, zu entkommen – aber wohin? Vielleicht hinein in die trübe Flut? Bald aber wußte ich solche Stimmungen zu überwinden und wurde wieder froh. Wieder an anderen Tagen fühlte ich mich so schrecklich einsam: Meine Mutter war auf tausend Meilen entfernt, der Vater des Kindes weit fort, ganz in seine Kunst vertieft, während ich selbst an ein Arbeiten gar nicht denken konnte.

Im August kam eine Pflegerin zu mir, eine Frau, die später meine beste Freundin wurde, Marie Kist. Ich habe niemals ein geduldigeres, liebenswürdigeres und besseres Geschöpf gekannt, und sie war mir in dieser Zeit ein wirklicher Trost. Von nun an traten aber bei mir Angstzustände auf; und vergeblich sagte ich mir, daß fast alle Frauen Kinder hätten – meine Großmutter hatte achtzehn, meine Mutter vier, es war der natürliche Lauf des Lebens. Trotzdem hatte ich Angst. Wovor? Nicht vor dem Tod oder vor Schmerzen – eine unbestimmte Angst vor einer drohenden Gefahr.

Mehr und mehr wölbte sich mein ehemals so reizvoller Leib; und meine bestürzten Blicke mußten diese Verändeungen wahrnehmen. Meine harten kleinen Brüste wurden breit und weich und fielen herab, meine flinken Füßchen wurden schwer, meine schlanken Knöchel schwollen an; und der Anblick meiner Hüften war geradezu peinlich. Wo waren die entzückenden jugendlichen Formen einer Najade, wo war mein Ehrgeiz, mein Ruhm? Oft fühlte ich gegen mein besseres Ich eine große Enttäuschung, denn dieser Kampf mit dem Riesen Leben schien über meine Kräfte zu gehen; dann aber dachte ich wieder an das kommende Kind, und die kleinmütigen Gedanken verschwanden.

Eines Tages erwartete mich eine überaus freudige Überraschung, eine liebe Freundin war aus Paris gekommen und blieb bei mir. Sie hieß Kathleen und war eine anziehende Person voll Leben, Gesundheit und Lebensmut. Wenige Tage später saßen wir alle beim Tee, als ich plötzlich einen Schlag verspürte, als hätte mich jemand mitten in den Rücken gestoßen, und dann einen unaussprechlichen Schmerz, wie wenn einer mit einem Bohrer mein Rückgrat bearbeitete. Von diesem Augenblick an begann die Tortur: Ich befand mich in den Händen eines allmächtigen erbarmungslosen Henkers. Kaum hatte ich mich von einem Anfall erholt, als schon ein zweiter begann. Erbarmungslos, grausam, ohne Unterlaß, fortgesetzt hielt mich dieser schreckliche unsichtbare Unhold in seinen Fängen und riß in ununterbrochenen Krämpfen meine Knochen und Sehnen auseinander. Zwei Tage und zwei Nächte verbrachte ich in diesem unaussprechlichen Entsetzen. Am dritten Morgen zog der lächerliche Dorfarzt ein ungeheures Zangenpaar hervor; und ohne mir das einfachste Beruhigungsmittel zu verabreichen, vollführte er seine Schlächterarbeit. Nun, ich bin daran nicht gestorben, nein, ich bin nicht gestorben, aber auch das arme Opfer, das man vorzeitig aus der Folter spannt, stirbt nicht. Und dann wird man mir wahrscheinlich erwidern, daß ich durch den Anblick des Kindes reichlich belohnt wurde. Gewiß, gewiß, ich erfuhr grenzenloses Glück . . .

Ach, mein Baby! Das Baby war ein kleines Wunder: Formen wie eine Amorette, mit blauen Augen und langen braunen Haaren, die später ausfielen und goldenen Locken Platz machten. Und Wunder über Wunder! Das kleine Mäulchen sucht meine Brust, und mit zahnlosem Gaumen zieht es und trinkt von der Milch, die reichlich fließt. Ach, ihr Frauen! Was bemühen wir uns denn, Malerinnen, Bildhauerinnen, Rechtsanwälte zu werden, da doch dieses Wunder besteht? Nun kannte ich auch diese alles überragende Liebe! Gequält und blutend, zerrissen und hilflos lag ich da, während das kleine Wesen sog und schrie. Das war das Leben – und wo war meine Kunst? Was kümmerte mich die Kunst! Ich fühlte mich als schöpferische Gottheit, jedem Künstler überlegen!

Während der ersten Wochen lag ich oft stundenlang mit dem Kind im Arm und beobachtete seinen Schlaf. Oft erhaschte ich einen Blick seines Auges, und dann fühlte ich mich ganz nahe an der Scheidelinie, wo das geheimnisvolle Rätsel des Lebens in Schatten versinkt. Diese Seele in dem neugeschaffenen Körper, die meinen Blick mit scheinbar verstehendem Auge erfaßte, mit Augen, die aus der Ewigkeit zu kommen schienen und liebevoll meinen Blick erwiderten. Welche Worte könnten wohl dieses Glück beschreiben? Ist es ein Wunder, daß mir, da ich kein Schriftsteller bin, die Worte hierzu mangeln?

Wir kehrten nach Grunewald zurück, mit dem Baby und meiner lieben Freundin Marie Kist. Alle Zöglinge waren entzückt, das Baby zu sehen; und ich sagte zu Elizabeth: „Sie ist unsere jüngste Schülerin." Nun war die Frage, wie das Kind heißen solle, und Craig verfiel auf einen wundervollen irischen Namen – Deirdre. Deirdre – der Liebling Irlands!

23

Juliette Mendelssohn, die Frau des reichen Bankmannes, lebte unweit von uns in einer palastartigen Villa. Sie brachte meiner Schule dauerndes Interesse entgegen, ohne sich um die ablehnende Haltung der konservativen Bourgeoisie zu kümmern. Eines Tages erhielt ich von ihr eine Einladung, vor meinem angebeteten Ideal, Eleonora Duse, zu tanzen.

Ich stellte Gordon Craig der Duse vor, die ihn sehr freundlich begrüßte und seinen Ansichten über das Theater mit reger Teilnahme folgte. Nachdem wir uns einige Male getroffen hatten, fühlten wir füreinander die wärmste Sympathie, sie lud uns ein, nach Florenz zu kommen und ersuchte Craig, für sie ein Stück zu inszenieren. Es wurde beschlossen, daß er einige Szenen aus Ibsens „Rosmersholm" vorbereiten solle; einige Tage später bestiegen wir alle den Luxuszug nach Florenz: die Duse, Craig, Marie Kist, das Baby und ich.

Während der Fahrt gab es ein kleines Mißgeschick; meine Milch war sauer geworden, so daß in aller Eile sterilisierte Milch für das Kind beschafft werden mußte. Aber ich war überaus glücklich: Die beiden Wesen, die ich über alles vergötterte, waren durch ein künstlerisches Band geeint – Craig würde Arbeit finden, und für die Duse sollte ein ihrer Kunst würdiger Rahmen geschaffen werden. In Florenz angelangt, bezogen wir einen kleinen Gasthof neben dem Grand Hotel, wo die Duse in den Fürstenzimmern untergebracht war.

So begannen die ersten Besprechungen, bei welchen ich den Dolmetsch abgeben mußte, denn Craig sprach weder Französisch noch Italienisch, und die Duse verstand kein Sterbenswort Englisch. Ich war ein Bindeglied zwischen zwei großen Genies, die sich sonderbarerweise vom ersten Augenblick an zu widersprechen schienen. Mein Ziel, jeden einzelnen glücklich zu wissen und beiden gefällig zu sein, konnte ich nur erreichen, wenn ich es beim Verdolmetschen nicht allzu genau nahm; und ich hoffe, daß die frommen Notlügen mir vergeben werden mögen, denn sie dienten einem heiligen Zweck. Es war mein aufrichtiges Bestreben, die großartige Vorstellung zustande zu bringen, und dies wäre niemals gelungen, wenn ich der Duse alle Aussprüche Craigs und diesem ihre Wünsche wortgetreu mitgeteilt hätte.

Ibsen schreibt, wenn ich mich gut erinnere, für die erste Szene in Rosmersholm ein geräumiges Wohnzimmer vor, „behaglich eingerichtet und in altväterlichem Stil". Craig hatte es sich jedoch in den Kopf gesetzt, zu diesem Akt einen großen ägyptischen Tempel mit ungeheuer hoher Decke zu entwerfen. Auch befand sich in diesem ägyptischen Tempel ein enormes viereckiges Fenster, das einigermaßen stilwidrig wirkte. Im Szenarium Ibsens erblickt man durch dieses Fenster eine Allee hoher alter Bäume, die auf das Wohnhaus zuführt. Nach dem Entwurf Craigs hatte man durch diese ungeheure Öffnung die Aussicht auf eine farbenprächtige Landschaft mit grellen, gelben, roten und grünen Tönen, die vielleicht in den Tropen angetroffen werden, niemals aber bei einem altertümlichen norwegischen Gehöft.

Eleonora schien recht enttäuscht und sagte: „Hier stelle ich mir ein kleines Fenster vor; es kann doch unmöglich ein so großes Fenster bleiben." Worauf Craig auf englisch herausplatzte: „Sagen Sie ihr, daß ich keinem verdammten Frauenzimmer gestatte, sich in meine Arbeit zu mischen!" Ich übersetzte dies diskret mit folgenden Worten: „Er sagt, er bewundert Ihre Auffassung und wird alles tun, um Ihnen gefällig zu sein." Zu Craig gewendet, übersetzte ich in überaus diplomatischer Weise die Widersprüche der Duse: „Eleonora sagt, sie hält Sie für ein großes Genie, und es fällt ihr nicht ein, Ihnen bei Ihren Entwürfen Vorschriften machen zu wollen; sie wird mit allem einverstanden sein, was sie vorschlagen."

Diese Unterredungen dauerten manchmal stundenlang. Oftmals wurden sie geführt, wenn das Kind trinken sollte, und dennoch mußte ich immer bei der Hand sein, um die wichtige Rolle des diplomatischen Unterhändlers zu spielen. Die anstrengenden Besprechungen, bei denen ich den beiden Künstlern erklären mußte, was sie gar nicht zueinander gesagt hatten, gestalteten meine Rekonvaleszenz äußerst qualvoll. Aber in Anbetracht des großen künstlerischen Ereignisses, einer Vorstellung von Rosmersholm, wobei Craig für Eleonora Duse die Szene schuf, durfte meinerseits kein Opfer gescheut werden.

Craig verschloß sich hierauf für lange Zeit ins Theater, wo er aus einem Dutzend riesiger Farbtöpfe mit enormen Pinseln die ganze Szenerie tatsächlich selbst malte, denn er konnte keinen italienischen Arbeiter finden, der ihn verstand; auch die richtige Leinwand war nicht aufzutreiben, und er nahm schließlich Sackleinen, das man in langen Streifen zusammennähte. Viele Tage hindurch saß ein ganzer Chor von alten italienischen Weibern auf der Bühne und flickte Sackleinwand. Junge Maler rannten umher, trachteten Craigs Befehle auszuführen, während dieser in höchster Aufregung, mit fliegenden Haaren sie anschrie, ungeheure Pinsel in die Farbtöpfe steckte oder auf riesigen Leitern lebensgefährliche Stellungen einnahm. Er lebte den ganzen Tag und beinahe die ganze Nacht im Theater; nicht einmal zu den Mahlzeiten kam er heraus. Hätte ich ihm nicht mittags einen kleinen Lunchkorb gebracht, er wäre verhungert.

Einer seiner Befehle an mich lautete: „Halte mir die Duse vom Leib, lasse sie unter keinen Umständen das Theater betreten! Wenn sie es dennoch tut, fahre ich mit dem nächsten Zug auf und davon!“ Ich mußte also die Duse, die schon aufs höchste gespannt war, davon abhalten, sich die werdende Szenerie anzusehen. Meistens entführte ich sie auf lange Spaziergänge in die Boboligärten, wo die herrlichen Statuen und die reizenden Parkanlagen ihre Nerven beruhigten. Niemals werde ich das Bild der Duse in diesen Gärten vergessen. Sie schien alles Irdische abgestreift zu haben, man vermutete in ihr viel eher eine himmlische Vision Petrarcas oder Dantes, ein göttliches Wesen, das durch irgendeinen unglücklichen Zufall in den Bereich der Erde geraten war. Das ganze Volk machte ihr Platz und staunte uns ehrfurchtsvoll, aber neugierig an. Dies mißfiel der Duse, und sie zog es vor, Seitenpfade aufzusuchen, um sich der gaffenden Menge zu entziehen. Sie hatte auch kein Herz für die arme Bevölkerung; sie betrachtete diese als „Canaille" und sprach auch nie anders von ihr, während diese armen Teufel ihr doch gar nichts zuleide taten und sie nur bewundern wollten. Ihre unfreundliche Haltung entsprang aber nur ihrer überempfindlichen Natur; sie erblickte in jedem, der sie begaffte, einen Kritiker. Niemand konnte aber herzlicher und mitleidsvoller sein als die Duse, wenn sie mit dem Volk in Berührung trat.

Die Dekorationen für Rosmersholm machten Fortschritte; jedesmal, wenn ich ins Theater ging, um Craig sein Essen zu bringen, fand ich ihn in einem Zustand, der zwischen Ärger und überschäumender Freude schwankte. Das eine Mal war er überzeugt davon, daß sein Werk für die künstlerische Welt das größte Erlebnis bedeuten würde, ein anderes Mal wütete er darüber, daß in diesem Land nichts zu bekommen sei – keine richtigen Farben, keine tüchtigen Arbeiter, alles sei ihm selbst überlassen. Und niemals vergaß er hinzuzufügen: „Laß mir das verdammte Frauenzimmer ja nicht herein, sonst schmeiße ich ihr einen Farbentiegel an den Schädel."

Als die Zeit heranrückte, da Eleonora das fertiggestellte Szenarium besichtigen sollte, war ich besonders darauf bedacht, mir alles mögliche auszudenken, um sie von einem Besuch bei Craig abzuhalten. Aber am festgesetzten Tag holte ich sie ab und führte sie ins Theater. Sie befand sich in einem Zustand heftigster Nervenerregung, und ich befürchtete einen Ausbruch ihrer Leidenschaft wie ein Gewitter an einem stürmischen Tag. Sie empfing mich in der Hotelhalle, war in einen weiten, braunen Pelzmantel gehüllt und trug eine braune Pelzkappe nach russischer Kosakenart, schief überm linken Auge. Die Duse war nämlich außerstande, ein modernes Kleid zu tragen, und sie sah auch niemals wirklich *schick* aus, obwohl sie zu Zeiten auch die großen modernen Schneider protegierte. Ihre Kleider waren stets irgendwie auf einer Seite gerafft und unregelmäßig. Auch ihr Hut saß immer schief. So kostbar ihre Kleidung sein mochte, man gewann nie den Eindruck, daß sie sie trug, es schien vielmehr, als ob sie sich nur herbeiließ, irgend etwas anzuhaben.

Auf dem Weg zum Theater war ich so aufgeregt, daß ich kaum ein Wort sprechen konnte. Dennoch versuchte ich mit größter Diplomatie, sie von einem überstürzten Betreten der Bühne abzuhalten; das Portal hatte ich vorsichtigerweise öffnen lassen, so daß ich sie direkt in eine Loge geleiten konnte. Nun folgte ein langes Warten, und ich litt unsagbare Qualen, als sie mich einige Male fragte: „Wird das Fenster genauso sein, wie ich es angegeben habe?“ Ich hielt ihre Hand fest umschlossen, streichelte sie und sagte: „In kurzer Zeit werden Sie alles sehen, haben Sie Geduld!“ Aber die Angst befiel mich, wenn ich an das kleine Fenster dachte; es hatte im Verlauf der Arbeit riesenhafte Dimensionen angenommen.

Von Zeit zu Zeit hörte ich die Stimme Craigs in verzweifelten Ausrufen. Oft versuchte er italienisch zu sprechen, oft begnügte er sich zu schreien: „Verdammt! Was treiben Sie da schon wieder? Verdammt, machen Sie, was ich Ihnen sage!“ Dann wieder Totenstille. Endlich, nach einer Wartezeit, die mir wie viele Stunden vorkam, und als ich merkte, daß Eleonoras Geduld fast schon zu Ende war, hob sich langsam der Vorhang.

Wie könnte ich diesen Augenblick beschreiben, wie könnte ich schildern, was vor unserem verblüfften, bezauberten Auge erschien? Sprach ich von einem ägyptischen Tempel? Kein Heiligtum in Ägypten hat jemals soviel Herrlichkeit umfaßt, keine gotische Kathedrale, kein Palast in Athen konnte mit diesem Glanz verglichen werden. Niemals hatte ich Ähnliches gesehen: durch weiten blauen Raum stiegen edle Linien in himmlischen Harmonien zu unerhörten Höhen. Die Seele fühlte sich zum Licht dieses großen Fensters hingezogen, durch dessen Rahmen nichts von einer kleinen Allee zu erblicken war, sondern die Unendlichkeit des Weltalls. In diesen tiefblauen Räumen versank jeder Gedanke, alles Sinnen, die kleinliche Sorge des Erdenmenschen. Durch diese riesige Fensteröffnung erglänzten alle Wunder eines phantastischen Genies. Konnte ein Rosmersholm in diesem Gemache sein tägliches Leben führen? Ich weiß nicht, was Ibsen dazu gesagt hätte, aber ich glaube kaum, daß er sich in dem gleichen Zustand befunden hätte wie wir: sprachlos, hingerissen, überwältigt.

Da fühlte ich, wie Eleonoras Hand die meine suchte, ich fühlte ihre Arme um meinen Körper, sie hielt mich fest umschlungen. Und nun erblicke ich das Wunder ihrer rinnenden Tränen. Aus ihren Märchenaugen fließen sie über ihr herrliches Antlitz. So sitzen wir eine Zeitlang schweigend umschlossen, beide beglückt; Eleonora bewundernd und in ehrlicher Kunstbegeisterung, ich ungeheuer erleichtert, weil ich sehe, daß sie zufrieden ist trotz aller vorhergegangenen Sorgen. Dann plötzlich faßt sie mich bei der Hand und führt mich mit ihren charakteristischen, weit ausholenden Schritten durch die dunklen Gänge bis auf die Bühne. dort angelangt, bleibt sie stehen, und mit der Stimme, über die nur die Duse verfügte, ruft sie: „Gordon Craig! Kommen Sie her!"

Craig trat aus einer Seitenkulisse und schaute verlegen drein wie ein Schuljunge. Die Duse stürzte auf ihn zu, umfaßte ihn mit ihren Armen und dann floß von ihren Lippen ein Strom begeisterter italienischer Worte so rasch, daß ich es Craig gar nicht übersetzen konnte. Wie ein reißender Gebirgsbach kam es von ihren Lippen. Craig weinte nicht vor Erregung, wie wir beide es taten, aber lange Zeit hindurch blieb er still, was bei ihm ein Zeichen heftigster Gefühle war.

Jetzt rief die Duse alle Mitwirkenden zu sich, die bis dahin gleichgültig hinter den Kulissen gewartet hatten, und hielt eine begeisterte Ansprache, wobei sie unter anderem sagte: „Es ist meine Bestimmung gewesen, das große Genie eines Gordon Craig gefunden zu haben, und ich werde mich bis zum Ende meiner Laufbahn *‚sempre, sempre'* nur mehr dieser einzigen Aufgabe, der Verbreitung seines unerhörten Werkes, widmen." Während ihrer Rede hielt sie Craig bei der Hand, wendete sich immer wieder ihm zu, pries sein Genie und die durch ihn erfolgte Wiedergeburt des Theaters. Mehrmals versicherte sie: „Nur durch Gordon Craig werden die bedauernswerten Schauspieler von der Ungeheuerlichkeit des Leichenhauses befreit werden, zu dem das heutige Theater herabgesunken ist!"

Man stelle sich mein Entzücken vor. Ich war damals jung und unerfahren; ich glaubte noch daran, daß alles, was in Augenblicken großer Begeisterung gesprochen wird, auch ernst gemeint sei. Ich sah im Geist schon Eleonora Duse, wie sie ihren blendenden Feuergeist mit der Kunst meines großen Craig verband. Ich malte mir die Zukunft als unerhörten Triumph für meinen Freund und als Glanzepoche des künstlerischen Theaters aus. Dabei hatte ich aber die Flüchtigkeit menschlicher Begeisterung nicht in Rechnung gezogen.

Bei der Premiere von Rosmersholm füllte eine ungeheure erwartungsvolle Menge das Theater. Als sich der Vorhang hob, hörte man einen allgemeinen Ausruf der Bewunderung. Wie hätte es auch anders sein können? Diese einzige Vorstellung von Rosmersholm wird bis zum heutigen Tage in Florenz von Kunstkennern in bester Erinnerung gehalten. Die Duse hatte sich instinktiv in ihrem Kostüm der Szenerie Craigs angepaßt, sie trug ein loses weißes Gewand mit weiten, an der Seite herabfallenden Ärmeln. Bei ihrem Erscheinen glich sie weniger Rebekka West als einer delphischen Sybille. Mit ihrem unfehlbaren Genie fügte sie sich in die edlen Linien und in jeden Lichtstrahl, der sie umfing. Intuitiv änderte sie alle ihre Gebärden und Bewegungen und schritt über die Bühne wie eine Seherin, die ein unerhörtes Geschehen verkündet. Als aber die anderen Schauspieler auftraten, wie etwa Rosmer, der seine Hände in den Hosentaschen hielt, konnte man denken, es wäre ein Bühnenarbeiter irrtümlich auf die Szene geraten. Es war allen Ernstes qualvoll. Nur der Schauspieler in der Rolle Brendls fügte sich vollkommen in die märchenhafte Umgebung, als er die Worte deklamierte: „Siehst du, wenn goldene Träume sich auf mich herabsenkten – mich benebelten – wenn neue schwindelnde Gedanken in mir geboren wurden – mit kräftigen Schwingen mich umfächelten – dann formte ich sie in Dichtung um, in Visionen, in Bilder . . .“

Wir kehrten von der Vorstellung in gehobener Stimmung heim. Craigs Freude überstieg alle Grenzen. Er sah seine Zukunft vor sich, eine Reihe großer Kunstwerke, alle Eleonora Duse gewidmet, die er jetzt in den Himmel hob, so ungeduldig er vorher gewesen war. Oh, menschlicher Wankelmut! Dies sollte die einzige Vorstellung bleiben, bei der das Genie der Duse sich in der szenischen Kunst eines Craig entfalten konnte. Sie spielte jetzt ein Bühnenrepertoire, und jeden Abend erschien ein anderes Stück.

Nach allen diesen Aufregungen kam ich eines Tages zu meiner

Bank und erfuhr, daß mein Konto vollkommen aufgebraucht war. Die Geburt des Kindes, die Auslagen für die Grunewaldschule, unsere Reise nach Florenz, das alles hatte meine Reservefonds erschöpft. Es war unbedingt notwendig, Mittel und Wege ausfindig zu machen, um meine Kassen zu füllen, und es kam mir deshalb die Einladung eines Impresarios aus Petersburg sehr gelegen, der anfragte, ob ich bereit wäre, wieder zu tanzen, und mir einen Kontrakt für eine russische Tournee anbot. Ich verließ also Florenz, brachte das Baby zu Marie Kist, überließ Craig der Obhut Eleonoras, bestieg den Schnellzug und fuhr über die Schweiz und Berlin nach Petersburg. Man kann sich vorstellen, daß diese Reise für mich kein Vergnügen war. Die erste Trennung von meinem Kind fiel mir ebenso schwer wie der Abschied von Craig und der Duse. Auch meine Gesundheit ließ noch zu wünschen übrig.

Weiter und weiter raste der Zug nach Norden, bis ich wieder jene gottverlassenen Ebenen voll Schnee und Eis erreichte, die mir diesmal einen noch verzweifelteren Eindruck hinterließen. Auch war ich in der letzten Zeit zu sehr mit Craig und der Duse beschäftigt gewesen, um mich an den Gedanken einer Tournee, die jedesmal eine schwere Prüfung darstellt, zu gewöhnen. Immerhin empfing mich das liebe russische Publikum mit der gewohnten Begeisterung und war gegen eventuelle Mängel meiner Darbietungen höchst nachsichtig. Im übrigen kann ich mich an keine besonderen Vorkommnisse während dieser Tournee in Rußland erinnern. Freilich zog mich mein Herz mit allen Fasern wieder nach Florenz zurück. Ich brach deshalb mein Gastspiel so bald als möglich ab, nahm ein Engagement in Holland an und bildete mir ein, doch wenigstens etwas näher bei meiner Schule zu sein, sowie bei allen geliebten Wesen, nach denen ich Sehnsucht hatte.

Bei meinem ersten Auftreten in Amsterdam überfiel mich eine seltsame Krankheit. Ich glaube, daß mein Unwohlsein von der überschüssigen Milch herrührte, ein sogenanntes Milchfieber; nach der Vorstellung fiel ich auf der Bühne bewußtlos zu Boden und mußte ins Hotel zurückgebracht werden. Dort lag ich wochenlang in einem verfinsterten Zimmer mit Eisbeuteln bedeckt an einer schweren Neuritis darnieder, einer Krankheit, für die noch kein Arzt das richtige Mittel gefunden hat. Wochen hindurch konnte ich nichts zu mir nehmen und wurde nur mit etwas Milch und Opium ernährt, fiel von einem Delirium ins andere und schließlich in einen tiefen bewußtlosen Schlaf.

Craig eilte sofort von Florenz herbei und pflegte mich mit äußerster Hingabe. Er blieb drei bis vier Wochen bei mir und opferte sich in der Krankenpflege auf, bis er eines Tages ein Telegramm von der Duse erhielt: „Ich spiele Rosmersholm in Nizza. Ausstattung unbefriedigend. Kommen Sie sogleich."

Ich befand mich damals schon in Rekonvaleszenz, erkannte aber, als ich das Telegramm erblickte, sofort, was sich zwischen den beiden abspielen würde, wenn ich nicht dort wäre, um den Dolmetsch abzugeben und die Verschiedenheit ihrer Temperamente auszugleichen. Craig erschien eines Morgens in Nizza in dem scheußlichen alten Kasino und erfuhr, daß man dort, ohne die Duse vorher befragt zu haben, die Szene in zwei Teile geteilt hatte. Der Effekt war fürchterlich. Als er sein Meisterwerk, das Kind seiner Phantasie, welches er in Florenz mit soviel Liebe und Energie hervorgebracht hatte, vor seinen Augen zerstückelt sah, geriet er in einen jener Wutausbrüche, denen er oft zum Opfer fiel. Die Duse stand auf der Bühne, und er wandte sich sofort wütend gegen sie: „Was haben Sie denn hier getan? Sie haben mein Werk vernichtet! Sie haben meine Kunst zerstört! Gerade Sie, der ich so sehr vertraut hatte." So stürmte er ohne Erbarmen weiter, bis die Duse, die gewiß nicht an eine solche Sprache gewöhnt war, selbst in Zorn geriet. Sie hat mir später die Szene geschildert: „Ich habe nie einen Mann in einer derartigen Stimmung gesehen. Niemand hat je gewagt, zu mir in dieser Weise zu sprechen. Er stand mehr als sechs Fuß hoch mit gefalteten Armen in britannischer Entrüstung vor mir und sagte die schauderhaftesten Dinge. Das war zuviel für mich, ich zeigte nur mit dem Finger auf die Tür und sagte: „Gehen Sie, ich wünsche Sie nie mehr zu sehen." Das war das Ende der edlen Absicht, ihre ganze Karriere dem Genie eines Craig zu widmen.

24

Zur Rekonvaleszenz begab ich mich nach Nizza, dort fühlte ich mich bei meiner Ankunft noch so schwach, daß man mich aus dem Zug tragen mußte. Eben fand die erste Karnevalsnacht statt, und sofort war mein Wagen von fröhlichen Pierrots umringt, deren Grimassen mir wie ein Totentanz erschienen. Nicht weit von mir, in einem anderen Hotel, lag Eleonora Duse, gleichfalls krank; sie überschüttete mich mit zarten Aufmerksamkeiten und schickte mir auch ihren Arzt, Dr. Emilo Bosson, der mich mit großer Aufopferung pflegte und seither einer meiner besten Freunde geworden ist. Meine Rekonvaleszenz nahm längere Zeit in Anspruch, und ich hatte schrecklich zu leiden.

Endlich kam meine Mutter mit Marie Kist und dem Baby, das von Tag zu Tag hübscher wurde und sich prächtig entwickelte. Nach einigen Tagen übersiedelten wir nach dem Mont Boron, in eine Villa mit prachtvollem Ausblick aufs Meer – auf der anderen Seite türmte sich das Gebirge, wo Zarathustra, mit Schlange und Adler in tiefes Sinnen versunken, gehaust hatte. Auf dieser sonnenbestrahlten Höhe genas ich allmählich und kehrte zum Leben zurück, doch begannen mich bald materielle Schwierigkeiten zu bedrücken; um ihnen ein Ende zu bereiten, beschloß ich, meine unterbrochene holländische Tournee fortzusetzen, obwohl ich mich noch recht schwach und elend fühlte.

Noch immer liebte ich Craig, wenn auch über die Unvermeidlichkeit unserer Trennung bei mir kein Zweifel bestand. Meine angegriffenen Nerven ließen ein weiteres Leben an der Seite dieses Mannes nicht zu; aber auch ohne ihn schien mir meine Existenz unerträglich. Mit ihm vereint bleiben, hieß auf meine Kunst verzichten, meine Persönlichkeit aufgeben, ja vielleicht den Verstand verlieren: Ihn gänzlich aufzugeben, bedeutete für mich ein Dasein mit Folterqualen, denn die Eifersucht hatte mich erfaßt, wofür ich leider, wie sich bald zeigte, alle Ursache hatte. Bei Nacht erschien mir der Geliebte in seiner ganzen Schönheit, wie er anderen Frauen, die ihn mit bewundernden Blicken verschlangen, seine künstlerischen Absichten offenbarte – Visionen von Craig, der andere Frauen mit seinem berückenden Lächeln liebkoste, jenem Lächeln, das außer ihm nur noch Ellen Terry besaß, und dann vor sich hinflüsterte: „Das ist die Frau, die mir gefällt – Isadora ist unmöglich."

Diese Halluzinationen brachten mich abwechselnd zur Raserei und zur Verzweiflung, ich konnte nicht arbeiten, nicht mehr tanzen, es war mir schließlich ganz gleichgültig, ob ich dem Publikum gefiel oder nicht. Nur das eine war mir klar, daß ich zwischen Craig und meiner Kunst zu wählen hatte. Aber meine Kunst aufzugeben, fiel mir zu schwer, ich wäre vor Kummer vergangen. Irgend etwas mußte jedoch gefunden werden; und wie es oft gelingt, schließlich das zu erreichen, was wir mit unserem heißesten Sehnen herbeiwünschen, so stellte sich auch bei mir ein homöopathisches Mittel ein.

Eines Tages erschien er bei mir, hübsch, gutmütig, jung, blond, vorzüglich angezogen und sagte: „Meine Freunde nennen mich Pim."

Ich erwiderte: „Pim, was für ein reizender Name! Sind Sie Künstler?"

„Aber nein", versetzte er eifrig, als ob ich ihn eines Verbrechens geziehen hätte.

„Was bringen Sie mir also? Eine große Idee?"

„Aber nein, gewiß nicht. Ich habe keine Ideen."

„Doch wenigstens einen Lebenszweck?"

„Auch keinen besonderen."

„Also, was treiben Sie?"

„Nichts."

„Aber Sie müssen doch irgend etwas tun!"

„Nun", erwiderte er nachdenklich, „ich habe eine reizende Sammlung von Schnupftabakdosen aus dem 18. Jahrhundert."

Pim war meine Medizin. Ich hatte einen Kontrakt für eine lange, anstrengende Tournee durch Nord- und Südrußland und den Kaukasus unterschrieben. Die langen einsamen Reisen waren mir entsetzlich.

„Wollen Sie mit mir nach Rußland kommen, Pim?"

„Ja, gewiß, schrecklich gerne“, erwiderte er rasch, „aber was fange ich mit meiner Mutter an? Vielleicht ließe sie sich noch überreden ... aber es ist noch jemand anders da ...“ – Pim errötete – „jemand, der mich sehr lieb hat und vielleicht nicht ohne weiteres einwilligen würde, mich reisen zu lassen.“

„Könnten wir denn nicht heimlich entfliehen?“ schlug ich vor, und so wurde beschlossen, daß nach meinem letzten Auftreten ein Auto an der Bühnentür warten und uns entführen solle. Meine Jungfer sollte das Gepäck im Schnellzug, den wir bei der nächsten Station außerhalb Amsterdams erreichen wollten, mitbringen.

Es war eine außergewöhnlich finstere und kalte Nacht, über den Feldern hingen dicke Wolkenschwaden, und da unsere Straße längs eines Kanals führte, weigerte sich der Chauffeur, schneller zu fahren. „Es ist sehr gefährlich“, versicherte er mehrmals und bummelte weiter. Aber die Gefahr des Ertrinkens war noch gar nichts gegen das, was folgen sollte, denn plötzlich rief Pim, der nach rückwärts geblickt hatte, entsetzt aus:

„Großer Gott, wir werden verfolgt!“ – Ich bedurfte keiner Aufklärung. „Wie ich sie kenne, hat sie eine Pistole bei sich!“ stammelte Pim. Wir beschworen den Chauffeur, schneller zu fahren, er aber wies nur mit der Hand auf den schmalen Lichtstreifen des Kanals, der durch das dichte Grau des Nebels schimmerte. Es war äußerst romantisch, aber ungemütlich. Schließlich gelang es uns aber doch, die Verfolger irrezuführen und unser Ziel zu erreichen. Wir trafen um 2 Uhr morgens beim Hotel ein, wo der alte Nachtportier uns mißtrauisch ins Gesicht leuchtete:

„Ein Zimmer – nein, nein! Sind Sie verheiratet?“

„Aber gewiß“, antworteten wir.

„O nein“, brummte er in seinen Bart, „Sie sind nicht verheiratet! Das weiß ich schon, Sie sehen viel zu glücklich aus!“ Und gefühllos gegen unseren Protest wies er uns zwei Zimmer an, die durch einen langen Korridor voneinander getrennt waren. Es schien ihm ein grimmiges Vergnügen zu bereiten, die ganze Nacht vor unseren Türen mit der Laterne auf den Knien Wache zu halten; und wollte einer von uns beiden auf den Korridor hinaustreten, rief er unerbittlich: „Nichts da, nicht verheiratet, nicht erlaubt!“

Am nächsten Morgen bestiegen wir, etwas ermüdet von dieser aufregungsreichen Nacht, den Schnellzug nach St. Petersburg. Selten habe ich eine fröhlichere Reise unternommen. Am Bahnhof in Petersburg sah ich zu meiner größten Überraschung unseren Gepäckträger achtzehn Koffer vom Zug abladen, die alle das Monogramm Pims trugen.

„Oh, das ist nur mein Gepäck", erklärte Pim auf meine verblüffte Frage, „dieser Koffer hier ist für die Krawatten, diese zwei enthalten Wäsche, dort sind meine Anzüge, meine Schuhe, und dieser da enthält nur pelzgefütterte Westen – man hat mir gesagt, daß man die in Rußland sehr gut gebrauchen kann."

Im Hotel de l'Europe befand sich eine breite Freitreppe, auf der mein Freund Pim täglich zum größten Entzücken der staunenden Hotelgäste mit einem neuen Anzug und einer anderen blendenden Krawatte angetan auf und ab stolzierte. In Haag galt er als Arbiter Elegantiarum, der berühmte holländische Maler Van Vely hatte sein Portrait auf einem Hintergrund von vielfarbigen Tulpen gemalt – goldene Tulpen; purpurne Tulpen, rosenrote Tulpen waren darauf zu sehen; und tatsächlich war der frische, gewinnende Ausdruck Pims mit einem Beet von Frühlingstulpen zu vergleichen.

Pims Liebe brachte mir das Wort Oscar Wildes zum Bewußtsein: „Besser ein Augenblick der Lust als ewig währendes Leid." Pim gab mir die Freude des Augenblicks. Bisher hatte mir die Liebe Romantik beschert, Ideale und Leid – Pim brachte mir Glück, nichts als reines, wundersames Glück, gerade als ich dessen am meisten bedurfte. Ohne ihn wäre ich rettungslos in Neurasthenie versunken, seine Anwesenheit schuf mir neue Lebensfreude, neues Leben; seine gedankenlose Heiterkeit übertrug sich bald auf mich. Ich fühlte mich, vielleicht zum ersten Mal in meinem Leben, einfach jung und glücklich, mein ganzes Wesen hatte sich verändert, und meine Tänze übersprudelten von sorgloser Freude.

Damals kreierte ich das „Moment musical" von Schubert und hatte damit in Rußland einen derartigen Erfolg, daß ich es jeden Abend viele Male wiederholen mußte. Es war die für Pim geschaffene Tanzkreation, die Freude des Augenblicks; der musikerfüllte Augenblick!

25

Hätte ich in meiner Vorstellung die Kunst Terpsichores nur im Solotanz erschöpft, dann hätte mein Weg einfach vor mir gelegen. Ich war eine Weltberühmtheit geworden und hätte meine glänzende Karriere ohne Hindernis fortsetzen können. Leider war ich aber von dem Gedanken einer neuen Schule erfüllt – ich sah im Geist eine ungeheure Schar harmonisch bewegter Gestalten, die nach den grandiosen Klängen der Neunten Symphonie von Beethoven tanzten.

Von solchen Träumen erfüllt, kehrte ich nach Grunewald zurück und begann eine kleine Gruppe von Schülerinnen zu unterrichten, die schon mit so viel Grazie zu tanzen verstanden, daß mein Glaube an die Möglichkeit eines Tanzorchesters, das die Töne der unsterblichen Symphonien verkörpern sollte, immer mehr gefestigt wurde.

Ich lehrte sie die Kunst, ihre zarten Glieder im Reigentanz zu verflechten und wieder zu entwirren – wie die Amoretten auf einem pompejanischen Fries und die jugendlichen Grazien Donatellos, wie die luftigen Geister aus dem Gefolge Titanias ... Mit jedem Tag wuchs ihr Können. Ihre schmiegsamen Körper und reizenden Kindergesichtchen strahlten vom Feuer der Begeisterung. Der Anblick dieser tanzenden Kinder war so herrlich, daß er die Bewunderung aller Künstler und Dichter hervorrief. Aber es wurde immer schwerer, die Auslagen für die Schule zu bestreiten, und ich faßte deshalb den Entschluß, sie auf meine Reisen mitzunehmen! Irgendeine Regierung, hoffte ich, würde die Schönheit dieser idealen Kindererziehung erkennen und mir die gewünschte Gelegenheit bieten, mit meinen Projekten Versuche in größerem Stil anzustellen. Nach jeder Vorstellung hielt ich eine Ansprache und beschwor das Publikum, man solle es mir ermöglichen, die Errungenschaften meines Lebens, die Kunst, die ich ersonnen hatte und die das Leben von Tausenden erhellen und beglücken würde, auch anderen zuteil werden zu lassen.

Schließlich erkannte ich, daß in Deutschland die für meine Schule benötigte Unterstützung nicht zu finden war. Die Ansichten der Kaiserin waren so puritanisch, daß sie vor jedem Atelierbesuch ihren Oberhofmeister vorausschickte, der die nackten Statuen mit Schleiern zu verhüllen hatte. Das drückende preußische Regime verleidete mir Deutschland. Ich dachte vielmehr an Rußland, denn die aufrichtige Begeisterung, die ich dort gefunden hatte, ließ mich auch auf materiellen Erfolg hoffen. Im Januar 1907 fuhr ich also wieder nach St. Peterburg; Elizabeth und etwa zwanzig meiner kleinen Schülerinnen begleiteten mich. Dieser Versuch hatte aber leider keinen Erfolg, denn das Publikum nahm wohl meinen Appell, eine Renaissance der echten Tanzkunst entstehen zu lassen, mit Begeisterung auf, doch wurzelte das kaiserliche Ballett so fest in der russischen Öffentlichkeit, daß wesentliche Neuerungen ausgeschlossen schienen.

Mit Deutschland und Rußland war es also nichts, und so beschloß ich, in England mein Glück zu versuchen. Im Sommer 1907 brachte ich meine kleine Herde nach London, und wir tanzten unter der Regie der bekannten Impresari Josef Schumann und Charles Frohmann einige Wochen hindurch im Duke of Yorks-Theater. Wir hatten Erfolg, das Londoner Publikum betrachtete mich und meine Kinder als eine reizende Zerstreuung, aber für die Gründung meiner künftigen Schule erreichte ich auch dort nichts.

Sieben Jahre waren verstrichen, seit ich in London zum erstenmal in der neuen Galerie getanzt hatte. Ich freute mich aufrichtig, meine früheren freundschaftlichen Beziehungen mit Charles Hallé und Douglas Ainslie, dem Dichter, erneuern zu können. Die berühmte, wunderschöne Ellen Terry suchte mich oft im Theater auf; besonders die Kinder hatten es ihr angetan; und einmal entführte sie sie alle, zum größten Entzücken der kleinen Gesellschaft, in den Zoo. Königin Alexandra, die gnädige Monarchin, beehrte unsere Vorstellungen zweimal mit ihrer Anwesenheit; und viele Damen des englischen Adels begrüßten mich oft während des Zwischenaktes in meiner Garderobe, ohne Umstände zu machen, in der herzlichsten Weise. Die Herzogin von Manchester hoffte, daß mein Gedanke zur Gründung einer großen modernen Tanzschule in London Wurzel schlagen würde und lud uns eines Tages alle in ihr Landhaus an der Themse, wo wir abermals vor Königin Alexandra und König Eduard tanzten. Eine kurze Zeit hindurch war ich wieder voll Hoffnung für meine Projekte, aber schließlich kam, wie immer, die bittere Enttäuschung. Wo sollte ich das entsprechende Gebäude finden, wo lag das Land meiner Träume, wo war das Vermögen zur Verwirklichung meiner phantastischen Pläne?

Die Auslagen für meine kleine Kinderschar wuchsen von Tag zu Tag, so daß mein Bankkonto bald erschöpft war und ich mich schließlich gezwungen sah, die Schule nach Grunewald zurückzubringen, während ich selbst einen Kontrakt für eine amerikanische Tournee bei Charles Frohmann unterzeichnete. Die Trennung von meiner Schule, von meiner Mutter, von Elizabeth und von Craig kostete mich viel Überwindung, besonders aber bangte mir davor, mich von meinem Kind auf so lange Zeit trennen zu müssen. Deirdre hatte sich zu einem blonden, rotbackigen, blauäugigen Baby entwickelt. Schließlich stand ich aber doch an einem schönen Julitag ganz allein und verlassen auf einem riesigen Schiff, das nach New York abdampfte – genau acht Jahre vorher war ich von dort auf einem Viehtransportdampfer abgereist. In Europa war ich mittlerweile berühmt geworden. Ich hatte eine Kunstrichtung geschaffen, eine Schule gegründet und ein Kind zur Welt gebracht, aber meine Finanzen hatten sich nicht gebessert, und ich war genauso arm wie vor acht Jahren.

Man muß Charles Frohmann als bedeutenden Regisseur bezeichnen, allein es fehlte ihm das Verständnis dafür, daß meine Kunst naturgemäß keine Sensation für das Publikum bedeuten konnte. Bei meinem ersten Auftreten in einem Broadway-Theater hatte ich vor allem unter der schrecklichen Augusthitze zu leiden; das Orchester war unzureichend, viel zu klein, und bemühte sich mit mäßigem Erfolg, Glucks „Iphigenie“ sowie die Siebente Symphonie von Beethoven wiederzugeben. Das Resultat war, wie man sich denken konnte, ein glatter Durchfall. Die wenigen Leute, die an diesen Hundstagen bei 90 Grad Fahrenheit ins Theater kamen, fanden sich nicht zurecht; und was sie zu sehen bekamen, gefiel ihnen nicht; die spärlichen Kritiken waren miserabel. Alles in allem gewann ich den Eindruck, es sei ein großer Fehler gewesen, in mein Heimatland zurückzukehren. Der Prophet gilt eben nichts in seinem eigenen Land.

Eines Abends saß ich völlig niedergeschlagen in meiner Garderobe, als mich eine angenehme Stimme herzlich begrüßte; in der Tür stand ein junger Mann, nicht allzu groß, aber wunderbar gewachsen. Sein freundliches Gesicht war von einem herzgewinnenden Lächeln verschönt und von dichtem, lockigem Haar umrahmt. Er stürzte auf mich zu, reichte mir in spontaner Zuneigung seine kräftige Hand und sprach so begeistert von meiner Kunst, daß ich mit einem Schlag alles, was ich seit meiner Ankunft in New York gelitten hatte, vergaß und mich reich belohnt fühlte. Mein neuer Freund, George Grey Barnard, der berühmte amerikanische Bildhauer, kam von da an jede Nacht in die Vorstellung und brachte mir alle seine Freunde: Künstler, Maler, Dichter. Diese herzliche Aufnahme bei den führenden jungen Künstlern und Schriftstellern Amerikas versetzte mich sofort in eine gehobene Stimmung, verlieh mir neue Lebensfreude und entschädigte mich für die kühle Ablehnung des New Yorker Publikums.

Charles Frohmann gelangte zur Einsicht, daß unser längeres Verweilen am Broadway-Theater verhängnisvoll wäre und unternahm mit mir eine Tournee in die kleineren amerikanischen Städte, doch war auch diese so schlecht arrangiert, daß sie beinahe mit einem noch größeren Fiasko abschloß als unsere New Yorker Aufführungen. Schließlich verlor ich die Geduld und suchte Frohmann auf, der sich in der unangenehmsten Stimmung befand. „Amerika versteht Ihre Kunst nicht“, sagte er, „sie geht über die Auffassungskraft der Amerikaner, und man wird Sie hier nie begreifen; es wäre wirklich klüger, wenn Sie nach Europa zurückkehrten.“ Ich fühlte mich in meinem Stolz gekränkt, war über seinen Mangel an Unternehmungsgeist verdrossen, zerriß meinen Kontrakt vor seinen Augen und enthob ihn jeder weiteren Verpflichtung.

George Barnard hatte mir wiederholt versichert, er sei auf mich als Produkt des amerikanischen Bodens stolz, es würde ihm großen Schmerz bereiten, wenn Amerika nicht doch noch meine Kunst anerkennen sollte. Ich beschloß deshalb, in New York zu bleiben, mietete ein Atelier im Beaux Arts Building, stattete es mit meinen blauen Vorhängen und mit meinem Tanzteppich aus und ging daran, neue Tanzdichtungen zu kreieren; jeden Abend tanzte ich nun dort vor Dichtern und Künstlern.

Ich sollte es nicht bereuen, dem Rate Barnards gefolgt und in Amerika geblieben zu sein, denn eines Tages erschien in meinem Atelier der Mann, der mir dann behilflich war, die Begeisterung des amerikanischen Publikums zu gewinnen. Walter Damrosch hatte mich einmal im Criteriontheater gesehen, als ich mit einem kleinen, schlechten Orchester zur Siebenten Symphonie Beethovens tanzte. Sofort hatte er erkannt, welchen Eindruck dieser Tanz machen müsse, wenn er die nötige Inspiration von seinem eigenen vorzüglichen Orchester unter seiner glänzenden Leitung erhielte.

Damrosch schlug mir eine Serie von Vorstellungen im Metropolitantheater für den Monat Dezember vor; ich gab mit Freuden meine Zustimmung, und der Erfolg entsprach vollkommen unseren Erwartungen. Am meisten war Frohmann, mein früherer Impresario, überrascht, als er erfuhr, daß im Theater nicht ein Sitz zu haben sei. Selbst der größte Künstler und auch die bedeutendste Kunstleistung kann sich eben ohne die richtige mise en scène nicht durchsetzen.

Unsere Tournee war überaus erfolgreich und befriedigte meinen künstlerischen Ehrgeiz in jeder Weise, denn ich reiste jetzt mit einem Orchester von achtzig Mann unter der Leitung eines der ersten Dirigenten – jeder einzelne gab sein Bestes her und war vom Wunsch beseelt, mich zufriedenzustellen. Zwischen Damrosch und mir knüpfte sich bald ein sympathisches Band, jeder Nerv meines Körpers harmonierte mit dem berühmten Dirigenten und seiner Künstlerschar. Er hebt den Taktstock, ich fasse ihn scharf ins Auge, und beim ersten Geigenstrich wallt in mir ein symphonischer Akkord auf, der alle Instrumente zusammenfaßt. Der gewaltige Widerhall erfüllt mein Inneres, ich fühle mich als Medium zur Verkörperung und Versinnbildlichung des musikalischen Ausdrucks: Brünhildes Verzückung bei ihrem Erwachen, Isoldes Seele, die im Liebestod Erlösung sucht . . . Es ist ein Irrtum, mich eine Tänzerin zu nennen: ich bin das magnetische Zentrum zur Verkörperung des Bewegungsausdrucks für ein Orchester – aus meiner Seele blitzen feurige Strahlen und verknüpfen mich mit den zitternden, vibrierenden Tönen der Instrumente. Ich entsinne mich eines Flötisten, der das Solo der glücklichen Geister im Orpheus so gottvoll spielte, daß ich oft unbeweglich auf der Bühne stand und mir die Tränen über die Wangen liefen. Dann aber riß mich das Schluchzen der Geigen aus meiner Verzückung, und als das ganze Orchester, beseelt von seinem unübertrefflichen Dirigenten, emporrauschte, erlebte ich die höchsten Ekstasen künstlerischen Ausdrucksvermögens.

Diese amerikanische Gastspielreise war vielleicht die glücklichste Zeit meines Lebens, nur hatte ich natürlich unter Heimweh zu leiden; oft erschienen mir bei der Wiedergabe der Pastoralsymphonie die Gestalten meiner Schülerinnen, die mich umtanzten und meine künstlerischen Träume erfüllten. So fiel auf meine freudige Stimmung mancher Schatten.

In Washington entfesselte ich einen Sturm der Entrüstung. Einige der prinzipienstrengen Minister hatten in den heftigsten Ausdrücken gegen mein Auftreten protestiert. Aber wer beschreibt unser aller Erstaunen, als eines Nachmittags bei einer Matinee in der Präsidentenloge Teddy Roosevelt selbst erschien. Die Vorstellung schien ihm sehr zu gefallen, und er selbst gab nach jeder Programmnummer das Zeichen zum Applaus. Später schrieb er an einen meiner Freunde: „Was haben nur diese Minister an Isadora auszusetzen? Sie kommt mir so unschuldig vor wie ein Kind, das durch einen lachenden Garten tanzt und in der Morgensonne die schönsten Blumen seiner Phantasie pflückt."

Dieser Ausspruch Roosevelts erschien in den Zeitungen, machte die sittenstrengen Minister stutzig und war für unsere Tournee besonders förderlich.

Als wir nach New York zurückkehrten, stellte ich mit Befriedigung fest, daß mein Bankkonto die ansehnliche Höhe von 250 000 Dollar erreicht hatte. Hätte mich nicht mein Herz mit allen Fasern zu meinem Kind und zu meiner Schule zurückgezogen, ich wäre wohl in Amerika geblieben. So aber ließ ich eines schönen Morgens meine kleine Freundesschar – meine Dichter, meine Künstler – auf dem Landungssteg in New York zurück und fuhr wieder nach Europa.

26

Elizabeth hatte zwanzig meiner Schülerinnen und mein Baby nach Paris gebracht. Man stelle sich meine Freude vor, als ich es wieder in meinen Armen hielt – ich hatte das Kind sechs Monate nicht gesehen. Zunächst betrachtete es mich mit erstaunten Augen, fing aber dann sofort zu schreien an, und auch mich übermannte die Rührung. Dann kamen die Kinder meiner Schule, es war ein überaus freudiges Wiedersehensfest, und wir sangen und tanzten den ganzen Nachmittag.

Mittlerweile hatte Lugni-Poe mehrere Vorstellungen in Paris vorbereitet. Er war ein hervorragender Impresario mit künstlerischem Blick, der seinerzeit auch Eleonora Duse und Ibsen nach Paris gebracht hatte, und erkannte sofort, daß meine Kunst einer entsprechenden Inszenierung bedürfe. Deshalb mietete er für mich das Gaieté Lyrique und engagierte das Orchester Colonne, das der Meister selbst dirigieren sollte. Wir eroberten Paris im Sturm, die hervorragendsten Dichter schrieben über mich in enthusiastischen Worten: Paris zeigte mir sein lächelndes Antlitz, zu jedem meiner Tanzabende erschien die künstlerische und intellektuelle Welt im Theater.

Das Ereignis der Saison war der Bal Brisson, zu dem alle Künstler und literarischen Größen von Paris geladen waren. Jedermann mußte dort in einem Kostüm erscheinen, das dem Titel eines Kunstwerkes entsprach. Ich ging als Bacchantin des Euripides und traf Mounet Sully, der vielleicht den Dionys verkörperte, in einem griechischen Gewand. Nun hatte ich einen würdigen Partner gefunden und tanzte die ganze Nacht mit ihm, besser gesagt, ich vollführte meine Tänze um ihn herum, denn der große Mounet ließ sich nicht herbei, selbst einen Tanzschritt zu versuchen. Später erzählte man mir, wir hätten uns skandalös benommen, aber der Abend war wirklich überaus unschuldig verlaufen, und ich hatte das Bewußtsein, diesem großen Künstler einige Stunden wohlverdienter Zerstreuung geboten zu haben.

Meine finanzielle Situation war wieder einmal dem Zusammenbruch nahe, die Ausgaben meiner Schule konnten aus meinen Einnahmen nicht mehr gedeckt werden. Mit dem von mir selbst verdienten Geld waren vierzig Kinder aufgezogen worden, und auch anderwärts half ich, wo ich konnte. Eines Tages sagte ich im Scherz zu Elizabeth: „So geht es nicht weiter, meine Kassen sind leer, und wenn ich die Schule weiter führen soll, muß ich einen Millionär finden." Als ich diesen Wunsch einmal ausgesprochen hatte, begann er mich zu beherrschen: „Ich muß einen Millionär finden!" wiederholte ich hundertmal am Tag, zuerst im Scherz und schließlich nach dem Couésystem in vollem Ernst. Eines Morgens nach einer besonders erfolgreichen Vorstellung im Gaieté Lyrique saß ich im Negligé vor meinem Spiegel; meine Haare hatte ich in Papier eingedreht und darüber ein kleines Spitzenhäubchen aufgesetzt. Da kommt meine Jungfer und übergibt mir eine Visitenkarte, auf der ich einen wohlbekannten Namen lese, und sofort wird es mir bewußt: „Hier ist mein Millionär!"

„Lassen Sie ihn eintreten!" Und er erscheint, groß und blond mit gelocktem Haar und Bart. Mein erster Gedanke ist: Lohengrin! Er beginnt mit einer bezaubernden Stimme zu sprechen, scheint aber ziemlich verlegen. Wie ein großer Bub, denke ich bei mir.

„Ich bewundere Ihre Kunst und Ihren Mut für die Ideale Ihrer Schule und bin gekommen, Ihnen zu helfen. Sagen Sie mir also, was ich für Sie tun kann. Würde es Ihnen zum Beispiel entsprechen, mit Ihrer ganzen tanzenden Kinderschar eine kleine Villa am Meeresstrand an der Riviera zu beziehen und dort neue Tanzdichtungen zu schaffen? Über die Ausgaben machen Sie sich keine Sorgen – das ist von nun an meine Sache. Sie haben in Ihrem Leben schon unerhört viel geleistet, Sie haben eine neue Kunstrichtung, ein erhabenes Werk geschaffen, Sie müssen sich ermüdet fühlen – überlassen Sie von heute an alle finanziellen Sorgen mir."

Kaum eine Woche später saß meine kleine Truppe in einem Waggon erster Klasse, der uns rasch nach Süden dem Sonnenschein entgegen brachte. Lohengrin empfing uns dort, vom Kopf bis zum Fuß weiß gekleidet, wie ein strahlender Ritter, am Bahnhof. Er schien überglücklich und führte uns in eine reizende kleine Villa am Meer, und von der Terrasse deutete er auf seine Yacht, die nicht weit vom Ufer ihre schneeigen Segel blähte: „Sie heißt ‚Lady Evelyn', aber vielleicht werde ich ihr jetzt einen anderen Namen geben, ich denke an ‚Isis'."

Mittlerweile tanzten meine Kinder schon in ihren leichten blauen Tuniken barfuß unter den blühenden Orangenbäumen, in ihren Händchen hielten sie Blumen und Früchte. Lohengrin war reizend, aufmerksam, voll Fürsorge für die Kinder und dachte an jede Bequemlichkeit. Mein Vertrauen zu ihm und meine Dankbarkeit kannten keine Grenzen, ich fühlte mich ihm durch die Bande aufrichtiger Ergebenheit verbunden, und bald sollte sich dieses Gefühl zu starker Leidenschaft vertiefen. Damals jedoch erblickte ich in ihm nichts als meinen Ritter, den ich nur im geheimen anzubeten wagte.

Die Kinder und ich lebten in unserer Villa zu Beaulieu, Lohengrin residierte in einem der vornehmsten Hotels in Nizza. Manchmal lud er mich zum Diner, und wenn ich in meiner Tunika erschien, befand sich zu meiner Verlegenheit meistens eine Dame in farbenprächtiger Toilette, mit Diamanten und Perlen überladen, in unserer Gesellschaft. Sofort erkannte ich in ihr meine Feindin, und ihre Anwesenheit erweckte in mir ein Gefühl des Schreckens, das mich nicht getäuscht hatte.

Eines Abends hatte Lohengrin mit der ihm eigentümlichen Noblesse eine große Gesellschaft zu einem Karnevalsfest ins Kasino geladen. Für jedermann waren reizende Pierrotkostüme aus weichster Libertyseide vorbereitet. Das Fest verlief in heiterster Laune, nur eine Wolke trübte meine Stimmung: Auch die elegante Dame mit den Diamanten war erschienen, natürlich gleichfalls in einem Pierrotkostüm. Wir standen uns anfänglich feindselig gegenüber, schließlich aber fanden wir uns und tanzten lange Zeit hindurch in der ausgelassendsten Stimmung, bis der Haushofmeister uns darauf aufmerksam machte, daß es Damen nicht erlaubt sei, zusammen zu tanzen.

Inmitten des tollen Maskentreibens werde ich plötzlich zum Telephon gerufen; von Beaulieu teilt man mir aus unserer Villa mit, daß Erika, die jüngste meiner Schülerinnen, plötzlich an Bräune erkrankt ist; die Sache sei überaus ernst und man fürchte für das Leben des Kindes. Ich rase vom Telephon zu Lohengrin, der eben beim Souper sitzt und sich mit seinen Gästen unterhält. Er kommt sofort mit mir zum Telephon, wir rufen einen Arzt an, und dort in der Enge der Telephonzelle, unter der Nachwirkung des erlebten Schreckens, unter dem Einfluß der gemeinsamen Sorge um ein Wesen, das uns beiden gleich lieb war, geschah es, daß wir alle Schranken fallenließen und unsere Lippen sich zum erstenmal begegneten. Aber es war keine Zeit zu verlieren. Wir stürzen in das Automobil Lohengrins, so wie wir sind, beide im Pierrotkostüm, holen den Doktor aus dem Bett und eilen mit größter Schnelligkeit nach Beaulieu. Dort finden wir die kleine Erika fast erstickt, ihr Gesicht ist schon schwarz, der Doktor geht an seine Arbeit. Lohengrin und ich, zwei zu Tode erschrockene Pierrots, stehen neben dem kleinen Bettchen und warten, ob der Arzt das Todesurteil sprechen wird. Zwei Stunden vergehen. Die Dämmerung kriecht durch das Fenster, endlich erklärt der Arzt, daß das Kind gerettet ist. Tränen rinnen über unsere Wangen und vermischen sich mit der Fettschminke, Lohengrin umarmt mich und spricht: „Mut, Liebling! Kehren wir zu unseren Gästen zurück!“ Und als wir in der Morgendämmerung wieder nach Nizza fahren, hält er mich fest umschlossen und flüstert: „Liebste, sei es nur um diese eine Nacht, sei es nur um diese eine Erinnerung – ich werde dich ewig lieben.“

Mittlerweile war den übrigen Pierrots im Kasino die Zeit so rasch verflossen, daß nahezu niemand unsere Abwesenheit bemerkt hatte. Aber eine hatte mit der Uhr in der Hand jede Minute gezählt, die kleine Diamantendame, die unser Fernbleiben mit eifersüchtigen Augen verfolgt hatte; und als wir uns eben zur Tafel setzen wollen, ergreift sie ein Messer und stürzt sich auf Lohengrin. Dieser erkennt glücklicherweise rechtzeitig die Gefahr, faßt sie mit eisernen Fäusten an den Armen und hebt sie mit kräftigem Schwung empor. So hält er sie hoch über seinem Kopf und trägt sie in die Damengarderobe, als ob das Ganze ein Scherz wäre – eine Programmnummer des Karnevalfestes. Er übergibt seine schöne Beute den Bedienerinnen, läßt einen Arzt rufen, beauftragt die Umstehenden, die Dame nicht aus den Augen zu lassen, und kehrt völlig unbewegt und in angeregtester Stimmung in den Ballsaal zurück. Von da an erfaßt eine ausgelassene Fröhlichkeit die ganze Gesellschaft und in immer gesteigerter Lust erreicht das Fest um fünf Uhr früh einen Höhepunkt, da ich die ganzen wilden und aufregungsreichen Erlebnisse dieser Nacht in einem Apachentango verkörpere. Als die ganze Gesellschaft beim hellen Sonnenschein aufbrach, kehrte die Diamantendame allein in ihr Hotel zurück, und Lohengrin blieb bei mir. Seine Großmut den Kindern gegenüber, seine Sorge und sein aufrichtiger Schmerz über die Krankheit der kleinen Erika – hatten ihm meine Liebe gewonnen.

Am nächsten Morgen schlug er mir vor, auf seiner Yacht, die er nun tatsächlich „Isis“ getauft hatte, zu entfliehen. Wir nahmen mein Töchterchen mit und segelten nach Italien.

27

Geld ist seit jeher mit einem Fluch beladen, und es scheint, daß jene, die es besitzen, nicht vierundzwanzig Stunden glücklich sein können. Wäre es mir nur gleich zum Bewußtsein gekommen, daß der Mann, mit dem ich reiste, das Gemüt eines verwöhnten Kindes besaß, dann hätte ich jedes Wort und jede meiner Gebärden sorgfältig vorbereiten können, um sein Gefallen zu erregen, und manches wäre anders gekommen. Ich war aber noch zu jung und unerfahren, um diese primitive Lebensklugheit zu begreifen, und schwatzte unaufhörlich über das Leben, so wie es mir damals erschien: Platons „Republik“, „Das Kapital“ von Karl Marx, umfassende Neuerungen der Gesellschaftskonstruktion – das alles erörterte ich, ohne mir zu vergegenwärtigen, wie sehr meine ausfälligen Bemerkungen gerade den Mann, mit dem ich lebte, verletzen mußten. Er, der mich wegen meiner Tapferkeit und meines Edelmutes liebte, geriet in immer größere Bestürzung, als er feststellen mußte, daß er eine rote Revolutionärin auf seine Yacht gebracht hatte. Immer mehr mußte er einsehen, daß meine Ideale mit seinem Seelenfrieden nicht zu vereinbaren waren; aber die Katastrophe trat ein, als er eines Abends mein Lieblingsgedicht hören wollte. Begeistert las ich ihm aus meinem Tagebuch den „Gesang der Landstraße" von Walt Whitman vor. Von den edlen Worten hingerissen, bemerkte ich den Eindruck nicht, den mein Vortrag auslöste, und als ich aufblickte, sah ich zu meiner größten Überraschung sein hübsches Gesicht von Wut entstellt. „Was ist das für ein Unsinn!" rief er aus. „Der Mann ist sicher nicht imstande, sein Brot zu verdienen!" „Aber siehst du denn nicht", erwiderte ich, „daß dies die Vision eines freien Amerika darstellt?" „Der Teufel hole solche Visionen!" war seine Antwort.

Und plötzlich dämmerte mir, daß Amerika, wie er es sah, die tausend Fabriken waren, wo man seine Nähmaschinen herstellte, sowie ein gewisser Wolkenkratzer – damals der höchste in ganz New York – wo seine Unternehmungen untergebracht waren. Aber bald nach diesem und ähnlichen Auftritten lag ich wieder in seinen Armen und vergaß – so weit geht die Verderbtheit des Weibes – unter seinen wilden Liebkosungen alles Vorgefallene. Auch bildete ich mir ein, es werde mir gelingen, ihm die Augen zu öffnen, und ich könne ihn schließlich überreden, mich bei der Gründung meiner Schule für die Kinder des Volkes zu unterstützen.

Während sich solche Szenen an Bord abspielten, segelte die Yacht durch die blauen Wogen des Mittelmeeres. Wenn ich die Augen schließe, erlebe ich alles wieder, als wäre es gestern gewesen: Ich sehe das breite blitzblanke Deck von der Sonne beschienen – die Tafel ist mit Kristall und Silber zum Frühstück gedeckt, mein Töchterchen tanzt in seiner weißen Tunika umher, ich selbst bin glücklich und verliebt. Dennoch konnte ich die ganze Zeit über den Gedanken an die fürchterlichen Strapazen der Heizer nicht loswerden, die in der Gluthitze des Maschinenraums arbeiteten, an die 50 Matrosen, die dem Zeitvertreib zweier Menschen zuliebe den schwersten Dienst versahen. Im

Unterbewußtsein ergriff mich eine geistige Unrast, die sich von Tag zu Tag steigerte; je mehr ich mich von meinem idealen Ziel entfernte, immer wieder mußte ich einen traurigen Vergleich ziehen zwischen diesem Leben äußerster Verschwendung, diesem immerwährenden Feiertag, dieser gemächlichen Hingabe an die Freude und dem bitteren Lebenskampf meiner frühesten Jugend.

Mein Impresario hatte mir eine russische Tournee vorgeschlagen, und obwohl es mir selbst schwerfiel, blieb ich taub gegen die Beschwörungen Lohengrins und unterschrieb den Kontrakt. Lohengrin brachte mich nach Paris und wollte mich auch nach Rußland begleiten, doch befürchtete er Paßschwierigkeiten, so daß ich schließlich allein reiste. Der Abschied war schmerzlich, aber die Trennung von einem geliebten Wesen verursacht einem bei allem Schmerz meist auch ein gewisses Gefühl der Befreiung. Meine russische Gastspielreise verlief ebenso erfolgreich wie die früheren Tourneen, doch ereignete sich ein Zwischenfall, der ein tragikomisches Ende fand. Craig war in Moskau aufgetaucht, und einen Augenblick lang dachte ich beinahe, er könne in meinem Leben wieder eine entscheidende Rolle spielen; alles schien mir mit einem Mal nebensächlich: Lohengrin, die Schule, alles – nur die Freude, Craig wiedergefunden zu haben, blieb bestehen.

Dieser befand sich in bester Stimmung. Er war eben damit beschäftigt, für Stanislawskij den Hamlet herauszubringen. Alle Schauspielerinnen der Truppe waren in ihn verliebt, sogar die Männer waren von seiner Schönheit, Genialität und außerordentlichen Lebenskraft entzückt. Er hielt ihnen stundenlange Vorträge über die Kunst des Theaters, und sie bemühten sich redlich, seinen phantastischen Einfällen zu folgen. Als er abermals in mein Leben getreten war, hatte mich der Zauber seiner faszinierenden Persönlichkeit gleich wieder gefangengenommen, und alles wäre vielleicht anders gekommen, wenn mich nicht eine sehr hübsche Sekretärin begleitet hätte. Am letzten Abend vor unserer Abreise nach Kiew gab ich ein kleines Diner für Stanislawskij, Craig und die Sekretärin. Während des Essens stellte mich Craig plötzlich vor die Frage, ob ich bei ihm bleiben wolle oder nicht; und als ich mich nicht gleich entschließen konnte, geriet er in einen seiner mir so wohlbekannten Wutanfälle, hob die Sekretärin in seine Arme, trug sie ins Nebenzimmer und sperrte die Tür ab. Stanislawskij war empört und wollte Craig veranlassen, wenigstens die Tür zu öffnen – vergebliche Mühe! Es blieb uns nichts übrig, als auf die Bahn zu fahren, wo wir feststellten, daß wir den Zug versäumt hatten. Ich kehrte mit Stanislawskij in dessen Wohnung zurück, wo wir in trübseligen Gesprächen über moderne Kunst das peinliche Thema Craig vermieden.

Am nächsten Tag fuhr ich allein nach Kiew, wohin mir einige Tage später meine etwas blaß und ziemlich angegriffen aussehende Sekretärin folgte. Ich schlug ihr vor, bei Craig in Rußland zu bleiben, was sie aber entschieden ablehnte.

In Paris erwartete mich Lohengrin.

Nun sollte ich auch alle ersten Pariser Restaurants kennenlernen, wo mein Lohengrin wie ein König auftrat. Alle Köche und sämtliche Maîtres d'Hotels wetteiferten um seine Gunst, und das mit gutem Grund, denn er verteilte Geld in geradezu fürstlicher Weise.

Die kulinarischen Finessen der französischen Küche erschlossen sich mir, nun erst kam ich allmählich auf den Geschmack all dieser raffiniertesten Delikatessen – Wachteln, Trüffeln, Champignons in erlesener Zubereitung – nun verstand ich selbst die feinsten Nuancen zu unterscheiden zwischen einem poulet cocotte und einem poulet simple. Tatsächlich schien dieser jäh erwachte Sinn für lukullische Genüsse in meiner Zunge bisher geschlummert zu haben, ich erkannte nun mit einem Mal die einzelnen Marken, Jahrgänge und verschiedenen Lagen der edelsten Weinsorten nach Blume und Geschmack und viele andere Dinge, die mir bis dahin gänzlich verborgen geblieben waren.

Jetzt besuchte ich auch zum erstenmal einen großen modernen Schneidersalon, und meine Eitelkeit verfiel der Verführung glänzender Stoffe, raffiniertester Farben und Linien – selbst ich, die bisher Sommer und Winter nur meine kleine weiße Tunika aus Leinen oder Wolle getragen hatte, konnte dem Zauber der Pariser Mode nicht widerstehen. Hierfür aber hatte ich eine Entschuldigung: Der Schneider war kein gewöhnlicher Mensch, sondern ein Genie – Paul Poiret, der, wenn er eine schöne Frau kleidete, jedesmal ein Kunstwerk schuf. Immerhin bedeutete dies bei mir den Übergang von der heiligen zur profanen Kunst.

28

Im September fuhr ich mit Deirdre und der Pflegerin nach Venedig, wo wir einige Wochen allein blieben. Eines Tages saß ich in der Kathedrale von San Marco und bewunderte die in Blau und Gold gehaltene prachtvolle Decke des Doms, als mir plötzlich, wie in einer Vision, das Antlitz eines kleinen Knaben erschien; er glich einem Engel mit großen blauen Augen, das goldene Haar umrahmte sein Haupt wie ein Heiligenschein. Ich gab dieser Vision die richtige Deutung, und ihre Hoffnung erfüllte mich gleichzeitig mit Freude und Unruhe, denn dieses junge Leben, das sich in mir zu regen begann, war ein schwerer Schlag für meine künstlerischen Träume.

In diesem Zustand der Unentschlossenheit und psychischen Qual begab ich mich nach Mailand, wohin ich einen befreundeten Arzt gebeten hatte, und legte ihm mein Problem vor. „Das ist ja widersinnig“, rief er aus, „Sie, eine einzigartige Künstlerin, wollen abermals Ihre Karriere aufs Spiel setzen? Bitte berücksichtigen Sie meinen Rat und verhindern Sie ein solches Verbrechen an der Menschheit.“

Ich hörte ihm unentschlossen zu und wußte keine Entscheidung zu treffen. Der Gedanke, daß mein Körper abermals verunstaltet werden sollte, erfüllte mich mit Widerwillen – mein Leib, das edelste Instrument meiner Kunst, sollte durch die Hoffnung auf ein Engelsgesichtchen, durch die Geburt eines Kindes aufs neue unaussprechlichen Martern ausgesetzt werden. Ich bat meinen Freund, mir eine Stunde Überlegung zu gönnen. Als er zurückkehrte, teilte ich ihm meinen unabänderlichen Entschluß mit; dann reiste ich nach Venedig, umschlang mein Töchterchen und flüsterte ihm zu: „Du bekommst einen kleinen Bruder!“ Da klatschte Deirdre fröhlich in ihre Händchen und rief: „Ach wie süß, es wird mein süßer Bruder sein!“ Lohengrin kam auf ein Telegramm sofort nach Venedig, schien entzückt und war voll Liebe und Zärtlichkeit.

Mittlerweile hatte ich einen zweiten Vertrag mit Walter Damrosch abgeschlossen, und im Oktober schiffte ich mich nach Amerika ein. Lohengrin hatte Amerika noch nie gesehen und war von allem, was er sah, außerordentlich begeistert. Seine amerikanische Abstammung schien sich fühlbar zu machen. Für die Seereise hatte er natürlich die besten Kabinen gemietet, und wir reisten wie die Könige.

Die amerikanische Tournee verlief äußerst glücklich und erfolgreich, denn Geld zieht Geld an, und ich hätte noch lange Zeit weiter getanzt, wenn nicht eines Tages eine ziemlich aufgeregte Dame mit folgenden Worten in meine Garderobe gekommen wäre: „Aber meine liebe Miss Duncan, Sie können wirklich in diesem Zustand nicht mehr auf der Bühne erscheinen, von den ersten Parkettreihen aus sieht man es schon ganz deutlich!“, worauf ich unbefangen erwiderte: „Ja, aber meine liebe Mrs. X, ist Ihnen denn das entgangen? Gerade dies will ja mein Tanz ausdrücken: Liebe – Weiblichkeit – Schöpfung – Frühlingserwachen! Sie kennen doch die Bilder Botticellis – die fruchtbringende Erde, die drei Grazien im Tanz, die Madonna, sogar die Zephyre Botticellis sind schwanger: Alles sprießt und keimt, alles verheißt neues Leben – so müssen Sie sich meinen Tanz erklären . . .!“

Ich muß gestehen, daß Mrs. X. einigermaßen verdutzt dreinsah; wir hielten es aber dennoch für besser, die Tournee zu unterbrechen und nach Europa zurückzukehren, denn mein gesegneter Zustand machte sich schon allzusehr bemerkbar.

Wir kehrten nach Frankreich zurück, landeten in Villefranche, und Lohengrin mietete für die Saison eine prachtvolle Villa, deren Terrassen zum Meer niederstiegen. Am ersten Tag im Mai, es war ein Morgen, da Himmel und Meer in blauem Glanz erstrahlten, die Sonne brannte hernieder und die ganze Natur brach in Blühen und Jauchzen aus – wurde mein Sohn geboren. Ein kluger Arzt wußte im Gegensatz zu seinem ungeschickten

Kollegen, dem Dorfarzt von Nordwyk, der leidenden Mutter Erleichterung zu schaffen, und die zweite Geburt unterschied sich angenehm von der ersten.

So lag ich wieder einmal am Meeresufer mit einem Baby in meinen Armen, nur befand ich mich statt in der kleinen, weißen, sturmumtosten Villa Maria in einem palastartigen Herrensitz, und statt der düsteren, ruhelosen Nordsee erblickte ich die glatten Wogen des Mittelmeeres.

29

Nach Paris zurückgekehrt, wollte Lohengrin ein Fest für alle meine Freunde veranstalten; er bat mich, das Programm zu entwerfen und die Liste der Gäste zusammenzustellen. Schon lange war mir aufgefallen, daß die reichen Leute eigentlich nie wissen, wie sie sich unterhalten sollen. Wenn sie ein Diner geben, so unterscheidet es sich nicht besonders von einer Familienvereinigung in einer Hausmeisterwohnung. Es war immer schon mein Wunsch gewesen, ein wirklich märchenhaftes Fest zu geben, nur hatten mir bisher dazu die Mittel gefehlt.

Die von mir veranstaltete Festlichkeit nahm folgenden Verlauf. Die Einladungen lauteten für vier Uhr nachmittags nach Versailles, wo große Büfetts die Gäste im Park erwarteten: Jeder konnte nach seinem Geschmack wählen; es gab Kaviar und Champagner oder Tee und Keks. Auf einer weiten Wiese mit großen Zelten gab dann das von Pierène dirigierte Orchester Colonne ein Konzert, dessen Programm ausschließlich aus Schöpfungen Richard Wagners zusammengesetzt war. Am packendsten klang während des heiteren Sommernachmittags im Schatten der riesigen Bäume das Siegfriedidyll, und als die Sonne eben untergehen wollte, erklangen die gewaltigen Akkorde des Trauermarsches aus der Götterdämmerung.

Nach dem Konzert wendete man sich prosaischeren Lebensgenüssen zu, und an einer reichgeschmückten Tafel wurde ein Bankett mit dem erlesensten Menü serviert. Nach Mitternacht war der ganze Park festlich beleuchtet, und bei den Klängen eines Wiener Orchesters tanzte man bis zum frühen Morgen. So etwa müßte ein reicher Mann, nach meiner Meinung, sein Geld verschwenden, um seine Freunde zu unterhalten. Zu meinem Fest waren alle französischen Künstler von Bedeutung sowie die ganze vornehme Pariser Gesellschaft erschienen, und alles war begeistert.

Seltsamerweise hatte der Gastgeber gar nicht daran teilgenommen, obwohl die ganze Veranstaltung mit einem Kostenaufwand von 50 000 Friedensfranken nur zu seiner Belustigung stattgefunden hatte. Knapp vor dem Eintreffen der Gäste erhielt ich ein Telegramm, worin er mir mitteilte, er hätte einen nervösen Anfall erlitten und fühle sich nicht wohl genug, um erscheinen zu können; ich solle unbesorgt sein und den Hausherrn würdig vertreten. Ist es ein Wunder, daß ich kommunistisch zu fühlen begann, wenn ich immer wieder die Unmöglichkeit erkennen mußte, einen reichen Mann glücklich zu machen? Ich kam mir vor wie Sisyphus, der den schweren Felsblock emporzurollen versucht und immer wieder zurückgeschleudert wird.

Während des Sommers hatte sich Lohengrin in den Kopf gesetzt, mich zu heiraten, doch war ich entschieden dagegen und lehnte ab. „Es gibt nichts Törichteres für eine Künstlerin, als zu heiraten“, sagte ich, „und da mein Leben aus einer nahezu ununterbrochenen Kette von Gastspielreisen besteht, kann ich nicht von dir verlangen, daß du das deine damit verbringst, mich von einer Proszeniumsloge aus zu bewundern.“

„Wenn wir verheiratet wären, brauchtest du ja keine Tourneen mehr zu unternehmen“, erwiderte er.

„Was sollte ich denn sonst anfangen?“

„Wir würden einfach in meinem Londoner Haus oder auf meinem Landgut in England leben.“

Schließlich schlug er vor, ich solle drei Monate lang die Ehe auskosten: „Es sollte mich sehr überraschen, wenn dir dieses Leben nicht zusagte.“

So verbrachten wir also den Sommer in Devonshire, wo er ein herrliches Schloß besaß, das nach Motiven von Versailles und

Petit Trianon erbaut war: prächtige Gesellschaftsräume, zahllose Schlaf- und Gästezimmer mit Badezimmern, vierzehn Automobile in der Garage und im Hafen eine Yacht – dies alles stand mir zur Verfügung. Anfangs behagte es mir ganz gut, doch hatte ich nicht mit dem englischen Wetter gerechnet. Während des Sommers regnet es nämlich in England nahezu ununterbrochen. Die Engländer scheinen dies als einen natürlichen Zustand anzusehen. Sie stehen spät auf, nehmen nach dem Bad ein kräftiges Frühstück, bestehend aus Speckeiern, Schinken und anderen schweren Speisen, ziehen einen Mackintosh an und gehen bis zum Lunch spazieren. Dann essen sie wieder mehrere Gänge, deren letzter bei uns immer aus Devonshire Cream bestand, und nach dem Lunch geben sie vor, Briefe zu schreiben; ich habe sie im Verdacht, daß sie schlafen gehen. Um fünf Uhr erscheinen sie wieder beim Tee, verzehren mehrere Arten von Kuchen, und dann behaupten sie, Bridge zu spielen. Diese anstrengende Tätigkeit wird bis zur wichtigsten Zeremonie des Tages fortgesetzt: dem Anziehen zum Diner. Zu diesem erscheinen sie in voller Abendtoilette, die Damen maßlos dekolletiert, die Herren mit gestärkten Hemden, und nun beginnt man eine Mahlzeit aus zwanzig Gängen einzunehmen. Ist diese bewältigt, dann versucht man sich in einer kleinen politischen Debatte, oder man wagt sich auf das Gebiet der Philosophie, bis es Zeit wird, sich zurückzuziehen.

Man kann sich vorstellen, wie sehr mir dieses Leben behagte – nach zwei bis drei Wochen war ich der Verzweiflung nahe.

Im Herbst fuhr ich, etwas klüger und ernster geworden, nach Amerika, um einen dritten Kontrakt zu erfüllen. Damals faßte ich zum hundertsten Mal den Entschluß, von nun an mein ganzes Leben der Kunst zu widmen, die wohl ein strenger Lehrmeister, aber bei weitem dankbarer ist als jedes menschliche Wesen.

Während dieser Gastspielreise richtete ich an die Amerikaner einen letzten Appell, mich bei der Gründung meiner Schule zu unterstützen. Das Leben der Reichen hatte ich nun drei Jahre hindurch sattsam ausgekostet, und meine Erfahrungen hatten mir bewiesen, wie steril und egoistisch eine derartige Existenz ist; ich hatte die Überzeugung gewonnen, daß es für uns keine wahrhafte Freude gibt, außer wenn wir unser Leben der Allgemeinheit widmen. Nach meinen Vorführungen hielt ich Ansprachen an die Besitzer der teuren Logen im Metropolitantheater, und die Zeitungen beeilten sich, Auszüge aus diesen Reden als Skandalnotizen zu bringen, etwa mit der Überschrift: „Isadora beschimpft die Reichen."

Dieses Kapitel könnte „Eine Verherrlichung heidnischer Liebe" genannt werden, denn da ich nunmehr erkannt hatte, daß Liebe ebensowohl als Tragödie wie als Zeitvertreib gelten kann, ergab ich mich ihr mit heidnischer Unbefangenheit. Die Männer, mit denen ich zusammentraf, schienen alle nach meiner Schönheit zu verlangen, es hungerte sie nach jener Liebe, die erfrischt und begeistert, ohne Verpflichtungen nach sich zu ziehen; und wenn ich nach der Vorstellung in meiner Tunika mit einem Rosenkranz im Haar erschien, dann wußte ich, ich war schön! Warum sollten alle diese Reize nicht genossen werden? Die Tage, da ich nach der Aufführung ein Glas Milch trank und mich in Kants „Kritik der reinen Vernunft" vertiefte, waren auf immer vorbei. Es schien mir jetzt viel natürlicher, Champagner zu schlürfen und an meiner Seite einen lieben Menschen zu haben, der mir fortwährend versicherte, wie schön ich sei. Mein göttlicher, heidnischer Körper, brennende Küsse, fliehende Stunden, süßer erquickender Schlaf an der Brust eines geliebten Wesens – das waren die Freuden, die ich genoß und die mir ebenso berauschend als unschuldig schienen. Ich weiß, daß viele sich darüber entrüsten werden, aber ich werde nie verstehen können, warum wir unseren Leib, der uns soviel Schmerz verursacht – man denke nur an die Marterwerkzeuge eines Zahnarztes –, nicht auch genießen sollen. Da also jedes menschliche Wesen, und sei es noch so tugendhaft, der Krankheit und dem Schmerz verfällt, da wir alle zum Leiden geboren sind, warum sollen wir dann nicht, wenn sich hierzu Gelegenheit bietet, aus diesem unserem gebrechlichen Körper soviel Freude herausholen, wie uns nur immer möglich ist?

Wenn ein Mensch den ganzen Tag hindurch schwere geistige Arbeit leistet, von Problemen und Sorgen zerwühlt ist – warum sollte er nicht abends von diesen wundervollen Armen umfangen werden und als Lohn für seine Tagesmühen einige Stunden der Schönheit und des Vergessens genießen? Alles was ich von jenen verlange, denen ich mich geschenkt habe, ist, daß sie sich unserer gemeinsam genossenen Lust mit gleich großem Vergnügen erinnern, als ich es tue. Es fehlt mir die Zeit und der Platz, in diesen Erinnerungen jeden einzelnen zu erwähnen, ebensowenig könnte ich in einem Band alle schönen Stunden aufzählen, die ich in schattigen Wäldern oder auf blumigen Wiesen verlebte, oder das märchenhafte Glück, das ich bei den Harmonien Mozarts und Beethovens empfand.

Niemals werde ich meine Rückkehr nach Paris vergessen, meine Kinder hatte ich mit einer Gouvernante in Versailles gelassen, und als ich die Tür öffnete, rannte mir mein kleiner Knabe entgegen mit goldenen Locken, die sein entzückendes Gesichtchen wie ein Heiligenschein umrahmten – bei meiner Abreise hatte er noch in der Wiege gelegen.

Im Jahre 1908 hatte ich das Atelier Gervex in Neuilly gekauft, und dort befand sich ein Musikzimmer, das wie eine Kapelle gebaut war. Ich zog mit meinen Kindern dorthin und arbeitete in dem Studio den ganzen Tag, oft auch bei Nacht, mit meinem treuen Freund Henri Skene, einem Pianisten von außerordentlichem Talent und unermüdlicher Arbeitskraft. Wir begannen unsere Arbeit meist des Morgens, und da das Tageslicht in mein Atelier nicht eindrang – ich hatte es mit meinen blauen Vorhängen drapiert, und es war durch Bogenlampen erleuchtet –, verging die Zeit, ohne daß wir es merkten. Manchmal fragte ich ihn, ob er nicht müde oder hungrig sei, und ein Blick auf die Uhr zeigte uns dann, daß der Morgen hereingebrochen war. Unsere Arbeit nahm uns so gefangen, daß wir in fortwährender Ekstase lebten.

Meine Kinder wohnten mit ihrer Gouvernante und der Pflegerin in einem Gartenpavillon, und das fortwährende Musizieren störte sie deshalb nicht. Der Garten war groß, und während der schönen Jahreszeit ließen wir die Türen zum Studio weit offen. Dort wurde aber nicht nur gearbeitet, sondern es wurden auch Feste gegeben. Lohengrin fand ein besonderes Vergnügen daran, dort prächtige Diners zu veranstalten; oft war das geräumige Atelier in einen tropischen Garten oder in einen alten spanischen Palast verwandelt, und es kamen alle Künstler und berühmten Persönlichkeiten von Paris. Ich entsinne mich eines Abends, da Cécile Sorel, Gabriele d'Annunzio und ich selbst eine Pantomime improvisierten, wobei d'Annunzio ein großes schauspielerisches Talent an den Tag legte.

Eines dieser Feste fand jedoch ein tragisches Ende. Ich hatte das Studio in eine südliche Gartenlandschaft verwandelt, es waren kleine Tische für je zwei Personen in dichtem Blätterwerk zwischen den seltensten Gewächsen versteckt. Ich war damals schon über die verschiedenen Pariser Familienaffären orientiert und konnte deshalb die einzelnen Pärchen so zusammensetzen, wie sie es selbst wünschten, wenn dies vielleicht auch manchmal den betreffenden Ehegattinnen Tränen verursachte. Alles war in persischem Kostüm erschienen, und wir tanzten nach den Klängen einer Zigeunerkapelle. Unter den Gästen befanden sich auch Henri Bataille und Berthe Bady.

Das Studio erinnerte, wie gesagt, an eine Kapelle. Von der Decke hingen blaue Seidendraperien fünfzehn Meter lang herab; auf einem erhöhten Chor befand sich ein kleineres Gemach, das durch die Kunst Poirets in ein Zauberreich der Circe verwandelt war. Zobelschwarze Samtvorhänge und ein gleichfalls schwarzer Teppich erhöhten die Wirkung eines riesigen orientalischen Divans mit buntgestickten Polstern. Große Spiegel in vornehmen Goldrahmen reflektierten das Innere des vollständig abgeschlossenen Gemachs. Die Fenster waren vermauert, die Türen zeigten seltsame etruskische Ornamente und erinnerten an die Eingänge zu einer Gruft. Das kleine Zimmer war berückend, berauschend und gefährlich! Es brachte einen auf den Gedanken, daß die Einrichtung eines Raumes die feinen Unterschiede zwischen Tugend und Laster betonen kann – es gibt ehrwürdige Stühle und lasterhafte Divans. Und Poiret hatte jedenfalls recht gehabt: In diesem schwülen Gemach fühlte man anders, sprach man anders, gab man sich anders als in einem kapellenartigen Raum.

An dem Abend, der nun beschrieben werden soll, floß der Champagner in Strömen, wie immer, wenn Lohengrin ein Fest gab. Um zwei Uhr morgens befand ich mich im Poiretzimmer mit Henri Bataille auf dem Divan. Er hatte für mich in den vielen Jahren unserer Bekanntschaft nur brüderliche Gefühle gezeigt, doch schien an diesem Abend der Zauber des Poiretzimmers auf ihn gewirkt zu haben, seine Konversation hatte eine andere Färbung angenommen, und er benahm sich auch danach. Plötzlich erscheint Lohengrin! Als er unser Spiegelbild in verfänglicher Positur erblickt, gerät er in ungeheure Wut, rennt über die Stiege ins große Atelier und hält dort eine wütende Rede gegen mich, worin er schließlich erklärt, er gehe jetzt und werde nie mehr wiederkehren.

Man kann sich leicht vorstellen, daß diese Szene auf die Anwesenden einen recht peinlichen Eindruck machte, doch war ich selbst imstande, meine Gemütsverfassung sofort vom Komischen ins Tragische umzustellen. Schon hatte ich Skene herbeigerufen: „Spielen Sie Isoldes Liebestod, oder der ganze Abend ist verdorben!“

Bald hatte ich meine bunte Tunika gegen ein weißes wallendes Gewand vertauscht, und während Skene himmlischer spielte als je, tanzte ich bis zum Morgengrauen vor meinen Gästen.

Lohengrin ließ sich durch nichts davon überzeugen, daß wir unschuldig wären, und schwor, mich nie mehr sehen zu wollen. Henri Bataille war über den Vorfall ganz bestürzt und schrieb sogar an Lohengrin, leider ohne Erfolg. Das einzige, was ich zu erreichen vermochte, war, daß er mich noch einmal auf einer Autofahrt zu sehen versprach. Wir trafen uns ein letztes Mal, und er überschüttete mich mit Vorwürfen, die jedoch ganz ohne Eindruck auf mich blieben. Plötzlich stellte er seine Beschimpfungen ein, öffnete die Tür des Autos und setzte mich auf die Straße. Einsam wankte ich nun wie betäubt durch die nächtlichen Straßen von Paris. Fremde Männer näherten sich mir mit verzerrten Gesichtern und flüsterten mir Anträge zu – die ganze Welt schien plötzlich in eine scheußlich lasterhafte Hölle verwandelt zu sein.

Zwei Tage später hörte ich, daß Lohengrin in Gesellschaft jener Krankenschwester, die ihn in Devonshire gepflegt hatte, nach Ägypten gereist sei.

30

Mein bester Freund und meine stärkste Stütze in diesen traurigen Tagen war der Musiker Henri Skene. Er hatte einen ganz merkwürdigen Charakter, denn er verachtete den Erfolg und kannte keinen persönlichen Ehrgeiz. Er vergötterte meine Kunst und war nur glücklich, wenn er bei mir musizieren konnte; seine Bewunderung für mich übertraf alles, was ich sonst in dieser Beziehung erlebt hatte. Als ein glänzender Pianist mit stählernen Nerven hatte er es wiederholt zuwege gebracht, die ganze Nacht hindurch zu spielen; unter anderem spielte er einmal während einer Nacht alle neun Symphonien von Beethoven, ein anderes Mal den ganzen Ring, vom Rheingold bis zur Götterdämmerung, ohne Kürzungen.

Im Januar 1913 unternahmen wir gemeinsam eine Tournee nach Rußland, und von dieser Reise ist mir ein seltsamer Zwischenfall erinnerlich. Wir kamen in Kiew bei Morgengrauen an und nahmen einen Schlitten bis zum Hotel. Ich war schlaftrunken und schwieg, als ich plötzlich an beiden Seiten der Straße ganz deutlich zwei Reihen von Särgen bemerkte, lauter kleine Kindersärge.

„Sehen Sie doch“, rief ich aus, „die vielen Kinder – alle die armen Kinder sind tot.“

„Aber dort ist doch gar nichts, ich sehe nichts“, beruhigte er mich.

„Wie? Sie sehen nichts?“

„Nein, dort ist nichts als Schnee, der Schnee ist auf beiden Seiten der Straße angehäuft – eine Halluzination – Sie sind übermüdet!“

Am selben Tage ging ich, um meine Nerven zu beruhigen, in ein russisches Bad. In Rußland befinden sich in den heißen Dampfkammern einige Reihen langer Holzbretter. Ich legte mich auf eines dieser Bretter, und der Wärter hatte den Dampfraum eben verlassen, als mich die Hitze plötzlich übermannte und ich von dem ziemlich hohen Brett auf die Marmorfließen herunterfiel. Der Wärter fand mich dort bewußtlos, und man trug mich ins Hotel zurück. Der rasch herbeigeholte Arzt konstatierte eine leichte Gehirnerschütterung:

„Sie können heute abend unmöglich tanzen, Sie haben hohes Fieber –"

„Nichts ist mir entsetzlicher, als das Publikum zu enttäuschen", erwiderte ich und bestand darauf, ins Theater zu gehen.

Ich tanzte an diesem Abend nur Chopin. Nach Beendigung des Programms, sagte ich ganz unerwartet zu Skene:

„Spielen Sie den Trauermarsch von Chopin!"

„Aber warum?" fragte er, „Sie haben ihn doch noch niemals getanzt!"

„Ich weiß nicht warum, aber heute muß ich ihn tanzen – spielen Sie!"

Ich bestand so ernstlich darauf, daß er nachgab, und ich begann den Marsch zu tanzen, den ich noch nie geprobt hatte. Dabei versuchte ich ein Geschöpf darzustellen, das in seinen Armen einen Toten trägt und sich mit langsamen zögernden Schritten gegen die letzte Ruhestätte bewegt; dann mimte ich den Abstieg in eine Gruft und schließlich den Flug der Seele aus dem toten Körper und ihren Aufstieg zum Licht empor.

Als ich geendet hatte, fiel der Vorhang, das Publikum saß ergriffen da, keine Hand rührte sich, kein Laut war zu hören – Stille. Ich blickte auf Skene. Er war leichenblaß und zitterte am ganzen Körper. Ich ergriff seine Hand, sie war eiskalt.

„Verlangen Sie von mir nie wieder, das zu spielen", beschwor er mich, „ich habe den Atem des Todes gefühlt. Ja, ich habe sogar den Geruch von weißen Blumen, von Totenblumen verspürt und sah Särge – Kindersärge." –

Als wir im April 1913 nach Paris zurückkehrten, spielte Skene im Trocadero nach einer besonders langen Vorstellung doch wieder für mich denselben Trauermarsch. Abermals machte diese Vorführung auf das Publikum einen lähmenden Eindruck. Lange Zeit blieb alles still, dann jedoch brach ein wilder Applaus los, fast alle Frauen weinten, manche stießen hysterische Schreie aus, einige fielen in Ohnmacht.

Nach den ersten Vorahnungen in Kiew konnte ich den Eindruck nicht mehr loswerden, daß sich über meinem Haupt ein Unglück zusammenzog. Während eines kurzen Gastspiels in Berlin fühlte ich abermals den Drang in mir, einen neuen Tanz zu kreieren: ein Geschöpf, das auf seinem Lebensweg plötzlich von einem fürchterlichen Schicksalsschlag ereilt und zu Boden geschmettert wird, sich aber dann zu neuer Hoffnung erhebt. Meine Kinder, die während meiner russischen Tournee bei meiner Schwester Elizabeth geblieben waren, ließ ich mir nach Berlin nachkommen. Sie befanden sich in prächtigster Gesundheit und fröhlichster Laune, sprangen umher, ein Ausdruck heiterster Lebenslust. Wir kehrten zusammen nach Paris zurück und bezogen mein geräumiges Haus in Neuilly.

Dort verlebte ich mit meinen Kindern glückliche Tage. Oft stand ich auf dem Balkon meines Hauses und beobachtete meine kleine Deirdre, ohne daß sie es ahnte, wie sie neue Tänze schuf. Sie tanzte auch nach Gedichten, die sie sich selbst ersonnen hatte – ich sehe noch, wie die liebliche kleine Kindergestalt im großen blauen Studio umherspringt und mit ihrem süßen Stimmchen spricht: „Jetzt bin ich einer kleiner Vogel, und jetzt fliege ich so hoch mitten zwischen die Wolken« oder »Jetzt bin ich eine bunte Blume und blicke zum Vögelchen hinauf und breite meine Blätter aus." Wenn ich ihre außerordentliche Schönheit und Grazie betrachtete, träumte ich davon, daß sie vielleicht dazu berufen sein könnte, meine Schule so fortzuführen, wie ich es entworfen hatte, denn sie war meine beste Schülerin. Auch Patrick hatte schon zu tanzen begonnen und sich dazu eine eigene zauberische Musik ersonnen, nur wollte er nicht zugeben, daß man ihn beim Tanz belehrte: „Nein", sagte er dann mit gewichtiger Miene, „Patrick wird seine eigenen Tänze erfinden und ausführen."

So lebte ich glücklich in Neuilly weiter, arbeitete in meinem Studio, las stundenlang in meiner Bibliothek, spielte im Garten mit meinen Kindern oder lehrte sie tanzen und scheute mich, eine neue Tournee zu unternehmen, die mich von ihnen trennen würde. Je schöner und besser sie sich mit jedem Tag entwickelten, um so schwerer wurde es mir, sie zu verlassen.

Wir befanden uns im Monat März. Ich tanzte abwechselnd im

Châtelet und im Trocadero. Aber obwohl mein Lebensbarometer in jeder Beziehung für mich Glück voraussagte, litt ich fortwährend unter einer unerklärlichen Bedrückung. Abermals tanzte ich eines Nachts im Trocadero den Trauermarsch von Chopin, während Skene die Orgel spielte, und abermals fühlte ich auf meiner Stirne den eisigen Todeshauch und spürte den starken Geruch von Tuberosen und Totenblumen. In der Mittelloge saß mein Töchterchen, und als sie mich den Trauermarsch tanzen sah, begann sie plötzlich zu weinen, als ob ihr kleines Herz brechen sollte, und rief laut aus: „Ach, warum muß denn meine Mama so traurig sein?"

Es kam jetzt vor, daß ich bei Nacht plötzlich mit einem schrecklichen Angstgefühl auffuhr. Ich ließ immer eine Nachtlampe brennen, und eines Tages bemerkte ich bei ihrem schwachen Schein, daß sich von dem meinem Bett gegenüber befindlichen Doppelkreuz aus eine Gestalt bewegte. Sie war ganz in Schwarz gekleidet, näherte sich dem Fußende meines Bettes und starrte mich mit sorgenvollen Augen an. Ich war einige Augenblicke lang vor Entsetzen gelähmt, drehte aber dann das Licht auf, und die Gestalt verschwand; diese fürchterliche Halluzination erschien jedoch in Abständen wieder und immer wieder, so daß ich darüber eines Abends mit meiner guten Freundin Mrs. Rachel Byer sprach. Sie war überaus bestürzt und telefonierte in ihrer Gutherzigkeit sofort mit ihrem Arzt; „denn", sagte sie, „mit Ihren Nerven scheint etwas nicht in Ordnung zu sein."

Der junge und hübsche Dr. René Badat erschien, und ich teilte ihm meine Wahrnehmungen mit.

„Ihre Nerven sind überarbeitet, Sie müssen einige Tage aufs Land gehen."

„Aber ich habe einen Kontrakt in Paris und muß auftreten", antwortete ich.

„Gut, dann gehen Sie auf einige Zeit nach Versailles, das ist ja nicht weit, und Sie können jeden Tag zur Vorstellung hereinfahren; die Luftveränderung wird Ihnen bestimmt guttun."

Ich teilte am nächsten Tag den Kindern und ihrer lieben Kinderfrau mit, daß wir nach Versailles übersiedeln würden, und alles war hoch erfreut. Die Kinderfrau fügte noch hinzu: „Versailles ist sicher gut für die Kinder." So packten wir ein paar Koffer und wollten eben abreisen, als vom Gartentor langsam eine schlanke Gestalt, in schwarze Schleier gehüllt, auf uns zuschritt. Meine überempfindlichen Nerven glaubten den nächtlichen Spuk zu erkennen, der sich vom Doppelkreuz löste. Die Gestalt kam langsam näher; und nun begann sie zu sprechen: „Ich habe mich beeilt, Sie noch in Paris anzutreffen. Gestern nacht erschienen Sie mir im Traum, und ich empfand einen unwiderstehlichen Drang, Sie zu sehen."

Nun erkannte ich sie auch. Es war die ehemalige Königin von Neapel. Erst vor einigen Tagen hatte ich sie mit Deirdre besucht. Bevor wir hingegangen waren, hatte ich zu meiner Kleinen gesagt: „Deirdre, wir gehen heute eine Königin besuchen."

„Ach, dann muß ich mein Festkleid anziehen", sagte Deirdre; so nannte sie nämlich ein Kleidchen, das Poiret für sie entworfen hatte, eine äußerst kostbare Schöpfung mit vielen gestickten Volants.

Vorher hatte ich das Kind gelehrt, wie man einen richtigen Hofknicks macht; es war darüber begeistert, brach aber im letzten Moment in Tränen aus und rief: „Ach, Mama, ich habe solche Angst, zu einer wirklichen Königin zu gehen!" Ich glaube, der arme kleine Liebling dachte, er wäre gezwungen, an einen wirklichen Königshof zu gehen, wie er im Märchen vorkommt. Als wir aber das schöne Haus an der Ecke des Bois de Boulogne betraten, stellte ich sie der schlanken, vornehmen Frau vor, deren reiches weißes Haar zu einer Krone geflochten war. Deirdre machte einen tapferen Versuch, den Hofknicks auszuführen, und flog dann lachend in die ausgestreckten Arme der hohen Frau.

Am Tag unserer Abreise hatte die Königin ihren Trauerschleier angelegt. Ich erzählte ihr, daß wir eben nach Versailles fuhren, und gab auch den Grund unserer Abreise an. Sie erklärte sich sofort bereit, uns zu begleiten, und während der Fahrt nahm sie plötzlich meine Kinder in ihre Arme und drückte sie zärtlich an die Brust, aber beim Anblick der beiden blonden Engelsköpfchen, vom schwarzen Kreppschleier umrahmt, fühlte ich abermals dieselbe seltsame Beklemmung, die mich in letzter Zeit so oft erfaßt hatte.

In Versailles nahmen wir noch in fröhlicher Laune einen Tee, und ich führte die Königin wieder in ihre Villa zurück. Als ich am nächsten Morgen erwachte und den entzückenden heiteren Park des Trianonhotels erblickte, waren alle meine Befürchtungen und Ahnungen verflogen. Der Doktor hatte recht gehabt: Der Landaufenthalt tat mir gut.

Dieses Abends entsinne ich mich mit voller Deutlichkeit, denn ich tanzte wie ich noch nie getanzt hatte. Ich fühlte mich nicht mehr als Weib, ich glich einer lebenden Flamme, einem tanzenden Freudenfeuer. Weihrauchwolken stiegen aus den Herzen des Publikums zu mir empor. Nach einem Dutzend Hervorrufen tanzte ich als letzte Draufgabe das „Moment Musical" von Schubert, und während des Tanzes schien im Innern meines Herzens etwas mitzusingen: „Leben und Liebe – höchste Ekstase – das alles ist mein – mein, damit ich es verschenken kann an jene, denen es nottut!" Und plötzlich schien es mir, als säße Deirdre auf einer meiner Schultern und Patrick auf der anderen, in harmonischem Gleichgewicht; ich glaubte ihre lachenden, fröhlichen Kindergesichter zu sehen, ihr Kinderlachen zu vernehmen, und meine Glieder kannten keine Müdigkeit.

31

Nach dieser Vorstellung erwartete mich eine große Überraschung: Lohengrin, den ich seit seiner vor einigen Monaten erfolgten Abreise nach Ägypten nicht mehr gesehen hatte, kam in meine Garderobe. Mein Tanz schien ihn ebenso ergriffen zu haben wie unser Wiedersehen, und er schlug mir vor, mit uns in der Wohnung Augustins im Hotel der Champs-Elysées zu soupieren. Im Hotel wartete ich stundenlang vor dem gedeckten Tisch, ohne daß er erschienen wäre, was mir eine schmerzliche Enttäuschung bereitete. Ich wußte wohl, daß er seine ägyptische Reise nicht allein unternommen hatte, doch war ich über unser Wiedersehen aufrichtig erfreut, denn ich liebte ihn immer noch und sehnte mich danach, ihm seinen eigenen Sohn zu zeigen, der sich während der Abwesenheit des Vaters zu einem schönen starken Jungen entwickelt hatte. Schließlich fuhr ich bitter enttäuscht nach Versailles zu den Kindern. Im höchsten Maß niedergeschlagen durch das nervenzerrüttende Warten, warf ich mich aufs Bett und war bald eingeschlafen.

Am nächsten Morgen wurde ich durch die Kinder geweckt, die, wie alltäglich, lärmend zu mir ins Zimmer kamen und sich lachend auf mein Bett warfen; dann frühstückten wir wie gewöhnlich zusammen. Patrick war noch ausgelassener als sonst, vergnügte sich damit, alle Stühle umzuwerfen, und jedesmal, wenn ein Stuhl umfiel, schrie er vor Freude auf. Sogar die Kinderfrau verlor die Geduld und verwies ihm seinen Übermut.

„Lassen Sie ihn nur", rief ich, „stellen Sie sich doch vor, wie es wäre, wenn wir die Kinder einmal nicht mehr lärmen hörten."

Es war ein milder, grauer Morgen, die Fenster waren geöffnet, und im Park setzten die alten Bäume eben ihre ersten Knospen an. Zum erstenmal in diesem Jahr durchströmte mich jenes gewisse Glücksempfinden, das jedermann in den ersten linden Frühlingstagen erfaßt, und dieser Lenzesrausch sowie der Anblick meiner rosigen, lieblichen Kinder erfüllten mich mit solcher Herzensfreude, daß ich aus dem Bett sprang und mit ihnen im Zimmer umhertollte, bis wir alle drei vor Lachen fast erstickten. Die Kinderfrau sah uns lächelnd zu. Plötzlich ertönte das Telefon. Es war Lohengrin, der mich bat, in die Stadt zu kommen, um dort mit ihm zusammenzutreffen; auch die Kinder sollte ich mitbringen: „Ich muß meinen Sohn sehen!" sagte er – seit Monaten hatte er die Kinder nicht zu Gesicht bekommen. Überglücklich flüsterte ich die frohe Nachricht meinem Töchterchen zu.

„Ach, Patrick", rief Deirdre aus, „wohin glaubst du, gehen wir heute?"

Heute noch höre ich die Kinderstimme fragen, „wohin glaubst du, gehen wir heute?" Meine armen süßen Kinder! Hätte ich damals ahnen können, welch grausames Schicksal an diesem Tag euch ereilen würde.

Dann sprach die Kinderfrau: „Gnädige Frau, ich glaube, es wird regnen – vielleicht ist es besser, wenn die Kinder zu Hause bleiben.“ Wie oft habe ich, gleichsam unter einem schrecklichen Alpdruck, diese warnende Stimme wieder gehört und mich verflucht, daß ich ihr nicht folgte. Damals dachte ich aber nur daran, daß die Anwesenheit der Kinder die Zusammenkunft mit Lohengrin bedeutend vereinfachen würde.

Während der Autofahrt nach Paris hielt ich ihre zarten Gestalten in meinen Armen. Neue Hoffnungen und frische Lebenszuversicht erfüllten mich, denn ich wußte, daß Lohengrin, wenn er Patrick gesehen hätte, seine Abneigung gegen mich aufgeben würde; ja, ich träumte sogar davon, daß unsere Versöhnung einem wirklich großen Zweck dienen könnte. Vor seiner Abreise nach Ägypten hatte Lohengrin nämlich im Zentrum von Paris ein Grundstück gekauft und wollte dort für meine Schule ein großes Theater bauen. Er dachte sich dieses Kunstinstitut als Treffpunkt aller großen Künstler der Welt, die Duse sollte dort einen Rahmen, würdig ihrer göttlichen Kunst, finden, Mounet Sully seinen alten Traum verwirklichen können, die Oedipus-Trilogie an drei aufeinanderfolgenden Abenden aufzuführen. An alle diese Pläne dachte ich während jener Fahrt nach Paris, und mein Herz fühlte sich angesichts meiner künstlerischen Hoffnungen erleichtert.

In Paris spielte sich das Wiedersehen ab, wie ich es gehofft hatte. Lohengrin war entzückt über seinen Sohn und hatte auch an Deirdre seine Freude, wir genossen ein frohes Mahl und plauderten über die Zukunft, besonders beschäftigte uns aber unser Wundertheater. „Es wird das Theater Isadoras sein“, sagte Lohengrin.

„Nein“, erwiderte ich, „es wird das Theater Patricks, denn aus Patrick wird ein großer Künstler; er wird nach den Klängen einer erhabenen Zukunftsmusik vollendete Tänze kreieren.“

Nach dem Lunch wollte uns Lohengrin in seiner frohen Stimmung in den Salon des Houmoristes führen, ich hatte aber eine Probe angesetzt, und so ging er mit einem jungen Freund, der mit uns gegessen hatte, allein, während ich mit den Kindern und der Kinderfrau in meine Wohnung nach Neuilly fuhr. Dort angelangt, sagte ich noch vor der Gartentür zur Nurse: „Wollen Sie nicht mit den Kindern hereinkommen und warten, bis die Probe vorüber ist?“

„Nein, gnädige Frau", bat sie, „ich glaube, es ist besser, wir fahren nach Versailles; die Kleinen müssen schlafen."

Dann umarmte und küßte ich die Kinder und versprach, bald nach Hause zu kommen, und knapp bevor sie wegfuhren, preßte Deirdre ihre Lippen noch gegen das Glasfenster des Wagens, ich beugte mich vor und küßte von außen das Glas auf dieselbe Stelle – mit voller Deutlichkeit entsinne ich mich noch dieses kalten Kusses und des schauerlichen Eindrucks, den er mir hinterließ. Es war noch nicht Zeit zur Probe; ich wollte noch ein wenig ruhen und stieg in das Poiretzimmer, wo ich mich auf den Divan warf. Blumen waren dort und eine Schachtel Bonbons, die mir jemand geschickt hatte. Ich begann davon zu naschen, während ich mein Leben überdachte – alles in allem genommen, war ich doch eine glückliche Frau, vielleicht eine der beneidenswertesten: Meine Kunst, meine Erfolge, Vermögen, Liebe, vor allem aber meine geliebten, schönen Kinder . . .

So lag ich träge, knabberte Bonbons, lächelte mir selbst zu und dachte: „Lohengrin ist zurückgekehrt, alles wird wieder gut werden . . ." Da dringt an mein Ohr ein heiserer, unwirklicher Schrei. Ich wende mich um und bemerke Lohengrin, der wie ein Trunkener hin und her torkelt. Seine Knie lassen nach, er fällt vor mir nieder – und seinen Lippen entringen sich die Worte: „Die Kinder . . . die Kinder . . . sie sind tot!"[1])

Ich entsinne mich noch, daß mich zunächst eine auffallende Ruhe erfaßte, nur meine Kehle brannte, als hätte ich glühende Kohlen verschluckt. Ich begriff das Furchtbare noch nicht, versuchte ihn mit linden Worten zu beruhigen und zu erfahren, was denn vorgefallen sei . . . es konnte ja nicht wahr sein . . .

Dann erschienen andere Menschen, und noch immer konnte ich nicht fassen, was eigentlich geschehen war . . . Nach einiger Zeit unterscheide ich unter den übrigen Anwesenden einen Mann mit auffallend schwarzem Bart, der mir erklärt, er sei Arzt, alles sei übertrieben, er werde die Kinder retten.

An ihn klammerte sich meine Hoffnung, ich wollte sofort mit ihm gehen, wurde aber zurückgehalten. Heute weiß ich, daß

[1]) Auf der Fahrt von Paris nach Versailles hatte der Chauffeur am abschüssigen Seineufer haltgemacht und sich vom Wagen entfernt, ohne die Bremsen anzuziehen. Der Wagen kam ins Rollen und stürzte in den Fluß, wo alle ertranken.

man das Schreckliche nur vor mir verbergen wollte, denn Hoffnung gab es keine mehr. Meine Umgebung fürchtete, das Unglück könne mir den Verstand rauben, während ich selbst mich allen anderen überlegen fühlte. Alle weinten – nur ich fand keine Tränen, mein Schmerz saß zu tief . . .

Man brachte mich in die düstere Gruft des Krematoriums, und ich stand vor den beiden kleinen Särgen, welche die goldumrahmten Köpfchen, die blumenähnlichen Händchen, die zarten Füßchen und alles umschlossen, was mir lieb war – alles sollte jetzt den Flammen übergeben werden, und nichts würde zurückbleiben als ein trauriges Häuflein Asche.

Ich kehrte in mein Studio nach Neuilly zurück, und der Gedanke, meinem Leben ein Ende zu bereiten, gewann immer mehr Gestalt. Wie sollte ich denn weiterleben, nachdem ich meine Kinder verloren hatte? Aber einige Worte meiner kleinen Schülerinnen hielten mich vom Äußersten zurück. Sie stellten sich im Kreise vor mir auf und sprachen: „Isadora, verlaß uns nicht, bleibe für uns am Leben! Sind denn nicht auch wir deine Kinder?" – Das brachte mich wieder zum Leben zurück, und ich begriff die Aufgabe, den Schmerz dieser kleinen Geschöpfe zu lindern, die ihre unschuldigen Herzlein herausweinen wollten um ihre beiden toten Spielgefährten.

In diesem Augenblick der vollsten Lebenskraft, am Gipfel meiner Erfolge schlug der Schmerz mich vollends zu Boden und lähmte meine Schwingen.

Mein Bruder Raymond und seine Frau Penelope waren nach Albanien gefahren und hatten dort eine Aktion für die Flüchtlinge ins Werk gesetzt. Sie bewogen mich, sie dort aufzusuchen, und ich fuhr mit Elizabeth und Augustin nach Korfu.

In Brindisi schifften wir uns ein und kamen bald darauf an einem wunderschönen Sommermorgen in Korfu an. Die ganze Natur schien gesegnet und lächelte mir zu, aber nichts vermochte mich zu trösten. Später erzählte man mir, ich sei tage- und wochenlang unbeweglich dagesessen und hätte vor mich hingestarrt. Der Begriff der Zeit war mir verlorengegangen, wie Niobe saß ich zu Stein erstarrt und empfand nur eine Sehnsucht: im Tode Erlösung zu finden.

Lohengrin war in London, und ich hoffte, durch seinen Besuch dieser gespenstischen, todesähnlichen Betäubung entrinnen zu können. Vielleicht konnte ich wieder zum Leben erwachen, wenn warme, liebevolle Arme mich umfaßten.

Eines Tages sprach ich den Wunsch aus, daß niemand mich stören solle, begab mich in mein Zimmer, verfinsterte es und legte mich flach aufs Bett, die Brust mit meinen Händen umfassend. Ich hatte die äußerste Grenze der Verzweiflung erreicht und wiederholte immer und immer wieder eine telepathische Botschaft an Lohengrin: „Komm zu mir! Ich brauche dich! Wenn du nicht kommst, so folge ich den Kindern!" Dies sagte ich stundenlang wie eine Litanei, immer und immer wieder vor mich hin. Als ich mich erhob, war es Mitternacht; später schlief ich ein, verbrachte aber die Nacht unruhig. Am nächsten Morgen weckte mich Augustin mit einem Telegramm folgenden Inhaltes: „Um Gottes willen sendet Nachricht über Isadora. Reise sofort nach Korfu ab. L."

Die folgenden Tage waren nun von einem Hoffnungsschimmer belebt, der in das Dunkel meiner Existenz leuchtete, und eines Tages erschien Lohengrin, blaß und aufgeregt. „Ich dachte, du seist gestorben", sagte er und versicherte mir, daß ich ihm an demselben Nachmittag erschienen wäre, als ich ihm meine Botschaft sandte, er wiederholte genau dieselben Worte, die ich so oft vor mich hingesagt hatte: „Komm zu mir! Komm zu mir! Ich brauche dich! Wenn du nicht kommst, werde ich sterben!"

Hierdurch gewann ich den Beweis eines telepathischen Bandes zwischen uns und schöpfte Hoffnung, daß die natürliche Betätigung der Liebe mich von meiner unseligen Stimmung erlösen könnte; noch einmal hoffte ich unter meinem Herzen jene Anzeichen zu verspüren, die mir meine Kinder und meine Daseinsfreude wiedergeben würden. Aber es sollte nicht sein! Mein tiefer Kummer, meine traurigen Stimmungen, das alles war zu viel für Lohengrin, und auf die Dauer konnte er es nicht ertragen. Eines Tages verließ er mich plötzlich ohne vorherige Mitteilung: Ich sah den Dampfer, der sich von Korfu entfernte, und wußte, daß er mir den Geliebten entführte; weiter und weiter entschwand das Schiff in blaue Fernen, und ich befand mich wieder allein.

Nun war mir klar, daß etwas geschehen müsse – entweder ich

mußte mein Leben enden oder ein Mittel ausfindig machen, um trotz fortwährender nagender Qual, die mich Tag und Nacht verzehrte, weiterleben zu können. Denn in jeder Nacht, ob ich schlief oder wachte, erlebte ich von neuem alle Einzelheiten dieses schrecklichen letzten Morgens – hörte Deirdres Stimmchen, „wohin werden wir heute gehen?" – hörte die Stimme der Kinderfrau: „Vielleicht ist es doch besser, daß die Kinder heute nicht ausgehen", und dann glaubte ich zu hören, wie ich ihr halb wahnsinnig zur Antwort gab: „Ja, Sie haben recht, Nurse, behalten Sie sie nur hier, lassen Sie sie heute ja nicht ausgehen!"

Raymond kam von Albanien herüber und war wie gewöhnlich voll Enthusiasmus: „Das ganze Land befindet sich in Not, die Dörfer sind verwüstet, die Kinder sterben Hungers! Wie kannst du in deinem selbstsüchtigen Gram hierbleiben? Komm und hilf den Kindern – sei den Frauen eine Stütze." Schließlich erreichte er seinen Wunsch: Ich legte meine griechische Tunika an, nahm meine Sandalen und folgte ihm nach Albanien. Er hatte sich zur Unterstützung der albanischen Flüchtlinge eine äußerst originelle Methode ausgedacht. Auf dem Markt in Korfu kaufte er rohe Wolle, lud sie auf einen kleinen gemieteten Dampfer und brachte sie nach Santa Quaranta, dem Hauptthafen für die Flüchtlinge.

„Was treibst du da", sagte ich, „willst du die Hungrigen vielleicht gar mit Wolle füttern?"

„Warte nur", sagte Raymond, „du wirst schon sehen. Brächte ich ihnen Brot, so würde dies nur für einen Tag reichen; aber ich bringe ihnen Wolle, und das wird sie noch in der Zukunft ernähren!"

Wir gingen an der felsigen Küste von Santa Quaranta ans Land, wo Raymond für die Hilfsaktion eine Zentrale geschaffen hatte. Nun hieß es: „Wer Wolle spinnen will, bekommt pro Tag eine Drachme." Eine Reihe abgezehrter, halbverhungerter Frauen hatte sich rasch eingefunden. Mit der Drachme kauften sie Mais, den die griechische Regierung im Hafen feilbot.

Dann kehrte mein Bruder mit seinem kleinen Dampfer nach Korfu zurück, bestellte Webstühle, kam wieder nach Santa Quaranta und fragte: „Wer will Wolle nach bestimmten Mustern für eine Drachme pro Tag weben?"

Scharen hungriger Weiber meldeten sich. Die Muster ließ sich Raymond nach antiken griechischen Vasen zeichnen. Bald saßen die webenden Frauen in Reihen am Meeresufer, und wir lehrten sie auch, im Chor zu singen, während sie webten. Nach Fertigstellung der Gewebe erwiesen sich die Muster als reizend und gaben prachtvolle Bettdecken ab, welche Raymond nach London schickte und mit fünfzig Prozent Profit verkaufte. Mit diesem Geld eröffnete er eine Bäckerei und verkaufte weißes Brot um fünfzig Prozent billiger als die griechische Regierung ihren Mais; so kam Leben in das Dorf der Flüchtlinge. Manchmal hatte Raymond auch Überfluß an Brot und Kartoffeln; wir brachten dann diese Schätze zu den Dorfbewohnern ins Gebirge und verteilten sie an die Hungernden.

Oft war ich Zeugin tragischer Szenen: eine Mutter unter einem Feigenbaum, ein Kind an der Brust, drei oder vier Kinder im strömenden Regen an sie geschmiegt – alle hungrig und ohne Heim; ihre Hütte verbrannt, der Vater von den Türken erschlagen, die Herde gestohlen, die Ernte vernichtet. Bei solcher Not griffen wir kräftig ein und verteilten manchen Sack Kartoffeln.

Wir kehrten ermüdet zu unseren Zelten zurück, und doch bemächtigte sich eine eigenartige Zufriedenheit meines Herzens. Meine Kinder waren für immer dahin, aber andere waren da, hungernd und leidend – konnte ich nicht mein Leben diesen anderen widmen?

Albanien ist ein seltsames und trauriges Land. Dort stand auch der erste Altar zu Ehren des Jupiter Tonans, des Donnergottes. So nannte man ihn, weil in diesem Land – Winter und Sommer – fortgesetzt Gewitter und heftige Wolkenbrüche stattfinden. Inmitten dieser Stürme wateten wir, nur mit Tunika und Sandalen bekleidet, und ich konnte feststellen, daß es wirklich angenehmer ist, vom Regen gründlich durchnäßt zu werden, als in der Stadt im Regenmantel mit einem Schirm spazierenzugehen.

Wir lebten in einem Zelt am Meeresstrand. Jeden Morgen bei Sonnenaufgang sprangen wir ins Meer und schwammen weit hinaus. In Santa Quaranta, wo es keinen Coiffeur gab, war es auch, wo ich mir selbst mit einer Schere die Haare abschnitt und ins Meer warf. Als ich aber Kraft und Gesundheit wiedererlangt hatte, wurde mir diese Existenz bei den Flüchtlingen doch schließlich unerträglich. Der Gegensatz zwischen dem Leben des Künstlers und jenem eines Heiligen war zu kraß – mein Künstlertum erwachte in mir, sowie die Erkenntnis, daß meine Mittel doch nicht ausreichen würden, den Strom von Elend aufzuhalten, der die albanischen Flüchtlinge erfaßt hatte.

32

Eines Tages fühlte ich, daß ich dieses rauhe, stürmische Gebirgsland, diese Stätte des Jammers, verlassen müsse, und sagte zu Penelope: „Ich kann dieses Elend nicht länger mit ansehen, ich sehne mich danach, in einer Moschee zu sitzen, weiche persische Teppiche unter meinen Füßen zu fühlen und das Licht einer ruhigen Lampe auf mich wirken zu lassen. Die hiesige Gegend übt auf mich eine niederdrückende Wirkung aus – komm, ich entführe dich auf eine kleine Reise nach Konstantinopel.“

Penelope war begeistert, wir vertauschten unsere Tuniken gegen unauffällige Toiletten und bestiegen ein Schiff, das eben nach dem Bosporus abfuhr. Tagsüber blieb ich in meiner Kabine; wenn alles schlief, band ich mir einen Schleier um und begab mich auf das mondbeschienene Deck des Schiffes. Bald hatte dort eine seltsame Erscheinung mein Interesse erweckt. An das Geländer gelehnt, den Blick starr auf den Mond gerichtet, stand ein junger Mann, ganz in Weiß gekleidet, sogar die Handschuhe waren weiß. In seinen Händen hielt er ein kleines schwarzes Buch, in dem er von Zeit zu Zeit las, dann murmelte er etwas, das wie eine Beschwörung klang. Sein Gesicht war fahl und hager, von zwei prachtvollen schwarzen Augen belebt und von reichem, dunklem Haar umrahmt. Als ich mich näherte, sprach der Fremde zu mir: „Ich wage Sie anzusprechen, weil ich ebenso wie Sie einen schweren Kummer trage. Ich kehre nach Konstantinopel zurück, um meine Mutter zu trösten, die sich in größter

Sorge befindet; denn vor einem Monat erhielt sie die tragische Nachricht vom Selbstmord meines ältesten Bruders, und nur zwei Wochen später erfolgte ein weiterer Schicksalsschlag – mein zweiter Bruder hatte gleichfalls Selbstmord verübt. Nun kehre ich als ihr letztes Kind heim, aber wie könnte ich ihr Trost bieten? Ich befinde mich selbst in einer so verzweifelten Stimmung, daß ich am liebsten dem Beispiel meiner Brüder folgen würde."

Wir schritten im Mondschein auf dem Verdeck auf und ab, und bald hatte ich erfahren, daß Raoul Schauspieler war; das kleine Buch in seiner Hand war eine Ausgabe von Hamlet, dessen Titelrolle er eben studierte. Am nächsten Abend trafen wir uns wieder auf dem Verdeck, und wie zwei unruhige Geister, jeder in seine eigenen Gedanken versunken, aber durch Anwesenheit des anderen gewissermaßen getröstet, blieben wir bis zur Dämmerung beisammen. In Konstantinopel erwartete ihn eine hochgewachsene, vornehme Dame in Trauerkleidung.

Penelope und ich stiegen im Peira Palace ab und verbrachten die ersten zwei Tage mit stundenlangen Wanderungen durch Konstantinopel; besonders gern hielten wir uns in der Altstadt mit ihren engen Gäßchen auf. Am dritten Tag erschien ein unerwarteter Besuch. Es war die Mutter meines melancholischen Reisekameraden, dieselbe Dame, die ihn bei seiner Ankunft erwartet hatte. Sie befand sich in größter Verzweiflung, zeigte mir die Bilder ihrer beiden verstorbenen älteren Söhne und sprach: „Beide sind von mir gegangen, und alle meine Tränen können sie nicht mehr zum Leben zurückbringen, aber ich bin gekommen, Sie anzuflehen; helfen Sie mir, meinen letzten Sohn am Leben zu erhalten, denn ich ahne es, er ist im Begriff, dem Beispiel seiner Brüder zu folgen."

„Was kann ich denn tun?" fragte ich. „Und woher droht ihm Gefahr?"

„Er hat die Stadt verlassen und befindet sich ganz allein in einer Villa am Meer, in der kleinen Ortschaft San Stefano. Aus seinem verzweifelten Gehabe vor seiner Abreise muß ich das Schlimmste befürchten. Sie haben auf ihn tiefen Eindruck gemacht und sind die einzige, die ihm das Verwerfliche seiner Handlungsweise begreiflich machen kann. Lehren Sie ihn, Mitleid mit seiner Mutter zu haben und zum Leben zurückzukehren!“

„Aber können Sie mir nicht wenigstens den Grund seiner verzweifelten Stimmung sagen?“

„Ich kenne ihn ebensowenig wie den Grund für den Selbstmord seiner Brüder. Schön, jung, vermögend – ach, warum suchen alle meine Söhne den Tod?“

Das Flehen der Mutter hatte mich tief gerührt, ich versprach, den Sohn aufzusuchen und alles zu tun, was in meinen Kräften stand, um ihn zur Vernunft zu bringen. Im Hotel hatte ich erfahren, daß die Straße nach San Stefano für ein Auto so gut wie unpassierbar wäre. Ich begab mich also zum Hafen und mietete ein kleines Ruderboot. Eine frische Brise hatte sich erhoben, und die Gewässer des Bosporus waren unruhig; immerhin erreichte ich glücklich den kleinen Ort, und nach der Beschreibung der Mutter fand ich auch bald die Villa Raouls. Es war ein kleines weißes Gebäude inmitten eines Gartens, an einem einsamen Punkt ganz nahe beim alten Friedhof gelegen. Ich konnte keine Glocke finden, klopfte wiederholt, erhielt aber keine Antwort, und da die Tür offenstand, trat ich ein. Im Erdgeschoß fand ich alles leer, ich stieg eine kurze Treppe empor, öffnete eine Tür und fand Raoul in einem Zimmer, das gänzlich in Weiß gehalten war: weißer Fußboden, weiße Wände, ein weißüberzogener Diwan; und auf dieser Ruhestätte lag er, wie ich ihn an Bord immer gesehen hatte, in schneeweißem Anzug, mit tadellos weißen Handschuhen. Neben dem Diwan stand ein kleines weißes Tischchen, darauf in einer Kristallvase eine weiße Lilie, daneben lag eine Pistole.

Der Knabe schien tagelang nichts gegessen zu haben und befand sich in einem Dämmerzustand; er schien in weiten Fernen zu weilen und meine Stimme gar nicht zu hören. Ich brachte ihn bald zum Leben zurück, sprach von seiner Mutter, hielt ihm vor, wie sehr sie schon durch den Tod seiner Brüder gelitten hätte, und schließlich gelang es mir, ihn bei der Hand zu fassen und mit zarter Gewalt zu meinem an der Landungstreppe wartenden Boot zu geleiten – die Pistole ließen wir auf dem Tischchen liegen.

Auf dem Heimweg weinte Raoul ununterbrochen und lehnte

es ab, zum Haus seiner Mutter zurückzukehren, weshalb ich ihm vorschlug, zu mir ins Peira Palace zu kommen, wo ich mich zunächst bemühte, die Ursache seines übermäßigen Schmerzes zu erfahren; denn es schien mir sicher, daß der Tod seiner beiden Brüder diesen Zustand nicht verständlich machte. Schließlich begann er zu flüstern: „Nein, Sie haben recht, es ist nicht der Tod meiner Brüder: Es ist wegen Sylvio."

„Wer ist Sylvio. Wo befindet sie sich?" fragte ich.

„Sylvio ist das herrlichste Geschöpf der Erde", war seine Antwort, „er lebt hier in Konstantinopel bei seiner Mutter."

Als ich erfuhr, daß Sylvio ein Knabe sei, war ich etwas bestürzt; da ich mich aber seit jeher zu den Schülern Platos gezählt habe und den „Phaedros" als den herrlichsten Liebesgesang schätzte, der geschrieben worden ist, war ich nicht so schockiert, wie manche Leute gewesen wären. Meiner Ansicht nach ist Liebe in ihren erhabensten Äußerungen eine rein geistige Flamme, die mit dem Geschlecht notwendigerweise nichts zu tun hat.

Allein, ich war entschlossen, das Leben Raouls um jeden Preis zu retten, und anstatt mich in lange Erörterungen einzulassen, fragte ich einfach: „Hat Sylvio Telefon und wie ist seine Nummer?"

Bald hörte ich Sylvios Stimme am Telefon, eine süße Stimme, die eine zärtliche Seele verriet. „Kommen Sie sofort zu mir ins Hotel!" befahl ich. Nicht lange darauf erschien ein reizender Jüngling von etwa achtzehn Jahren: So mag Ganymed ausgesehen haben, der sogar die olympische Ruhe des allgewaltigen Zeus zu gefährden vermochte.

Wir aßen gemeinsam und verbrachten den Abend zusammen. Als wir später auf dem Balkon saßen und sich zu unseren Füßen Tausende von Lichtern in den Gewässern des Bosporus spiegelten, hatte ich die Freude, Raoul und Sylvio in ein zärtliches Gespräch vertieft zu sehen, so daß ich die Überzeugung gewinnen konnte, das Leben Raouls sei gerettet. Ich telefonierte der Mutter und teilte ihr diesen Erfolg mit. Die arme Frau war überglücklich und konnte kaum ihrer Dankbarkeit Ausdruck verleihen. Als ich an diesem Abend meinen Freunden gute Nacht sagte, empfand ich ein reines Glücksgefühl, denn es war mir gelungen, ein gutes Werk zu vollbringen: Das Leben dieses herrlichen Knaben war, vorläufig wenigstens, erhalten.

Einige Tage später erschien die verzweifelte Mutter abermals bei mir. „Raoul befindet sich schon wieder in seiner Villa in San Stefano", sagte sie, „Sie müssen ihn noch einmal retten." Nun war ich allerdings der Ansicht, daß sie meine Gutmütigkeit doch ein wenig stark in Anspruch nahm, dennoch konnte ich dem Flehen der geängstigten Mutter nicht widerstehen. Da die See an diesem Tag äußerst bewegt war, entschloß ich mich, den Weg im Auto zurückzulegen. Ich blieb beim Hause Sylvios stehen und forderte ihn auf, sofort mit mir zu kommen, was er auch ohne weiteres tat. Auf der Fahrt fragte ich ihn: „Sagen Sie mir jetzt endlich, was ist der Grund zu diesem Wahnsinn?"

„Sehen Sie, das verhält sich folgendermaßen", sagte Sylvio, „gewiß, ich liebe Raoul, aber eben doch nicht mit der gleichen Leidenschaft, die er mir entgegenbringt, und deshalb will er sich das Leben nehmen."

Als die Sonne unterging, machten wir uns auf den Weg, und von der Fahrt auf der unmöglichen Straße ziemlich arg durchgerüttelt, erreichten wir die Villa, die wir im Sturm nahmen. Nun brachten wir den trübsinnigen Raoul wieder zum Hotel zurück, zogen auch Penelope ins Geheimnis und sannen bis in die späte Nacht über ein Mittel nach, wie der sonderbaren Leidenschaft Raouls beizukommen wäre.

Am nächsten Morgen wanderten Penelope und ich in den alten Gassen Konstantinopels umher und entdeckten die Ankündigung einer armenischen Wahrsagerin, die wir zu besuchen beschlossen. Wir betraten das uralte Haus, stiegen über eine gebrechliche Wendeltreppe durch unglaublichen Schmutz in ein entlegenes Gemach, wo wir ein altes Weiblein über einen dampfenden Kessel gebeugt fanden. Sie sprach auch etwas Griechisch, so daß Penelope sie vollkommen verstand, und erzählte uns, sie hätte beim letzten Türkenmassaker in eben diesem Zimmer alle ihre Söhne, Töchter und Enkelkinder in fürchterlichster Weise ums Leben kommen sehen. Von diesem Augenblick an hätten sich bei ihr hellseherische Eigenschaften gezeigt und sie könne in die Zukunft blicken.

Über meine Zukunft befragt, beugte sich die Alte eine Zeitlang über den Kessel und stammelte schließlich unzusammenhängende Worte, die Penelope mir wie folgt übersetzte:

„Sie begrüßt dich als Tochter der Sonne. Du wurdest auf die Welt gesetzt, um allen Menschen große Freude zu bereiten, und von dieser Freude wird sich eine Religion verbreiten. Nach vielen Wanderungen wirst du am Ende deines Lebens auf der ganzen Welt Tempel bauen und schließlich wieder in diese Stadt zurückkehren, wo du gleichfalls einen Tempel bauen wirst. Alle diese Tempel werden der Schönheit und der Freude gewidmet sein, denn du bist die Tochter der Sonne."

Damals schien mir diese poetische Prophezeiung äußerst befremdlich, besonders wenn ich an mein sorgenvolles und verzweifeltes Dasein dachte.

Dann kam Penelope an die Reihe, und während die Alte zu meiner Schwägerin sprach, bemerkte ich, daß diese erbleichte und in größten Schrecken geriet. Auf mein Befragen erzählte mir Penelope:

„Was sie spricht, ist außerordentlich beunruhigend. Sie behauptet, ich werde bald ein Telegramm mit der Nachricht von der schweren Erkrankung eines meiner Lieben erhalten und daß ein anderer, der mir nahesteht, mit dem Tode ringt. Auch mein Leben werde nicht mehr lange dauern."

Penelope war außerordentlich aufgeregt, gab der Alten etwas Geld, verabschiedete sich von ihr, ergriff meine Hand und rannte mit mir die schmutzigen engen Gänge entlang bis auf die Straße. Wir bestiegen einen Wagen und fuhren ins Hotel zurück, wo uns schon ein Telegramm erwartete. Penelope lehnte sich an meine Schulter und war einer Ohnmacht nahe. Ich führte sie in ihr Zimmer, öffnete das Telegramm und las: „Menalkas (Penelopes Sohn) schwer erkrankt, Raymond schwer erkrankt, kehre sofort zurück."

Rasch warfen wir unsere Sachen in die Koffer, ich erfuhr, daß das nächste Schiff nach Santa Quaranta am selben Abend abgehen sollte, vergaß jedoch bei der überstürzten Abreise nicht meinen Freund Raoul und schrieb an seine Mutter folgende Zeilen: „Wenn Sie Ihren Sohn von der ihm drohenden Gefahr erretten wollen, muß er Konstantinopel sofort wieder verlassen. Fragen Sie nicht nach dem Grund, sondern bringen Sie ihn heute abend zum Dampfer, mit dem ich um 5 Uhr nach Santa Quaranta abreise."

Ich erhielt keine Antwort, aber eben als das Schiff in See gehen wollte, erschien Raoul, der den Eindruck eines lebenden Leichnams machte. Er hatte weder an eine Fahrkarte noch an eine Kabine gedacht, doch ist man auf den orientalischen Dampfern äußerst zuvorkommend, so daß es mir bald gelang, mit dem Kapitän zu vereinbaren, Raoul könne in meinem Salon übernachten.

In Santa Quaranta angelangt, fanden wir Raymond und Menalkas mit hohem Fieber im Bett. Ich bemühte mich, Raymond und Penelope zum Verlassen dieses unglücklichen Landes zu überreden, auch einen Arzt bat ich, meinen Bruder zur Abreise zu bewegen. Dieser wollte jedoch davon nichts hören, und Penelope ließ ihn natürlich nicht allein, so daß mir nichts anders übrig blieb, als sie auf diesem öden Felsgebirge in ihrem elenden Zeltlager zurückzulassen, über das eben wieder ein fürchterliches Gewitter niederging.

Mein Dampfer fuhr nach Triest weiter, und ich beschloß, mit Raoul die Reise fortzusetzen. Wir waren beide sehr unglücklich, und er weinte nahezu unaufhörlich. Ich hatte mein Auto nach Triest bestellt, denn die Begegnung mit anderen Reisenden im Eisenbahncoupé wäre mir unmöglich gewesen, und so fuhren wir nach Norden über die unbeschreiblich schönen Gebirgsstraßen Tirols gegen die Schweiz, dort machten wir am Genfer See halt. Wir waren ein seltsames Paar, jeder in seinen eigenen Schmerz vertieft, aber vielleicht war gerade dies der Grund, warum wir an unserer Gesellschaft Gefallen fanden. Wir verbrachten ganze Tage in einem kleinen Ruderboot am See, und schließlich gelang es mir, von Raoul das heilige Versprechen zu erlangen, daß er sich seiner Mutter zuliebe niemals wieder mit Selbstmordgedanken tragen wolle.

Eines Morgens brachte ich ihn an die Bahn, und er kehrte zu seiner Theatergruppe zurück. Ich habe ihn nie wiedergesehen, doch hörte ich später, er hätte eine sehr erfolgreiche Karriere gemacht und besonders den Hamlet in unübertrefflicher Weise dargestellt.

Nun befand ich mich wieder ganz allein in der Schweiz und

geriet in einen Zustand größter Abspannung und tiefer Melancholie. An keinem Ort hielt es mich lange, ich war von Ruhelosigkeit verzehrt, reiste im Auto durch die ganze Schweiz und folgte schließlich einem unwiderstehlichen Drang, nach Paris zurückzukehren. Auch dort blieb ich allein, denn jede Geselligkeit war mir unerträglich geworden. Selbst die Gesellschaft meines Bruders Augustin, der zu mir in die Schweiz geeilt war, konnte den Bann nicht brechen, und schließlich erreichte meine Nervosität einen solchen Grad, daß mir sogar jede menschliche Stimme verhaßt war.

Eines Tages kam ich allein bei meinem Haus in Neuilly an. Es war ganz verlassen, ein alter Mann, der in der Portierloge wohnte, besorgte die Gartenarbeiten. Beim Betreten meines großen Studios brachte mir der Anblick der blauen Draperien auf Augenblicke meine Kunst und meine Arbeit in Erinnerung, und ich beschloß, meine ganze Kraft zusammenzunehmen. Dann erschien mein Freund Henri Skene und spielte – aber die wohlbekannten Töne wühlten mein Innerstes so tief auf, daß ich sofort in einen endlosen Weinkrampf verfiel: Jetzt weinte ich eigentlich zum erstenmal; alles hier im Haus brachte mir mit krasser Deutlichkeit die Tage meines Glücks in Erinnerung. Bald glaubte ich die Stimmen meiner Kinder im Garten zu vernehmen, und als ich eines Tages zufällig das kleine Gartenhaus betrat, wo sie gewohnt hatten, und ihre Kleidungsstücke und Spielsachen umherliegen sah, brach ich vollkommen zusammen – es war mir einfach unmöglich, in Neuilly zu bleiben. Nachts fand ich keinen Schlaf, denn der Fluß, in dessen Fluten meine Kinder versunken waren, strömte in beängstigender Nähe beim Haus vorbei, und eines Tages, am Ende meiner Kräfte angelangt, bestieg ich wieder mein Auto und fuhr nach Süden. Nur wenn ich im Wagen saß und mit großer Geschwindigkeit dahinsauste, fand ich Erleichterung von der unbeschreiblichen Qual, die meine Tage und Nächte erfüllte.

Wir fuhren über die Alpen, und ich war wieder in Italien, wo ich ruhelos hin und her wanderte. Oft verbrachte ich ganze Nächte in einer Gondel und ließ mich vom Gondoliere bis zum Morgengrauen in den entlegensten Kanälen Venedigs umherrudern; ein anderes Mal schritt ich ruhelos in den alten Straßen

Riminis auf und ab. In Florenz, wo, wie ich wußte, Craig wohnte, empfand ich starkes Verlangen, ihn wiederzusehen; da mir aber auch bekannt war, daß er geheiratet hatte und ein häusliches Leben führte, befürchtete ich, meine Anwesenheit könnte Unfrieden stiften, und ließ nichts von mir hören.

Eines Tages erhielt ich ein Telegramm von Eleonora Duse: „Isadora, ich weiß, du wanderst ruhelos durch Italien. Bitte komme zu mir, ich will alles versuchen, um dich zu trösten." Heute noch ist es mir unbegreiflich, wie sie imstande war, meinen Aufenthaltsort ausfindig zu machen, kaum hatte ich aber den zauberhaften Namen gelesen, da wußte ich auch, daß Eleonora das einzige Wesen war, das ich zu sehen wünschte. Das Telegramm war von Viareggio abgesendet, ich dankte, zeigte meine Ankunft an und flog im Auto zu ihr.

33

Am nächsten Morgen fuhr ich sofort zur Duse, die in einer rosafarbenen Villa mitten in einem Weingarten wohnte.

Als ich das Leuchten in ihren Augen erblickte, faßte ich wieder frischen Mut. Ihr Trost schien den Schmerz von mir zu nehmen und in ihr eigenes Herz zu versenken, und nun erkannte ich auch, warum ich die Gesellschaft anderer Menschen nicht ertragen konnte: Alle anderen spielten nur Komödie; sie versuchten mein Gemüt durch vorgetäuschtes Vergessen zu erleichtern – Eleonora aber sprach: „Erzähle mir von Deirdre und Patrick", dann mußte ich ihr Aussprüche meiner Kinder und kleine Begebenheiten aus ihrem Leben erzählen und ihre Photographien zeigen, die sie küßte und über die sie Tränen vergoß. Niemals riet sie mir, meinen Schmerz zu betäuben, nein, sie litt mit mir und zum erstenmal seit der Katastrophe fühlte ich mich nicht mehr allein. Ihr großes Herz war imstande, alle Tragödien dieser Welt in sich aufzunehmen.

Während einer unserer Wanderungen wendete sie sich plötzlich zu mir, die untergehende Sonne umgab ihr Haupt wie mit einem Strahlenkranz, lange blickte sie mir suchend in die Augen und begann dann mit schluchzender Stimme: „Isadora, versuche nie wieder, Glückseligkeit zu finden! Auf deiner Stirn erblicke ich das Merkmal der von Unheil Gezeichneten ... Was du bisher zu erdulden hattest, war nur ein Vorspiel – fordere das Schicksal nicht heraus!"

Eleonora liebte Musik über alles; ihr zuliebe schaffte ich einen schönen Flügel an und schickte ein Telegramm an meinen treuen Freund Skene, der sofort zu mir eilte. Nun spielte er jeden Abend für sie Beethoven, Chopin, Schumann und Schubert, und manchmal begann sie mit einer leisen prachtvoll abgetönten Stimme ihre Lieblingsarien zu singen ... „In questa tomba oscura" oder „Laschia ch'io pianga ...", und bei den letzten Worten „Ingrata – ingrata!" – gewannen Betonung und Blick einen so unendlich traurigen Ausdruck, daß man sie nicht ansehen konnte, ohne Tränen zu vergießen.

Eines Abends in der Dämmerung raffte ich mich auf, bat Skene, das Adagio aus der Pathétique zu spielen und tanzte! Es waren die ersten Tanzbewegungen, die ich seit dem 19. April versucht hatte. Die Duse wußte es mir zu danken, nahm mich in ihre Arme und küßte mich. „Isadora", sprach sie nach einer Weile, „warum bestehst du darauf, noch weiter hier zu bleiben? Du mußt zu deiner Kunst zurückkehren, nur dort allein findest du Heil und Erlösung."

Sie wußte, daß ich vor einigen Tagen einen Antrag für eine Tournee nach Südamerika erhalten hatte. „Nimm diesen Kontrakt an", drängte sie, „bedenke nur, wie kurz das Leben ist, und daß noch viele Jahre vor dir liegen, in denen man nichts mehr empfindet als Langeweile. Entfliehe der Sorge und dem Trübsinn – entfliehe ihnen!"

„Fuir, fuir", sagte sie, aber mein Herz war noch schwer. Vor Eleonora und Skene konnte ich vielleicht einige Tanzschritte zuwege bringen, aber mich wieder vor das Publikum hinzustellen, schien mir ganz unmöglich. Mein ganzes Wesen war zu sehr zermürbt; jeder Herzschlag rief nach meinen Kindern. An einem grauen Herbstnachmittag schritt ich allein am sandigen Meeresufer, als ich plötzlich gerade vor mir ganz deutlich die Gestalten meiner Kinder Hand in Hand gehen sah. Ich folgte ihnen atemlos, rief, winkte, schrie, sie aber liefen lachend davon und waren bald in Nebel und Meeresdunst verschwunden. Da tauchte in mir ein schrecklicher Argwohn auf . . . Ich hatte das bestimmte Gefühl, jene Grenzen schon halb überschritten zu haben, welche ein gesundes Hirn vom Wahnsinn trennt. In bitterster Verzweiflung fiel ich mit dem Gesicht zur Erde und schluchzte laut auf . . . Wie lange ich so gelegen habe, weiß ich nicht, aber ich erwachte durch die Berührung einer mitleidigen Hand auf meinem Haupt. Als ich emporblickte, dachte ich, eine jener herrlichen sinnenden Jünglingsgestalten aus der Sixtinischen Kapelle vor mir zu sehen. Er war eben aus dem Meer gestiegen, stand neben mir und sprach: „Warum weinen Sie immer? Kann ich denn gar nichts für Sie tun – kann ich Ihnen nicht helfen?"

„Ja", erwiderte ich und blickte ihn flehentlich an, „retten Sie mich, retten Sie mein Leben, retten Sie meinen Verstand. Schenken Sie mir ein Kind!"

An diesem Abend standen wir beisammen auf dem Dach meiner Villa, die Sonne war hinter dem Horizont verschwunden, der Mond ging auf und überschüttete die Marmorwände des Gebirges mit silbrigem Licht. Und als seine starken Arme mich umfaßten, seine Lippen die meinen berührten, als alles Feuer seiner italienischen Leidenschaft sich mir mitteilte – da erst war ich von Kummer und Tod errettet, dem Licht zurückgegeben, zur Liebe wieder geboren.

Am nächsten Morgen erzählte ich mein ganzes Erlebnis der Duse, doch schien es sie nicht im geringsten zu überraschen. Künstler befinden sich ja ununterbrochen in einem Reich der Legenden und der Phantasie. Daß einer der Sixtinischen Jünglinge Michelangelos aus dem Meere steigen sollte, um mich zu trösten, schien für sie ein ganz alltägliches Ereignis zu sein. Obwohl sie im allgemeinen mit Fremden nicht gern zusammentraf, stimmte sie doch freundlich zu, daß ich ihr meinen Angelo vorstellen dürfe. Wir besuchten auch sein Atelier – denn er war Bildhauer!

Jugend besitzt eine prachtvolle Elastizität, Jugend glaubt alles, und ich habe beinahe gedacht, daß diese neue Liebe meinen

Schmerz besiegen könnte, auch war ich zermürbt und wollte mich selbst überreden, es könnte noch anders werden. Immer noch hoffte ich, daß meine Kinder mir wiedergegeben werden könnten, aber leider sollte mein Traum nicht von langer Dauer sein. Mein Geliebter gehörte einer italienischen Familie mit strengen Ansichten an und war mit einem jungen Mädchen aus denselben Kreisen verlobt. Er hatte mir dies nie eingestanden, doch erklärte er es mir bald in einem längeren Schreiben. Schließlich schieden wir voneinander, und ich war ihm deshalb nicht gram, im Gegenteil, ich fühlte Dankbarkeit, denn er hatte mir meinen Verstand gerettet. Ich wußte aber auch, daß ich nicht länger allein bleiben würde, und von diesem Augenblick an begann ein Mysterium mein Leben zu erfüllen. Es war mir, als ob die Geister meiner Kinder stets um mich wären, wie wenn sie mit dem Leben, das sich in mir zu regen begann, zurückkehrten, mir endlich Trost zu verleihen.

34

Rom ist ein wundervoller Aufenthalt für eine sorgenbeladene Seele. Die blendende Klarheit und Vollendung von Athen würde damals meinen Schmerz nur noch vertieft haben, aber Rom mit seinen großartigen Ruinen, mit seinen Gräbern und Denkmälern, den Zeugen so vieler toter Generationen, bereitete meinem gequälten Gemüt Linderung. Besonders liebte ich es, frümorgens die Via Appia zu durchwandern. Zwischen den langen Gräberreihen kamen weinbeladene Fuhrwerke von Frascati, während die Fuhrleute wie müde Faune auf den Weinfässern schliefen. Da schien es mir manchmal, als wäre die Zeit stillgestanden: Ich war ein Geist, der seit tausend Jahren auf der alten Gräberstraße einherzog – vor mir lag die unendliche Eintönigkeit der römischen Campagna, und über mir spannte sich der Riesenbogen des raffaelitischen Himmels. Da hob ich manchmal meine Arme empor und tanzte als tragische Gestalt zwischen den Gräbern die uralte Straße entlang.

Des Nachts machte ich mich mit Skene auf die Wanderung, oft verweilten wir bei den zahlreichen Brunnen, die, von den reichen Quellen des Gebirges gespeist, ewig zu fließen scheinen. Gern setzten wir uns an den Brunnenrand und lauschten dem Rieseln und Plätschern des Wassers; dort saß ich still und weinte, während mein freundlicher Genosse mir mitleidsvoll die Hand drückte. Aus diesen traurigen Wanderungen riß mich ein langes Telegramm Lohengrins, der mich im Namen meiner Kunst beschwor, nach Paris zurückzukehren. Ohne weiter zu überlegen, setzte ich mich in den nächsten Zug und reiste ab.

Lohengrin hatte für mich ein prachtvolles Appartement im Carlton gemietet; von meinen Fenstern aus überblickte ich die Place de la Concorde, alle Zimmer waren mit Blumen geschmückt. Ich beichtete ihm alles, was ich in Viareggio erlebt hatte, sowie meine mystischen Träume von einer Wiedergeburt der Kinder; allein, er barg sein Gesicht in meine Hände und sagte schließlich nach innerem Kampf: „Als ich dir im Jahre 1908 zum erstenmal begegnete, wollte ich dich in deiner Kunst unterstützen, aber unsere Liebe hat uns in Trauer versetzt. Lassen wir das jetzt begraben sein, ich will nunmehr deine Schule gründen, genauso, wie du sie haben willst. Wir wollen gemeinsam trachten, aus deiner Kunst für alle Bewohner dieser traurigen Erde Schönheit und Freude zu schöpfen."

Dann teilte er mir mit, er hätte das große Hotel Bellevue gekauft, von dessen Terrassen man den Blick über das alte Paris genießt und dessen Gärten bis an den Fluß hinabreichen. Im Hotel sei Platz für tausend Kinder, und es hinge jetzt nur von mir ab, die Schule ins Leben zu rufen.

„Du mußt nur festen Willen zeigen, alle persönlichen Empfindungen beiseite stellen und dich nur mehr deiner Idee widmen."

Da bedachte ich, welches Übermaß an Schmerz und Katastrophen dieses Leben mir bisher bereitet hatte und begriff, daß nur mein großer, künstlerischer Gedanke imstande war, sich über alle Niedrigkeiten des Lebens zu erheben. Und so sagte ich zu.

Am nächsten Morgen machten wir unseren ersten Besuch in Bellevue, und von da an begannen Maler, Tapezierer und Handwerker unter meiner Leitung fleißig zu arbeiten, um dieses eher banale Gebäude in einen Tempel des Zukunftstanzes zu verwandeln.

Fünfzig neue Schülerinnen wurden aus einer Konkurrenz gewählt, hierzu kamen noch die Mädchen aus meiner ersten Schule und die Aufseherinnen. Die Speiseräume des alten Hotels wurden zu Tanzsälen umgewandelt, wo ich auch meine blauen Vorhänge anbringen ließ. In der Mitte des größten Saales erhob sich eine Plattform, wo sich Zuschauer aufhalten konnten, oder Autoren, um ihre Stücke einzustudieren. Das Speisezimmer war amphitheatralisch gebaut; die älteren Zöglinge und die Lehrerinnen erhielten ihre Plätze auf den oberen Bänken, die Kinder saßen unten.

Während dieses bewegten und abwechslungsreichen Lebens fand ich noch die Muße, den Kindern Unterricht zu erteilen, und sie machten überraschende Fortschritte. Drei Monate nach der Eröffnung der Schule riefen sie das Erstaunen und die Bewunderung aller Künstler hervor, die ich zur Besichtigung der Schule eingeladen hatte. Samstag war immer der Tag der Künstler. Am Morgen wurde für die Eingeladenen öffentlich Unterricht erteilt, und dann ließ Lohengrin mit gewohnter verschwenderischer Freigebigkeit für alle einen opulenten Lunch servieren. Und nach dem Lunch erfreute man sich an Musik, Poesie und Tanz.

Rodin, dessen Haus auf dem gegenüberliegenden Hügel in Meudon lag, war ein häufiger Besucher. Er saß stundenlang im Tanzsaal, zeichnete, skizzierte die jungen Mädchen und Kinder während des Tanzes und sagte einmal zu mir: „Wenn ich nur in meiner Jugend solche Modelle gehabt hätte! Vollkommene Gestalten, die sich in Bewegung befinden! Gewiß hatte ich oft herrliche Modelle, aber niemals solche, die wie Ihre Schülerinnen die Gesetze der natürlichen Bewegungen erfaßt hatten."

Im Monat Juni gaben wir eine Festvorstellung im Trocadero; ich selbst saß in meiner Loge und erfreute mich an den Darbietungen meiner Zöglinge. Der Erfolg war außerordentlich; bei einigen Programmnummern erhob sich das Publikum und schrie vor Entzücken und Freude. Zum Schluß ertönte ein Applaus, der tatsächlich nicht enden wollte.

35

Das Leben in Bellevue begann tagtäglich morgens mit einem Freudenausbruch; man hörte die kleinen Füßchen die Korridore entlang treppauf treppab klappern, Kinderstimmen lachten und sangen. Wenn ich hinunterkam, war alles schon im Tanzsaal versammelt, und bei meinem Anblick riefen die Kinder: „Guten Morgen, Isadora!" Wer hätte in einer solchen Atmosphäre Trübsal blasen können? Allein, wenn meine Augen in der fröhlichen Schar vergeblich nach zwei kleinen abwesenden Gesichtchen Ausblick hielten, dann mußte ich in mein Zimmer eilen und mich ausweinen. Dennoch brachte ich täglich die Kraft auf, meinen Zöglingen Unterricht zu erteilen, und die entzückende Grazie ihrer Bewegungen flößte mir frischen Lebensmut ein.

Ich verbrachte jetzt jeden Tag mehrere Stunden mit dem Unterricht meiner Zöglinge. War ich vom Stehen ermüdet, dann ließ ich mich auf eine Liegestatt nieder und setzte den Unterricht nur durch die Bewegungen meiner Hände und Arme fort. Die Kraft meines Unterrichtes grenzte ans Märchenhafte. Es schien fast, als ob durch meine Bewegungen der Geist der Tanzkunst sich auf die Schülerinnen übertragen würde.

So konnte ich mit dem Erfolg meines Lebenswerkes zufrieden sein und blickte hoffnungsfroh in die Zukunft. Aber im Monat Juli des Schreckensjahres 1914 erfaßte eine seltsame Beklemmung die Welt – ich fühlte es, und die Kinder hatten das gleiche Empfinden. Wenn wir von der Terrasse aus das Panorama zu unseren Füßen betrachteten, verhielten sich die Kinder manchmal auffallend ruhig und gedrückt. Große schwarze Gewitterwolken sammelten sich am Firmament, und eine drohende Schwüle schien über dem Land zu lagern. Ich empfand dies alles ganz deutlich, ja es schien mir sogar, daß die Bewegungen des Kindes unter meinem Herzen schwächer und weniger energisch wären als bei meinen anderen Kindern. Auch fühlte ich mich überaus ermüdet, denn der Kraftverbrauch zur Unterdrückung von Trauer und Kummer durch geregelte Arbeit hatte mich vollständig erschöpft. Mitte Juli schlug Lohengrin vor, die Zöglinge während der Ferien in sein Haus nach Devonshire zu bringen. So kamen sie eines Morgens alle zu zweit in mein Zimmer und sagten mir Lebewohl; sie sollten den August an der See verbringen und im September zurückkehren. Nach ihrer Abreise erschien mir das Haus unendlich öde und leer, der große Tanzsaal wirkte geradezu gespensterhaft, doch trachtete ich meine Besorgnisse mit dem Gedanken an das bald zu erwartende Baby zu beruhigen; auch die Zöglinge würden ja bald zurückkehren, und dann würde Bellevue wieder ein Mittelpunkt der Lebensfreude sein. So schleppten sich die Wochen dahin, als eines Tages mein Freund, Dr. Bosson, der damals unser Gast war, mit auffallend bleichem Gesicht zu mir ins Zimmer trat; in seiner Hand hielt er ein Zeitungsblatt, aus dem ich bald die Nachricht von der Ermordung des österreichischen Erzherzogs erfuhr. Es folgte dann eine Zeit der Gerüchte und bald darauf die Gewißheit, daß der Krieg ausgebrochen sei. Jetzt wußte ich, daß die dunklen Schatten, die ich während der letzten Monate von Bellevue aus gefühlt hatte, Krieg bedeutet hatten. Während ich eine Wiedergeburt der Kunst und des Theaters plante, hatten andere Gewalten beschlossen, Krieg, Tod und Verzweiflung über die Welt zu bringen – ach, was konnten meine schwachen Kräfte gegen den Ansturm dieses gewaltigen Geschehens tun.

Am 1. August fühlte ich die ersten Wehen. Auf der Straße vor meinen Fenstern wurde die Mobilmachung bekanntgegeben. Es war ein heißer Tag, die Fenster standen offen, meine Klagerufe, meine Schmerzensschreie, meine Todesangst wurde von dem Rollen der Trommeln und vom Geschrei der Menge übertönt.

Meine treue Freundin Marie brachte eine Wiege, ganz mit weißem Musselin ausgeschlagen, und ich konnte meinen Blick nicht davon abwenden. Es war meine Überzeugung, daß Deirdre und Patrick wieder zu mir zurückkehren würden ... Und draußen rasselten die Trommeln, heulte das Volk auf in Angst und Wut: Krieg, Mobilmachung, Krieg! ... Aber mein Kind mußte geboren werden, und es fiel ihm schrecklich schwer, zur

Welt zu kommen. Mein Freund Bosson hatte schon seinen Einrückungsbefehl erhalten und war an die Front gegangen. An seine Stelle trat ein fremder Arzt, der für mich kein anderes Linderungsmittel fand, als mir von Zeit zu Zeit zuzurufen: „Courage, Madame!"

Endlich hörte ich den ersten Schrei des Kindes – es schrie – es lebte! So groß und so schrecklich auch das Entsetzen und der Schmerz gewesen waren, die ich in diesem fürchterlichen Jahr erduldet hatte – jetzt löste sich alles in einem ungeheuren Freudengefühl auf. Alles wurde durch diesen Augenblick gutgemacht. Gewiß, wenn es einen Gott gibt, so ist er ein ausgezeichneter Regisseur: Im Nu verwandelten sich all die endlosen Stunden der Trauer und Angst in helles Entzücken, als man mir einen prächtigen Jungen in die Arme legte!

Aber draußen hörte man immer noch die Trommeln „Krieg – Mobilmachung – Krieg!" „Gibt es wirklich Krieg?" staunte ich. „Was kümmert's mich, mein Kind ist hier sicher und gesund in meinen Armen! Jetzt sollen sie Krieg führen – was kümmert's mich?"

Der Abend kam, mein Zimmer füllte sich mit Leuten, die alle beim Anblick des Kindes Freude empfanden: „Jetzt werden Sie wieder glücklich sein", sagten sie. Dann gingen sie wieder, einer nach dem anderen, und ich blieb mit dem Kind allein. Ich flüsterte ihm zu: „Wer bist du? Bist du Deirdre oder Patrick? Bist du zu mir zurückgekehrt, um mich zu besuchen?" Und immer wieder küßte ich das liebliche Geschöpf, preßte es an meine Brust und weinte vor Freude . . . Da plötzlich starrt mich das kleine Wesen an, röchelt, schnappt nach Luft – und ein langer pfeifender Ton entreißt sich seinen eisigen Lippen . . . Ich rufe die Schwester – sie kommt, erkennt die Gefahr, reißt mir entsetzt das Kind aus den Armen, und vom anderen Zimmer höre ich Rufe „Sauerstoff – heißes Wasser . . ." Nach einer Stunde qualvollen Wartens kommt Augustin herein und sagt: „Arme Isadora – dein Kind ist tot . . ."

Ich glaube, daß ich in diesem Augenblick den Höhepunkt jedes menschlichen Leidens erreicht hatte, denn mit dem Tod dieses Kindes wurden mir Deirdre und Patrick zum zweitenmal entrissen.

Meine Freundin Marie, die einige Stunden vorher die kleine Wiege ins Zimmer gestellt hatte, trug sie wieder hinaus, und im Nebenzimmer hörte ich Hammerschläge das Särglein zunageln, welches die einzige Wiege meines Kindes bilden sollte. Jeder einzelne dieser Schläge schien mein Herz zu treffen, es waren die letzten Takte äußerster Verzweiflung: ich lag dort auf meinem Bett, ein hilfloses menschliches Wrack.

Da tritt ein Freund zu mir ins Zimmer und spricht: „Was bedeuten denn Ihre persönlichen Sorgen und Schmerzen? Schon fordert der Krieg Hunderte und Tausende von Opfern – schon schickt man Sterbende und Verwundete von der Front!" Nun wußte ich, daß mir keine andere Wahl blieb, und ich gestaltete Bellevue in ein großes Kriegshospital um; denn in diesen ersten Kriegstagen war jedermann vom gleichen Enthusiasmus erfüllt – wer kann heute sagen, wo das Recht stand, wo das Unrecht? Freilich scheint es heute, als ob alles ganz ohne Zweck gewesen wäre, aber wer kann dies beurteilen? Romain Rolland saß damals schon in seiner Schweiz und überblickte die Situation; auf sein gedankenblasses, sinnreiches Antlitz hat er die Verwünschungen vieler Menschen herausgefordert – viele andere haben ihn gesegnet.

Aber damals waren alle Feuer und Flamme! Und selbst die Künstler sagten: „Was bedeutet Kunst? Die Jungen geben ihr Leben her, die Soldaten sterben zu Tausenden – was bedeutet dagegen Kunst?" Ich schloß mich der übrigen Welt an und sagte: „Nehmt alle diese Betten, nehmt das ganze Haus, das der Kunst geweiht war, und macht daraus ein Spital zur Pflege der Verwundeten."

Eines Tages kamen Leute mit einer Tragbahre in mein Zimmer, baten mich, das Spital zu besichtigen, und trugen mich, da ich noch nicht gehen konnte, von Zimmer zu Zimmer. Da sah ich, daß man überall meine Basreliefs, meine Bacchanten und tanzenden Faune, meine Nymphen und Satyre von den Wänden entfernt hatte; alle Draperien und Vorhänge hatte man weggenommen, und an ihre Stelle waren billige Reproduktionen eines schwarzen Christus auf einem goldenen Kreuz geheftet, wie sie katholische Gesellschaften während des Krieges zu Tausenden verbreiteten. Ich mußte an die armen verwundeten Soldaten denken. Um wie vieles fröhlicher hätte sich ihr erstes Erwachen in den heiteren Räumen meiner Schule abgespielt, wäre alles in seinem früheren Zustand verblieben!

Aus meinem wundervollen Tanzsaal waren die blauen Vorhänge verschwunden, und endlose Bettreihen erwarteten die Leiden der Menschheit. Meine Bibliothek, wo die dichterischen Schöpfungen aller Jahrhunderte die Besucher erfreut hatten, war jetzt in einen Operationssaal verwandelt, wo man der Märtyrer harrte. Alle diese Umstände berührten mich in meinem geschwächten Zustand außerordentlich tief.

36

Sobald ich transportfähig war, verließen Marie und ich Bellevue und fuhren an die See. Auf dem Wege mußten wir das Kriegsgebiet passieren, und als ich meinen Namen genannt hatte, behandelte man mich mit der größten Aufmerksamkeit. Eine Schildwache rief der anderen zu: „Es ist Isadora, laß sie passieren!“ und ich empfand diese Worte als die höchste Ehrenbezeigung. In Deauville stiegen wir im Hotel Normandie ab. Ich war noch sehr abgespannt, fühlte mich krank und war glücklich, in einem ruhigen Hafen gelandet zu sein. Wochen vergingen, Mutlosigkeit und Mattigkeit hatten sich meiner bemächtigt, ich war so schwach, daß ich mich kaum an den Strand schleppen konnte, die starke Seeluft griff mich nur noch mehr an, und als ich mich eines Tages ernstlich krank fühlte, schickte ich ins Spital um einen Arzt. Zu meiner größten Überraschung erschien dieser jedoch nicht und sandte eine ausweichende Antwort.

Das Hotel war damals eine Zufluchtsstätte für viele vornehme Pariser. Neben uns wohnte der Comte Robert de Montesquieu, und nach Tisch hörten wir ihn öfters mit seiner dünnen Fistelstimme eigene Gedichte vortragen. Bei den ununterbrochen eintreffenden Nachrichten über Krieg, Brutalität und blutige

Greuel empfand ich es als Erlösung, die Stimme eines wirklichen Dichters zu vernehmen, der in ekstatischen Worten das Hohelied der Schönheit vortrug. Auch Sacha Guitry war im Normandie abgestiegen, und jeden Abend versammelte sich um ihn in der Halle eine entzückte Gesellschaft, die er aus seinem unerschöpflichen Vorrat an Geschichtchen und Anekdoten zu amüsieren wußte. Aber jeder Bote von der Front berichtete über eine Welt der Tragödien, und die Stimmung im Hotel blieb gedrückt.

Bald wurde mir das Leben dort unerträglich, und da ich mich zum Reisen zu schwach fühlte, mietete ich eine möblierte Villa, die den sonderbaren Namen „Schwarz und Weiß" führte. Alles war dort in diesen beiden Farben gehalten: Möbel, Teppiche, Vorhänge, Wände, Türen, und als ich das Haus zum erstenmal besichtigte, erschien es mir besonders geschmackvoll und elegant. Erst nachdem ich eine Zeitlang dort gewohnt hatte, kam es mir zum Bewußtsein, wie sehr diese Farben auf das Gemüt niederdrückend zu wirken vermögen. In dieses kleine schwarzweiße Haus am Meeresufer trug man mich mit allen meinen Hoffnungen auf Kunst, Schule, Zukunft und neues Leben – einsam, krank und verzweifelt verbrachte ich dort trübselige Tage und fühlte mich immer elender; ich fand nicht einmal die Kraft zu einem kurzen Spaziergang am Strand. Eines Tages schleppte ich mich ins Spital, um endlich den Arzt zu konsultieren, der es damals abgelehnt hatte, mich zu besuchen. Ich traf dort einen mittelgroßen Mann mit kohlschwarzem Bart und glaubte zu bemerken, daß er mir ausweichen wollte. Aufs höchste überrascht trat ich auf ihn zu und sprach: „Nun, Doktor, was haben Sie denn gegen mich, warum wollen sie mich nicht behandeln? Sie müssen doch sehen, daß ich wirklich krank bin und Ihrer Hilfe bedarf!" Er stammelte einige Entschuldigungen und konnte kaum seinen verängstigten Blick zu mir erheben; immerhin versprach er, mich am nächsten Tag zu besuchen.

Am folgenden Morgen hatten schwere Herbststürme eingesetzt, die See ging hoch, und der Regen strömte hernieder, als der Arzt die schwarz-weiße Villa betrat; ich versuchte eben vergebens, im Kamin ein Holzfeuer zu machen. Der Arzt fühlte meinen Puls und stellte die gewöhnlichen Fragen. Ich erzählte alles, was vorgefallen war, schilderte die schreckensvollen Tage in Bellevue und berichtete über meinen kleinen Neugeborenen, der nicht am Leben bleiben wollte. Während ich sprach, starrte mich der Arzt mit so fassungslosem Entsetzen an, als hätte er ein Gespenst vor sich. Plötzlich umfing er mich mit seinen Armen, preßte mich an seine Brust, bedeckte mich mit Küssen und liebkoste mich stürmisch.

„Sie sind nicht krank", rief er aus, „nur Ihre Seele leidet, sie schwindet dahin aus Sehnsucht nach Liebe! Alles, was Ihnen fehlt, alles, was Sie gesund machen kann, ist Liebe, Liebe und wieder Liebe!"

Dieser unerwartete, leidenschaftliche Ausbruch seiner Gefühle hatte mich zunächst in höchstes Erstaunen versetzt und schließlich völlig überwältigt. Ich blickte in die Augen dieses außergewöhnlichen Arztes, fand darin die glühendste Liebe und erwiderte sie mit der ganzen schmerzlichen Glut meiner zerrissenen Seele und meines wunden Körpers.

Nun erschien er täglich nach seiner Arbeit im Kriegsspital bei mir und berichtete über alles Schreckliche, das er tagsüber erlebt hatte. Er beschrieb die hoffnungslosen Fälle, schilderte die übermenschlichen Leiden der Schwerverwundeten. Wenn er Nachtdienst hatte und im Spital schon alles schlief, begleitete ich ihn manchmal dorthin. Nur die Nachtlampen brannten, da und dort fand ein Verwundeter keinen Schlaf. André ging von einem zum anderen, gab diesem ein gutes Wort, jenem einen erfrischenden Trunk oder ein schmerzstillendes Mittel.

Nach dieser schweren Tages- und Nachtarbeit zeigte der seltsame Mensch ein unstillbares Bedürfnis nach Liebe. Seine Leidenschaft war schmerzlich und wild, aus seinen feurigen Umarmungen, aus den Stunden berückender Lust stieg mein Körper heil und gesund hervor, so daß ich bald meine geliebten Wanderungen am Meeresufer wieder aufnehmen konnte. Eines Abends fragte ich meinen seltsamen Freund, warum er damals abgelehnt hatte, zu mir zu kommen. Statt jeder Antwort traf mich ein Blick unendlicher Qual und tiefster Trauer, und erschrocken ließ ich das Thema fallen. Immer wieder kehrte jedoch meine Neugierde dahin zurück, denn ich fühlte wohl, daß sich hier ein furchtbares Geheimnis verbarg und daß es mit meiner Vergangenheit in Zusammenhang stand.

Am 1. November, dem Erinnerungstag für die Toten, stand ich am Fenster meiner Villa und bemerkte zwei Gartenbeete – gleichfalls mit schwarzen und weißen Steinen ausgelegt – die mir den Eindruck zweier Kindergräber machten. Diese Erscheinung erfüllte mein Herz mit derartigem Entsetzen, daß ich nicht mehr imstande war, aus dem Fenster zu blicken. Mein ganzes Leben schien von Leiden und Tod umgeben, den ganzen Tag über war ich an die Einsamkeit meiner Villa gefesselt, meine Wanderungen am Meeresstrand verbot das Wetter, jeder Zug, der in Deauville ankam, entledigte sich seiner düsteren Fracht von Schwerverwundeten und Sterbenden. Das vornehme Kasino, das ein Jahr zuvor von den Klängen der Jazzband, von Gelächter und heiterer Lebenslust widerhallte, war in ein ungeheures Haus des Leidens und Sterbens verwandelt. Immer mehr bemächtigte sich meiner eine unendliche Schwermut, und die Leidenschaft Andrés nahm in jener Nacht an phantastischer Eindringlichkeit zu. Wenn ich seinem verzweifelten Blick begegnete, schien es mir oft, als sei dieser Mensch von schrecklichen Visionen verfolgt, aber all mein Bitten und Flehen, mir sein Geheimnis anzuvertrauen, war vergeblich. „Oh, frage mich nicht, bestehe nicht darauf", beschwor er mich. „Wenn ich dir alles sagte, so wäre dies das Ende unserer Liebe. Du darfst mich nie mehr fragen!" Als ich aber eines Nachts erwachte, fand ich ihn über mich gebeugt, meinen Schlummer beobachtend – aus seinen Augen sprach so fürchterliche Verzweiflung, daß ich es nicht länger ertragen konnte. „Sag es mir, Liebster", bettelte ich, „so kann ich nicht länger leben, dieses düstere Geheimnis macht mir das Leben zur unerträglichen Qual!" Er trat einige Schritte zurück und blickte mir in vorgebeugter Stellung fest in die Augen: „Kennst du mich denn noch immer nicht?"

Da fiel es mir wie Schuppen von den Augen – ein mittelgroßer Mann, breitschultrig, mit kohlschwarzem Bart . . . Mit einem Schlag erlebte ich das Entsetzliche wieder . . . Der Schreckenstag . . . Die Kinder tot . . . Alles schien verloren . . . Da kommt ein untersetzter Mann mit schwarzem Bart, sagt, er sei Arzt und werde die Kinder retten . . . Ich stieß einen fürchterlichen Schrei aus und sank in seine Arme.

„Jetzt weißt du es", sprach er schluchzend, „jetzt kannst du ermessen, was ich leide! Und wenn du schläfst, so bist du das Ebenbild deines kleinen Töchterchens, wie es damals vor mir lag ... Wie sehr habe ich mich bemüht, es zu retten ... stundenlang versuchte ich, ihm mit diesem Mund Leben einzuhauchen – mein eigenes Leben hätte ich dafür gegeben, diesem kleinen kalten Mund neues Leben einzuflößen!"

Seine Worte verursachten mir maßlosen Schmerz, in hilflosem Kummer verbrachte ich weinend die Nacht. Seine Trostlosigkeit schien ebenso tief wie die meine, aber ich liebte ihn von da an mit einer Leidenschaft, die ich selbst an mir noch nie gekannt hatte ...

Immer mehr nahmen jedoch seine Angstzustände zu. Wieder erwachte ich eines Nachts, sah diese schrecklichen, sorgenvollen Augen auf mich gerichtet und erkannte, daß die Wahnvorstellungen, die von ihm Besitz ergriffen hatten, uns beide um den Verstand bringen würden. Am nächsten Morgen schritt ich am Strande weiter und immer weiter mit der festen Absicht, nie wieder zurückzukehren, weder in das schwermütige schwarzweiße Haus noch zu der totengleichen Liebe, die mich dort gefangen hielt. Ich wanderte weiter, bis die Dämmerung hereinbrach, und als es dunkel geworden war, schritt ich in die Wellen hinein, die die Flut heranrollte. Es war kalt. Immer weiter tauchte ich in die nasse Flut, entschlossen, den unerträglichen Schmerz auf ewig von mir zu werfen. Was ich auch unternommen hatte, der Qual zu entrinnen und Trost zu finden, sei es in meiner Kunst, sei es in der Wiedergeburt eines Kindes, sei es in der Liebe – überall fand ich nur Vernichtung, Todesqual und neue Gräber ...

Und doch kehrte ich wieder zurück. Plötzlich war André erschienen, er hatte am Strand meinen Hut gefunden, der mir von ungefähr entfallen war, und hatte das Schlimmste befürchtet. Als er mich nach meilenweiter Wanderung endlich lebend wiederfand, weinte er wie ein kleines Kind; schließlich kehrten wir ins Trauerhaus zurück und versuchten, einander zu trösten. Aber unsere Trennung war, wollten wir unsere Gesundheit erhalten, unvermeidlich geworden; denn unsere Liebe mit ihren quälenden gespenstischen Vorstellungen konnte nur zum Tod oder ins Irrenhaus führen.

37

Als England in den Krieg eingetreten war, hatte Lohengrin sein Schloß in Devonshire in ein Kriegsspital verwandelt und, um meine Zöglinge, die sich aus allen Nationalitäten zusammensetzten, vor Unannehmlichkeiten zu schützen, die ganze kleine Gesellschaft nach Amerika geschickt. Augustin und Elizabeth, die sich mit der Schule jetzt in New York befanden, schickten ein Telegramm nach dem anderen, worin sie mich beschworen, ihnen nachzufolgen, und endlich entschloß ich mich dazu. André brachte mich nach Liverpool, wo ich mich auf einem großen Cunard-Dampfer einschiffte.

Während der ganzen Reise sprach ich mit keinem Menschen, verbrachte die Tage in meiner Kabine und ging nur bei Nacht auf dem Deck spazieren. Bei meiner Ankunft in New York waren meine Geschwister über mein Aussehen entsetzt. Die Schule fand ich in einer Villa etabliert – eine glückliche Bande Kriegsflüchtlinge. Ich mietete ein großes Atelier, stattete es mit meinen unvermeidlichen blauen Vorhängen aus und begann zu arbeiten.

Über die scheinbar teilnahmslose Haltung der Amerikaner dem Krieg gegenüber war ich voll Empörung, denn ich hatte in Frankreich, das aus tausend Wunden blutete und mit heroischer Selbstverleugnung kämpfte, die tiefgehendsten Eindrücke empfangen. Eines Abends hüllte ich mich zum Schluß der Vorstellung im Metropolitan-Theater in einen roten Schal und improvisierte die Marseillaise. Es war ein Aufruf an die amerikanische Jugend, sich zu erheben und die höchste Zivilisation unseres Zeitalters, den ganzen Kulturbesitz, den die Welt Frankreich verdankte, zu verteidigen.

New York war zu dieser Zeit dem Jazz-Band-Taumel verfallen. Männer und Frauen der besten Gesellschaft, alte und junge, verbrachten ihre Tage und Nächte in den fragwürdigsten Hotels und tanzten Foxtrott nach dem barbarischen Gekläff und Gejohle eines Negerorchesters. Ich war einige Male zu vornehmen Tanzfesten eingeladen und konnte mich nicht enthalten, meiner Entrüstung darüber Ausdruck zu geben, daß man sich einem so entsetzlich tiefstehenden Vergnügen hingeben könne, während Frankreich verblutete und ohne Hilfe Amerikas zugrunde ging. Die in Amerika während des Jahres 1915 herrschende Atmosphäre ekelte mich derart an, daß ich beschloß, mit meiner ganzen Schule nach Europa zurückzukehren.

Nun aber trat der traurige Fall ein, daß ich nicht genug Geld zur Bezahlung der Fahrkarten aufbringen konnte. Ich hatte auf der „Dante Alighieri" Kabinen und Betten bestellt, besaß aber das Geld nicht, sie zu bezahlen. Drei Stunden bevor das Schiff abgehen sollte, hatte ich noch immer nicht die Mittel und saß ratlos in meinem Atelier, als plötzlich eine junge amerikanische Dame, einfach gekleidet, bei mir eintrat und mich fragte, ob ich heute nach Europa abzureisen gedenke. Ich zeigte auf meine Zöglinge, die alle schon im Reiseanzug bereitstanden, und sagte: „Sie sehen, wir sind alle schon reisefertig, nur haben wir nicht genug Geld, um unsere Fahrkarten voll zu bezahlen."

„Wieviel brauchen Sie?" fragte sie.

„Etwa zweitausend Dollar", erwiderte ich, worauf diese außergewöhnliche junge Dame wortlos eine Brieftasche herauszog, dieser zwei Tausenddollarnoten entnahm und sie auf den Tisch legte. In der einfachsten Weise sagte sie dann:

„Ich bin sehr glücklich, Ihnen in dieser geringfügigen Angelegenheit behilflich sein zu können."

Mit gößter Überraschung blickte ich auf diese Fremde, die ich nie zuvor gesehen hatte und die mir, ohne auch nur eine Empfangsbestätigung zu verlangen, eine bedeutende Geldsumme zur Verfügung stellte. Ich konnte mir nur vorstellen, daß sie eine rätselhafte Millionärin sei, erfuhr aber später, daß sie, um mir das Geld anbieten zu können, tags zuvor tatsächlich ihr ganzes Kapital an Wertpapieren zu Geld gemacht hatte. Sie erschien mit vielen anderen Leuten bei unserer Abfahrt im Hafen.

Man hatte uns behördlich verboten, irgendwelche Kundgebungen mit der Marseillaise in New York zu veranstalten; nunmehr standen wir alle auf dem Verdeck, jedes Kind hatte eine kleine französische Flagge im Ärmel versteckt, und es war die Parole ausgegeben, daß wir im Augenblick, wenn die Dampfpfeifen ertönen und das Schiff vom Land abstoßen würde, alle unsere Flaggen schwingen und die Marseillaise singen sollten. Dies taten wir auch zu unserem größten Vergnügen, doch gerieten die an Bord befindlichen amerikanischen Beamten darüber in peinliche Bestürzung. Meine Freundin Marie war gleichfalls erschienen und wollte von mir Abschied nehmen, brachte es aber schließlich doch nicht über sich, mich zu verlassen, und sprang ohne Gepäck, ohne Paß und ohne Fahrkarte im letzten Augenblick aufs Schiff, stimmte mit uns die Marseillaise an und sagte einfach: „Ich fahre mit euch!" So verließen wir Amerika, das im Jahre 1915 einem Vergnügungstaumel verfallen war, mit einer begeisterten Kundgebung für das leidende Frankreich, und ich fuhr mit meiner Wanderschule nach Italien. Bei unserer Ankunft in Neapel herrschte der größte Jubel, denn eben hatte Italien beschlossen, am Kriege teilzunehmen. Wir waren alle hocherfreut, wieder in Italien zu sein, und ich ergriff die Gelegenheit zu einer Ansprache an eine Gruppe von Bauern und Arbeitern, die unser Kommen staunend verfolgt hatte: „Ihr müßt Gott danken, daß er euch ein so herrliches Vaterland geschenkt hat – Amerika braucht ihr nicht zu beneiden: Hier in eurem wundervollen Land, wo der Wein reift und die Olive grünt, unter eurem ewig blauen Himmel, seid ihr reicher als jeder amerikanische Millionär!"

In Neapel hielten wir Kriegsrat, was jetzt zu unternehmen wäre. Meine Sehnsucht zog mich nach Griechenland, wo ich das Ende des Krieges abwarten wollte. Einige meiner älteren Schülerinnen reisten jedoch mit deutschen Pässen und befürchteten Unannehmlichkeiten, weshalb wir uns entschlossen, in der Schweiz einen Zufluchtsort zu suchen, wo es vielleicht möglich sein würde, einige Vorstellungen zu veranstalten.

Ich begab mich also nach Zürich und stieg im Hotel Baur au Lac ab, wo auch die Tochter John D. Rockefellers abgestiegen war. Ich hoffte, es sei eine von Gott gesandte Gelegenheit, die Millionärstochter für meine Schule zu gewinnen, und veranstaltete ihr zu Ehren eine kleine Vorstellung auf dem Rasenplatz vor dem Hotel. Meine Kinderschar bot einen so entzückenden, lieblichen Anblick, daß ich mit Bestimmtheit hoffen konnte, die Amerikanerin gerührt zu haben. Als ich aber das Thema einer Hilfe für meine Schule vorbrachte, antwortete sie trocken: „Ja, sie mögen entzückend sein, aber sie interessieren mich nicht. Mich interessiert ausschließlich die Analyse meiner eigenen Seele.“ Sie hatte jahrelang mit Doktor Jung, dem Schüler des berühmten Freud, Studien gemacht, und nun verbrachte sie ihre Tage damit, ihre Träume der vergangenen Nacht zu Papier zu bringen.

Diesen Sommer verbrachte ich im Hotel Beau Rivage in Ouchy. Nicht weit davon hatte ich eine Baracke gemietet und sie in eine Art griechischen Tempel verwandelt; dort unterrichtete ich die Kinder und tanzte jeden Nachmittag und Abend. Eines Tages hatten wir die Freude, dort Felix Weingartner mit seiner Frau zu begrüßen, und tanzten für ihn einen ganzen Abend Gluck, Mozart, Beethoven und Schubert.

Ich trachtete nunmehr, bis zum Kriegsende meine Schule beisammenzuhalten, denn wir hofften immer noch, der Krieg würde bald vorüber sein und wir könnten nach Bellevue zurückkehren. Aber das Morden wollte kein Ende nehmen, ich geriet in Geldverlegenheiten und war sogar gezwungen, größere Summen von Wucherern aufzunehmen, nur, um meine Schule in der Schweiz am Leben zu erhalten. Zu dem gleichen Zweck unterschrieb ich im Jahr 1916 einen Kontrakt für eine Tournee nach Südamerika und dampfte bald darauf nach Buenos Aires ab.

38

Augustin, dem der Gedanke, mich allein auf einer weiten Reise zu wissen, unangenehm war, schloß sich mir in New York an. Auf dem Schiff befanden sich auch einige junge Boxer mit ihrem Champion Ted Lewis, die gleichfalls eine Gastspielreise nach Südamerika unternahmen. Schon um sechs Uhr morgens begannen sie mit dem Training, und ich beteiligte mich meistens daran; dann nahmen wir in dem riesigen Schwimmbassin an Bord gemeinsam ein Salzwasserbad, und abends tanzte ich noch für sie. So verging die Reise ganz fröhlich und erschien uns nicht übermäßig lang.

Nach unserer Ankunft in Buenos Aires besuchten wir eines Tages ein Studentenkabarett. Es war ein langgestrecktes, rauchiges Lokal mit niedriger Decke, bis aufs letzte Plätzchen mit jungen, dunkelhaarigen Menschen angefüllt, und alles tanzte Tango. Ich hatte diesen Tanz noch niemals versucht, aber der junge Argentinier, der den Cicerone abgab, veranlaßte mich, eine Probe zu wagen. Kaum hatte ich die ersten zaghaften Schritte gemacht, als schon meine Pulse den verführerischen, schmachtenden Rhythmen dieses wollüstigen Tanzes verfallen waren: Süß wie eine nicht enden wollende Liebkosung, berauschend wie die Liebe unter einem südlichen Himmel, grausam und gefährlich wie die Verlockungen des tropischen Urwalds nahm dieser Zaubertanz mein ganzes Wesen gefangen. Ein Wonneschauer rieselte durch meinen ganzen Körper, als der Arm eines schwarzäugigen Jünglings mich mit vertraulichem Druck umfaßte.

Plötzlich hatte man mich erkannt, ich war von Studenten umringt, und bald hatte ich erfahren, daß an diesem Abend der argentinische Freiheitstag gefeiert wurde. Nun gab es keine Ausflüchte mehr. Alles bestürmte mich, zu tanzen; und da ich für Studenten immer ein weiches Herz hatte, stimmte ich freudig zu, ließ mir den Text der Hymne erklären, wand die argentinische Flagge um meine Hüften und versuchte, den Freiheitskampf der Argentinier zu versinnbildlichen, wie sie als versklavte Untertanen einer Kolonie das Tyrannenjoch abschüttelten. Mein Tanz wirkte auf die Studenten wie ein elektrischer Schlag. Sie hatten Ähnliches noch nie gesehen, johlten vor Entzücken, und ich mußte immer wieder tanzen, während sie die Hymne sangen.

Über meinen Erfolg und von Buenos Aires überhaupt entzückt, kehrte ich in gehobener Stimmung ins Hotel zurück – leider war mein Jubel verfrüht. Mein Impresario hatte den Sensationsbericht über das Intermezzo mit den Studenten in der

Zeitung gelesen, kam wütend zu mir gestürmt und teilte mir mit, ich hätte nach den Buchstaben des Gesetzes den Kontrakt gebrochen, die vornehmen Familien der Stadt hätten schon ihre Logen abbestellt, unsere Vorstellungen würden boykottiert werden, kurz, der Abend, der mir so viel Freude bereitet hatte, war zum Ruin meiner argentinischen Tournee geworden.

Meine neue amerikanische Tournee hatte ich hauptsächlich unternommen, um die während des Krieges enorm gesteigerten Ausgaben für meine Schule zu verdienen. Man stelle sich meine Bestürzung vor, als ich eines Tages durch ein Telegramm aus der Schweiz erfuhr, meine Geldsendungen seien nicht angekommen und die Pensionsinhaberin hätte meine Zöglinge, die bei ihr wohnten, auf die Straße gesetzt. Ich verfügte sofort, daß Augustin sich mit den nötigen Geldmitteln nach Genf begeben sollte, um meine Zöglinge zu retten, ohne zu bedenken, daß ich mich dadurch selbst aller Mittel entblößte. Da mein erzürnter Impresario mit einer Operettentruppe nach Chile abgereist war, blieb ich mit meinem Klavierspieler ohne Geld im Hotel in Buenos Aires zurück. Dennoch versuchten wir einige Vorstellungen, aber das Publikum blieb kalt und unzugänglich. Der einzige Erfolg, den ich in Buenos aufzuweisen hatte, blieb der geschilderte Tanz der Freiheitshymne im Studentenkabarett. Endlich gelang es uns, unter Zurücklassung unserer Koffer vom Hotel loszukommen und unsere Reise nach Montevideo fortzusetzen, wobei ich noch glücklicherweise meine Kostüme mitnehmen konnte, denn der Hotelbesitzer maß offenbar meinen griechischen Gewändern keinen besonderen Wert bei.

In Montevideo fanden wir das Publikum von Uruguay ganz im Gegensatz zu den Argentiniern für unsere künstlerischen Darbietungen außerordentlich empfänglich. Die Zuhörer gerieten in einen wilden Taumel der Begeisterung, wir erzielten einige volle Häuser und konnten unsere Gastspielreise nach Rio de Janeiro fortsetzen. Auch hier traf ich auf ein intelligentes und warmfühlendes Publikum, das durch sein Interesse an den Darbietungen das Beste aus einem Künstler herauszuholen vermochte.

Nach Beendigung unserer Vorstellungen kehrte ich allein nach New York zurück. Dort erwartete mich niemand am Hafen, denn mein Telegramm war von der Kriegszensur nicht durchgelassen worden. Da hatte ich den bizarren Einfall, vom Hafen aus einen meiner besten Freunde, Arnold Genthe, anzurufen. Er hatte die Malerei an den Nagel gehängt und war Photograph geworden; aber jedes seiner Bilder machte den Eindruck des Mystischen und Märchenhaften. Bei seinen Aufnahmen richtete er zwar die Kamera genauso wie andere Photographen auf das Modell, aber die daraus entstandenen Bilder waren nicht Photographien der aufgenommenen Personen, sondern hypnotische Reproduktionen ihrer Seele.

Auf meinen telefonischen Anruf an Genthe antwortete zu meiner größten Überraschung eine sehr wohlbekannte Stimme – es war Lohengrin, der sich durch einen unglaublichen Zufall gerade an diesem Morgen bei Genthe im Atelier befand. Kaum hatte er vernommen, daß ich allein und mittellos im Hafen wartete, erklärte er sich sofort bereit, mich abzuholen. Einige Minuten später war er schon bei mir, und beim Anblick seiner hohen gebieterischen Gestalt fühlte ich mich wieder geborgen – meine Freude, ihn wiederzusehen, war ebensogroß wie die seine. Mit der ihm eigenen alles beherrschenden Art hatte er bald alle Schwierigkeiten meiner Ankunft in New York überwunden, wir fuhren in ein Riverside Restaurant zum Lunch und feierten hocherfreut unser Wiedersehen mit Champagner. Er befand sich in der liebenswürdigsten und freigebigsten Stimmung; gleich nach dem Lunch stürzte er davon, mietete für mich das Metropolitan-Theater und verbrachte den restlichen Tag damit, alle Künstler und hervorragenden Persönlichkeiten New Yorks zu einem freien Theatre paré einzuladen. Es war eine der schönsten Aufführungen, die ich je erlebt habe; ich konnte mich ohne den quälenden Gedanken an die Kasseneinnahmen nach Herzenslust dem Tanz hingeben. Natürlich beschloß ich die Vorstellung, wie immer während des Krieges, mit der Marseillaise und entfesselte ungeheure Ovationen für Frankreich und die Alliierten.

Lohengrin hatte in seiner außerordentlichen Großmut telegraphisch die für die Übersiedlung meiner Schule nach New York nötigen Summen in Genf angewiesen. Leider kam aber für einen großen Teil meiner Schülerinnen das Geld schon zu spät, denn die meisten waren von der hartherzigen Pensionsinhaberin schon nach Hause geschickt worden. Diese radikale Auflösung meines Lebenswerkes bereitete mir wohl großen Schmerz, doch wußte mich die Ankunft Augustins mit meinen letzten acht Zöglingen bald zu trösten.

Lohengrin verharrte weiter in der fröhlichsten Laune; für die Kinder und für mich war ihm nichts zu teuer. Er mietete ein großes Atelier im höchsten Stockwerk von Madison Square Gardens, wo wir jeden Nachmittag arbeiteten. Vormittags nahm er uns auf große Automobiltouren bis zum Hudson mit, für jeden brachte er Geschenke, und das Leben wurde durch die magische Gewalt des Geldes wieder zu einem schönen Traum. Als aber der strenge New Yorker Winter anhielt und meine Gesundheit zu leiden begann, schlug er mir vor, eine kleine Reise nach Kuba zu unternehmen, und beauftragte einen Sekretär, mich dorthin zu begleiten.

An Kuba habe ich die reizendsten Erinnerungen. Der Sekretär war ein junger schottischer Poet namens Alan Ross Mac Dougall. Mein Gesundheitszustand gestattete mir nicht, Vorstellungen zu veranstalten, aber wir verbrachten drei wunderschöne Wochen in Havanna, machten lange Autofahrten längs der Küste und erfreuten uns an der pittoresken Umgebung.

39

Während einer neuerlichen amerikanischen Tournee im Jahre 1917 dachte ich wie so viele andere, daß die Hoffnung auf Freiheit und Rettung der Zivilisation davon abhing, ob die Alliierten den Krieg gewinnen würden. Ich tanzte deshalb zum Schluß jeder Vorstellung die Marseillaise, die vom Publikum stehend angehört wurde. Dies hielt mich aber nicht ab, bei meinen Konzerten Musikstücke Richard Wagners und anderer deutscher Komponisten spielen zu lassen, denn ich hielt den

Boykott deutscher Musik während des Krieges für unsinnig und albern.

Die russische Revolution erfüllte alle Freiheitsfreunde mit froher Hoffnung, und ich beschloß, von nun an der Marseillaise in meinem Tanze ihren ursprünglichen revolutionären Charakter zu verleihen. Zu dieser Schöpfung fügte ich noch den „Slawischen Marsch", in dessen Melodie die Zarenhymne enthalten war, und versinnbildlichte einen Sklaven, der, von der Knute des Tyrannen gezüchtigt und niedergetreten, sein Joch abschüttelt. Der Widerspruch zwischen meinen Gebärden und der Musik erregte bei den Zuhörern einigen Unwillen. Allein gerade diese Bewegungen der Verzweiflung und Empörung hatten mich seit jeher am meisten angezogen, und ich versuchte immer wieder, in meiner roten Tunika die Revolution sowie die gewaltsame Auflehnung der Unterdrückten gegen die Tyrannei zu versinnbildlichen.

Am Abend der russischen Revolution tanzte ich mit stolzer Freude; mein Herz floß über bei dem Gedanken an die Erlösung all jener, die gelitten hatten, gemartert wurden und für die Sache der Menschlichkeit ihr Leben lassen mußten. Es ist begreiflich, daß Lohengrin, der mich jeden Abend von seiner Loge aus betrachtete, sich einigermaßen beunruhigt fühlte und schließlich zweifeln mußte, ob diese Schule der Schönheit und Grazie, deren Protektor er war, sich nicht etwa zu einem gefährlichen Unternehmen auswachsen und seine Millionen gefährden könnte. Aber der Drang nach freier Kunstäußerung war in mir übermächtig, und ich konnte meine Gefühle nicht unterdrücken.

Im Lauf dieser Gastspielreise kam ich auch in meine Geburtsstadt. Knapp vor meiner Ankunft hatte ich die Nachricht vom Tode Rodins erhalten, und der Gedanke, daß ich diesen treuen Freund nie wiedersehen sollte, verursachte mir manche Träne; als ich daher die Zeitungsreporter auf dem Perron versammelt sah, um mich zu interviewen, wollte ich meine vom Weinen geröteten Augen verbergen und bedeckte mein Gesicht mit einem schwarzen Spitzenschleier, was die Journalisten veranlaßte, am nächsten Tag zu schreiben, ich hätte ein geheimnisvolles Wesen zur Schau getragen.

Es war neunzehn Jahre her, daß ich San Francisco verlassen und mich in mein großes Abenteuer gestürzt hatte. Man kann sich meine Erregung vorstellen, als ich wieder in meine Vaterstadt heimkehrte, wo sich seit dem Erdbeben alles von Grund auf verändert hatte, so daß ich beinahe nichts mehr wiederzuerkennen vermochte. Gleich nach meiner Ankunft gab ich einige Vorstellungen im Columbia-Theater, die von einem ausgesuchten Publikum glänzend besucht waren und ein gutes materielles Ergebnis aufwiesen.

In San Francisco traf ich nach vielen Jahren meine Mutter wieder. Sie machte einen abgehärmten Eindruck, war recht alt geworden; und als wir eines Tages zufällig beide vor einem Spiegel standen, konnte ich mich nicht enthalten, mein trauriges Antlitz und ihre welken Züge mit den beiden abenteuerlichen Gestalten zu vergleichen, die vor nahezu zwanzig Jahren mit so großen Hoffnungen auf Ruhm und Vermögen in die Welt gezogen waren.

Augenblicke des Glücks erlebte ich in San Francisco durch die Begegnung mit meiner musikalischen Zwillingsseele, dem Pianisten Harold Bauer. Dieser bewundernswerte Künstler bereitete mir die größte Freude durch seine Versicherung, daß er meine musikalischen Eigenschaften noch höher schätze als meine Tanzkunst. So hätten ihm meine künstlerischen Interpretationen erst das Verständnis für gewisse Sätze von Bach, Chopin und Beethoven, die ihm bis dahin vollkommen unverständlich gewesen waren, beigebracht. Einige zauberhafte Wochen hindurch genossen wir in künstlerischer Vollendung die wunderbarste Zusammenarbeit; denn ebenso wie ich ihn den Geheimnissen seiner Kunst näher gebracht hatte, so unterwies auch er mich in meinem künstlerischen Streben und lehrte mich Formen des Ausdruckes, von denen ich nicht einmal geträumt hatte.

Zu Ehren meiner Rückkehr nach New York veranstaltete Lohengrin ein großes Fest, das mit einem Diner begann, dann im Tanz seine Fortsetzung und bei einem fröhlichen Souper sein Ende fand. Er hatte mir für diese Gelegenheit eine prachtvolle Brillantkette verehrt, obwohl ich niemals Schmuck verlangt und nie welchen getragen habe. Diesmal schien er aber über die

Diamanten so entzückt, daß ich ihm schließlich gestattete, sie mir um den Hals zu legen. Gegen Morgen, nachdem ganze Fässer voll Champagner geleert worden waren und ich selbst mich durch den Weingenuß und die Heiterkeit des Festes in gehobenster Stimmung befand, hatte ich die unglückliche Idee, den Appachentango – wie ich ihn in Buenos Aires gesehen hatte – mit einem wunderschönen jungen Menschen zu tanzen. Plötzlich fühle ich, wie eine eiserne Faust mich bei den Haaren faßt, mein Kopf und der meines Partners werden heftig zusammengestoßen, und ich selbst werde bis zum entgegengesetzten Ende des Saales geschleudert, wo ich an die Mauer stoße und mit blutendem Gesicht liegen bleibe. Ich blicke empor und sehe Lohengrin, zitternd vor Wut, der mir die schmählichsten Beschimpfungen ins blutende Antlitz wirft. Da erfaßt mich ungeheure Empörung über die Ungerechtigkeit seiner Tat, ich stehe auf, reiße die Brillanten von meinem Halse und werfe sie ihm ins Gesicht. Die Gäste erfaßt zunächst tödliche Bestürzung, und dann beginnen sie auf dem glatten Tanzboden nach den kostbaren Brillanten zu suchen.

Nach diesem Zwischenfall verschwand Lohengrin aus meinem Leben. Ich hatte das unglückselige Diamantenkollier nur bei dieser einzigen Gelegenheit getragen und befand mich jetzt mit einer ungeheuren Hotelrechnung und der Sorge um meine Schule wieder allein. Umsonst wandte ich mich wieder an ihn um Hilfe, schließlich versetzte ich die Diamanten und habe sie nie wiedergesehen.

Die Saison war zu Ende gegangen, und es war unmöglich, durch Vorstellungen neuen Verdienst zu finden. Zum Glück hatte ich noch einen Hermelinpelz und einen wundervollen Smaragd, den Lohengrin einmal in Monte Carlo vom Sohn eines Maharadschas gekauft hatte, als dieser sein ganzes Geld verspielt hatte. Ich verkaufte den Hermelinpelz an die erste Primadonna des Theaters, den Smaragd an die zweite Primadonna. Doch als der Sommer vorüber war, war ich wieder ganz ohne Geldmittel, so daß ich beschloß, nach Europa zurückzukehren.

40

Zur gleichen Zeit war meine Freundin Marie aus Europa zurückgekehrt, und als ich ihr meine Situation geschildert hatte, gab sie mir den Rat, mich an ihren guten Freund, Gordon Selfridge zu wenden, der am nächsten Morgen selbst nach Europa fuhr und gewiß bereit wäre, auch für mich ein Billet zu nehmen. Der Plan gelang, und anderntags schifften wir uns nach England ein. Aber das Mißgeschick verfolgte mich, denn als ich während der ersten Nacht auf dem wegen Kriegsgefahr verdunkelten Deck spazierenging, stürzte ich in eine Öffnung, fiel etwa fünf Meter tief hinab und verletzte mich nicht unerheblich. Gordon Selfridge benahm sich äußerst ritterlich, stellte mir seine Kabine zur Verfügung, leistete mir Gesellschaft und war überhaupt charmant und liebenswürdig.

In London verabschiedeten wir uns; ich litt noch unter den Folgen meines Sturzes, hatte aber nicht genug Geld für eine Reise nach Paris. Auf meine Telegramme an verschiedene Pariser Freunde erhielt ich, wahrscheinlich wegen des Kriegszustandes, keine Antwort; ich mietete daher eine kleine Wohnung und verbrachte dort einige beklemmende, düstere Wochen. Ich war vollkommen bankrott, einsam und krank, meine Schule war vernichtet – und der Krieg wollte kein Ende nehmen. Des Abends saß ich oft beim verdunkelten Fenster und verfolgte die Luftangriffe; bei jeder herabsausenden Bombe wünschte ich, sie möge mich zum Ziele nehmen und meine Qual beenden.

Mittlerweile hatte sich ein findiger Impresario meiner Zöglinge bemächtigt, reiste mit ihnen unter dem Namen „Isadora Duncans Tänzerinnen" in Amerika umher und machte glänzende Geschäfte; ich selbst erhielt davon keinen Pfennig und befand mich in einer verzweifelten Situation, bis ich durch Zufall mit einem Herrn der französischen Botschaft bekannt wurde, der mich nach Paris brachte.

Die Tage vergingen in kummervoller Eintönigkeit, und der Krieg nahm seinen Fortgang. Gerne hätte ich mich zum Pflegedienst gemeldet, doch schien es mir ungerecht, die Reihen der Bewerberinnen zu vermehren und Würdigeren den Platz streitig zu machen. So beschloß ich endlich doch wieder, mich meiner Kunst zu widmen, obwohl ich befürchtete, daß meine Glieder die Last meines überschweren Herzens nicht mehr zu tragen vermöchten. Richard Wagner hat ein herrliches Lied geschaffen, das ich besonders liebe; es heißt „Die Engel" und schildert ein in Trauer und Verzweiflung versunkenes Gemüt, das vom Engel des Lichtes aufgesucht und emporgehoben wird – solch ein Engel erschien mir während dieser öden Tage in der Gestalt meines Freundes Walter Rummel.

Als er zum erstenmal bei mir eintrat, dachte ich, ein Bildnis des jungen Liszt sei aus seinem Rahmen gestiegen – er war groß, schlank, eine braune Locke fiel über seine hohe Stirn, und aus seinen Augen schossen die klaren Wellen des Lichts. Dann begann er für mich zu spielen, und bald nannte ich ihn meinen Erzengel. Wir arbeiteten im Foyer des Theaters, das die Réjane uns freundlichst zur Verfügung gestellt hatte, und während die Geschosse der Großen Berta mit fürchterlichem Dröhnen explodierten, inmitten der düstersten Kriegsnachrichten, spielte er dort für mich Liszts „Gedanken über Gott in der Wüste", und von der meisterhaften Wiedergabe inspiriert, ersann ich neue Tänze. Sie waren ganz Gebet, Licht und Güte. Abermals gelangte mein Geist, von den herrlichen Melodien, die eines Meisters Finger den Tasten entlockten, erweckt, zu neuem Leben. Es war dies der Beginn der himmlischsten, weihevollsten Liebe meines Daseins. Niemand hat jemals Liszt so zu spielen verstanden wie mein Erzengel! Er besaß die Kraft der Erleuchtung; er erfaßte das Geistige in der Musik und war von den heiligen Schauern himmlischer Ergriffenheit durchdrungen. Mit mir war er zärtlich und gut. Dennoch loderte die Leidenschaft in ihm, sein Temperament verzehrte ihn, und wenn er sich der Liebe hingab, so tat er dies nicht mit der stürmischen Glut der Jugend, sondern mit dem abgeklärten Feuer eines Heiligen. Wie seltsam und schrecklich, einem Menschen mit der körperlichen Hülle näher zu kommen und in ihm gleichzeitig eine Seele zu finden –

durch seine Seele Lust, Erregung, Illusion zu empfangen. Vor allem die Illusion dessen, was die Menschen Glück nennen – was von den Menschen Liebe genannt wird!

Der Leser muß sich vor Augen halten, daß diese Erinnerungen viele Jahre umfassen, daß sich jedesmal, wenn eine neue Liebe über mich kam, sei es in der Gewalt eines Dämons, eines Engels oder eines einfachen Menschen, bei mir der Gedanke festsetzte, dies sei der einzige, auf den ich gewartet, dies sei die große Liebe, der ich die letzte Auferstehung meines Lebensglückes verdanken würde. Ich glaube aber, daß Liebe überall die gleiche Empfindung auslöst – jede einzelne Liebesaffaire meines Lebens hätte den Stoff zu einem Roman geboten, nur daß leider alle schlecht ausgingen.

Während des Sommers fanden wir einen ruhigen Schlupfwinkel im Süden, in der Nähe des Hafens von St. Jean am Cap Ferrat. Dort machten wir neben unserem nahezu unbewohnten Hotel aus einer leeren Garage unser Studio, und den ganzen Tag bis spät in den Abend hinein spielte er himmlische Musik, während ich tanzte. Nun begann für mich eine wonnevolle Zeit: Beglückt von meinem Erzengel, vom Meer umgeben, lebte ich nur der Musik. Es schien der Traum eines Katholiken von der Glückseligkeit, und ich glaubte, im Himmel zu leben. Von Zeit zu Zeit verließen wir unsere Höhle, um für die unglücklichen Verwundeten ein Konzert zu veranstalten, und zwischen Musik und Liebe schwamm mein Herz in höchster Wonne.

Der Krieg war beendet. Als wir das Defilee der Sieger betrachteten, riefen wir: „Die Welt ist gerettet“, denn in diesem Augenblick glaubten wir alle, Dichter zu sein; aber leider muß auch der Dichter zur Erde niedersteigen, um Brot und Käse für seine Geliebte zu beschaffen, und ebenso erwachte die Welt und kehrte zu den Notwendigkeiten des Lebens zurück. Mein Erzengel nahm mich bei der Hand, und wir gingen nach Bellevue. Dort fanden wir das Gebäude verfallen und faßten den Entschluß, es wieder aufzubauen; doch gaben wir diesen Gedanken nach monatelangen vergeblichen Bemühungen, die nötigen Geldmittel aufzutreiben, wieder auf. Schließlich war ich von der Undurchführbarkeit der mir gestellten Aufgabe überzeugt und nahm ein vernünftiges Angebot der Regierung an, die der Ansicht war, daß dieses Gebäude sich für die Fabrikation von Giftgasen vorzüglich eignen würde. Meinen dionysischen Tempel hatte ich also zunächst für ein Spital hergeben müssen, und nun gab ich ihn ganz auf, damit daraus eine Fabrik für Todeswerkzeuge geschaffen wurde. Bellevue – wie schön war der Ausblick, den du botest, und was ist aus dir geworden!

Mit dem Geld kaufte ich ein Haus in der Rue de la Pompe, wo sich früher die Salle Beethoven befunden hatte, und errichtete dort mein Studio. Mein Erzengel besaß ein überaus feinfühliges Herz und wollte alle Sorgen teilen, die mir manchmal mein Herz so beschwerten, daß ich schlaflose und tränenvolle Nächte verbrachte. Da saß er oft an meinem Bett, und mit seinen mitleidsvollen leuchtenden Augen betrachtete er mich so lange, bis ich wieder Mut faßte und mein Herz Trost fand. Unsere beiden Kunstgattungen verschmolzen in märchenhafter Weise, und mein Tanz vergeistigte sich unter seinem Einfluß immer mehr. Erst durch ihn habe ich die volle geistige Höhe der Werke Franz Liszts erfaßt, aus denen wir nun ein neues Kunstdenkmal schufen. Im stillen Musikzimmer der Salle Beethoven begann ich auch meine Studien zu einer großen Darstellung der Parsifalmusik. Dort verbrachten wir geheiligte Stunden, unsere vereinten Seelen erhoben sich in rätselhafter Kraft. Wenn ich zu den Klängen der Wagnerschen Musik meinen Tanz komponierte und meine Arme hob, dann entströmte meinem Körper die Seele und flüchtete in goldenen Wellen zum Gral, dann schien es mir, als hätten wir eine von uns losgelöste geistige Einheit geschaffen. Wenn Klänge und Gebärden sich zur Unendlichkeit erhoben, dachten wir, aus lichten Höhen ein Echo des Verständnisses zu vernehmen.

Durch die geistige Kraft dieses musikalischen Erlebnisses erreichten unsere beiden Seelen einen Akkord vollkommenster Harmonie – wir befanden uns damals an den Pforten zu einer anderen Welt, und wer uns zuhörte, fühlte die gesammelten Kräfte in voller Deutlichkeit. – Es ist tief bedauerlich, daß irdische Lust dieses heilige Streben nach höchster Vollendung verhindert hat. Aber sogar in Märchen sind ja die Glücklichsten niemals zufrieden; sie öffnen der bösen Fee so lange die Tür, bis Sorgen und Kummer freien Eintritt haben!

Auch ich wußte das Glück nicht zu schätzen, das ich gefunden hatte; abermals kehrte mein alter Wille zur Tat zurück, der Gedanke an meine Schule wurde übermächtig, und schließlich ließ ich meine Schülerinnen aus Amerika nach Paris kommen. Als sie eingetroffen waren, sammelte ich einige treue Freunde um mich, schlug ihnen vor, nach Athen zu reisen, uns neuerlich von der Akropolis begeistern zu lassen und eine neue Schule zu gründen.

Oh, hätte ich doch nie daran gedacht! Meine Schülerinnen waren jung, schön und bezaubernd, mein Erzengel erblickte sie und war bald einer anderen in Liebe verfallen. Wie soll ich diese Reise schildern, diesen Kalvarienberg meiner Gefühle: unseren Aufenthalt am Lido, wo ich den ersten Verdacht schöpfte, die Fahrt nach Griechenland, wo ich Gewißheit fand, und wie mir diese Gewißheit schließlich den Anblick der Akropolis im Mondenschein für immer verleidete. Dies waren die Stationen auf dem Passionsweg meiner Liebe.

41

Bei unserer Ankunft in Athen schien alles die neue Schule zu begünstigen. Durch die freundliche Vermittlung Venizelos' wurde mir das Zappion zur Verfügung gestellt. Dort arbeitete ich jeden Morgen mit meinen Zöglingen und war bemüht, sie zu einem der Akropolis würdigen Tanz zu begeistern. Mein Plan ging dahin, tausend Tänzer für ein Dionysisches Fest im Stadion auszubilden. Jeden Morgen bestiegen wir die Akropolis, und in Erinnerung an unseren ersten Besuch im Jahre 1904 wirkten die jugendlichen Gestalten meiner Schülerinnen, die hier meine Träume wenigstens teilweise verwirklichten, doppelt rührend. Alles schien darauf hinzuweisen, daß der Krieg bald vorüber und daß es mir vergönnt sein werde, meine seit Jahrzehnten erträumte Schule in Athen ins Leben zu rufen.

Meine Schülerinnen hatten sich in Amerika manierierte Süßlichkeiten angewöhnt, die mir mißfielen und bald unter der Sonne Athens, dem Eindruck der klassischen Landschaft, des Meeres sowie der großen Kunstwerke, abgelegt wurden.

Den Kopamos fanden wir verfallen, von Ziegenhirten mit ihren Herden bewohnt, doch ließ ich mich dadurch nicht abschrecken und beschloß, das Haus instand zu setzen. Wir schritten sofort ans Werk, reinigten das Gebäude von dem während der vielen Jahre angehäuften Schmutz und Schutt, ein junger Architekt brachte Fenster und Türen an und setzte ein Dach aufs Haus. Schließlich legten wir in einen der größten Räume einen entsprechenden Tanzteppich und schafften einen vortrefflichen Flügel hinauf. Hier spielte mein Erzengel täglich die großartigsten Weisen – Bach, Beethoven, Wagner, Liszt – während die Sonne mit unerhörter Pracht hinter der Akropolis unterging und die zarten, purpurgoldenen Strahlen das ägäische Meer verklärten. In der Abendkühle bekränzten wir unsere Stirnen mit lieblichen weißen Jasminblüten und begaben uns zum Phaleron, wo wir am Meeresstrand zu Abend aßen. Mein Erzengel war inmitten dieser blumengeschmückten Mädchen mit Parsifal im Zaubergarten Klingsors zu vergleichen, den Kundry und die Blumenmädchen verlocken. Bald konnte ich aber in seinen Augen einen Ausdruck bemerken, der mehr von irdischer Lust sprach als von himmlischer Neigung. Ich hatte unsere Liebe durch die Kraft ihres geistigen Bandes für gefeit gehalten, und es währte geraume Zeit, bevor mir die Wahrheit dämmerte, bevor ich erkannte, daß seine schimmernden ätherischen Schwingen sich in zwei kräftige Arme verwandelt hatten, die mit feurigem Druck den Leib einer Dryade zu umfassen wußten. Alle meine Erfahrungen hatten nichts gefruchtet; das Schicksal hatte mir einen schrecklichen Schlag aufgespart. Wider Willen begann ich die keimende Liebe der beiden zu beobachten, und meine Eifersucht wuchs, von Dämonen aufgepeitscht, bis zur Verzweiflung.

Eines Abends, die Sonne war eben im Untergehen, hatte mein Erzengel, dessen irdische Wesenheit immer deutlicher zutage trat, eben Siegfrieds Trauermarsch aus der Götterdämmerung zu Ende gespielt, die letzten Töne erstarben in der Ferne und schienen sich mit den purpurnen Sonnenstrahlen in einem Echo vom Hymettos zu verschmelzen – da bemerkte ich zum erstenmal, wie ihre Augen sich trafen und im Abendglanz aufloderten. Bei diesem Anblick erfaßte mich rasende Wut, ich entfloh, wanderte die ganze Nacht hindurch im Hügelgelände umher, und meine Seele versank in bodenlose Verzweiflung. Gewiß war mir das Scheusal Eifersucht in meinem Leben nicht unbekannt geblieben, seine Krallen hatten mir fürchterlichen Schmerz bereitet, aber niemals noch hatte mich eine derartige Leidenschaft ergriffen. Alle Herrlichkeiten von Hellas konnten den höllischen Dämon nicht vertreiben, der sich meiner bemächtigt hatte, und immer wieder erschienen in meiner gemarterten Phantasie die beiden Liebenden. Dennoch setzte ich den Unterricht fort und beschäftigte mich mit den Entwürfen für meine Schule, deren Zukunft gesichert schien; denn das Ministerium Venizelos' war meinen Plänen äußerst wohlgesinnt und die Bevölkerung von Athen von ihnen begeistert.

Eines Tages lud man uns alle zu einer großen Demonstration für Venizelos und den jungen König. Fünfzigtausend Menschen hatten sich im Stadion versammelt, der ganze griechische Klerus war erschienen, das Volk bereitete dem König und seinem Minister begeisterte Ovationen. Die Prozession der Patriarchen, deren goldgestickte Brokattalare in der Sonne glitzerten, bot einen unvergeßlichen Anblick. Ich betrat das Stadion in einem Peplos, dessen Falten in weichen Wellen herabfielen; meine Schülerinnen – eine Gruppe lebender Tanagrafiguren – folgten mir, der liebenswürdige Konstantin Melas kam uns entgegen und überreichte mir einen Lorbeerkranz mit folgenden Worten:

„Isadora, Sie haben uns die unsterblichen Schönheitsbegriffe eines Phidias und des perikleischen Zeitalters wiedergegeben. Griechenland dankt Ihnen!"

Ich erwiderte: „Oh, helfen Sie mir, Tausende von Tänzerinnen auszubilden, damit sie in diesem Stadion Tänze aufführen, wie die Welt sie bisher noch nicht kannte. Alle Völker der Erde werden hierherströmen, um dieses Kunstwerk mit staunendem Entzücken zu genießen."

Während ich diese Worte sprach, bemerkte ich den Erzengel, der hingerissen die Hand seiner Geliebten erfaßt hatte, und fühlte mich plötzlich versöhnt. Was bedeuteten diese kleinlichen Leidenschaften angesichts der Größe meiner Entwürfe, dachte ich damals und lächelte den beiden in liebendem Verzeihen zu. Als ich aber des Abends auf dem Balkon die Silhouetten des Liebespaares im Mondenschein erblickte, befiel mich dennoch wieder das kleine menschliche Gefühl, und ich brütete über die Möglichkeit, vom parthenäischen Felsen den Todessprung Sapphos zu wagen.

So konnte es nicht weitergehen! Sollte eine sterbliche Leidenschaft unsere unsterblichen Entwürfe zu einer großen künstlerischen Tat vernichten? Sollte ich meine Zöglinge entlassen, oder mußte ich diese verhaßte Liebe weiter um mich behalten? Ich war in eine Sackgasse geraten. Es blieb mir nur die Möglichkeit, mich zu geistigen Höhen über alles irdische Leid zu erheben; aber mein Drang nach dem Leben war stärker als je, die ständigen Tanzübungen, die langen Ausflüge im klassischen Hügelgelände, die täglichen Schwimmübungen hatten meinen Lebenshunger gereizt und irdische Lüste entwickelt, die schwer zu unterdrücken waren.

So ließ ich denn den Dingen ihren Lauf und versuchte, meinen Zöglingen Schönheit, Beherrschung, Vernunft und Harmonie beizubringen, während sich mein Innerstes als Beute todbringender Stürme verzehrte.

Die unhaltbare Situation wurde durch einen Schicksalsschlag beendet, der einer lächerlichen Kleinigkeit entsprang: Ein kleiner boshafter Affe hatte den jungen König in den Finger gebissen. Einige Tage hindurch schwebte der Monarch zwischen Leben und Tod, und als er schließlich starb, verursachte dieses Ereignis Aufstände und Umwälzungen, welche die Demission Venizelos', dessen Verschwinden von der politischen Bühne und als Nebenerscheinung auch unsere Abreise zur Folge hatte. Da man uns als Gäste Venizelos' und des Königs nach Griechenland geladen hatte, zählten wir auch jetzt zu den politischen Opfern der geänderten Lage. Alles Geld, das ich zum Wiederaufbau des Kopamos verwendet hatte, war verloren. Wir mußten alle unsere Träume von der Errichtung einer Schule in Griechenland aufgeben und kehrten über Rom nach Paris zurück.

Im Frühjahr 1921 erhielt ich von der Sowjetregierung folgendes Telegramm: „Nur die russische Regierung ist imstande, Ihren Theorien Verständnis entgegenzubringen. Kommen Sie zu uns, wir werden Ihre Schule gründen."

Woher war diese Botschaft gekommen? Aus der Hölle? Vielleicht; denn in Europa galten die Sowjetregierung und Moskau als Werke des Teufels. Ich blickte in meinem leeren Haus umher, das mein Erzengel verlassen hatte, wo es keine Hoffnung und keine Liebe mehr gab, und erwiderte: „Ja, ich werde nach Rußland kommen und Eure Kinder unterrichten, vorausgesetzt, daß Ihr mir den Platz und die Mittel dazu gebt."

Vor meiner Abreise aus London ging ich zu einer Wahrsagerin, die mir folgendes weissagte: „Sie begeben sich auf eine lange Reise, werden manches Seltsame erleben, werden Unannehmlichkeiten begegnen, werden heiraten . . ." Aber bei diesem Worte „heiraten" unterbrach ich sie kurz und lachte auf. Nein, ich würde niemals heiraten! Aber die Wahrsagerin sprach: „Warten Sie es ab, und Sie werden sehen."

Auf meiner Reise fühlte ich mich von allem losgelöst und war tatsächlich der Meinung, daß ich mich in ein ideales Land begab, wie es Plato, Karl Marx und Lenin geträumt hatten. Von meinen Erfahrungen in Europa enttäuscht, war ich bereit, meine Lebenskraft und meine künstlerischen Gedanken den Idealen des Kommunismus zu opfern. Ich hatte gar keine Kleider mitgenommen, denn ich dachte, ich würde, nur mit einer roten Flanellbluse bekleidet, mich zwischen gleichberechtigten Genossen in brüderlicher Liebe bewegen.

Als sich das Schiff langsam nordwärts bewegte, blickte ich mit Verachtung und Mitleid auf alles, was ich im alten Europa zurückließ.

Auf russischem Boden angelangt, empfand ich ein ungeheures Glücksgefühl. Der Traum, der, dem Kopfe eines Buddha entsprungen, sich in den Worten Christi offenbart; die höchste Hoffnung jedes großen Künstlers, die Lenin, der gewaltige Zauberer, in Wirklichkeit umzusetzen wußte – sie sollten sich jetzt für mich erfüllen – ich durfte an dieser herrlichen Verheißung teilnehmen . . .

Alte Welt lebe wohl! Mein Gruß gilt einer neuen Welt!

Nachwort

Die eigenen Aufzeichnungen der Isadora Duncan brechen eben in dem Augenblick ab, da die Reise nach Rußland einen neuen Abschnitt in ihrem Leben eröffnen sollte. Diese Memoiren hatten nicht nur eine ungewöhnlich bewegte Laufbahn geschildert, sie gewähren auch in die geheimsten Regungen einer eigenartigen Frauenseele tiefen Einblick.

Gerade in den letzten Jahren jedoch, über welche uns keine Notizen von der Hand der Künstlerin mehr erhalten sind, erfuhr ihr Schicksal seine letzte Steigerung, und ohne die Kenntnis von den Ereignissen dieser letzten Epoche bliebe das Bild von der Tragödie, welche Isadora Duncans Leben abschließt, unvollständig.

Was aber darüber gesagt werden kann, wird kaum mehr sein, als die bescheidene Darstellung äußerer Geschehnisse durch den Chronisten: Die Vorgänge in Isadoras Seele während dieser letzten Jahre voll aufregender Zwischenfälle werden uns für immer mehr oder weniger verschlossen bleiben.

Die Einladung der russischen Regierung traf eine vereinsamte, in allen Hoffnungen enttäuschte, alternde Frau, die soeben den Geliebten an eine unbedeutende kleine Schülerin hatte verlieren müssen. In diesem Augenblick, da das Weib in ihr auf das tiefste gedemütigt worden war, sollte nun die Künstlerin zu einer großartigen Aufgabe berufen werden: Durch die Einladung der Sowjetregierung sah sie sich auf einmal dazu ausersehen, einer neuen befreiten Menschheit, als welche ihr das russische Volk erschien, noch nie erhörte Kunst- und Lebensformen zu schenken. Das Ziel, das Isadora Duncan von jeher angestrebt hatte, war ja niemals nur die eigene Vollendung, der Triumph einer gefeierten Persönlichkeit gewesen; ihr größtes Interesse hatte stets ihrer Schule, der Massenerziehung im Geiste der Tanzkunst gegolten, und dieser Idee hatte sie schon mehr als einmal ein Vermögen geopfert. Da erreichte sie nun der Ruf der Sowjetregierung, die in ihrem Programm verkündet hatte, sie wolle ihre Kinder in rhythmischer Gymnastik, Plastik und von Musik begleiteten Körperübungen erziehen. „Vielleicht“, hieß es in dem russischen Programm, „wird selbst die Arbeit auf dem Felde und in der Werkstatt in Hinkunft unter der Leitung von Musikern und Tanzlehrern vor sich gehen, die dafür sorgen werden, daß auch die tägliche Arbeit einen musikalischen Rhythmus erhalte.“

Wann hatte je zuvor ein großer Staat derartiges in sein allgemeines Erziehungsprogramm aufgenommen? Wie konnte Isadora anders als mit Begeisterung den Ruf des russischen Volkes erwidern! Diesmal galt sie nicht einer erfolgversprechenden Tanztournee mit Blumenspenden, märchenhaften Honoraren, rauschenden Festen und Beifallsstürmen: Die Reise nach Rußland sollte die Erfüllung eines künstlerischen Lebenstraumes bedeuten. Konnte sich ihr eine schönere, verlockendere Aussicht bieten, als die Möglichkeit, die Jugend eines ganzen Volkes in neuen, befreiten Rhythmen aufblühen zu lassen?

Mit dem russischen Volk aber fühlte sie sich seit jenem Augenblick verbunden, da sie, sechzehn Jahre vorher, zum erstenmal nach Petersburg gekommen war und auf der nächtlichen Fahrt in die Stadt der gespenstigen Prozession von schwarzgekleideten Arbeiterfrauen und -kindern begegnet war, die ihre ermordeten Gatten und Väter zu Grabe trugen. Inmitten aller der auf diesen Einzug folgenden Feste, während sie von der vornehmsten und reichsten Gesellschaft der Residenz umworben war, hatte sie doch keinen Augenblick die Erinnerung an diesen nächtlichen Trauerzug loswerden können.

Als sie damals dem Großfürsten Michail ihre Idee entwickelte, sie wolle die Kinder der einfachen Muschiks in ihrer rhythmischen Körperkultur unterweisen, war sie auf völlige Verständnislosigkeit gestoßen. Und nun berief sie das russische Volk, das sich von der Herrschaft dieser „gefühllosen Tyrannenkaste“ befreit hatte, damit sie, Isadora, die neue Generation in ihrem Geist unterrichtete! Eilends fuhr sie nach London und besprach dort mit dem russischen Botschafter Krassin alle Einzelheiten ihrer Reise und ihres zukünftigen Wirkens in Sowjetrußland. Dann machte sie sich auf den Weg in das neue Reich der Verheißung.

Jenes Rußland jedoch, das sie jetzt wiedersah, war eine phantastische, durch und durch fremdartige Welt geworden: die Bahnhöfe schon behängt mit roten Tüchern, Plakaten und Aufrufen; die Straßen erfüllt von singenden Arbeiterzügen, marschierenden Truppen, festlichen Demonstrationen; zu beiden Seiten dieser wogenden Menschenmassen aber verwahrloste Häuser, mit Brettern vernagelte Schaufenster, nur hier und dort ein soeben erst geöffneter Laden mit endlosen Reihen Wartender davor.

Gerade damals begann das Sowjetreich sich aus der furchtbaren Erstarrung des Kriegskommunismus zu befreien. Erst ganz kurze Zeit vorher war der freie Handel wieder gestattet worden, und man konnte nun von neuem Lebensmittel, Kleider, Zigaretten und Parfüms kaufen, was bis dahin bei den schwersten Strafen verboten gewesen war. Straßen, Häuser, Menschen, das ganze Leben Moskaus zeugte von diesem bewegten Durcheinander einer Übergangsepoche: Inmitten der kommunistischen Diktatur taten sich die alten Restaurants und Nachtlokale mit ihren alten dienstbeflissenen Kellnern in Frack und weißen Handschuhen wieder auf. Neuerdings begann der Champagner zu strömen, obgleich die Flasche schon viele Millionen Rubel kostete, wieder erklang hinter den seit Jahren verstaubten Spieltischen der ermunternde Ruf des Croupiers.

Noch ängstlich und verschüchtert legten die Kaufleute längst unmodern gewordene Krawatten, Hüte und seidene Blusen in die noch nicht in Ordnung gebrachten Schaufenster. In den Theatern und Varietés tauchten, zuerst vereinzelt und zaghaft, bald scharenweise und fast herausfordernd, zwischen Arbeiterblusen, Soldatenhelmen, Bauernpelzen und Kopftüchern wieder taillierte Abendsakkos, dekolletierte Kleider und glitzernde Tiaren auf. Gespensterhaft drängten sich allerorten zwischen die neue kommunistische Menschheit die neuen Reichen mit den Requisiten aus dem Fundus der alten vorrevolutionären Gesellschaft.

Isadora Duncan, die geglaubt hatte, den verlogenen Kulissen europäischer „Appartements“ für immer entflohen zu sein, mußte alsbald erkennen, daß es ihr auch im proletarischen

Moskau nicht vergönnt war, dem Verhängnis ihrer Klassenzugehörigkeit zu entrinnen: Die Sowjetregierung glaubte, die Künstlerin aus dem Westen besonders zu ehren, indem sie ihr das nationalisierte Palais Balaschow auf der Pretschistenka von Amts wegen zuwies. Dort aber reihte sich „Stilzimmer" an „Stilzimmer"; pathetische Marmortreppen führten in frostige, an triviale Restaurants gemahnende Empiresalons; ein Festsaal in schwerer byzantinischer Pracht erinnerte an den Luxus eines russischen Dampfbades; die Möbel des ganzen Hauses strotzten von Gold, Brokat und Samt, und in dem Wintergarten vertrockneten die traditionellen Palmen und Kakteen.

Sie, die aus dem Westen ausgezogen war, um „zwischen gleichberechtigten Genossen sich in brüderlicher Liebe zu bewegen", wurde alsbald wieder umdrängt und belästigt von snobistischen Sowjetfunktionären, genußsüchtigen Spekulanten und aufdringlichen Agenten. Ein feiner Instinkt sagte ihr, daß inmitten dieser Gesellschaft das Auslangen mit der einfachen roten Flanellbluse nicht zu finden sei. Trug doch auch die von ganz Sowjetrußland vergötterte Ballettänzerin Gelzer, die „große Katharina", wie man sie nannte, die herrlichsten Abendkleider, glitzernde Ringe und strahlende Brillanten.

Oft ging Isadora abends in das Theater Mayerholds, um dort mit Staunen den revolutionären Stücken in biomechanisch-konstruktivistischer Inszenierung beizuwohnen. Nach der Vorstellung aber wurde sie zumeist von ihren Begleitern in die oberen Etagen des gleichen Hauses eingeladen; dort verloren im ersten Stock kleine Sowjetangestellte ihre mühsam verdienten Rubel beim Lotto, während im Stockwerk darüber die hohen Sowjetfunktionäre, Kaufleute, „Nep"-Männer und Fremde im Spielklub „Sonn" ihre Valuten im Bakkarat und „Chemin de fer" umsetzten.

Fragte Isadora dann erstaunt und befremdet, wie sich denn die revolutionäre Musterbühne im Parterre mit den Spielhöllen im ersten und zweiten Stock vertrüge, dann wurde ihr die Aufklärung zuteil, beide Institutionen dienten der kommunistischen Erziehung, denn aus den Erträgen der Spielhöllen solle eben der Unterricht der proletarischen Kinder bestritten werden.

Um ihr ausländisches Geld zu wechseln, mußte sie sich auf die

Iljinka begeben, wo in aller Öffentlichkeit die „Schwarze Börse“ tagte; dort drängten sich abstoßend gemeine Gestalten und setzten täglich in einem phantastischen Schieber-Jargon den Kurs der Sowjetwährung fest.

Noch wollte sich die begeisterte Amerikanerin ihre Enttäuschung nicht freimütig eingestehen. Sie stürzte sich in die Arbeit: Aus den proletarischen Kinderheimen, aus den Fabrikschulen kamen nun die Kinder zu ihr; abgehärmte Arbeiterfrauen brachten ihre kleinen Mädchen. Rotarmisten erschienen bei ihr, um ihr mit unbeholfenen Redewendungen ihre Töchter anzuvertrauen. Unterstützt von ihrer Lieblingsschülerin Irma Grimme nahm sie alle ihre neuen Pflegebefohlenen liebevoll und mit mütterlicher Zärtlichkeit auf, ließ sie die zerlumpten Kleidchen ablegen, wusch sie und hüllte sie in weiße und rote Tuniken. Ihr Herz pochte vor Glückseligkeit, wenn sie dann inmitten dieser Schar sauber gekleideter, fröhlicher Kinder weilen und deren undisziplinierte Bewegungen zu einem geordneten Rhythmus umbilden durfte.

Gern kam sie auch den anderen Aufträgen des Volkskommissariats nach: Tage und Nächte hindurch arbeitete sie an der choreographischen Verkörperung revolutionärer Parolen. Sie tanzte die Befreiung der Bauern, die Idee der Roten Fahne, der Dritten Internationale, und sie kreierte das Pionierlied „Der fünfzackige Stern geht über der Erde auf“.

Besonders glücklich war sie an den Tagen, da sie mit ihren Zöglingen an großen öffentlichen Demonstrationen teilnehmen durfte. Dann strömten von allen Seiten Arbeiter in ihren Werktagsblusen, Soldaten in Uniform, ganze Organisationen, Genossenschaften, Vereine und Schulen auf den Roten Platz vor der Kremlmauer. Vorüberkommende Automobile und Wagen wurden angehalten und in fliegende Rednertribünen umgewandelt; die bedeutendsten Schauspieler der Stadt hielten szenische Stegreifvorstellungen auf Automobildächern und rezitierten revolutionäre Gesänge und Hymnen; von den Balkons der öffentlichen Gebäude hielten die großen Volksführer zündende Ansprachen an die Menge, die ihnen zujubelte und mit Tausenden roter Fahnen und Fähnchen entgegenwinkte. Da konnte nun auch Isadora unter freiem Himmel ihre und ihrer Schülerinnen

Kunst dem einfachen Volke vorführen, und der Beifall, den sie hier erntete, galt ihr mehr als der Applaus von New York, Paris und London.

Bald aber mußte sie erkennen, daß die große Öffentlichkeit der Stadt ihre Darbietungen mehr mit Respekt und ein wenig Verwunderung als mit wahrem, vom Herzen kommendem Enthusiasmus entgegennahm. Wenn sie im Theater auftrat, füllte wohl ein neugieriges Publikum das Haus bis auf den letzten Platz, seine wirkliche jubelnde Begeisterung sparte sich Moskau jedoch für jene Abende auf, an denen die gefeierte Tänzerin Gelzer in Gazeröckchen ihre Pirouetten vollführte; denn trotz Umsturz und Revolution hing das Publikum noch immer mit seinem innersten Herzen an den Künstlern und der Tradition des alten Balletts.

Schon vom ersten Augenblick an sah sich Isadora umdrängt von allen Wortführern der neuen russischen Kunst, von Malern, Regisseuren, Schauspielern, Dichtern und Komponisten, die alle fieberhaft am Werk waren, eine ungeahnte Kunst als den wahren Ausdruck für die Ideale der kommunistischen Menschheit hervorzubringen. Im Café „Pegasus“ auf der Twerskaja, in dem wiedereröffneten Sommertheater „Eremitage“, in den zahllosen Künstlerklubs, Malerateliers und Experimentalstudios wurde in nächtelangen, bis zum Morgengrauen währenden Debatten jede Einzelheit der kommenden Reformen bis auf die Tönung der zu verwendenden roten Farbe, bis zum Schnitt und Faltenwurf des kommunistischen Zukunftskleides vorherbestimmt. Sogleich wurde Isadora von den Künstlern umringt, von einer Kneipe, von einem Atelier zum anderen geschleppt, und die Anhänger aller Richtungen entwickelten ihr mit erregter Leidenschaft ihre Programme.

Im ersten Taumel dieser, in rauchigen Lokalen und im gedämpften roten Licht der Ateliers durcheinanderschwirrenden großen Pläne und Schwärmereien schien dies alles herrlich berückend, neu und großartig, zumal, wenn man die Sprache nicht verstand und den Sinn aller dieser Debatten nur von ungefähr ahnen konnte.

Als ihr aber die neuen Kunsttheorien allmählich zusammenhängend erörtert und verdolmetscht wurden, da begannen diese in verdächtiger Weise gewissen Dingen zu ähneln, an die Isadora sich nur mit peinlichen Gefühlen zurückerinnern konnte. Wenn sie jetzt von „Futurismus“, „Kubismus“, „Imaginismus“, „Dynamismus“, „gegenstandslosem Expressionismus“ und „Suprematismus“ hörte, die hier als die letzten Errungenschaften proletarischer Kultur gefeiert wurden, dann stiegen in ihrer Erinnerung die öden Nächte in Pariser, Berliner, Mailänder und New Yorker Künstlercafés auf, wo schon viele Jahre vorher abgelebte, ihrer selbst überdrüssige und müde bürgerliche Ästheten ihre Unfruchtbarkeit mit den gleichen Phrasen zu verdecken gesucht hatten.

Wie schal und abgegriffen schienen ihr doch diese Theorien eines Scherschenjewitsch, der da verkündete, ein Gedicht sei kein Organismus, sondern eine Anhäufung von Bildern, von denen jedes ohne Schaden herausgenommen oder hinzugefügt werden könne. Ein Buch müsse sich mit dem gleichen Erfolge von rückwärts nach vorn wie von vorn nach rückwärts lesen lassen, so wie man ein richtiges revolutionäres Gemälde ohne Schaden auch verkehrt aufhängen könne.

Wie lächerlich war doch dieser untalentierte Klussikow, der ewig mit einer Gitarre bewaffnet herumlief, auf der er keinen einzigen Ton spielen konnte! Wie abgeschmackt selbst jener berühmte Marienhof, der sich so barbarisch revolutionär gebärdete, sich als der Hohepriester des Atheismus dünkte und in dilettantischen Gedichten davon sprach, er wolle den welken Leib der Jungfrau Maria mit der Nagaika peitschen. Isadora Duncan, die in stundenlangen Gesprächen mit Ernst Haeckel über die Natur und den Gottesbegriff debattiert hatte, vermochte über diese kindische, alberne Antireligiosität nicht einmal zu lächeln. Das also war jener „Kuppelbau der neuen Kultur“, von dem Gerassimoff, auch einer dieser „Kunstreformatoren von vorgestern“, kühn behauptete, er werde „höher sein als der Montblanc“!

So sehr sie sich auch nach einer neuen Kunst sehnte, so mußte sie doch vor den „heroischen Plastiken“ der Kubofuturisten und ähnlicher bolschewistischer Reformatoren wehmütig daran zurückdenken, daß sie einige Jahre vorher im Atelier Auguste Rodins hatte weilen dürfen.

Gewiß, Isadora war der europäischen Kunst müde gewesen, als sie nach Rußland fuhr, aber wenn sie an den ersten Abenden in Moskau noch in den allgemeinen Kriegsruf „Alles Alte zerstören und zerschlagen!" mit eingestimmt hatte, so mußte sie dieses Votum angesichts der neuen revolutionären Monumentalplastik doch alsbald bereuen. Sie, die einst in Berlin die Studenten aufgefordert hatte, die Siegesallee zu zertrümmern, sah hier in Moskau eine neue Siegesallee aus dem Boden wachsen, mit Standbildern, die um nichts weniger geschmacklos waren.

Alle diese Reformatoren bekämpften einander mit äußerster Erbitterung und beschuldigten sich gegenseitig mangelnder revolutionärer Gesinnungstreue; einig waren sie sich nur dann, wenn es galt, jene wahrhaft echten Künstler in den Schmutz zu zerren, die Isadora schon bei ihren früheren Reisen nach Rußland lieben und schätzen gelernt hatte. Im Chor ertönten jetzt Beschimpfungen gegen Stanislawskij, von dem es hieß, nun endlich, da er versucht habe, sich mit der Aufführung des Byronschen „Kain" den neuen Theaterformen anzupassen, habe sich seine hoffnungslose Unfähigkeit erwiesen. Andrej Bjelij wieder wurde als „verdorrtes Pflänzchen der mystisch verrotteten Bourgeoisie" hingestellt; nur Valerij Brussow wurde mit Schonung erwähnt, denn er hatte die Selbstverleugnung aufgebracht, sein altes Werk mit Füßen zu treten und im Geiste der Neuerer ein Institut zur Züchtung revolutionärer Genies zu eröffnen. Damit errang er sich den Beifall der Künstlerkneipen, Nachtcafés und Debattierklubs zur Zeit der großen Revolution.

Unter all den Larven „revolutionärer Erneuerer" blickte Isadora nur ein Gesicht entgegen; unter all den falsch klingenden, affektierten Stimmen tönte ihr nur eine echte Stimme ans Ohr. Das Gesicht war das eines jungen Bauernknaben, blondgelockt und helläugig, anmutig, von jubelnder, fest im Boden verwurzelter Lebenskraft. Ein offener, frischer Blick, aus welchem eine in sich ruhende Gesundheit und Kraft hervorleuchtete; eine Stimme, bäuerlich rauh und doch von fast kindlicher Anmut: Das war Sergej Alexandrowitsch Jessenin, der junge Bauerndichter, dem Isadora eines Nachts begegnen sollte.

Wieder einmal war ein Künstlerfest zu Ehren der Tänzerin

geplant, diesmal bei dem Maler Jakulow, dem Schöpfer der Dekorationsentwürfe für das Tairowsche Kammertheater. Seit Stunden war bereits die gewohnte leidenschaftliche Diskussion über die neuesten Schlagworte der revolutionären Kunst im Gange, als endlich um ein Uhr nachts Isadora unter den Versammelten erschien. In einen roten, in weichen Falten herabfließenden seidenen Chiton gekleidet, trat sie ein und ließ ihre Blicke etwas müde und abgespannt über die Runde schweifen; stand ihr doch wieder endloses Geschwätz über Weltverbesserung bevor.

Aber schon nach einigen Schritten hielt sie plötzlich inne und lächelte, denn dort, auf einem dieser niederen Sofas, erblickte sie einen blonden Lockenkopf, das Haupt eines wunderschönen Knaben, der sie mit gelblich schimmernden Augen ansah.

Die Blicke unausgesetzt auf diesen Kopf gerichtet, begrüßte sie eilig und nachlässig den Gastgeber und seine Freunde, und schon flog ihr Körper weichen Schrittes auf den Diwan zu. Bald lag sie dort hingestreckt, und Jessenin saß zu ihren Füßen. Sie fuhr ihm mit den Händen durch die Locken und sagte sanft und bewundernd: „Solotaja Golowa“, „Goldkopf“; es war seltsam genug, daß sie, die fast gar nicht russisch sprach, gerade diese zwei Worte zu sagen verstand. Dann küßte sie wieder und wieder seine Lippen und brachte in gebrochenem Russisch abwechselnd die Worte „Anguel“, „Engel“, und „Tschort“, „Teufel“, hervor. Um vier Uhr morgens erhoben sich die beiden wie in schweigendem Einverständnis und fuhren miteinander fort.

Jessenin beherrschte keine fremde Sprache, Isadora wieder verstand nur wenige Worte Russisch; und dennoch hatten der Rjasaner Bauernsohn und die Amerikanerin vom ersten Augenblick an gefühlt, daß es hier um mehr ging als um ein flüchtiges Abenteuer. Nicht nur Isadora fühlte sich diesem Knaben verfallen, auch ihn hatte es vom ersten Augenblick an, da er nur ihren Namen vernommen, mit unheimlicher Gewalt zu dieser fremden Frau hingezogen.

Jessenin zählte offiziell zu der Literatengruppe der „Imaginisten“ und galt sogar als deren Führer, dies aber wohl vor allem darum, weil er unter den Mitgliedern dieser Vereinigung die besten Sauf- und Raufkumpane gefunden hatte; mit dem revolutionären Snobismus der übrigen „Imaginisten“ hatte er jedoch blutwenig gemein. Sergej Alexandrowitsch, der Sohn eines Muschiks aus dem Dorf Konstantinowo im Gouvernement Rjasan, dessen Eltern so arm gewesen waren, daß sie das Kind bei mildtätigen Verwandten hatten in Pflege geben müssen, war alles eher als ein Literat: Ein echter Sohn der russischen Erde, flog er von einem Extrem in das andere, benahm sich einmal wie ein wilder Raufbold, schlug die Nasen seiner Zechgenossen blutig, kletterte wie ein geschmeidiges Raubtier auf die höchsten Bäume, um dann wieder in grenzenloser Zerknirschung stundenlang vor den Ikonen auf dem Boden zu liegen, zu fasten und als büßender „Strannik“ halb Rußland auf Wallfahrten zu durchqueren.

Als rechtes „enfant terrible“ war Jessenin in die Literatur hereingepoltert wie seinerzeit Rimbaud, unbekümmert um alle Vorschriften der literarischen Etikette. Schon in seinem neunten Lebensjahre hatte er Gedichte geschrieben, die durch ihre persönliche Färbung aufgefallen waren; den sechzehnjährigen Jüngling aber feierte Alexander Block, der letzte aus der Reihe der großen begnadeten Dichter, als die Hoffnung der russischen Literatur. Die Salons von Petersburg und Moskau mit ihren schönen Frauen bewarben sich bald um diesen jungen Bauern, der in seinem ärmellosen Rock und den bunt eingefaßten Schaftstiefeln allgemeines Entzücken erregte. Und als sich dann gar die Zarin den Knaben vorstellen ließ, da kannte der Enthusiasmus der Petersburger Gesellschaft keine Grenzen mehr.

Dieser von westlicher Zivilisation ganz unberührte Bauernknabe stand nun in einfältiger Bewunderung der Amerikanerin gegenüber, deren Körper und Geist dreitausend Jahre westlicher Kultur zu versinnbildlichen schien. Wie ein Wunder bestaunte Jessenin, in dem alles so unbändig, elementar und chaotisch war, der nicht wußte, was er mit seinen Händen und Füßen anfangen sollte, jene Frau, die schon in ihrem Schreiten Ausgeglichenheit und antike Harmonie ausströmte.

Und gar, als sie ihm das erstemal vortanzte! Sie hatte das Haus in der Pretschistenka mit zahllosen Matratzen, Teppichen,

Fellen, venezianischen Tüchern und russischen Kretonen angefüllt, und unter ihren Händen waren die geschmacklos eingerichteten Zimmer behaglich und anheimelnd geworden. In diesen Räumen nun tanzte sie einen Tanz nach dem anderen, zuerst voll ausgeglichener Zartheit, dann immer leidenschaftlicher; aber wie geformt und gebändigt war doch selbst ihre Leidenschaft! Tanzen, in mänadische Verzückung geraten, sich ganz hingeben, verlieren, verschwenden und doch niemals gegen das Gesetz der Form verstoßen: lag nicht eben darin die ganze klassische Kultur des Westens, jenes Unerreichbare, nach dem sich die russische Seele seit Jahrhunderten in tragischer, bis zum Haß gesteigerter Sehnsucht verzehrte?

Mit stammelnden Worten, in einer Sprache, die Isadora nicht verstand, wollte Sergej Alexandrowitsch ihr seine Bewunderung und seine Liebe begreiflich machen; zitternd vor Ungeduld und wütend über seine eigene Hilflosigkeit, sprang er plötzlich auf, riß die Stiefel von den Füßen, schleuderte sie in den Winkel und tanzte barfuß einen wilden, rasenden Kalpak als Liebeserklärung. Es war die Liebeserklärung des Muschiks an die Amerikanerin, die Liebeserklärung der russischen Erde an den Westen.

Isadoras Augen folgten entzückt dem tollen Wirbel von wehenden blonden Locken, flatternder Bluse, umhergeschleuderten Armen und stampfenden gelben Bauernstrümpen, und ganz aufgelöst in schauende Entrücktheit flüsterte sie: „C'est la Russie – ça c'est la Russie!“

Die beiden Tänze hatten das Schicksal Jessenins und Isadoras entschieden: Sie waren einander verfallen zu einem Bunde, der nicht anders als tragisch enden konnte.

Jessenin zog zu ihr in die Pretschistenka. Isadora, die schon zahllose Heiratsanträge von Millionären und berühmten Künstlern abgelehnt, die den Mut und die Prinzipienstärke besessen hatte, unbekümmert um die Meinung der Welt drei unehelichen Kindern das Leben zu schenken, warb nun geradezu darum, den Bund mit Jessenin auch formell bekräftigen zu dürfen, und war glücklich, sich seine Gattin nennen zu können.

Sergej Alexandrowitsch aber ging mit ihr nicht anders um, wie die Bauern seines Dorfes, von denen auch er einer war, mit ihren Weibern umgingen. Er schlug sie, wenn ihm etwas an ihr mißfiel, sie jedoch küßte die Hand, die sich gegen sie erhob. Sie liebte und fürchtete zugleich diese Augen, aus denen häufiger Haß als Zuneigung sprach. Denn oft empörte sich der Muschik in ihm gegen die Dame, die ihm so tausendfach überlegen war, und dann wollte er sie demütigen, wollte sie und sich seine männliche Übermacht fühlen lassen.

Bisweilen kam es über ihn, daß er sich von Isadora zu befreien suchte. Dann nahm er sein Päckchen mit wenigen Habseligkeiten und entfloh. Er wollte so weit als möglich fort von ihr, bis nach Persien. Von der ersten Station schrieb er seinen Freunden: „Sagt ihr, sie solle mich vergessen und nicht darüber weinen!"

Aber kaum war die Botschaft eingetroffen, da war auch er selbst bereits zurückgekehrt und lag wieder in ihren Armen. Bald jedoch entfloh er von neuem und erschien ganz verzweifelt, das Päckchen in der Hand, bei seinen Zechkumpanen. „Ich habe sie endgültig verlassen!" erklärte er. „Endgültig!" Und dann erschien Isadoras Portier, ihr Sekretär, und zuletzt kam sie selbst, ließ sich auf dem Fußboden neben Jessenin nieder, umschlang seine Beine und rief: „Anguel!"

Wenn er sie auch mit dem Stiefel stieß und ihr zurief, sie möge sich zum Teufel scheren, so lächelte sie doch immer zärtlicher und zärtlicher und wiederholte stets von neuem: „Sergej Alexandrowitsch, ich liebe dich!" Und zuletzt wurde dann das Päckchen mit den wenigen Hemden, Beinkleidern und Socken wieder zugeschnürt, und das Paar begab sich einträchtig zurück in das Palais Balaschow.

Der Traum von einer befreiten Menschheit, von dem Aufblühen einer neuen großartigen Kunst war ausgeträumt. Moskau mit seinem Elend neben üppigem Überfluß, mit seinen affektierten, geistlosen Literaten, seinen Schiebern, Nachtlokalen und Spielhöllen unterschied sich nicht sonderlich von den übrigen Metropolen der Welt, es sei denn durch die namenlose Not der Massen, die nirgends ihresgleichen hatte, und durch die lähmende Umständlichkeit des bürokratischen Apparates, von dem jede Vergünstigung, jede Zuweisung abhing.

Isadora Duncan widmete sich mit ganzem Interesse ihrer

Schule, aber auch hier sollten ihre gläubigen Hoffnungen enttäuscht werden: Es fehlte an allen Enden; im Winter konnten die Unterrichtsräume kaum beheizt werden, denn trotz aller Vorsprachen und Petitionen erhielt die Schule den so bitter entbehrten Brennstoff nur in ganz unzureichenden Mengen. Verzweiflung im Herzen, mußte Isadora zusehen, wie ihre kleinen Schutzbefohlenen froren und hungerten. Als sie die staatlichen Abgaben für Beleuchtung und Wasser schuldig bleiben mußte, sperrte man ihr das Licht und die Wasserleitung.

Die Regierung, die anfangs so großartige Versprechungen gemacht hatte, kargte jetzt mit den Mitteln, und immer deutlicher zeigte es sich, daß die Schule der Duncan für den Sowjetstaat eigentlich eine Verlegenheit bedeutete. Die große russische Jugendbewegung war immer mehr in ganz andere, von Isadoras Idealen völlig abweichende Bahnen geraten, und bald mußte sie erkennen, daß es den Behörden nicht so sehr auf die Förderung der rhythmischen Körperkultur als auf die politische Beeinflussung der Jugend ankam. Dazu aber eigneten sich die Methoden der Duncan-Schule in keiner Weise.

Sie litt schwer an dieser Enttäuschung, denn der romantische Glaube an die Mission des russischen Volkes war zu fest in ihr verwurzelt, als daß sie ihn leichten Herzens hätte aufgeben können.

Aber auch in ihrer Liebe zu Jessenin vermochte sie keine Ruhe zu finden: Immer häufiger wurden seine Fluchtversuche, mit immer verzweifelteren Mitteln mußte sie um ihn kämpfen, und immer größer wurde der Preis ihrer Demütigungen, deren es bedurfte, um diesen nach neuen Eindrücken hungernden Knaben an sich zu fesseln.

Keiner verstand des anderen Sprache, und wenn dies zuerst den Reiz ihrer Liebe nur erhöht hatte, so sollte es jetzt die Tragik dieser Beziehung ins Unerträgliche steigern. Sooft es Uneinigkeiten gab, machte sich das Fehlen jeder aufklärenden und befreienden Aussprache auf das schmerzhafteste geltend. Wenn einer bei dem anderen liebevolles Verstehen suchte, ihm sein Leid mitteilen wollte, dann standen sie einander in einer Verzweiflung gegenüber, die sich bis zu hilfloser Wut steigerte. Wie von Sinnen redeten sie aufeinander ein, schrien sie sich in qualvollen Monologen heiser, ohne daß jemals die Rede des einen das Verständnis des andern erreicht hätte. Bei zwei Menschen von so seltener Sensitivität und Vielfältigkeit seelischen Erlebens, wie diese große Künstlerin und dieser große Dichter sie besaßen, mußte eine solche Situation zu unvorstellbaren Krämpfen der ekstatischen Verzweiflung führen.

Verständigung gab es nur durch den Dolmetsch, und oft riefen sie für diesen Zweck die Kammerzofe oder einen Freund zu Hilfe; aber wie farblos und unzulänglich war doch diese Vermittlung, bei der gerade alles Persönliche, worauf es ihnen doch eigentlich ankam, verlorenging! Aneinandergekettet durch eine verhängnisvolle Liebe, blieben sie dennoch, jeder für sich, in ihrem Innersten zutiefst einsam.

Wenn der Russe nicht ein noch aus weiß und sich einem übermächtigen Schicksal gegenübersieht, dann beginnt er zu trinken; auch Sergej Alexandrowitsch flüchtete sich bald immer häufiger in die Erlösung des sinnlosen Rausches.

In dieser Lage, die unaufhaltsam einer Katastrophe zudrängte, schien der Gedanke an eine Flucht nach Europa neue Hoffnung zu bieten. Es litt Isadora nicht länger in Rußland, wo ihre künstlerischen Pläne nur ganz unzureichend verwirklicht werden konnten und wo ihr Geliebter im Kreise haltloser Zechkumpane völlig dem Trunke zu verfallen drohnte. Sie hoffte, Jessenin retten zu können, indem sie ihn diesem verderblichen Milieu entriß und in jene Welt der Form und der Gesittung entführte, als welche ihr jetzt der Westen von neuem erschien.

Während sie von einer Amtsstelle zur anderen lief, um für sich und ihren Gatten die Möglichkeit zum Verlassen Rußlands zu beschaffen, war sie wieder voll enthusiastischer Hoffnung. Gern willigte sie in die Forderung ein, außerhalb des Sowjetstaates Kulturpropaganda für die bolschewistische Idee zu machen, besonders als sie merkte, daß der Begriff Europa auf Jessenin eine so elektrisierende Wirkung ausübte. Erschien doch den russischen Künstlern gerade damals der Westen als ein phantastisches Traumland, das in unzähligen Hymnen besungen und gefeiert wurde.

Als sie auf dem Moskauer Flughafen standen, um die Maschine zu besteigen, die sie nach Königsberg bringen sollte, strahlten ihre Gesichter in kindlicher Erwartung. In ihrem eleganten englischen Reisekostüm mit dem koketten kleinen Hut schien sie mädchenhaft verjüngt. Auch Jessenin war bezaubernd lebensfroh und frisch: In einem eigens für diese Reise angefertigten tadellosen Anzug, ein lilafarbenes Halstuch umgeschlungen, die Pfeife nachlässig in den Mundwinkel geschoben, sah er aus wie ein echter Pariser Gamin. Gleich einem reichbeschenkten Kinde, schmiegte er sich zärtlich an die Frau, der er alle bevorstehende Herrlichkeit verdanken sollte.

Aber diese glückliche Verwandlung sollte nur kurze Zeit andauern. Schon wenige Wochen später begann in dem eleganten Berliner Hotel, in welchem das Paar abgestiegen war, von neuem der verzweifelte Kampf zwischen Isadora und Sergej, und das freudlose Grau der ewigen Mißhelligkeiten senkte sich wieder auf sie herab. Der russische Bauer begann Berlin zu hassen; die Stadt erschien ihm kalt, freudlos, abstoßend, und er fühlte sich hier fremd und entwurzelt.

Maxim Gorki, der in Berlin in der Wohnung des Dichters Alexander Tolstoj mit den beiden zusammentraf, schildert die Tragik dieses Verhätnisses, wie sie sich seinem klaren und nüchternen Blick darbot: „Diese berühmte, von Tausenden von Ästheten gefeierte Frau schien neben dem kleinen, knabenhaften, wunderbaren Rjasaner Dichter wie die vollkommene Personifikation alles dessen, was er nicht brauchte. Ich spreche von dem Eindruck jenes lastenden Tages, an dem ich beim Anblick dieser Frau dachte: Wie kann sie diesen Dichter verstehen, der geschrieben hat:

Wie wohlig wär's, lächelnd im Heu
Mit Mondes Maul Hafer zu kauen!

Die Unterhaltung zwischen Jessenin und der Duncan vollzog sich in Gesten, in Stößen mit Knien und Ellenbogen. Während sie tanzte, saß er beim Tisch, sah aus einem Augenwinkel nach ihr hin und runzelte die Stirn. Man hatte den Eindruck, daß er sie als einen Alpdruck empfand, der zwar nicht mehr erschreckt, weil man sich an ihn gewöhnt hat, der aber deshalb nicht weniger schwer lastet. Einige Male schüttelte er sich wie ein Mensch, dem sich eine Fliege auf den kahlen Schädel gesetzt hat.

Endlich fiel die Duncan erschöpft auf die Knie und sah dem Dichter mit einem welken, begehrlichen Lächeln ins Gesicht. Jessenin legte die Hand auf ihre Schulter, wendete sich dabei aber heftig ab . . ."

Nach jenem letzten Aufflackern der Hoffnung, das die Duncan zu ihrer Flucht aus Rußland bewogen hatte, sollte sich nun der unaufhaltsame Zusammenbruch immer deutlicher offenbaren. Ihre Ehe nahm von jetzt an noch qualvollere Formen an; schon hier in Berlin drohte das Benehmen Jessenins, wenn er berauscht war, bisweilen zu einem öffentlichen Skandal zu führen.

Inmitten dieser persönlichen Nöte versuchte sie aufzutreten, doch das Wagnis mißlang, und das Publikum verhielt sich kalt und ablehnend. Man hatte ihr das Eintreten für die Entente nicht vergessen, und daß sie jetzt für den Bolschewismus agitierte, wurde ihr erst recht von vielen Kreisen arg verübelt. Was aber viel schlimmer war als jeder politische Einwand, das war die immer lauter ausgesprochene hämische Behauptung, sie sei „künstlerisch erledigt".

Als einmal sogar Pfiffe aus dem Zuschauerraum ertönten, trat sie an die Rampe und erklärte, sie könne nicht mehr tanzen, denn sie habe viel durchmachen müssen, und das Herz sei ihr schwer; aber man möge ihr bei dem Bemühen helfen, eine Schar Kinder zusammenzubringen, mit denen sie tanzen wolle.

Ihre materielle Lage wurde geradezu katastrophal. Freunde verschafften ihr die Mittel zu einer Reise nach Belgien und von dort nach Frankreich. Um für sich und ihre Schule Geld zu verdienen, wollte sie es nun mit einer Gastspielreise nach Amerika versuchen, aber hier stieß sie auf die größten Schwierigkeiten, denn durch ihre Heirat mit dem Russen Jessenin hatte sie das amerikanische Staatsbürgerrecht verloren, und überdies sah man in ihr eine bolschewistische Agentin.

Als es ihr endlich im Jahre 1924 doch gelang, das Mißtrauen der amerikanischen Behörden zu zerstreuen und die Erlaubnis zur Einreise zu erwirken, fand sie, in ihre Heimat zurückgekehrt, ein beinahe feindseliges Publikum vor. Auch hier setzten sich sowohl die ehelichen Konflikte als auch die künstlerischen Mißerfolge fort.

Sie kehrte wieder nach Paris zurück, wo sie ihren Bruder und ihre besten Freunde wußte. Gleich nach ihrer Ankunft aber konnten die Blätter nicht ohne Genugtuung von einem ungeheuren Skandal berichten: Isadora und ihr Gatte wohnten im Hotel Crillon, und eines Tages erschien Jessenin in völlig betrunkenem Zustand im Hotel und mußte von einem Kellner auf sein Zimmer gebracht werden. Dort bekam er alsbald einen Tobsuchtsanfall und begann alles zu zertrümmern, was ihm in die Hände fiel; dabei schrie er fortwährend in russischer Sprache. Die Polizei wurde geholt, und vier Beamte hatten die größte Mühe, den Rasenden zu überwältigen und auf die Wachstube zu bringen. Als Isadora Duncan am Morgen nach diesem Vorfall aus dem Hotel auszog, rief sie bitter und verzweifelt: „Jetzt ist alles aus!"

Ihr Bruder Raymond nahm sich ihrer in der aufopferndsten Weise an, veranstaltete einen Vortragsabend für Jessenin und ließ seine Schwester in dem gemieteten Saal des „Trocadero" tanzen. Noch einmal feierte die Duncan Triumphe, und es schien fast, als sei ihre Kunst unter allen Sorgen und Qualen der letzten Jahre nur noch gewachsen.

In Jessenin aber zeugte der Bruch mit der Vergangenheit, zusammen mit der Unfähigkeit, sich dem Westen anzupassen, eine ewige Unzufriedenheit, Leere und Einsamkeit. Von namenlosem Weh ergriffen, heulte er mitten in der Nacht „wie eine verdammte Seele im Fegefeuer", so daß Isadora selbst ihn schließlich dazu aufforderte, er möge nach Rußland zurückkehren. Er machte sich auf die Reise, doch schon an der belgischen Grenze kehrte er um, denn er ertrug auch die Trennung von seiner Gattin nicht.

Nun fuhren sie beide vereint nach Afghanistan, nach Sibirien und schließlich wieder nach Moskau. Aber Isadora vermochte sich in die Verhältnisse in Sowjetrußland jetzt noch weniger zu finden als früher, und bald floh sie wieder im Flugzeug nach dem Westen zurück, diesmal allein; Jessenin hatte sich geweigert, seine Heimat nochmals zu verlassen. Unterwegs erlitt die Maschine eine Panne und mußte, noch auf russischem Boden, eine Notlandung vornehmen. Auf dem gefrorenen, mit Schnee bedeckten Feld strömten die Bauern zusammen, und dort begann die Duncan zum letzten Mal vor einer russischen Zuschauerschar zu tanzen.

In Paris fand sie erneut bei ihrem Bruder Zuflucht, der sie in seinem Automobil nach Nizza, in die Provence und nach Aix führte. Dort kamen die Geschwister während des Karnevals an, sie als orientalische Prinzessin, er als Derwisch verkleidet. Sie begannen zu tanzen, und bald vermeinten die Zuschauer, nicht Masken, sondern wirkliche Gäste aus dem Orient vor sich zu haben.

Jessenin war mittlerweile ruhelos kreuz und quer durch Rußland gezogen und zuletzt in einem Spital in Baku krank daniedergelegen. Er litt namenlos unter seiner völligen Entwurzelung, denn auch in Rußland konnte er sich jetzt nicht mehr heimisch fühlen. Eine neue Beziehung zu einer Perserin ließ seinen Lebensmut noch einmal kurz aufflackern, dann aber übermannte ihn völlige Verzweiflung. Er fuhr nach Leningrad und öffnete sich dort im Hotel Angleterre in der Nacht des 28. Dezember 1925 die Pulsadern.

Die Todesnachricht traf Isadora in Paris. „Ihr Blick wurde starr“, erzählt ihr Bruder Raymond, „aber sie sprach kein Wort.“

Aus Amerika kam Ruth Mitchell, die ergebene Freundin Isadoras; mit ihrer Hilfe wurde in Nizza ein Atelier eingerichtet, wo die Duncan von neuem Tanzstudien betreiben wollte. Einstweilen hatten rücksichtslose Gläubiger ihr Häuschen in Neuilly mit Beschlag belegt und drohten mit der Versteigerung. Noch einmal gelang es, unter hilfreichen Freunden die erforderliche Summe aufzubringen.

Vor ihrer Übersiedelung nach Nizza trat Isadora im Theater „Mogador“ zum letztenmal öffentlich auf. Die Tänzerin Maria Ley, die diesem Abend beigewohnt hat, gibt darüber eine interessante Schilderung:

„In vielem erinnerte das Auftreten der Duncan, dieser vom

Leben so schwer geprüften Frau, an das der Duse: Auch sie hatte, zuerst verkannt und unbeachtet, einer neuen Kunst die Bühne erobert, und auch sie war auf dem seinerzeitigen Höhepunkt ihrer Kunst stehengeblieben. Mehr als zwei Jahrzehnte lagen zwischen ihren ersten Versuchen und diesem Tanzabend in Paris, und doch schien noch immer die gleiche Faszination von der Bühne aus die Zuschauer zu überwältigen. Vielleicht war der Enthusiasmus des Publikums nicht mehr so rauschend, nicht mehr so laut wie früher einmal. Aber trotz der Hunderte von Revuen und Kabaretts, in denen zu Dutzenden strahlend junge Mädchen freigebig mehr als den künstlerischen Tanz zeigten, war der Zuschauerraum voll und folgte bewundernd den klassischen Darbietungen der Duncan.

Später wurde ich ihr auch persönlich vorgestellt. In der Nähe bemerkte ich erst recht deutlich, wie aus den Augen dieser Frau, die von dem Schatten einer schmerzvollen Vergangenheit ein wenig umdüstert waren, doch noch starke Lebenslust hervorstrahlte und auf alle Anwesenden übergriff."

Sie tanzte an diesem Abend nur deutsche Musik: die Unvollendete Symphonie von Schubert, den Einzug der Götter aus „Rheingold", den Trauermarsch aus der „Götterdämmerung" und schließlich Isoldes Liebestod.

Dann reiste sie nach Nizza und nahm sich dorthin den jungen Pianisten Serow mit. Noch einmal begann sich hier ein Liebeserlebnis anzuspinnen, doch diesmal kam das tragische Ende allzu rasch: Eines Abends, während eines Diners, an dem auch einige junge Amerikanerinnen teilnahmen, sprang Serow plötzlich totenblaß von seinem Sitz auf; ein Gast hatte eines der jungen Mädchen geküßt. Der Pianist erlitt einen Tobsuchtsanfall und zerschlug, ohne ein Wort zu sprechen, das gesamte Tafelgeschirr und die Lampen. Dieser Ausbruch ließ keinen Zweifel daran, daß Isadora bei ihm keine Hoffnungen mehr hatte. Verzweifelt eilte sie dem Geliebten nach, der mit der Amerikanerin in sein Zimmer verschwunden war, und drohte vor der verschlossenen Tür mit Selbstmord; Serow lachte sie nur aus.

Da schmückte sie sich wie zum Tanz und ging im Mondschein ans Meer hinaus. Mit erhobenen Armen stieg sie ins Wasser, immer tiefer und tiefer. Ein englischer Offizier sah sie, eilte ihr nach und zog sie wieder an Land; wehmütig lächelnd sagte sie zu ihren Freunden: „Nicht wahr, das wäre eine schöne Szene für das Kino gewesen?“

Am Abend des 14. September 1927 bestieg sie, einem plötzlichen Impuls folgend, ein Automobil, einen raschen Rennwagen, den sie schon am Tage vorher bewundert hatte. Um sich vor dem Luftzuge zu schützen, wickelte sie ihren langen Schal fest um den Hals, ohne dabei zu beachten, daß ein langes Stück rückwärts aus dem Wagen heraushing. Das Automobil setzte sich in Bewegung, das Ende des Schals verwickelte sich in die Radspeichen, und der plötzliche Ruck brach ihr das Genick, ehe der Fahrer noch wußte, daß überhaupt ein Unglück geschehen war.

Am 19. September wurde ihre Leiche in Paris eingeäschert. Der Sarg stand auf dem Teppich, auf welchem sie das letztemal getanzt hatte, und im Trauerzuge folgten ihre Schülerinnen, in Sandalen und Tuniken gekleidet. Während der Einäscherung wurde, ihrem oft geäußerten Wunsch entsprechend, ein Bach-Konzert gespielt.

René Fülöp-Miller

Die Bedeutung Isadora Duncans als Tänzerin

Isadora Duncan – die Begründerin des modernen Tanzes. Dieses Wort ist zur geläufigen Phrase geworden. Und doch glaube ich, daß die wenigsten, die es aussprechen, ganz ermessen können, was es in Wirklichkeit bedeutet.

Die zweite Hälfte des neunzehnten Jahrhunderts war eine Periode ganz besonderer Unnatur, ganz besonderer Unselbständigkeit in allen Dingen der Kultur und Kunst. Das Biedermeier war die letzte selbstverständliche, unbekümmerte Kulturepoche gewesen. Die darauffolgende Zeit konnte förmlich mit sich selbst nicht fertig werden. Man war nicht stark genug, Form und Inhalt des Alten zu bewahren und immer neu zu beleben, und empfand doch arge Scheu und Angst vor allem Neuen. Erst um die Jahrhundertwende setzte eine Veränderung ein. Kleine, doch kräftige Minoritäten bereiteten all das vor, was seither an Befreiung und Lockerung gesellschaftlicher und künstlerischer Anschauungen, zum Guten wie zum Bösen, erreicht wurde.

In dieser Zeit nun sprang ganz unvermittelt Isadora Duncan mit einer Selbstverständlichkeit, als lägen in Wirklichkeit Jahrzehnte der Entwicklung zwischen ihr und ihrer Zeit. Ihren Mut zeigte schon rein äußerlich der Umstand, daß sie, die dem puritanischen Amerika entstammte, ohne Schuhe, ohne Strümpfe, kaum bekleidet auftrat. Das war, so wenig es auch an sich mit Kunst zu tun haben mag, zu einer Zeit, in der man selbst im Bad von oben bis unten bekleidet war, ein Ereignis.

Die Größe ihrer eigentlichen Leistung läßt sich nur ganz ermessen, wenn wir sie mit dem Zustand vergleichen, der auf dem Gebiet ihrer Kunst damals herrschte. Mir ist keine Kunst bekannt, deren Geschichte auch nur Ähnliches zu verzeichnen hätte wie die Tanzkunst in den letzten anderthalb Jahrhunderten vor Isadora Duncan. Der Bühnentanz hatte zu Beginn des zwanzigsten Jahrhunderts ganz allein jene Form aufzuweisen, die zur Glanzzeit des französischen Königtums im achtzehnten Jahrhundert entstanden war. Von dem, was künstlerischer Wille geschaffen hatte, war nur starre Form geblieben, der seelische Inhalt war verwässert oder ganz geschwunden. Vollkommene Phantasielosigkeit herrschte; während schon die ersten Automobile durch die Straßen rollten, exekutierte man auf der Bühne allen Ernstes brav die Schritte und Bewegungen, die allein der Seele des Rokoko wirklich entsprechen konnten. Aber selbst diese Bewegungen waren durch die Zeit allmählich ihres Zaubers ganz beraubt, immer mehr mißverstanden worden. Was übrigblieb, waren nichts als einige hundert genau benannter und eingeteilter Bewegungen, aus denen man dann wie bei einem Zusammenlegspiel die Tänze bildete. Und der Verbissenheit, mit der an ihnen festgehalten wurde, glich nur die meist völlige Gleichgültigkeit, mit der man sie ausführte. Die Musik, die von selbst alles geändert haben würde, wenn man sich ihr hingegeben hätte, wurde nur als eine Taktunterlage angesehen, ihr Sinn, ihr Ausdruck waren vollkommen nebensächlich. Je schlechter die Musik war, um so besser konnte man sie gebrauchen, da sie das einfache Aneinanderreihen der Bewegungen nicht durch Eigenwillen erschwerte. je seichter sie war, um so mehr galt sie als typisch „ballettmäßig“.

Und nun trat Isadora Duncan auf den Plan. Sie kam und tat

genau das, was sie wollte; sie führte aus, wovon sie geträumt hatte, ohne jeden Kompromiß. Hier sahen die Menschen plötzlich eine Frau vor sich, die tanzte, ohne daß ein „Pas“ oder eine etikettierte Bewegung für sie existierte. Sie wagte es, nur angetan mit dem kurzen oder langen Kleid des griechischen Mädchens, vor die Rampe zu treten; ohne Ausstattung, ohne jedes Raffinement der Dekoration oder der Beleuchtung. Und sie tanzte nach schöner und edler Musik. Der größte Teil des Publikums wußte mit dieser Freiheit der Bewegungen nichts anzufangen, war empört über die Art ihrer Bekleidung und hielt es für eine Entweihung, daß sie etwa zu Gluckscher Musik sich bewegte.

Isadora Duncan wollte nichts anderes als sich frei, einfach, ungekünstelt nach den Rhythmen ihrer eigenen, inneren Harmonie bewegen. Altgriechische Statuen und Vasenbilder hatten ihre Überzeugung vertieft, daß es noch eine andere Art tänzerischer Bewegung geben müsse als jene, die man zu ihrer Zeit auf den Bühnen sah. Dieses Zurückgreifen auf so alte Kunst war nicht Snobismus, sondern richtiger Instinkt, da kein anderes Volk und keine andere Zeit solche Freiheit und solche Ausgeglichenheit der Bewegung dargestellt hat.

Der Fanatismus, mit dem Isadora Duncan ihrer Kunst diente und ihr das ganze Leben weihte, war stark und eindrucksvoll genug, um das Publikum doch bald davon zu überzeugen, daß es sich hier nicht um irgendwelche leere Sensation handle. Das hatte zur Folge, daß man nicht nur Isadora Duncans Eigenart achtete, sondern den Tanz als Kunst wieder den anderen Künsten gleichstellte.

Isadora Duncan hatte das Alte, das nicht mehr Erträgliche gestürzt und dadurch viele Wege geöffnet, *jeder* Eigenart die Möglichkeit geboten, sich zu entfalten. Es läßt sich seither in der Tanzkunst keinerlei Entwicklung in einheitlich bestimmter Richtung feststellen. Aber keine der vielen bestehenden Richtungen ist ohne die damalige Umwälzung im Tanz denkbar, auch nicht das russische Ballett, selbst dort, wo es scheinbar nichts anderes darstellt als Ballett alter Überlieferung.

Elsa Huber-Wiesenthal